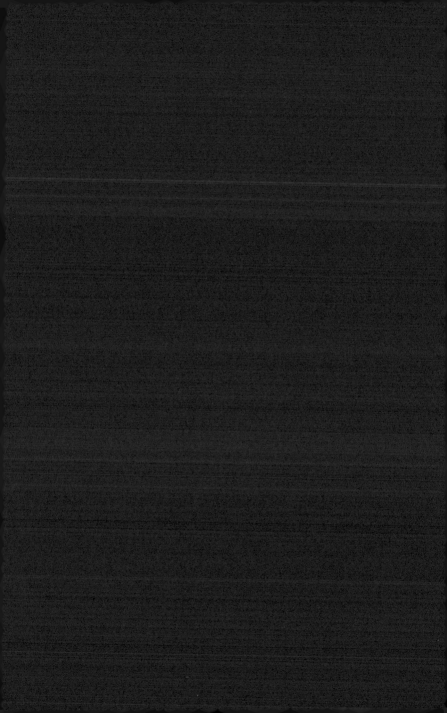

ミカエルの鼓動

The Justice *of*
St. Michael

柚月裕子

文藝春秋

目次

装画　日置由美子
装丁　関口聖司

ミカエルの鼓動

プロローグ

すべてが白い。

あたりを見渡すが目印はなく、どこを歩いているのかわからない。右も左も、空も地面も雪だ。

スマートフォンのバッテリーは、昨日の日没が迫るころに切れた。電話やGPSなどの機能は使えない。

予定では、今日中に下山するはずだった。

登山計画書は出していない。遭難者がいることに、誰も気づかないだろう。

強い風が、耳元で唸《うな》りをあげた。雪煙で、目の前が見えなくなる。腕で顔を覆い、身をかがめた。

旭岳は、標高二二九一メートルある。北海道大雪山連峰の主峰だ。森林限界が低く、六合目あたりから低木すらない。遮《さえぎ》るものがないため、風は威力を弱めることなく、登山者を襲う。

ピッケルを雪に突き刺し、グローブの裾をめくった。帽子につけているヘッドランプの灯りで、腕時計を照らす。標高や方位がわかる登山用ではない。一般のアウトドア用だ。

午後一時三十五分。

一晩過ごした山小屋を出発したのは、午前四時半だった。吹雪のなかを、九時間さまよっている。

顔をあげ、うえを見た。

灰色の雲が立ち込めている。吹雪が止む気配はない。

山を目指したときから、登るのは道内最高峰と決めていた。

十月下旬の北海道は、平地ならば最高気温が十度を超える日がある。しかし、旭岳は真冬だ。日本海から吹く季節風の影響で、風は強く雪が多い。晴れる日は稀だ。

入山日だった昨日の旭岳の天候は、晴れ時々曇り。降水確率は十パーセント、視界は良好。予報確度はAと高かった。旭岳に登るのはこの日しかない、と思った。

登山の予定は、登山口にあるロープウェイで五合目の姿見《すがたみ》駅まで行き、そこから歩いて山頂へ向かう。登頂後はすみやかに下山し、夕方には朝と同じロープウェイで登山口まで戻る、というものだった。

登頂までは、予定どおりだった。

風は強かったが雪はほとんど降らず、昼近くには頂上へたどり着けた。

天候が崩れはじめたのは、下山をはじめて三十分ほど経ったころだった。空に重い雲が立ち込め、陽が陰り、気温が一気に下がる。やがて雪が降りはじめ、吹雪になった。ロープウェイの駅を目指し、ひたすら歩き続けたが、一向にたどり着かない。自分が遭難したと気づいたのは、日没が迫ったころだった。

吹雪が止む様子はなく、あたりが闇に沈んでいく。

日帰りのつもりで、テントも寝袋も持ってこなかった。このままでは凍死する。

頭にガイドブックの地図が浮かんだ。姿見の池から少し登ったところに、山小屋があった。宿泊用ではなく、緊急避難用の石室《いしむろ》だ。迷いながらも、山頂からはかなり下っている。ここからそう遠くないはずだ。

首からぶら下げているスマートフォンを、ダウンジャケットのなかから取り出し電源を入れた。寒いところではバッテリーの減りが速い。電池の消耗を防ぐために、必要なときしか電源は入れなかった。

GPSで現在地を確認する。思ったとおり、あと三百メートル下った場所に、山小屋があった。部屋を出るとき百パーセントにしてきた充電は、すでに十パーセントを下回っていた。まもなくバッテリーが切れる。その前に電話で救助を求めるか、GPSを頼りに山小屋を探すか。

すぐに決断した。こうしているあいだにも、バッテリーは減っていく。

迷わず、後者を選んだ。救助を求めても、すぐにはこない。どのみち、どこかに避難しなければ命の保証はない。

吹雪をかきわけながら、なんとか山小屋にたどり着いた。扉を開けると同時に、スマートフォンのバッテリーは切れた。

山小屋は、大人が十人ほど雑魚寝《ざこね》できる広さだった。電気も暖房もない。

靴を脱いで床にあがり、薄手の防寒シートを身体に巻き付けた。念のために用意してきたものだ。

リュックを開けて、おやつ用に持ってきた栄養食品を出した。バータイプで、ひと箱に四本入っている。腹は空いていなかったが、低体温症を防ぐために食べた。

食べ終えると、すぐ床に横たわった。胎児のように身を丸め、できる限り動かないようにした。熱の放散を防ぐためだ。

寒さと床の痛さで、一睡もできないまま夜を明かした。

山小屋を出たとき、あたりはまだ薄暗かった。日の出前に出発した理由は、吹雪が少し弱まったことと、少しでも早く動きだし今日中に下山しなければ命にかかわる、と判断したからだった。

やがて陽が昇り、足元が明るくなった。

山小屋から、ロープウェイの乗り場がある姿見駅までは、もう近い。昼過ぎには下山できると思った。

その考えが甘かったと気づいたのは、出発してから二時間が過ぎてからだった。

弱まっていた吹雪が強くなり、再び厚い雲が空を覆った。

大丈夫、生きて帰れる。自分に言い聞かせた。

根拠はない。そうしなければここで死ぬ、そう思っただけだった。あれから歩き続けているが、天候が回復する気配はない。

腕時計を見るためにめくったグローブの裾をもとに戻し、前を見据えた。

横殴りの雪しか見えない。

後ろを振り返る。

白い地面には、たったいまついたはずの足跡すらない。雪があるだけだ。

目眩《めまい》がした。

よろめき、雪の上に膝をつく。そのまま、前のめりに倒れた。

頬に冷たさを感じない。皮膚の感覚がなくなっている。

身を起こそうとするが、身体に力が入らない。

目を閉じた。

このまま死ぬのか。

瞼《まぶた》を開ける。

白い視界に目を凝らした。

見えないなにかを睨む。

死ねない。まだ死ねない。やつが見つけたものを探し出すまで、死ぬわけにはいかない。

歯を食いしばり、腕に力を込めた。

第一章

手術室には、患者のほかに五人がいた。

麻酔の専門医と人工心肺の臨床工学技士が二人、外回りの看護師、今回の手術の助手を務めている星野巧《ほしのたくみ》だ。五人は全身麻酔で眠っている患者を、ぐるりと取り囲んでいる。

執刀医の西條泰己《さいじょうやすみ》は、手術室とガラスで隔てられている隣室にいた。操作室と呼ばれている部屋だ。

西條はサージョン・コンソールに座り、ミカエルを操作していた。国内の医療機器製造会社――イー・グライフェンが開発した、医療用ロボットだ。

医療用ロボットを使った手術は、医師が自らメスを握る従来のものと違い、執刀医は患者から離れた場所で手術を行う。

執刀医が座るサージョン・コンソールが、どこに設置されるのかは、病院ごとに違う。

ミカエルは大きく分けて、三つの機器で構成されている。

操作台のサージョン・コンソール。執刀医の操作で手術を行うペイシェント・カート。術中の画像や、手術に必要な光源の調整を行う機器が収められているビジョン・カートだ。

ペイシェント・カートには四本のアームがあり、一本には高画質な3D内視鏡カメラが接続され、他のアームの先端には、メスや鉗子《かんし》などの医療器具が設置されている。

従来の手術室をそのまま使用し、三つの機器をひとつの部屋に設置している病院もあるが、西條が勤める北海道中央大学病院は、サージョン・コンソールを手術室とは別に、独立した操作室へ設置している。

北中大《ほくちゅうだい》病院は、五年前に最先端の低侵襲外科手術を導入するため、ハイブリッド手術室とともに、ロボット支援下手術用の手術室を造設した。操作室は、そのときに備え付けたものだ。

手術室に入るには、手術着への着替えや感染防止の消毒に時間がかかる。操作室を別にすれば、その時間が節約できると考えたからだ。実際、操作室が別になってから、病棟と手術室の移動や、次の手術へ移る際の時間は短縮されている。

西條は、接眼部のレンズを両目で覗き込んだ。

なかに見える画面には、むき出しの心臓が映っている。大動脈と左冠状動脈の部分だ。人工心肺のもと、心臓は止まった状態にある。

西條は、レンズを覗いたまま、マスター・コントローラを両手で握る。この部分は、車に例えるならハンドルのようなものだ。これで本体のアームを操作する。

マスター・コントローラを前に倒すと、術野がズームされた。大動脈が大きく映し出される。従来の手術で使用される眼鏡タイプのルーペは、最大でも五・五倍までしか拡大できない。ロボットのミカエルは、それをはるかに凌ぐ十五倍まで大きく映し出せる。

西條は、ズームされた大動脈に目を凝らした。

血管壁に、五ミリほどの穴が開いている。手術をはじめたときに、西條がわざと開けたものだ。この穴に、馬蹄型のテフロンフェルトで補強した冠状動脈ボタンを縫いつける。ここが、手術の山場だ。

西條は接眼部のレンズを覗いたまま、星野に指示を出した。

「RB－2、5－0を頼む」

大動脈と左冠状動脈の吻合《ふんごう》に適した、針と糸だ。

手術室と操作室とは、分厚いガラスで隔てられていて、音が遮断されている。会話はロボット機器に設置されているマイクを通して行われている。

西條は不穏な沈黙を感じた。

すぐあるはずの、星野の返事がない。顔をあげ、ガラス越しに手術室を見やる。

星野は、患者の足元に置かれているメーヨ台の前にいた。うろたえた様子で、台に置かれている手術器具を置いたり持ったりしている。

西條は眉根を寄せた。

なにをもたもたしているのか。

手術は一秒でも早く終わらせるのが理想だ。長引けばそれだけ、患者の身体に負担がかかる。

西條はマイクに向かって、厳しい声で言った。

「なにをしている。ＲＢ－２、５－０だ」

星野の後ろで、使用したガーゼを数えていた看護師が前に出た。

メーヨ台をざっと見て、西條に伝える。

「すぐに準備します」

西條は心のなかで舌打ちをした。指示した針と糸の準備がなされていなかったのだ。

看護師は手術室の隅にあるスチール製の棚に駆け寄り、小箱を持ってきた。手術用の針と糸が入っているものだ。

看護師は星野の横から、メーヨ台に箱を乗せた。星野と視線を合わせて、アイコンタクトを取る。

星野は我に返ったように、手を動かしはじめた。

三本あるアームの一本には、メッツェンバウム剪刀《せんとう》が取り付けられていた。肥大していた弁の切離に使用した器具だ。すばやく外し、縫合針を使用するために必要なヘガール型持針器につけかえる。部品の交換を終えると、星野は箱から針と糸を取り出した。

「ＲＢ－２、５－０です」

サージョン・コンソールの両脇についているスピーカーから、星野の声がする。

西條はレンズに目を戻し、親指と人差し指でマスター・コントローラを摑んだ。アームを操作し、星野が差し出している針を摑む。血管に入れる角度を確認し、縫いはじめた。

人工血管の端から血筋心臓保護液を注入し、出血がないことを確認する。人工血管の末梢吻合を終え大動脈遮断を解除すると、患者の心臓が自らゆっくり動き始めた。

完全に自己心拍になると、星野が心腔の脱気を終えた。西條はレンズから頭をあげて、手術室全体に指示を出した。

「人工心肺から下ろす。準備に入ってくれ」

手術室が一気に慌ただしくなる。

患者の体温や血液ガス・電解質検査、バイタルサインが整うと、人工心肺の技師は、血液の流量を少しずつ下げはじめた。人工心肺を離脱すると、手術の終わりが見えてくる。

西條は閉創に入った。皮膚を切り開いたときと逆の順番で、身体を閉じていく。

最後のひと針を引き上げて糸を切ると、西條は大きく息を吐いた。

モニターの画面下に表示されている時刻を見る。

午後一時。手術に要した時間は、麻酔も含めて四時間だ。従来の手術でも、六時間はかかる。

西條は満足し、椅子から立ち上がった。

「あとの処置を頼む」

手術室のなかにいる者に言い残し、西條は操作室を出た。


西條が、自分の机がある病院長補佐室へ向かったのは、午後の三時前だった。操作室を出てからおよそ二時間が経っている。

予定では、本館の地下にあるコーヒー店でパンとコーヒーを買い、中庭で軽い昼食をとるつもりだった。が、ＩＣＵに入っている患者の容態が急変し、対応に追われた。処置を終えたら、この時間になっていた。

北海道中央大学病院は、四つの建物から成り立っている。正面玄関と外来がある本館、入院病棟や手術部があるA館。このふたつは、患者をはじめとする一般の者が出入りする。どちらも七階まである。

　ほかは、病理部検査センターや医療技術部といった医療関係者が出入りするB館。病院長室、事務部など内部関係者が詰めるC館がある。こちらはそれぞれ四階までだ。

　廊下を歩きながら、西條は窓の外へ目をやった。

　四つの建物は、中庭を中心に、見下ろす形になっている。中庭の一部は、入院患者や来院者がくつろげるコミュニティスペースになっていて、天気がいい日はベンチで憩う人の姿が見られる。敷地は、駐車場や周囲にある関連施設を含めるとかなりの広さで、至るところに樹木がある。九月下旬のこの時期、木々の葉はところどころ色づいていた。

　病院長補佐室はC館にあり、手術室があるA館からはけっこうな距離がある。移動だけで疲れる、と言う者もいるが、西條はそんなやつらを鼻で笑っている。文句を言うのは、たいがい、体力をさほど必要としない診療科の人間だ。

　西條のように長時間の手術に立ち会う者は、普段からの鍛え方が違う。院内を端から端まで往復しても、どうってことはない。

　気持ちの緩みは肉体の衰えに繋がる。わずかな距離の歩行に苦情を言うやつらは、日ごろの心構えから考え直すべきだ。

　病院長補佐室のドアを開けると、なかにいたふたりが西條を見た。

　石田満《いしだみつる》と武藤達也《むとうたつや》だ。

　石田は広報担当、武藤は企画・財務担当だ。歳は、今年四十五になる西條とそう違わない。

　北中大病院にはトップである病院長の下に副病院長が五人、病院長補佐が十人いる。

　西條が務める病院長補佐は大部屋だが、副病院長の五人はそれぞれ個室を与えられている。

組織図においては、副病院長と病院長補佐は同列だが、院内における発言力は、副病院長のほうが大きいからだ。

副病院長のポストには、総務担当以外、医科や歯科といった診療科の医師が就くのに対し、病院長補佐のポストには、再開発担当や事務といった病院の運営に携わる部署の者が多く就く。診療科の医師で病院長補佐を務めているのは、医科担当の西條と歯科担当の河野和文《こうのかずふみ》だけだ。あとの八人は、石田と武藤含めて全員が事務畑だ。

業種を問わず、企業は現場と経営のバランスが大切だ。どちらが強くても、うまく回らない。病院とて、それは同じだ。収支の採算が取れなければ潰れる。が、やはり、人の生死を握る診療科の医師の声は重い。

西條は後ろ手にドアを閉めて、なかへ入った。

部屋は教室ほどの広さで、机が五つずつ向かい合っている。西條の席は、入り口から見て一番奥だ。

西條が席に着くと、向かい合わせの席から石田が声をかけてきた。

「遅かったね。なにかあったのかい」

眼鏡の奥の小さな眼を、せわしなく瞬かせている。不安なときの石田の癖だ。

西條は、首を横に振った。

「手術は問題なかった。急に容態が変わった患者がいて、ＩＣＵに立ち寄っていた」

石田が、ほっとしたように息を吐く。

「よかった。君は北中大の看板だからね。なにかあったら困る」

石田がいうなにかとは、ロボット支援下手術でのミスを指している。

西條は小さく笑った。

「看板なんて大げさだな」

「謙遜しなくていい。事実なんだから」

西條の机と同じ列の端から、武藤が話に割って入った。怒っていないのに、いつも不機嫌そうな顔をしているやつだ。武藤は机にあった書類を手にし、西條に向かって掲げた。

「こいつの目玉は、もう決まっているんだ。北中大の未来を担う医師として、もっとしっかりしてくれよ」

武藤の手には、病院設立九十周年のときに制作された記念誌があった。

来年、北中大病院は設立百周年を迎える。企画担当の武藤は、記念行事に関するすべてを任されている。そのなかに、記念誌の刊行が含まれていた。

武藤は九年前に刊行された記念誌を机に置き、横にあった雑誌を手にした。

「来年は百周年という節目の年だ。病院長もかなり力を入れている。記念式典には道知事をはじめ、お歴々が参列するが、関心があるのはただひとつ――」

芝居がかった仕草で、武藤は空いている手で雑誌を叩いた。

「ロボット支援下手術の第一人者、西條泰己だよ」

武藤が持っている雑誌は、先月、西條が取材を受けた記事が載っている医療関係誌だった。特集の見出しは『進化する技術・ロボットはどこまで人を救えるか』。五人の医師のインタビューが掲載されているが、トップは西條だった。

石田が、なにかに気づいたように短い声をあげた。

「そうだ。メディカルライフジャーナルから、君に取材の依頼がきていた。これからの心臓手術について聞きたいそうだ。今月のどこかで、一時間ほど空けてほしい。場所は君に任せるってさ。企画書をメールで転送しておくよ」

メディカルライフジャーナルは、病院関係者が多く読む雑誌だ。

西條は、すぐさま答えた。

「すまないが、断っておいてくれないか」

石田は西條のほうへ身を乗り出し、困った顔をした。

「あそこには、広告料を安くしてもらってるんだ。時間がないのはわかってるけれど、そこをなんとか頼むよ。取材は慣れてるだろう」

顔には出さないが、西條はうんざりしていた。

この手の取材や講演会の依頼は、あとを絶たない。すべて受けていたら、本来の仕事がなりたたないほどだ。

押し黙ったままでいると、武藤が石田の助っ人に出た。

「手術の腕と同じくらい、君は顔がいい。くわえて、人当たりもいい。誰しもひとつは人より秀でたところをもってはいるが、複数となるとそうはいない。君は恵まれている。もっと表に出るべきだ」

石田が肯《うなず》く。

「本業以外の仕事をするのは、人気者の義務だよ」

他人事だと思って、気楽に言ってくれる。

西條は心のなかでぼやいた。が、すぐに心を鎮めた。

西條が患者を治すことが責務であるように、広報や財務に携わるふたりは、病院を運営するのが仕事だ。

北中大病院は、十五年前からロボット支援下手術を基軸にしている。

北海道のように広大な土地では、小さな集落まで医療の手が届かない。中央にいれば適切な治療を受けて助かる命が失われている。それが、現状だ。

医師不足も深刻な問題となっている。幹だけでなく、枝葉のような市町村でも適切な医療を施すには、かなりの数の医師が必要だが、この問題はまだ解決されていない。

西條は、このような医療体制が整っていない土地にこそ、医師がその場にいなくても遠隔操作で手術ができる環境が必要だ、と考えていた。

同じ意見だったのが、前病院長の小西顕宗《こにしあきむね》だ。小西は道内でいち早くミカエルを導入し、ロボット支援下手術の普及に力を注いだ。

北海道ではじめてミカエルを導入した北中大病院は、最先端医療の場として話題を呼んだ。

当初は、ロボットによる手術に不安を抱いていた患者が多かった。が、実績が増えるごとに、ミカエルによる手術を希望する声が高まっていった。この手術は、メリットが多いことに患者が気づいたからだ。

筆頭にあげられるのは、患者の身体への負担が少ないことだろう。手術は内視鏡手術に近い形で行われるため、開胸手術に比べて出血や感染症のリスクが少ない。

臓器の切除や吻合においても、ミカエルは優秀だ。高性能カメラを備えた細いアームと、手術器具を付けた三本のアームが臓器の奥まで入り込めるため、いままでは難しかった細部の確認をしながらの施術ができる。

患者だけでなく、医師側のメリットもある。

従来の立ったままの手術と違い、医師はサージョン・コンソールの椅子に座ったまま執刀できるので、体力の消耗が軽減できる。別室で操作を行うため、滅菌、消毒作業の工程も少なく、準備を大幅に省略することができる。

いますぐ述べられるだけでも、ロボット支援下手術の利点はいくつもある。いまでこそ、北中大病院では日常的にミカエルによる手術が行われているが、ここまでくるには時間がかかった。

理由は大きくわけてふたつある。

執刀医の技術と、保険の問題だ。

ロボット支援下手術は、腹腔内で臓器の摘出や縫合をする。狭い範囲で正確にロボットを扱う高度な技術が必要だ。ミカエルが導入された当初、その技術を習得している医師は少なかった。日本医師会や各学会が技術習得のための研修会などを推進し、徐々にロボット支援下手術を行える医師が増えてきている。

保険に関しては、医療に対する国の慎重さが普及を遅らせた。

日本の医療の質は、世界のなかでも上位に入る。医薬品をはじめ医療機器、新たな医療技術の導入に関して、国は厳しい臨床実験と正しい有効性、安全性の確保に徹しているからだ。幾重ものチェックをクリアし、市場で利用される薬や検査機器は、高い安全性が認められている。それが、患者の安心に繋がり、ひいては日本の医療水準を高めているのは事実だ。

表裏一体という言葉があるが、それは医療現場にも同じことが言える。

国の慎重な姿勢は、ときに医療の推進を大幅に遅らせることになる。

ミカエルが導入された当初、保険診療の対象になったのは、前立腺がんだけだった。のちに腎臓がんが加えられたが、肺がんや食道がんが適用となるのは、さらにそのあとだ。

保険適用が遅れた理由は、既存の内視鏡手術と比較し優位性が立証できない、との厚労省の見解にあった。症例数を増やし、ロボット支援下手術が既存の開胸手術よりも明らかな利点を持つことが立証されなければ保険適用は認められないという。

内容が記載された学会誌を読んだとき、西條は苦笑が止まらなかった。

保険適用にならない手術は自由診療のため、高額の医療費がかかる。その金を払える者が、どれくらいいるというのか。

鶏が先か卵が先かと同じだ。

ロボット支援下手術の有利性と安全性の確証が必要ならば、ひとつでも保険適用内で行える手術を多くしデータを揃えるべきだ。

西條の意見に、賛同する医療関係者は多くいた。が、いつの世も、正しい声が通ることは少ない。利己と保身と我欲で正論が歪められていく。

西條は北中大病院に籍を置きながら、ロボット支援下手術の腕を磨いた。

ロボット支援下手術が多く行われている海外で技術を学び、寝る間を惜しんで勉強した。

なにかに憑《つ》かれたようにロボット支援下手術に没頭する西條を、奇異の目で見る者もいた。西條は医師ではない、技術者だ、と陰口を叩いた。

やつらの態度が変わったのは、西條がミカエルによる心臓手術に、はじめて成功したあとだった。いまから三年前だ。

西條が行った手術は弁形成術という、開心術としては一般的に行われているものだった。患者に糖尿病などの高リスクはなく、難易度は高くなかった。が、心臓手術をミカエルで行ったという事実が、世間の注目を浴びた。

心臓は血管が複雑に絡み合い、ほかの臓器の手術より高度な医療技術が必要とされる。ロボット支援下手術においてもそれは同じだ。西條が成功するまで、ほかの医師たちはミカエルによる心臓手術を敬遠していた。

西條を変わり者扱いしていた循環器外科の医師たちは、目の色を変えて西條に指導を求めた。広報課の石田を通して、西條の手術見学と研修の申し込みが殺到した。マスコミも、西條に目をつけた。医学界の新たな救世主、と銘打ち情報番組や特別番組で取り上げた。

時代が変わっても、普遍的なものがある。

人間の欲だ。

物欲、性欲、食欲など数多くあるが、その最たるものは生に対する欲だろう。それは国や制度、階級を超えて、誰もが求める究極の祈りだろう。

それは現代も同じだ。

マスコミが流した西條の名が世間に広がるまで、そう時間はかからなかった。いまでは、ロボット支援下手術の名医と同時に、北中大病院のエースと呼ばれている。

実際、西條の手術を求めて北中大病院へくる患者も増え続けている。病院の知名度をさらにあげるため、石田や武藤が西條を宣伝に使いたがるのは当然だ。

石田は自分の机にある卓上カレンダーを手に取った。

「来週の木曜日はどうだろう。場所は院内がいいかな。移動の手間が省ける」

よほどの救急でない限り、毎週木曜は西條が手術に立たない日だった。

西條は机の引き出しを開け、手帳を取り出した。

今月のページを開く。来週木曜日は、今月で唯一、通常の診察以外の予定がない日だった。

武藤は自分のパソコンの画面を見ながら、独り言のようにつぶやいた。

「河野先生なら、瀕死の患者より取材を選ぶだろうな。自己アピールに必死だから」

河野は、病院長補佐を務める、もうひとりの医師だ。

武藤がいう河野の自己アピールとは、歯科診療科の勢力拡大のことだ。

北中大病院は、ふたつの診療科に分かれている。内科、外科、小児科など六つから成り立つ医科診療科と、口腔系歯科と保存系歯科がある歯科診療科だ。

それぞれの診療科はさらに、消化器内科や循環器外科、麻酔科などの専門に分かれる。口腔系歯科は、口腔内科、口腔外科、歯科放射線科、歯科麻酔科があるが、河野は口腔外科の医師だ。

河野は福島の出身で、歳は西條の四つ上。東北医科歯科大学を卒業後、同大学附属病院の口腔外科に勤務し、六年前に北中大病院へきた。

河野を、北中大病院に引っ張ってきた人物は、富塚康夫《とみづかやすお》だ。担当は河野と同じ口腔外科で、現副病院長の歯科担当の枠に就いている。

病院長および副病院長、病院長補佐の任期は三年だ。富塚は二期目を終えて、今年から三期目となる。

ふたりは同じ大学出身で、富塚は河野の先輩だ。今年で五十四歳だが、還暦間近といっても、誰もが頷くだろう。薄い髪の大半は白く、痩せすぎていて皮膚に張りがない。姿勢が悪いため、小柄な身体がさらに小さく見える。いつも忙《せわ》しなくちょこまかと動いている姿は、ねずみを思わせた。

富塚が座っている歯科担当副病院長の席は、長く口腔外科の医師が就いてきた。七年前の任期満了に伴う選考のときも、暗黙の慣例で、当時の口腔外科教授だった沼田隆《ぬまたたかし》が就くはずだった。が、沼田は副病院長にはなれなかった。異性問題でトラブルを起こし、病院を去ったからだ。

内容は、既婚男性と独身女性の不貞だ。

北中大病院のなかで、似たような問題が起きたことはある。しかし、そのほとんどは個人の問題としてとらえられ、病院の人事に影響が出るようなことはなかった。

沼田の場合も、お咎《とが》めなし、との対応のはずだった。そうならなかった理由は、相手の女性が地元の有力者の娘だったことと、思いつめた彼女が手首を切ったことによる。

発見が早かったため命に別状はなかったが、自殺未遂に及んだ経緯を知った父親は、知人の市議会議員とともに北中大病院へ乗り込んできた。

父親の要求は、沼田の解雇だった。

そのときに応対したのは、病院長の曾我部《そがべ》一夫《かずお》と当時の総務担当副病院長だ。ふたりは、病院側としては個人の問題に口を挟むことはできない、との見解を示したが、父親は引かなかった。解雇しなければ、社員の健康診断を別の病院にする、という。

父親は坂上建設という総合建築会社の経営者だった。坂上建設は社員の健康診断指定病院を北中大病院の健診センターにしているが、父親は沼田を解雇しなければ指定病院を変えるといってきたのだ。

病院の収益の内訳は、外来、入院、手術、文書料収入など多岐にわたる。そのひとつに、健診収入がある。

坂上建設の社員は、道内の各支店を含めると八百人にのぼる。基本健康診断を一件につき三千円とすると、年間二百四十万円だ。

収益は、そこで終わらない。

受診者のなかには、精密検査が必要となる者がいる。詳しい検査の結果、治療や手術、入院が必要となった場合、受診者側の強い要望がない限り、北中大病院の関連病院が診る。その医療費は、当然、北中大病院に入る。八百人の定期健康診断から派生する医業収益は、ばかにならない。

年間、数千万円にも上る収益を、たったひとりの医師のために捨てるわけにはいかない。そう判断した曾我部は、沼田の異動を提案した。場所は、北海道の最北に位置する稚内。北中大病院の名誉教授の甥が経営している地域医療施設——桜守《さくらもり》病院だった。

曾我部は名誉教授に、貸しがあった。

全国の地方自治体が抱えている問題のひとつに、医療の都市集中化がある。人口の多い街に医師や関係者が集まり、過疎化が進む町から減ってしまっている。年を追うごとに格差は広がり、小さな町の患者が満足な治療を受けるのが難しい状況だ。

噂では、曾我部は名誉教授と懇意で、桜守病院からの入院患者を優先して受け入れていたという。貸しがある桜守病院にならば、問題を起こした沼田を押し込める。そう曾我部は考えたのだろう。

北海道には、病床数五百以上の大病院と呼ばれている施設はいくつかある。なかでも、北中大病院はトップだ。

その歴史は長く、はじまりは北海道中央帝国大学に医学部が設置されたことだった。その後、大学附属病院が開院し、遅れて大学歯科附属病院が設立される。そのふたつが統合し、北中大病院となった。

病院の理念は、良質な医療提供と医療人の育成、先進医療を通じての社会貢献だ。常に時代を意識し、患者の心に寄り添う病院の姿勢は地域で高く評価され、中心部はもとより郡部からも患者が集まってくる。

北中大病院は、医療施設では道内最大だ。患者にとって生きる望みであり、最後の砦と呼ばれている。そこから、人口四万人足らずの土地への異動は、組織でいうならば左遷だった。

断固として解雇を要求していた父親だったが、身内が北中大病院に世話になっていることもあり、異動で納得した。

多くの者は沼田の異動を、単なる厄介払いだと思っているだろう。が、裏に曾我部のもうひとつの思惑があったことを西條は知っている。

沼田の異動が決まった話を、病院長室で西條に語る曾我部は、満足そうだった。問題を解決できた安堵もあったが、沼田の異動は曾我部にとって、大いに有益だったからだ。

曾我部は北中大病院を、全国屈指の医療機関へ押し上げようとしている。それには、地域における影響力が必要不可欠だ。

沼田にとって曾我部は、解雇の窮地から救ってくれた恩人だ。今後、なにがあっても逆らえない。沼田の異動は、曾我部の力が稚内で強まることを意味した。

沼田と曾我部のあいだで、どのような話が交わされたのか西條はわからないが、沼田が異動してからの七年間で、桜守病院からのロボット支援下手術希望患者が増加しているのは事実だ。

左遷された沼田にかわり、副病院長のポストに就いたのが、当時、口腔外科における次席の立場だった富塚だ。

富塚を見ていると、不適切な人事は人を変える、と西條は思う。

副病院長になる前の富塚は、無害という言葉がぴったりの男だった。誰かのことを悪くも言わず、かといって褒めることもない。いつもどこか媚びを感じさせる卑屈な笑みを浮かべて、そこにいるだけの存在だった。

その富塚が、副病院長になってから変わった。

北中大病院では月に一度、病院長と副病院長、病院長補佐が集まり、病院執行会議を行っている。担当が持ち寄った問題点を議論するのだが、富塚がその場で自分の存在を誇示しはじめたのだ。

副病院長になった当初、自分がまとめている歯科診療科の現状を報告するだけだったのが、次第に科の医療設備への不満を口にしはじめ、やがては、北中大病院の主軸はうちの科にすべきだ、と訴えだした。

独立した歯科専門病院は多くある。が、大病院で歯科診療科が注目されているところはない。北中大病院はそのはじめての病院となるべきだ、という。

人は、絶対に手に入らないものは望まない。わずかでも可能性があるときに、野心は芽生える。富塚にとって副病院長のポストは、それまでなかった出世欲を掻き立てるものとなった。

野心をむき出しにした富塚と真っ向から対立したのは、医科担当の副病院長、有馬《ありま》健治《けんじ》だ。消化器内科の教授で、富塚の十歳上。今年度で定年を迎える。

六つの科を抱える医科診療科と、二つの科しかない歯科診療科では、患者数や手術実績ともに医科診療科のほうが多く、収益の差は圧倒的だ。それにもかかわらず、収益が少ない歯科診療科を前面に押し出すことに、有馬は異議を唱えた。

しかし、それは表向きの理由に過ぎず、有馬にはもうひとつの思惑があった。

病院内での自分の立ち位置だ。

組織に政治はつきものだ。それは病院も同じだ。

いまは医科診療科が与党だが、どこで富塚率いる野党にとってかわられるかわからない。

富塚の発言を少しでも容認したら野党の勢力が増し、予算も病院内での権限も持っていかれる可能性がある、そう有馬は危惧したのだ。

いくら声をあげても、ねずみはねずみだ。有馬が恐れる必要はない。北中大病院に勤務する多くの医師は、そう思っていた。が、有馬が富塚を必要以上に恐れるのには理由があった。副病院長に富塚を推したのが、曾我部だったからだ。

もしかしたら曾我部は病院長の席を富塚に譲るつもりではないか、その布石として富塚を副病院長に推したのではないか、そう考えたのだ。

会議の席で富塚に食って掛かる有馬を、西條は冷めた目で見ていた。富塚が病院長になることはないとわかっていたからだ。

曾我部が富塚を推した表向きの理由は、長年臨床に携わり患者に寄り添ってきた実績を認めてのことだったが、真実はそうではない。

西條は富塚が副病院長になるまえに、曾我部本人から富塚を副病院長に推す本当の理由を聞いていた。話を聞いたときは、曾我部の怜悧とも狡知ともいえる算段に言葉がでなかった。

上司の野望は、部下の野望に繋がる。

富塚が病院長のポストに就けば、部下の自分が副病院長になれる可能性が出てくる。そのときのために、河野は自己アピールに必死だが、富塚が病院長になることはないと知っている西條から見れば、その姿は哀れのひと言に尽きる。

西條が着ている白衣のポケットで、着信ベルが鳴った。病院から配付されている医療用ＰＨＳだ。

星野からだった。

電話に出ると、遠慮がちな星野の声がした。

「先生、そろそろ次の手術のミーティングが——」

腕時計を見る。三時十五分。

次の手術は午後四時からだ。麻酔をかける時間があるため、執刀医が操作室へ入るのはもっとあとになる。が、患者を手術室へ運び込む前に、手術チームのスタッフと患者の情報共有をしなければならない。

今日も昼食は抜きだ。手術が重なる日は、よくある。

昼を抜いても、苦痛は感じない。腹は空いているが、食べる気が起きないのだ。手術がある日は、神経が食欲から離れたところに集中しているのだろう。

「わかった」

西條は電話を切ろうとした。が、星野が引きとめた。

「あの——」

「なんだ」

不機嫌な声が出た。

次の手術が迫っているときに、電話で呼び止める星野に苛立った。話ならば、ミーティングルームですればいい。

星野は黙っている。困惑している気配が、電話の向こうから伝わってくる。

西條はＰＨＳを頰と肩で挟み、両手で目の前にある書類を揃えた。

「すぐそっちへ行く。話はそこで聞く」

返事を聞かず電話を切り、西條は椅子から立ち上がった。


部屋を出た西條は、手術部があるＡ館へ向かった。

各館は、偶数階で繋がっている。

手術部はＡ館の二階、病院長補佐室はＣ館の二階だ。Ｂ館を通過する形で、真横へ移動する。

各館の出入り口には、仕切りの扉があった。センサー式のロックがかかっていて、関係者専用のＩＣカードがなければ入れない。

西條は自分のＩＣカードを壁のセンサーにかざし、なかへ入った。

廊下にいた看護師とクリーンスタッフが、西條に気づいた。動きを止めて、西條に頭をさげる。片手をあげることで返事をし、西條はそばを通り過ぎた。

北中大病院は外来を除き、概《おおむ》ね似たような造りになっている。フロアの中心にスタッフルームがあり、そこを取り囲む形で廊下がある。各部屋は廊下に面し、窓から光が取り込める配慮がなされていた。

配置はほぼ同じだが、手術部の違うところは廊下とドアだった。患者を乗せたストレッチャーが楽に移動できるよう、どちらも幅が広くとられている。

北中大病院には、手術室が十七ある。

肝移植や心臓手術など長時間に及ぶものから、日帰りでできる短時間のものまで、手術はすべて手術部で行われている。

部屋の名称は、一から十三、H1からH4だ。

Hがついている部屋は、ここ五年のあいだに新設されたものだ。Hはハイブリッドの略で、手術中に血管造影やCT撮影が可能な機器が設置されている。

なかでも一番新しいのが、H4――西條が前の手術で使った、ミカエルでの手術専用の部屋だ。

いま、北中大病院が使用しているミカエルは三代目になる。

初代を六年間使い、次に発売になったSタイプを五年使った。そして、H4の完成と同時に、最新のS1タイプへ変更した。

ミカエル常設のH4ができてから、ミカエルの稼働率はそれまでの倍以上になった。

ロボット支援下手術が、世間に浸透したこともあるが、単純に移動の時間が短縮されたことが大きい。

H4がなかった当初、ロボット支援下手術を行う場合、ミカエルを各手術室へ移動させていた。

ミカエルの重さは二トンを超える。

本体であるペイシェント・カートの底にモータードライブがついていて、人力でも動かせるようにはなっている。が、かなりの時間がかかっていた。ミカエルがH4に常設されてからは、その労力が削られ、なおかつ、移動するごとに行っていた本体の消毒も省けるようになった。手術以外にかかっていた時間が短縮され、一日に行えるミカエルでの手術が増えたのだ。

いまでこそ、ミカエルは北中大病院の代名詞ともいえるが、数年前までは風当たりが強かった。

H4の建設に、いい顔をしない者もいた。多額の経費がかかるからだ。が、結果的にミカエルを常設することによって、病院の収益は増えた。

多くの病院は、MRIやX線装置といった高額な医療用機器を使用している。リースもあれば、月賦や一括で購入したものなど様々だ。それは北中大病院も同じだ。

ミカエルは、初代とSタイプは医療機器メーカーからのリースだった。

いまでこそロボット支援下手術が注目されているが、北中大病院がはじめて導入した十五年前は、現場に浸透する見通しは立っていなかった。初代ミカエルの値段は三億五千万円。もとが取れるかわからない機材への初期投資としては、高額すぎた。

リース会社の説明によると、ミカエルの貸し出し期間は三年、五年、六年、十年で、一日でも多くミカエルを稼働すれば、早くに採算が取れる形になっていた。

病院内には、ミカエル導入に反対する声もあった。病院経営に携わる部署だ。

ミカエルの稼働率が悪いままだった場合、ミカエルは負債にしかならず、病院経営の足かせになる、と訴えた。

反対派を説得したのは、ロボット支援下手術に力を入れた前病院長の小西だった。

北海道という広大な地での医療の在り方と、地域のトップである北中大病院が先進医療を率先して導入していく必要性を説いた。

最後まで反対したのは、当時の経営戦略担当、佐々木友則《ささきとものり》病院長補佐だった。佐々木を頷かせたのは、いずれミカエルは北中大病院の稼ぎ頭になる、という小西のひと言だった。

初代ミカエルは、四年間は赤字だった。ミカエルで手術を行うメリットより患者の不安のほうが大きく、加えて保険対象となる手術も少なかったことが理由だ。

ミカエルの部品代含めて、収支のバランスが取れたのが導入五年目からだった。六年目から横ばいになり、二代目のSタイプのころには右肩あがりになった。現在では小西の予言どおり、北中大病院の稼ぎ頭になっている。

ロボット支援下手術が徐々に社会に浸透し、保険対象となる手術が増えたことも要因だが、なにより西條の存在がある。

西條はミカエルでの心臓の弁形成術を、国内ではじめて成功させた。いまから三年前だ。

心臓手術は、弁や血管の修復といった技術も必要だが、患者の身体への負担をいかに抑えるかが重要だ。

心臓手術の多くは、胸骨正中切開法《きょうこつせいちゅうせっかいほう》を用いる。胸の中央正面にある胸骨を、電気ノコギリで縦に切る方法だ。

骨を断つ術式は、患者に大きな負担を強いる。そこで考案されたのが、ＭＩＣＳ《ミックス》手術だ。身体の脇から内視鏡を差し込んで行うもので、胸骨正中切開法より患者にかかる負担が少ない。

ＭＩＣＳ手術をより確実に行えるのが、ロボット支援下手術だ。ミカエルは、万能の内視鏡といえる。ミカエルの出現は、従来のＭＩＣＳ手術をより確実にし、多くの手術を成功に導いた。

ミカエルを使いこなす有能な外科医が手術をすれば、短時間で素晴らしい結果が出せる。予後もよく、数日での退院も可能だ。

ミカエルによる国内初の心臓手術成功の記事が新聞に載ると、北中大病院にはミカエルでの心臓手術の問い合わせが殺到した。導入当初は、一か月で数例しかなかったミカエルでの手術が、いまでは一年先まで空きがないほど予約で埋まっている。その半分が、西條による心臓手術だ。

小西は、いずれミカエルは北中大病院の稼ぎ頭になる、と言ったが正しくは、いずれ西條は北中大病院の稼ぎ頭になる、だ。それは西條本人だけではなく、誰もが認めている。

スタッフルームのそばに、星野がいた。半袖の術衣のポケットに両手を突っ込み、佇《たたず》んでいる。

星野は西條に気づくと、ポケットから手を出して駆け寄ってきた。前に立ちはだかり、深く頭を下げる。

「さきほどは、すみませんでした」

星野がなにを詫びているのか、西條はすぐに察した。前の手術で、術部を吻合する針と糸の用意ができていなかったことだ。電話で呼び止めたのは、西條に詫びるためだったのか。

忘れかけていた苛立ちが、西條のなかで蘇った。星野の脇をすり抜け、歩き出す。

「あの針と糸は、心臓手術での使用頻度が高い。それは君も知っているはずだ」

「本当にすみません」

詫びながらあとをついてくる星野を、西條は苦々しく思う。

星野はいつもこうだ。ミスを犯しても、弁解をしない。ただ、ひたすら謝る。こちらが責めようと思っても、それをしてはいけないような状況をつくる。無意識なのか、計算なのかはわからない。

星野は、臨床研修医を終えたばかりのフェローだ。医師としては三年目だが、循環器外科の専攻医になってからは、まだ五か月と日が浅い。

医師になるには、医療系の大学に進学し、医師国家試験を受けなければならない。合格すれば晴れて医師の資格を得られるが、専門の診療医を名乗れるのはまだ先だ。

医師免許を取得した者は、二年間の研修を受ける制度になっている。この期間の医師を、臨床研修医やスーパーローテータというが、そのまま研修医と呼んでいるところが多い。

研修医はこのあいだに様々な診療科を廻り、自分が進む科を選ぶ。

星野は福岡出身だ。地元の筑紫福岡大学を卒業したあと、研修医として北中大病院へやってきた。

北中大病院には、毎年、多くの研修医がやってくる。名前を覚えないうちに、気づくと研修を終えていなくなっている者が大半だ。

そのなかで星野を覚えた理由は、高校時代に水泳でインターハイまでいった体格のよさと、その身体に似合わない腰の低さが印象に残ったからだった。

星野は研修期間中、西條がいる循環器第二外科に二か月いた。

この期間、主に西條の補佐役を務めていたが、手先の不器用さは研修医歴代のトップを張るほどだった。心臓外科医にとっては大きな瑕《きず》だが、星野にはそれを補う取り柄があった。

体力があることと、単純な性格だ。

心臓手術は、短くても数時間、長ければ十時間以上かかるケースがある。そのあいだ、執刀医は立ったままだ。かなりの体力が必要となるが、水泳で身体を鍛えた星野にはそれがあった。

心臓はほかの臓器の手術より、速やかな判断を迫られるケースが多い。人工心肺を用いた手術は特にそうだ。心臓を止めていられる時間は限られている。

手術前に行われる検査の結果を、西條はあまり信用していない。その結果に、裏切られたことが多いからだ。

手術前に行うX線や超音波を用いた検査で、心臓の状態はある程度把握できる。その情報に基づいて術式を決めるのだが、いざ胸を開いてみると、想像とはまったく違っていたことがある。あるべきはずの場所に血管がなかったり、心臓のまわりに脂肪がべっとりとついていて、心膜をはがすことができなかったりした。手術中に心臓が予期していなかった動きをはじめ、患者が危険な状況になったこともある。

術中、執刀医は大なり小なり、その場での決断を迫られる。

そのとき執刀医に必要なのは、決断力だ。自分が持つ知識と経験、技術を駆使して、目の前の状況に立ち向かわなければいけない。

決断の最大の敵は、迷いだ。

迷いは時間を消費する。術中の時間の消費は、患者の命を削っているに等しい。さまざまなケースを想定し、疑い、迷い、時間をかけていいのは研究に携わる者だけだ。

星野をひとことで表すならば、正直、だと西條は思う。

自分が悪いと思えば素直に詫び、正しいと思えば突き進む。損得勘定や駆け引きはない。

体力があるところは同じだが、それ以外は西條と正反対だ。そこが苛立たしくもあり、好ましくもあった。

西條は歩きながら、星野に訊ねた。

「次の手術は、大動脈弁輪《べんりん》拡張症の患者だったな」

話しかけられた星野は急いで西條の脇にきて、患者の名前と年齢を伝えた。

「そうです。名前は加藤章《かとうあきら》、四十歳です」

加藤は自治体の健康診断で心雑音があると指摘され、北中大病院を受診してきた。

西條が担当医になり、心臓エコーやCT検査を行った結果、大動脈の付け根部分が直径六センチまで拡大していることがわかった。通常の倍以上だ。そのことにより、大動脈弁が正常に機能しなくなっていた。

心臓は、左右に心室と心房があり、四つに分かれている。

酸素や栄養を含んだ血液は、全身を廻りそれらを各臓器に供給する。役目を終えた血液は、心臓の右心房に戻り、右心室から肺へ送られる。肺へ送られた血液はそこで酸素を吸収し、こんどは左心房に戻り、左心室に入る。そして再び、全身に送られていく。

その機能が保たれるためには、心臓を構築しているパーツが正しく機能しなければならない。ひとつでも欠陥があれば、生命の危機に陥る。

男性が患っている大動脈弁輪拡張症は、大動脈が収まっている左心室の出口の枠が広がり弁が閉まらなくなることで、全身に送られるべき動脈血が逆流してしまう疾患だ。

受診した当初、本人にめまいや息切れなどの自覚症状はなかった。

加藤は西條の診断に狼狽《うろた》え、手術以外の治療法はないか訊ねた。

利尿剤や降圧剤といった心臓への負荷を抑える薬を服用する方法もあるが、それは対症療法に過ぎない。一度拡張した弁輪が戻ることはなく、拡張は進行し、場合によっては血管壁が裂ける大動脈解離を起こすこともありうる。そうなった場合の致死率は、極めて高い。だが自分ならば、ミカエルで手術を成功させる自信がある。

そう西條が説明すると加藤は、深々と頭を下げ、ミカエルでの手術を希望した。

西條は歩きながら、来週木曜日のことを思った。メディカルライフジャーナルの取材日だ。

加藤に言った言葉に、嘘はない。

廊下を歩きながら西條は、取材で今回の手術を事例に出し、北中大病院でのロボット支援下手術がほかの医療機関より、いかに進んでいるかを語ることに決めた。それは同時に、西條がロボット支援下手術の名医であるとの認識を広めることになる。

上がりそうになる口角を、西條は引き締めた。

沈んだ顔をしている星野の背を、強く叩く。

「そんな顔をするな。患者が不安になる」

星野ははっとした様子で、自分の顔を撫でた。

西條は星野の顔を見た。

「反省は必要だ。しかし、それ以上に、気持ちの切り替えが大事だ。いまは、次の手術に集中しろ」

曇っていた星野の表情が、ぱっと明るくなる。

「はい。いまは、次の患者を救うことだけを考えます」

やはり星野は素直だ。

「そういえば」

星野はそう言って、足を止めた。

「加藤さんの親族が、西條先生に会いたがっています」

つられて立ち止まった西條の頭に、高齢の夫婦が浮かんだ。

加藤の両親だ。

加藤は独身で、妻子はいない。本人とともに手術の説明を受けたのは、両親だった。

息子の病に対するふたりのショックは大きく、特に母親はひどかった。手術の説明が終わらないうちに泣きだした。

「術前の説明は済んでいるんだろう」

西條の質問に、星野は頷いた。

「午前中に看護師が行っています。そのときはなにも言っていなかったのですが、先ほどになって母親が、どうしても西條先生に会いたいと言い出したんです。無事に手術が成功するか心配なんでしょう。待合室Bにいますが、どうしますか」

患者の関係者が待機する部屋だ。フロアに五つあり、ひと部屋に四、五人が入れる。

「その必要はない」

きっぱりと言う。

星野の顔が曇る。

気休めでもいいから、声をかければ母親は落ち着くのに――目がそう言っている。

西條は身体の向きをかえ、星野を真正面から見据えた。

「君も心配か」

思わぬ問いに、星野は狼狽えたようだった。

重ねて問う。

「加藤さんの母親と同じように、私を信用していないのか」

星野は慌てて、首を左右に振った。

「僕は信じています」

西條は声に力を込めた。

「手術は成功する。私がさせる」

星野の表情が引き締まる。

嘘ではなかった。

いままで数えきれないほどの手術を行ったが、すべてそう信じてきた。執刀医がそう思わずに、誰が信じるというのか。

「西條先生」

廊下の奥で声がした。ミーティングルームの前に、女性がいた。加藤の手術で外回りを受け持つ看護師だ。

「スタッフ揃っています。カンファレンスお願いします」

西條は星野の肩を、軽く叩いた。

「時間がもったいない。急げ」

ミーティングルームに向かって、歩き出す。

「はい」

後ろで、星野の力強い返事が聞こえた。

第二章

シェ・オランジェの扉を開けると、すぐさまウェイターがやってきた。

まだ若いが、黒服姿は堂に入っている。

名前を伝えると、ウェイターは西條が着ていた上着を預かり、店の奥へ通した。

シェ・オランジェは、札幌市内にあるフランス料理店だ。三十五階建ての高層ホテル、グランド・オースティンの最上階にある。料理の美味しさと夜景の美しさが評判の店だ。

フロアの中央にはグランドピアノがあり、そばにあるサイドテーブルには、クリスタルの花瓶に活けられた豪華な花が置かれている。

今日は白いカサブランカをメインに、ナナカマドとアンスリュームでアレンジされていた。同じ花を使ったブーケが、二十席ほどあるテーブルにも飾られている。

ディナーはひとり三万円からで、いいワインを頼めば軽く五万を超える。

気軽に使える店ではない。が、いつも席が埋まっている。客層は広く、西條よりあきらかに年上と思しき者もいれば、二十歳を超えたばかりのような若造もいる。男女のふたり連れや、商談の打ち合わせの席のような少人数まで、組み合わせも様々だ。

ウェイターは、窓際の一番いい席に西條を連れていく。

「こちらです」

案内されたテーブルには、三人が座っていた。

病院長の曾我部と、経営戦略担当病院長補佐の雨宮《あめみや》香澄《かすみ》。もうひとりは、話に聞いている医療メーカーの男性だろう。年の頃は三十代半ばくらいか。いい時計をしている。

曾我部は満面の笑みで、飲みかけのワイングラスを軽く掲げた。

「悪いが先にいただいているよ」

テーブルに置かれているボトルを見る。ムルソー。今日のディナーはひとり六万円といったところか。

曾我部は今年で六十三歳だ。髪は白く、若い頃にテニスで焼いたという肌は染みが目立つ。が、老いは感じない。

週に二日はジムで鍛えている身体は、スーツの上からでもほどよい筋肉がついているのがわかる。笑うと目につく白い歯は、還暦を機にすべてインプラントにしたものだ。なによりも活力を感じるのは、相手を見る目に強さがあることだった。曾我部を見ていると、年齢と老いは比例するものではないと実感する。

ウェイターは、空いている席に西條を促した。曾我部の前の席だ。

西條は席に着き、膝にナプキンを広げた。

「私が遅れたんです。病院長が謝る必要はありません」

会食の約束は七時だった。三十分の遅刻だ。西條が北中大病院を出たとき、すでに七時を回っていた。

男性が立ち上がり、スーツの内ポケットから名刺入れを取り出した。なかから一枚抜きだし、慣れた手つきで西條に差し出す。

「今日はお忙しいなか、お時間をいただきありがとうございます」

営業用の笑顔も板についている。

名刺には、カワモトメディック営業部部長、小暮亮二《こぐれりょうじ》とあった。

西條が名刺を受け取ると、小暮は尻を椅子に戻した。

向かいから、雨宮が訊ねる。

「お飲み物は、いかがいたしましょう」

いつものように、長い髪を後ろでひとつに結んでいる。シンプルな髪型が、整った顔立ちを際立たせていた。三十代半ばだが、年齢以上の落ち着きがある。

「私はノンアルコールのワインをいただきます」

小暮が決まり悪そうに、目を伏せる。小暮の前には、飲みかけのワインが入ったグラスがあった。主賓を差し置き、酒を飲んでいたことが気まずいのだろう。

西條は外で滅多に酒を飲まない。救急で呼び出されることを想定してのことだ。当直の医師はいるが、自分の手が必要にならないとも限らない。

まして、今日のような席では、特に手が出なかった。いいワインだが、西條の口には合わない。かしこまった相手に、肩が凝る。ひとりで安い酒を、手酌で飲むのが好きだ。

酒を飲まないのは自分の都合だ。気を遣う必要はない。

小暮にそう言おうとしたとき、雨宮が先に口を開いた。

「西條先生は、あまりお酒を召し上がらないんです。お気になさらず」

雨宮は気が回る。曾我部が雨宮を気に入っている理由のひとつだ。

手をあげて、雨宮はウェイターを呼んだ。

「これと同じものを、あちらの方に」

そう言いながら、自分のワイングラスに手を添える。

雨宮が飲んでいたワインは、ノンアルコールだった。

「あなたも今日はアルコール抜きですか」

雨宮は困ったように笑う。

西條が訊ねると、

「私、酒癖が悪いんです」

雨宮の隣で、曾我部が芝居がかったように驚いた。

「君とはかなり酒席を共にしているが、そんなところは見たことがないがな」

雨宮は、意地が悪そうな目を曾我部に向けた。

「こんど、ご覧にいれましょうか」

曾我部が楽しそうに笑う。

「ぜひお願いしたいね。美人に絡まれるのは嫌いじゃない」

ふたりの楽しそうなやり取りに、沈んでいた小暮の表情が明るくなった。

重かった場の空気が和む。

雨宮のユーモアがあるところも、曾我部は気に入っている。

ウェイターが西條のグラスを運んでくると、雨宮は酒を飲まない本当の理由を述べた。

「明日までに目を通さなければいけない書類があるんです。そのうちのひとつは、今日、小暮さんがお持ちになったものです」

全員の飲み物が揃ったところで、曾我部は本題を切り出した。

「小暮さんが持ってきた話だが、人工血管についてだそうだ」

カワモトメディックは、後発の医療メーカーだ。

親会社のバクスター・ゴア・カンパニーは、アメリカのデラウェア州にある。起業は一九二八年で、当初はゴム製造会社だった。

事業の多角的な展開をはじめたのは、二〇〇〇年に多用途ポリマーの開発に成功してからだ。

バクスター・ゴア・カンパニーは、市場をアメリカから世界に広げ、十年前に日本に進出した。

カワモトメディックは、バクスター・ゴア・カンパニーが出資して作った子会社で、人工血管やステントグラフトを製造している。

海外資本が参入しているため、カワモトメディックの製品は、国内製造のものより単価が高い。が、耐久性においての評判のよさはかねてより耳に入っていた。

「品質はいいと聞いています」

そう言うと、小暮は目を輝かせて西條の方に身を乗り出した。

「有名な西條先生のお耳に、我が社の製品の話が入っているなんて嬉しい限りです」

世辞ではなく、本気で言っていることは、声の強さからわかる。

小暮は足元に置いていたビジネスバッグから、小さめの書類袋を取り出した。中身を西條に差し出す。

「これが我が社の新しい人工血管です。ご覧ください。ふにゃふにゃでしょう。ロボットで操作しやすいように、柔らかくしたんです。しかもこれは、血液に触れて五、六時間するとアルブミンが重合して、従来の人工血管と同じ硬さになるんです。この製品を使用することで、先生の天才的な手術にさらに磨きがかかりますよ」

小暮は早口でまくしたてる。

西條はうんざりした。

ついさきほどまで、西條は本物の血管と格闘していたのだ。今日はもう仕事から離れたい。

西條の無言から、内心を察したのだろう。雨宮は小暮に提案した。

「それは私が預かります。西條先生のご意見は、後日、私からお伝えします」

小暮はなにか言いたそうだったが、大人しく雨宮の意見に従った。

雨宮は、人当たりはやわらかいが、相手に有無を言わさぬ強さがあった。

打ち解けているようで、一線を踏み越えさせない空気を纏《まと》っている。言葉の端々に滲《にじ》みでる知識の深さも、そう感じさせる要因だろう。

雨宮とは仕事がらみの会食を幾度かともにしたが、相手が誰であろうと態度は変わらなかった。製薬会社の取締役でも、地元企業の平社員でも同じだ。横柄に振る舞うことも、媚《こ》びることもない。

人によっては、可愛げがない、と感じる者もいるだろう。が、西條には、雨宮の凛とした姿は好ましく映った。

　雨宮が北中大病院へ転職してきたのは、二年前だ。当時の経営戦略担当病院長補佐――佐々木が、任期満了に伴いポストを退くタイミングだった。

　後任は慣例に従い、事務部長もしくは経営企画課長といった院内の人間が就くものと、誰もが思っていた。が、曾我部は外部から人物を選任した。それが雨宮だった。

　はじめて雨宮を見たときのことを、西條はいまでも鮮明に覚えている。

　病院執行会議の席に、曾我部とともに現れた雨宮は、黒いパンツスーツ姿だった。今日と同じように長い髪をひとつに束ね、強い眼差しでどこかを見つめていた。華奢《きやしや》な手首に不釣り合いなクロノグラフの腕時計が印象的だった。

　いきなり現れたどこの誰ともわからない者に、会議室は騒《ざわ》めいた。

　上座の席に着いた曾我部の脇に、雨宮は秘書のように立った。

　曾我部が雨宮を、経営戦略担当病院長補佐の後任だ、と紹介すると、出席者からは驚きの声があがった。ヤマトパートナーズというベンチャーキャピタルの社員だという。

　ベンチャーキャピタルとは、高い成長性が見込める未上場企業に対して出資を行う投資会社で、金融系、政府系など様々なジャンルがある。

　ヤマトパートナーズは医療系のベンチャーキャピタルで、創薬や手術機材といった事業への投資に特化した会社だった。

　曾我部から挨拶を促された雨宮は、十六人の執行委員を前に臆する様子もなく端的に自分の経歴を述べた。

　雨宮の経歴は華々しいものだった。

出身は静岡で地元の進学校を卒業し、有名大学の経済学部に入学した。大学卒業後は外資系の銀行に五年間勤務。その後、そこの子会社である大手投資信託運用会社を経て、ヤマトパートナーズへ転職した。

雨宮はヤマトパートナーズで、投資事業だけでなく、投資先の経営支援といった経営コンサルタントも行っていた。社内で五本の指に入るやり手だったと、のちに曾我部から聞いた。

その席で雨宮は、ヤマトパートナーズにはすでに辞表を出している、と述べた。

雨宮がはじめて出席した会議は、二年前の一月だった。佐々木の退職はその年の年度末の三月末日で、後任の辞令が下りるのは新年度がはじまる四月一日付だ。執行委員からの正式な許可が下りる前に、雨宮は前職を辞めていたのだ。

曾我部はその席で、雨宮を後任に決定したわけではなく、あくまで推薦に留めたが、病院長の提案は決定を意味する。反乱が起こらない限り、覆《くつがえ》ることはない。

はたして、雨宮は佐々木の後任の席についた。

雨宮が病院に勤務しはじめた当初は、病院内での風当たりが強かった。

いきなり現れて、執行委員の席についたのだから、まわりの反感を買うのも無理はない。曾我部の愛人だという噂が流れたこともある。真相はいまでもわからない。

当の本人は、反感やよこしまな噂など気にならないようだった。怯えたり萎縮したりすることなく、会議で堂々と意見を述べ、的確な経営戦略を打ち出していった。

雨宮が進めた戦略は、曾我部が推奨するロボット支援下手術を主軸にしたものだった。これからの医療は、ロボット支援下手術なくしては成り立たない。北海道のような広大な土地にこそ必要だ、と説明した。

医療メーカーや医療機器レンタル会社などから、ミカエルに関するデータを取り寄せ、北中大病院がさらに充実した施設になるには、ミカエルでの収入が不可欠だと訴えた。

これから、手術支援ロボット製造会社の競い合いがはじまり、医療は新たな局面を迎える。病院が生き残るには、多方面からの情報を入手し、現場に取り入れていかなければいけない、と報告した。

前任の佐々木も雨宮と同じ大学の経済学部出身だったが、投資会社でコンサルタントの経験を持つ雨宮とは力量が違っていた。データの分析能力、先見の明を含めて雨宮のほうが優秀だ。周囲が雨宮を認めるまで、そう時間はかからなかった。

雨宮に対する風当たりが思いのほか早く収まった理由は、もうひとつある。

経営戦略担当というポストだ。

病院長補佐で副病院長にあがれる者は医科担当と歯科担当しかない。副病院長の総務担当、医療安全担当、看護部担当は、各部から選出される。

経営戦略担当に病院長補佐より上のポストはなく、また、院内の人間関係に深く関わる部署でないことも、外部者の雨宮が受け入れられた要因だった。

どこの病院もそうであるように、北中大病院にも派閥はある。

西條が教授を務める診療科もそうだ。循環器外科には第一と第二があるが、多少なりとも軋轢《あつれき》は生じている。

頭同士が意識しあうのは世の常だ。本人が上に立つことを望まなくとも、まわりがけしかけることもある。自分が従っている主が他より権力を持っていると、自分も偉くなったように感じるのだろう。

曾我部が前病院長の小西から病院長のポストを引き継いだのは、いまから十一年前になる。

小西は当時からロボット支援下手術を北中大病院の要《かなめ》とする取り組みを行ってきたが、その意志を継承したのが曾我部だった。

小西も曾我部も循環器外科専門医だ。ロボット支援下手術の必要性を理解しあい、未来の北中大病院の絵面を同じように描いていたのだろう。

いままでの流れを考えれば、曾我部の後任は循環器外科医で、かつロボット支援下手術に理解がある者となる。

病院関係者に、ふたつの条件に当てはまる人物をあげよ、と問えば、十人中十人が西條の名をあげるだろう。

思いあがっているわけではない。今日の石田と武藤の会話が、事実であることを物語っている。自分が望むと望まざるとにかかわらず、まわりが西條を上に押し上げる。

その布石として、来年の三月末に医科担当副病院長の入れ替わりがある。医科担当副病院長の有馬が退職するためだ。

西條はノンアルコールのワインを口にしながら、七年前を思い出した。


その日、西條は曾我部から、勤務が終わったら自宅へくるように言われた。

曾我部の自宅は、北中大病院から車で十五分ほどの閑静な住宅地にある。立派な門構えの重厚な日本家屋だ。

細君に通された客間で待っていると、ほどなく曾我部がやってきた。細君が茶を置き退室すると、曾我部は前置きもせずに本題に入った。

女性問題を起こした沼田に代わる人事の話だった。

曾我部は応接セットのソファで脚を組み、新たな歯科担当副病院長に富塚を推す、と言った。

西條は驚き、富塚は副病院長の器ではない、と異論を唱えた。

曾我部は含んだ笑いを漏らし、だからいいんだ、と答えた。ねずみはどこまでいってもねずみだ。なにがあっても頂点捕食者になることはない、という。

曾我部は、鋭い目で西條を見た。

「地位はよくも悪くも、人を変える。富塚くんは、出世に関心がない男だ。ただ黙々と、日常の業務をこなしている。が、今回の人事で、出世欲が芽生えるかもしれない」

いつも自信なさげに物陰に隠れている男が、己の力を過信するような人間になるとは思えない。

そう言うと、曾我部は声に出して笑った。

「君はまだ人間を知らないな」

ひとしきり笑うと曾我部は、湯のみをテーブルに置き、西條のほうへ身を乗り出した。

「変わらなければそれでいい。むしろそう願っている。が、もし私が言ったとおり富塚くんに出世欲が芽生えたとしても、彼が副病院長より上のポストに就くことはない」

副病院長の上のポストは、病院長しかない。

曾我部は、姿勢を元に戻し淡々と語る。

「私はいま五十六歳だ。定年まで九年ある。ちょうど三期分だ。私が退職するとき、次の病院長の選任がある。君も知っているように、慣例で医科担当と歯科担当の副病院長の名があがる。富塚くんはどうあがいても、実績、人望ともに評価を得ることはない。私がそのときの医科担当副病院長を後任に選んでも、誰も反対しないだろう。今回、私が富塚くんを副病院長に推す理由はそこだよ」

九年後の話をする曾我部に、西條は背筋が寒くなった。

病院では、昨日まで元気だった患者が突然亡くなるような出来事に溢れている。日々、目の前の命を救うことだけを考えている西條にとって、九年後など遥か先だ。遠い未来ともいえる彼方のことを、まるで明日のことのように考える視野の広さに、西條は畏怖《いふ》の念を抱いた。

同時に西條は、なぜ曾我部は自分に真意を伝えたのか、疑問に思った。

いまの話は、誰にも話さず自分の胸のなかだけに留めておいてもいいはずだ。それを、西條に伝えた理由はなにか。

ある考えが頭をよぎり、西條は息をのんだ。

曾我部は、病院長の後任に西條を考えているのではないか。人事の裏側を教えることで、いずれ病院長になるための心の準備をしておけ、と暗に言っているのではないか。

西條が伏せていた顔をあげると、曾我部と目が合った。曾我部はなにかを面白がっているように、目を細めた。

「今回の人事に、異を唱える者がいることは容易に想像がつく。言いたいやつには好きなように言わせておくさ。だが、君の信頼は失いたくなかったのでね」

曾我部は茶を飲み干し、部屋の外に向かって声を張った。

「西條くんが帰るぞ」

曾我部はソファから立ち上がり西條のそばにくると、肩を軽く叩いた。

「私は君の腕を、高く評価しているよ」

曾我部が客間のドアを開けると、外に細君が控えていた。

部屋を出ていく曾我部の背に、西條は頭をさげた。

「お飲み物を代えましょうか」

西條は雨宮の声で、我に返った。

気がつけば、グラスを持つ手が止まっていた。

「いいえ、同じものを」

そう言って、グラスの中身を飲み干す。

「そういえば」

メインのフィレ肉にナイフを入れながら、曾我部が西條を見た。

「今日、病院を出る前にA館に立ち寄ったんだが、廊下で泣いている女性がいてね。そばに夫らしき人がいて宥《なだ》めていたが、女性がしきりに君の名前を口にしてたよ」

西條の頭に、加藤の両親が浮かんだ。

現場を持っていない曾我部は、いつも終業時刻の夕方五時半には病院を出る。が、水曜日の今日は違う。週に一度の病棟回診があるからだ。

循環器外科の病床数は、およそ三十五。患者ひとりに二分間かかるとして、回り終えるには一時間かかる。ちょうど西條が、加藤の家族への説明を終えたくらいだ。

「おふたりとも、ご年配でしたか」

訊ねると、曾我部は自嘲気味に笑った。

「私がいうのもなんだが、ご年配だったよ」

やはり加藤の両親だ。

西條は、ウェイターが新しく注いでいったノンアルコールワインを口にした。

「四時から手術をした、加藤という男性の両親です」

曾我部は、ああ、と声を漏らした。ナイフとフォークを皿に置き、グラスを手にする。

「たしか、大動脈弁輪拡張症の患者だったね」

曾我部のすごいところは、記憶力が飛びぬけていいことだった。

北中大病院の循環器第一外科、第二外科の外来を訪れる者は、一日およそ三十人。年間およそ六千人におよぶ。その大半を、曾我部は記憶していた。

名前は出てこなくても、症例と年齢をあげれば、患者の来院経緯やどのような予後なのかがすぐにわかる。

「ご両親のあの様子だと、上手くいったようだね。ふたりとも目に涙を浮かべて、西條先生はすごい、と言っていたよ」

西條の気持ちが、わずかに高揚した。

この仕事は、称賛されるか罵声をあびるかのどちらかだ。病を治せば感謝され、逆であれば恨まれる。

医師になった当初は、後者のほうが多かった。患者の信用が得られず、思い悩む時期もあった。

称賛と罵声の比率が大きく逆転したのは、ミカエルでの心臓手術を成功させてからだ。

患者たちは信者のように西條を崇《あが》め、医術者たちは医療の先駆者だと褒め称えた。

わかりやすく手のひらを返したのは、医療ビジネスの連中だった。

ミカエルでの心臓手術成功は、新たなビジネス分野の拡大を意味した。

医療支援ロボットを製造する医療機器会社、そこに製品を供給する部品メーカーはもとより、製薬、AI支援、再生医療といった幅広い事業が西條に注目し、自社への協力を求めた。

西條は、ロボット支援下心臓手術の第一人者だ。どの分野においても、西條が認めたとなれば大きな信用に繋がる。

横から小暮が、嬉々とした声を出した。

「加藤さん、ですか。西條先生に手術してもらえるなんて、ラッキーな方ですね」

西條は肉を口に運ぶことで、小暮を無視した。

この男も、手のひらを返した種類の人間だ。

小暮の言葉を疑うわけではない。西條にとってこの手の人種の言葉は、本音でも世辞でもどちらでもよかった。

こいつらの言葉は、真実ではない。状況や立場で変わる言葉など、枯葉より軽い。

西條は、加藤の両親の姿を思い浮かべた。長い時間を生きてきた年輪が、ふたりの顔に刻まれていた。綺麗なものも汚いものも見てきた目に浮かぶ涙がどれほど重いか、小暮にはわからないだろう。ひとり息子の生を願うふたりの姿こそが、真実だ。

上着の内ポケットで、スマートフォンが震えた。私用のものだ。

病院から配付されているPHSは、院外では使えない。特殊な弱い電波を使っているためだ。帰るときに、自分のロッカーに置いてきている。

「失礼」

西條は断りを入れ、携帯画面を確認した。

義理の母——寛子《ひろこ》だった。

「すぐ戻ります」

西條は席を立ち、店の外に出た。

ホテルの通路で、改めて携帯を見る。移動しているあいだに、電話は切れていた。留守電は吹き込まれていない。

西條は重い気持ちを吹っ切り、電話を折り返した。

すぐに電話は繫がった。いつもの早口が携帯から聞こえる。

「泰己さん、わたし。特に用事はないの。ごめんなさいね。すぐに切るから」

用がないのはわかっている。急用ならば、留守電に用件を吹き込む。いつもの電話だ。

「さっき美咲《みさき》とも話したんだけど、最近、どう？」

美咲は西條の妻だ。今年で四十五歳、西條と同い年だ。

義母の寛子は、東北の仙台にいる。夫の重信《しげのぶ》が元気だったときは、持ち家に夫婦で暮らしていたが、重信が五年前に脳溢血で急逝してからは、同じ仙台市内にいる美咲の兄夫婦と同居している。

寛子は昔から、心配性の気質だった。

美咲が西條と結婚し、北海道で暮らすと知ったときも、喜びより不安のほうが優っていた。

寛子の心配性は、夫が急死してからさらにひどくなった。一周忌が過ぎたころには、漠然とした不安が理由で不眠症になり、近くの精神科を受診した。不安神経症と診断され、それからずっと薬を服用している。

美咲への電話は一日おき、西條へも一週間に一度はかかってくる。時間は関係ない。寛子の不安の強さで決まる。

義母が言う、どう、という二文字には、様々な意味が含まれている。西條の仕事、娘の様子、体調、夫婦仲などだ。

西條はいつもと同じ返事をした。

「大丈夫ですよ」

寛子の、どう、と同じく、西條が言う、大丈夫、も様々な意味を含んでいた。大丈夫、というより、なにもない、が正しいのだろう。

「そう、よかった」

寛子が安堵の息を漏らす。

「近いうちに、美咲が好きな最中送るわね。泰己さんも好きでしょう」

仙台の銘菓、三色最中のことだ。美咲が言うには、好きだったのは亡くなった父で、自分は家にあったから食べていただけらしい。どこで記憶が混濁したのか、寛子のなかでは美咲が好きなことになっていた。

西條の声を聞いて安心したらしく、義母は早々に電話を切った。

携帯を懐にしまいながら、西條は息を吐いた。

週に一度の短い電話で、義母が安眠できるのならばそれでいい。そう思いながらも、寛子からの電話をうっとうしいと感じる自分もいた。

西條は暇ではない。日々、診察と手術に追われ、休日は溜まった診断書の作成や、学会で発表する論文の執筆で終わる。ほんのわずかとはいえ、意味のない時間を搾取されるのは嫌だった。

今日のように、人と会っているときの電話は、特に不快だった。

美咲にそれとなく、自分への電話を控えるよう伝えたこともある。不安を払拭するだけならば、娘との電話で充分だ。

美咲は西條の言葉に理解を示しながらも、寛子には言わない。母親からの電話には出なくていい、と言うだけだ。

寛子を見ていると、心配性は過干渉と同義語だと思う。

美咲から母親との関係性を明確に聞いたことはないが、寛子を語る言葉の端々には、子供のころから過度に干渉されてきたことが窺えた。

美咲の兄——裕也《ゆうや》から聞いた話によれば、美咲は低出生体重児で、小学校に入るまでは病弱だったという。裕也が札幌に来たとき、三人で行った居酒屋での話だ。

裕也はビールを飲みながら、母親の関心は常に美咲の健康で自分はほっぽらかしだった、と笑った。

寛子がいかに美咲を大切に育てたかを、裕也はいい話として語ったつもりだったようだが、美咲にとっては違ったのだろう。裕也の話を聞く美咲の表情は沈んでいた。

人はいつまでも子供ではない。美咲は成長し、成熟した大人になった。が、寛子にとってはいつまでも病弱で幼い娘なのだろう。いまになっても、美咲に対するかかわり方は変わらない。

美咲は地元の大学を卒業したあと、札幌にきた。知り合ったころ、なぜ就職先に遠方を選んだのか聞いたことがある。

昔から北海道の自然にあこがれていた、と美咲は答えたが、いまとなれば、寛子から逃れたかったのだとわかる。

話して理解してくれるのならいくらでも話すが、寛子にはなにを言っても無駄だ。長い親子関係で、美咲はそうわかっているのだ。だから、電話に関して何も言わず、西條に忍耐を強いるのだ。

美咲の判断は正しい。余計な波風を立てて、寛子の不安神経症がひどくなっても困る。そう思いながらも、ときに寛子と美咲の親子関係が共依存のように見えて気分が悪くなる。そこには、ふたりの関係性に対する自分の嫉妬があることも、西條は自覚していた。

店に戻ろうとしたとき、奥から雨宮がやってきた。

なかなか席に戻らない西條の様子を見にきたらしかった。

雨宮は西條のところにくると、小声で訊ねた。

「なにか急用でも」

西條は首を横に振った。

「なんでもない。いま戻ろうと思っていたところだ」

雨宮は微笑んだ。

「よかった。席が退屈で帰られたのかと思いました」

雨宮の笑みは、共犯者同士が交わすそれのようだった。

つられて西條も笑った。

「いくら退屈でも無断で帰るようなことはしないよ」

雨宮は踵《きびす》を返し、店に向かった。西條もあとに続く。

「さきほどはすみませんでした」

なにを詫びているのかわからず黙っていると、雨宮は肩越しに西條を振り返った。

「小暮さんです。まさかここで商品を出すと思いませんでした。あんなことされたら食欲がなくなります」

やはり雨宮は察しがいい。小暮が会食の席で人工血管をとりだしたことで西條が気分を害したのを、わずかな表情の変化で読み取ったのだろう。

「雨宮さんのせいじゃない」

西條が咎めないことは、最初からわかっていたのだろう。西條の擁護になんの感情も示さず店に入った。

デザートを食べ終え店を出たときは、十時近かった。

家に着いてもすぐには眠れない。今日中に読み終えなければいけない学術書があった。

ホテルを出ると、タクシーが混みあっていた。地下鉄で帰る小暮を先に見送り、三人でタクシーを待った。

「ところで西條くん」

曾我部が前を見ながら言う。

「明日、私の部屋に来てくれないかな。大友《おおとも》くんの後任のことで相談があるんだ」

大友英彦《ひでひこ》は、循環器第一外科科長で教授だ。歳は西條の二つ下で四十三になる。

地元の進学校を卒業したあと、北海道中央大学医学部に入学。医師国家試験合格後は、研修先も勤務先も北中大病院を選んだ。

大友は来春、北中大病院を辞めて、地元の帯広に帰る。帯広で実父が営んでいる内科医院を継ぐためだ。

「大友くんの後任は、やはり前園《まえぞの》くんでしょうね」

西條は隣にいる曾我部に言った。

循環器第一外科には、アルバイトの医師を除き、五人の専門医がいる。一番長く勤めているのは大友だ。ほかの四人は、十年以上がふたりで、あとは五年と三年だ。

大友の後任は、前園圭太《けいた》しかいない、と西條は考えていた。

年齢は大友と同じで、北中大病院勤務は十六年になる。

大阪中央大学卒業後、二年間、東京の大学附属病院で研修を受けた。その後、一年間、イギリスの心臓外科専門病院に留学している。北中大病院へ来たのは、そのあとだ。

前園は、持ち前の明るさで、患者や看護師からの評判がいい。心臓外科医としての筋も、悪くない。

大友の辞職の話を聞いたときから、後任は前園だと西條は認識していた。口にしたことはないが、その考えは曾我部も同じだと思っている。

曾我部から、すぐに肯定の言葉が返ってくるものと思っていた。が、返事がない。見ると、曾我部は表情のない顔で、黙って前を見つめていた。

聞こえなかったのだろうか。

西條は曾我部に声をかけた。

「病院長、大友くんの後任ですが――」

続く言葉を、曾我部が遮った。

「明日、いつならいいかな」

訊かれて、頭のなかのスケジュール帳を急いで開く。

明日は、午前に講義がある。午後は書類の作成だから、いつでも都合がつく。

伝えると曾我部は、午後の二時に病院長室に来るように命じた。

「長い時間は取らせないよ」

曾我部は、前を見たまま言う。

嫌な予感がした。

曾我部の耳に、西條の言葉は届いている。曾我部はあえて、この話題を避けたのだ。

なぜ、曾我部は西條の言葉に同意しないのか。ひとこと、そうだな、と言えば済む話ではないのか。

もう一度、西條が後任の話を持ち出そうとしたとき、ホテルの車寄せに、一台のタクシーが滑り込んできた。車が正面玄関に停まると、待機していたベルスタッフが駆け寄った。運転手になにか訊ね、すぐに西條たちのもとへやってきた。

「タクシーをお待ちの曾我部さまですね。お待たせいたしました」

曾我部はここにきて、やっと西條を見た。

「思ったより待たずに済んだ」

表情が、会食のときの穏やかなものに戻っている。

タクシーの後部座席に曾我部が乗り込むと、あとに雨宮が続いた。

曾我部を自宅まで送っていくのか、このあとふたりでどこかへ行くのか。

後部座席の窓を、雨宮がおろした。

「今日の件は、また改めてお話しさせてください。お忙しいところ、ありがとうございました」

雨宮の隣で、曾我部が西條に向かって片手をあげる。

「じゃあ明日」

西條は曾我部に向かって頭をさげた。

雨宮が窓をあげる。

タクシーが走り出した。

西條は落ち着かない気持ちで、遠ざかる赤いテールランプを見つめていた。

翌日、西條は二時きっかりに病院長室のドアをノックした。

開けると、関口京子《せきぐちきょうこ》がいた。事務部総務課の女性だ。曾我部に関するスケジュールや事務処理を務めている。企業でいうなら社長秘書だ。

ドアの真正面の机にいた関口は、顔をあげて金縁の眼鏡をはずした。

一か月ほど前、老眼が進んで近くのものが見えなくなった、とぼやいていた。今日、かけている眼鏡は新調したものだろう。はじめてみる。

関口は、西條を見てにっこりと笑った。

「時間ぴったりですね」

関口は恵比寿顔だ、と誰かが言った覚えがある。

髭こそないが、いつも笑っているように見える垂れ目は、そう見えなくもない。が、布団をまいたような腹回りは大黒天だと思う。どちらにせよ、明るく福々しい雰囲気を纏っていることは確かだ。

深刻な事態が発生し、部屋に重苦しい沈黙が広がっても、たった一言でその空気を払拭してしまう。そんな力を、関口は持っている。

西條は、部屋の奥にあるもうひとつのドアを見やった。

「病院長、いるかな」

病院長室は、関口の席がある手前の部屋と、曾我部の机がある奥の部屋に分かれている。

関口が頷く。

「今日はお昼に戻られてから、ずっといらっしゃいます。西條先生のこと、お待ちですよ」

関口が席を立ち、曾我部の部屋のドアをノックする。

「西條先生がお見えです」

「通してくれ」

なかから曾我部の声がした。

関口がドアを開いた。

曾我部は、自分の席で書類を読んでいた。

西條がなかへ入ると、顔をあげて書類を下に置いた。

「忙しいところ、悪かったね」

言いながら、椅子から立ち上がる。曾我部は、机の前にある応接セットのソファに座ると、ドアのそばにいる関口にコーヒーをふたつ頼んだ。

関口が出ていくと、曾我部は向かいのソファを西條に勧めた。

促されるまま、席に着く。

曾我部はいつもの穏やかな表情で、昨夜の食事について語りはじめた。

「昨日の肉は、いつもより焼き加減が甘かったな。レアとは言ったが、私はもう少し火が通った方が好みだ。シェフが代わったのかな」

「さあ」

昨日の食事のことなど、どうでもよかった。西條の頭のなかは、大友の後任の件でいっぱいだった。

西條の気持ちを知ってか知らずか、曾我部の口は止まらない。昨夜の肉への不満は、関口がコーヒーを運んでくるまで続いた。

西條はさすがにしびれを切らした。関口が部屋を出ていくと、すぐさま話を切り出した。

「今日、私をここに呼んだのは、大友くんの後任の件でご相談があるとのことでしたが——」

曾我部は気を持たせるように、ゆっくりとコーヒーに手を伸ばした。ひと口啜り、テーブルに戻す。

「そう、そのことなんだがね。君の意見を聞かせてほしいんだ」

西條は唾をのんだ。

曾我部は西條のほうへ身を乗り出し、目を見つめた。

「真木《まき》一義《かずよし》、という名前に憶えはあるかな」

急いで記憶を辿る。ひとり、頭に浮かんだ。

西條は漢字を確認した。

「マキはシンボク、カズヨシはヨコイチにギですか」

曾我部は目を見開き、嬉しそうに手をひとつ叩いた。

「そうだよ、その男だよ。さすが西條くんだ。よく知ってたな」

西條は否定した。

「知っているというほどではありません」

西條は言葉を濁した。

真木はかつて、東京心臓センターにいた心臓外科医だ。

歳は西條のひとつ下で、現在、四十四歳になる。

東京心臓センターは、国内でも有数の心臓専門病院で、真木はそこの若手だった。

同世代のなかでは手術の腕が飛びぬけて良く、驚くほど速い。いずれ心臓外科の分野を背負うひとりになるだろう、と囁《ささや》かれていた。

真木が東京心臓センターを辞めた、と聞いたのは、十一年前の冬だった。

その日、札幌は記録的な大雪で、交通網が麻痺していた。車のスリップによる事故が相次ぎ、救急対応に追われたことをよく覚えている。

電話をかけてきたのは、大阪の病院で働いている大学の同期だった。内科の彼がどこから真木の情報を仕入れたのかはわからない。彼は軽い調子で、真木が東京心臓センターを辞めた、と電話の向こうで言った。

西條は、辞めた理由や新しい勤務先を訊ねたが、明確な答えは返ってこなかった。

医師が集まる学会で、それとなく周りに訊いてみたが、誰も詳しいことは知らなかった。それは東京心臓センターの人間も同様で、転職先もわからないという。

将来を有望視されながら、なぜ、真木は突然、病院を辞めたのか。

真木のことが気になりながらも知る手立てはなく、長い時間のなかで記憶の底に沈んでいた。

まさかこの場で、曾我部の口から真木の名前が出るとは思ってもいなかった。

曾我部はソファに深く身を沈め、胸の前で手を組んだ。

「私は大友くんの後任を、彼にするつもりだ。そこで、君の意見を聞きたい」

西條は声を失った。

十一年のあいだ行方がわからなかった男に、北中大病院の循環器第一外科科長を任せるというのか。

西條は曾我部に、強い反意を示した。

「お言葉ですが、その考えには賛同できません」

曾我部が片眉をあげる。

「真木くんの医師としての優秀さは、君も知っているはずだが」

西條は曾我部のほうへ、身を乗り出した。

「それは十年以上前の話です。私は彼が東京心臓センターを辞めたあと、どこでどのように過ごしていたのか知りません。いくら病院長のお考えでも、素性のわからない男を受け入れるわけにはいきません」

曾我部が声をあげて笑う。

真剣な訴えを笑われ、西條は不快になった。感情が顔に出ていたのだろう。曾我部は笑うのをやめて、西條に詫びた。

「すまない。いまの真木くんを知っている者からすれば、彼がどこの馬の骨ともわからないように言われていることがおかしくてね。落ち着いて考えれば、君がそう思うのも無理はない。私も、半年前はそう思っていたからね」

半年前──そんなに前から、曾我部は大友の後任に真木を考えていたのか。

西條は、曾我部に訊ねた。

「真木さんは、いまどこにいるんですか」

「ドイツのミュンヘンだ」

「ミュンヘン──」

西條の頭に、ある病院が浮かんだ。曾我部は、その名を口にした。

「ハートメディカルセンターで、心臓外科医をしている」

やはり――西條は思った。

ミュンヘンハートメディカルセンターといえば、世界的にも知られている心臓手術の専門病院だ。かつて、東京心臓センターで将来を有望視されていた者が、ミュンヘンでその腕を生かすとすれば、ハートメディカルセンターしかない。

「真木さんは、いつからそこにいるんですか」

「三年前だ。その前は、ハノーバー国際大学病院に四年勤めたそうだ」

ハノーバーはドイツの主要都市のひとつで、ニーダーザクセン州にある。場所は、ミュンヘンから鉄道で北西へ五時間ほどのところだ。ハノーバー国際大学病院は、北ドイツでは一、二を争う規模の総合病院で、日本からも多くの医師が留学している。

曾我部の話によると、真木は東京心臓センターをやめたあと、すぐに日本を離れたという。ドイツへ渡ってから三年間は、ハノーバーの西にあるシャウムブルク郡の小さな医院に勤め、その後、ハノーバー国際大学病院、ミュンヘンハートメディカルセンターに勤務した。

「なぜ、ドイツへ――」

西條のつぶやきに、曾我部が首を横に振った。

「そこは私もわからない。それとなく訊いたが答えなかった」

半年前に、ミュンヘンにいる旧友が帰国した。二年ぶりの再会で、曾我部は旧友が心臓手術をしたことを知る。旧友が手術を受けた病院がハートメディカルセンターで、執刀医が真木だった。異国で手術を受けることに不安を抱いていたが、医師が日本人であることと、病院でも指折りの名医であるとの話から安心して手術を受けられた、と旧友は言っていたらしい。そこで曾我部は、十一年前に行方知れずになった真木がミュンヘンにいることを知った。

「真木くんが心臓外科医を続けていたと知ったときは驚いたよ。しかも、心臓外科専門病院で名高いハートメディカルセンターだ。すぐに、北中大病院へ来てくれないか、と連絡を取ったんだよ」

西條は心で舌打ちをした。

曾我部はいままでも、独断で人事を行ってきた。富塚や雨宮がそうだ。水面下で話を進め、相談という態を取りつつ、ほぼ決定事項として周囲に通達する。

今回も同じだ。西條に意見を聞きたいといいながら、話はほぼ固まっているのだ。

西條は確認した。

「真木さんは、その話を受けたんですか」

曾我部の顔に、満足げな笑みが浮かぶ。

「最初は蹴られた。自分は日本に戻る気はない、との理由だった。しばらく粘ったが意思は固く、諦めかけてたときに、あっちから話を受けると連絡があった」

西條は焦った。

自分には関係のない診療科ならば、後任に誰が就いても問題はない。が、同じ循環器外科の、しかも科長となれば話は別だ。次の医科担当副病院長の席を争うことになりかねない。

西條は角を立てないよう、遠回しに異論を伝えた。

「大友くんの後任が、前園くんではなにか問題があるのですか。順当にいけば、彼が適任だと思いますが。私だけじゃない。関係者の多くが、そう考えているはずです」

「前園くんか」

そうつぶやき、曾我部は遠くを見やった。

嫌な沈黙が部屋に広がる。やがて曾我部は、短く答えた。

「彼に問題はない」

「ならば――」

「が、売りもない」

鋭い声が、西條の言葉を遮る。

曾我部は、テーブルに置いてあるコーヒーに手を伸ばした。

「私は北中大病院を、さらに大きくしようと思っている」

西條は同意した。

「承知しています」

曾我部はゆっくりとコーヒーを啜る。

「何事も、いまより発展させようと思ったら、いいものを揃えなければならない。物なら部品、企業なら人材、病院なら有能な医師だ」

前園も有能だ。北中大病院でなければ、それなりのポストについていてもおかしくはない。

考えを見抜いたのだろう。開きかけた西條の口を、曾我部は先回りして塞いだ。

「君がなにを言いたいのかわかる。たしかに、前園くんを後任にすれば、誰もが納得するだろう。外部の人間をいきなり科長にすれば、内部の反対意見が出ることは想像に難くない。が、考えてみてくれ。私がいままでに誤った人選をしたことがあるか。私は北中大病院を、国内有数の大病院にしたいんだ」

「それには、真木さんが必要だということですか」

曾我部はきっぱりという。

「そうだ」

曾我部が真木に執着すればするほど、西條の不満は増幅した。

なぜ、曾我部はここまで真木を強く要望するのか。

ある考えが浮かび、西條は身体を固くした。

曾我部は、北中大病院の未来をロボット支援下手術で切り開こうとしている。

もしかして、真木はロボット支援下手術の技術に長《た》けているのだろうか。西條がなにかしらの理由で北中大病院を退かなければならなくなったときの要員に考えているのか。

ふざけるな。

西條は、身体の前で組んでいる手を強く握った。

北中大病院の看板を背負っているのは自分だ。ロボット支援下手術の第一人者の座は、なにがあっても譲らない。

西條は単刀直入に訊ねた。

「真木さんは、手術をミカエルで行っているのですか」

西條の問いを、曾我部は一笑に付した。

「いいや、従来の手術だ」

西條は自分でも、身体から力が抜けるのがわかった。

ロボット支援下手術を行っていないのならば、西條と北中大病院の副病院長の座を争う可能性はない。

曾我部はコーヒーをテーブルに置き、ソファの背にゆったりともたれた。

「近年、ミカエルでの手術は確実に増えている。しかし、それは心臓以外の臓器に関してだ。国内、国外問わず、ミカエルで心臓手術が行える医師は極めて少ない。君はそのなかの貴重なひとりだよ。私は君を誇りに思っている」

曾我部は意地悪な目で、西條を見た。

「安心したかね？」

西條は戸惑った。本心を見破られ、尻の座りが悪い。急いで取り繕う。

「いえ、そのような意味ではありません。病院長がそこまで真木さんを高く買う理由は、力を入れているロボット支援下手術の強化を考えてのことかと思いましたので――」

曾我部は含んだ笑みを顔に浮かべた。背もたれから身を起こし、西條のほうへ顔を寄せる。

「私が真木くんを後任に迎える理由は、ふたつある。ひとつは、従来の心臓外科手術のスキルアップだ」

「若手医師の育成、ということですか」

曾我部は頷いた。

「真木くんの手術の腕は、ハートメディカルセンターでも高く評価されている。世界で有数の心臓外科専門病院で認められているということは、日本国内でも名医と呼ばれるクラスの技術を持っている証明だ。世界に通じる手術を目にすることは、若手にとってなによりの勉強になる。百聞は一見にしかず、だよ」

曾我部の考えには、同意する。

上達に知識は必要だ。が、それ以上に、経験は大きい。西條も、ミカエルでの手術における技術を教えてほしいと頼まれたら、まずはその目で実際の手術を見るべきだ、と言う。文字や写真では得られないものが、実際の手術にはある。

その最たるものが、命の重さだ。

動いている心臓、言い換えるなら、命そのものを目にするとき、西條は神聖な気持ちになる。人間が踏み込んではいけない領域に触れるような、罪悪感さえ抱くときがある。

「そして、真木くんを後任に迎える理由のもうひとつは、ロボット支援下手術が定着するまでの、もうひとつの柱が必要だからだ」

曾我部は、言葉を続ける。

「ミカエルでの心臓手術は、これからさらに増える。医師の技術が向上し、いずれ手術の大半は、ミカエルで行えることになるだろう。しかし、そうなるには時間がかかる。北中大病院が、国内においてロボット支援下手術のトップになるまでは、従来の手術の向上にも力を入れる必要がある」

「従来の心臓手術を支えていく医師が、真木さんということですか」

曾我部の顔が曇る。

少しあいだを置いて、曾我部は腕を組み重々しく答えた。

「真木くんがこの話を受けるには、ある条件があった」

西條は息をつめた。

まさか、次期副病院長の椅子を求めたのだろうか。

「職名は特任教授にしてほしいそうだ。任期は三年だ」

西條は意表を突かれた。

定年まで雇用が約束されている教授と違い、特任教授は任期が決まっている。雇用期間は人それぞれだが、多くは三年から五年だ。任期を終えたら別の勤務先を探さなければならない。病院にとっては、客員医師のようなものだ。

西條は訊ねた。

「なぜ真木さんは、教授を望まないんですか。三年後に、またミュンヘンハートメディカルセンターに戻る話でもあるんですか」

曾我部は腕を組んで、息を吐いた。

「そのような話はないそうだ。三年後のことはそのときに考える、そう言っていた」

西條は真木の顔を、一度だけ見たことがある。定期的に刊行されている医学雑誌に、写真が載っていた。真木が東京心臓センターを辞める一年ほど前のものだ。

写真はさほど大きくなかったが、西條はそのときの真木をよく覚えている。

机に肘をつき、手に顎を乗せていた。斜に構えた姿勢で、不機嫌そうにしている姿は、見る者に太々《ふてぶて》しい印象を与える。

一番、記憶に焼き付いているのは目だ。視線の先に親の仇でもいるかのように、厳しかった。その目からは、強い野心がうかがえた。

雨宮のときと同様に、いきなり後任として現れた真木に、病院関係者は驚くだろう。が、真木の経歴と実績を知れば、真木の科長就任に反対する声は鎮まるはずだ。むしろ、海外からやってきた名医の手術を求める患者が増え、北中大病院の正式な医師になることを願う者も出てくるだろう。

真木が望めば、定年まで北中大病院に勤められ、科長よりさらに上のポストに就くことも可能性としてはある。

なぜ、真木はそれを望まないのか。

曾我部は手にしたカップをぐるりと回し、残りのコーヒーを飲み干した。

「真木くんを教授として迎えたいが、任期三年でなければこの話を受けないというのだから仕方がない。三年という短い期間だが、若手にとっては勉強にもなるし、北中大病院にとっても悪い話ではない。ミュンヘンの心臓外科専門病院から来た医師は、きっとマスコミや患者の関心を集めるだろう。北中大病院がさらに話題になる」

西條は顔の前で手を組んだ。

任期が三年と決まっているならば、副病院長の椅子を争うことはない。一時的に北中大病院に籍を置くだけだ。なにも心配することはない。が、曾我部が真木を極めて高く評価していることと、真木の出した不可解な条件が、西條の気持ちを落ち着かなくさせた。

話が途切れたとき、ドアがノックされた。

「どうぞ」

曾我部が言うと、関口が部屋に入ってきた。

「病院長、三時から次のお約束が入っていますが……」

西條は腕時計を見た。二時四十五分。

真木に関してもっと話したいことがあった。が、時間がない。

西條はソファから立ち上がった。

第三章

新千歳空港の国内線ターミナルビルを出た西條は、凍てつく風に身を竦《すく》めた。

ボストンバッグからマフラーを取り出し、首に巻く。

西條は今日、朝一番の飛行機で東京から戻ってきた。昨日と一昨日、東京で心臓外科の学会があり出席してきたのだ。新千歳空港には、予定時刻より十分遅い午前八時に到着した。

三月下旬のこの時期、東京はすでに桜が咲いている。が、北海道はまだ冬の途中だ。山の頂は白く、風は冷たい。道路も、交通量が多い幹線はアスファルトが見えているが、少し日当たりが悪い場所に入ると、雪が残っている。北の大地の春は、まだ先だ。

西條は、駐車場に停めていた車に乗り込み、上着の内ポケットからスマートフォンを出した。

妻の美咲に電話をかける。

なかなか出ない。留守番電話に切り替わる。無事に戻った知らせを吹き込もうとしたとき、電話が繋がった。

「あなた、もうこっちに着いたの」

弱々しい声から、体調が優れないのだとわかる。横になっていたのだろう。

美咲は月に一度、女性特有のバイオリズムで、頭痛や腹痛が起こる。週に三日、札幌市内の小学校でスクールカウンセラーをしているが、ときに休まなければいけないほどひどい。

美咲と知り合ったのは、西條が専門医になって二年目のときだ。

札幌市で開かれた精神科医のセミナーに、美咲はいた。

西條はセミナーに、ゲストとして参加していた。術後の侵襲によるうつ病がテーマで、西條は心臓外科医から見た予防法や対処法について意見を述べた。

セミナーのあとに、医療関係者を集めた懇親会が開かれた。

挨拶にきた顔見知りの医師の後ろにいたのが、美咲だった。医師は札幌市内で開業しているメンタルクリニックの院長で、美咲はそこの心理カウンセラーを務めていた。

院長は西條に美咲を紹介した。仕事熱心で真面目ないい子だ、という。紹介された美咲は、控えめに笑った。

人が褒められたときの反応は、大きくふたつに分かれる。卑屈に否定するか、身の丈以上の自尊心を振りかざし威張るかだ。そのどちらでもない美咲に西條が抱いた印象は、素直、というものだった。

メンタルクリニックの院長から会食の誘いがあったのは、セミナーから一週間後だった。セミナーで西條に関心を持ち、膝を突き合わせて話したい、とメールがあった。美咲も同席するという。断る理由が見当たらず、西條は誘いを受けた。

会食は和やかな雰囲気で進んだ。院長は西條の話に感銘を受けたらしく、終始、機嫌がよかった。

話はやがて、美咲の生い立ちに移った。そこで西條は、美咲の出身地や幼少期に病弱だったこと、大学で心理学を専攻していたことを知った。

西條が、就職先に遠い北海道を選んだ理由を訊ねると美咲は、昔から北海道の自然にあこがれていた、と答え、そのあとにぽつりと、そして自分の力で生きたいから、とつけくわえた。

人は個である、との持論を西條は持っている。親でも兄弟でも、ひとりの人間だ。精神的な自立があり、その先に支え合いが成立すると思っていた。それはいまでも変わらない。自立心が強い美咲に、西條は好感を抱いた。

西條と美咲がふたりで会うようになるまで、そう時間はかからなかった。

美咲といると楽だった。恋人同士によくある独占欲や嫉妬といった感情に苛《さいな》まれたことはなく、自然体でいられた。

燃え上がるような情熱はないが、苦痛もない。医療現場という、常に緊張状態を強いられる日常を送る西條にとって、美咲との時間は心が休まる数少ないものだった。

結婚という言葉を口にしたのがどちらからだったかは、よく覚えていない。自然な流れでそうなった。

結婚を機に、美咲は勤めていた病院を辞め、週に数日の通勤で済むスクールカウンセラーに転職した。多忙な西條を支えるためだ。子供ができたら辞める予定だったが、いまでも美咲は勤めている。おそらくこのまま働き続けるのだろう。

美咲と西條のあいだに、子供はいない。

不妊治療専門の病院を受診したのは、結婚して五年目だった。言い出したのは、美咲だった。

西條は、自然に任せればいい、と思っていたが、美咲の必死の懇願に折れた。

病院でさまざまな検査をしたが、どちらにも、決定的な原因は見当たらなかった。

よほど悩んでいたのだろう。診察室を出た美咲は、よかった、とつぶやいた。

安堵する美咲を見ながら、西條はかすかな罪悪感を抱いた。西條の胸のなかに、美咲と同じ感情はなかったからだ。

心臓手術を行っている西條にとって、命は救うものであり、つくるという感覚はなかった。

西條はときどき、子を授からないのは、命という川を挟み、ふたりは対岸にいるからではないか、と思う。西條は命を救うことを望み、美咲は命を生み出すことを願う。その違いが子供ができない原因ではないか、と感じるのだ。

「あなた、聞こえてる?」

美咲の声で我に返った。急いで問いに答える。

「いま、空港の駐車場だ。このまま病院へいく」

美咲が意外そうな声を出した。

「一度、こっちに戻らないの?」

着替えのため、一度、自宅に立ち寄ってから病院にいくと思っていたのだろう。

西條の自宅は、北中大病院から車で五分のところにある。昨年できた新築マンションだ。

もっと早く、自宅を構えるつもりだったが、求める家の広さは家族の人数で変わる。先が見えないため、踏ん切りがつかなかった。

マンションの購入を決めたのは、去年だった。病院の近くにマンションができることを知り、西條が決めた。立地の良さと、互いの年齢を考えると、これから先、家族が増える可能性は少ない、と思ったからだ。

話を切り出すと、美咲は辛そうな顔をした。西條が口にしなかった後者の理由を察したのだろう。

美咲はすぐに返事をしなかった。その夜、眠れなかったらしく、翌朝、美咲は赤い目をして起きてきた。西條の前にやってくると、こんどの休みに内覧会に行きましょう、と言った。

西條は電話口の美咲に答えた。

「ああ、このまま行く」

今日、出張から戻ったらまっすぐ病院へいくことは、最初から決めていた。着替えも、一組多く用意してあった。

「わかった。気をつけてね」

西條は、胸がもやっとした。

気をつけてね、は美咲の口癖だった。西條の帰りが遅くなるときや、出張が続くときなどに、決まっていう。

その言い方が、西條は気に入らなかった。

交通事故を心配しているのか、体調を気遣っているのか、もしくはそれ以外なのか、釈然としない。

そのすべてであることは、わかっている。が、相手に思考を放り投げるような言い方は、義母の寛子にそっくりだった。美咲の口癖を聞くと、電話で寛子から、最近、どう？　と言われたときと同じ不快感を抱く。

西條は返事をせずに、電話を切った。

車のエンジンをかけて、アクセルを踏む。

運転しながら、西條は考えた。

美咲に対して不満を抱くようになったのはいつからだろうか。

美咲の父親が亡くなり、寛子が不安神経症を患ったあとからだと思う。

自宅に限らず、西條の携帯に電話をしてくる寛子を、美咲は咎めない。事を荒立てないように、やり過ごしている。それは西條にとって容認を意味し、母娘の共犯と映る。

ふたりの関係を、親子の深い繋がりと捉える者もいるだろう。が、西條はそう思うことはできなかった。互いの甘えとしか受け止められない。それは、自分の生い立ちが関係しているのだと、自分でもわかる。

西條は、苛立っている自分に気づき、思考を振り払った。

気持ちが昂《たかぶ》っている理由は、真木だった。

今日、真木が北中大病院へくる。勤務は少し先の四月一日からだが、病院長への挨拶のためだ。曾我部の秘書である関口から、午前九時に来る予定だと聞いた。

自宅へ立ち寄らずに、出張先からまっすぐ病院へ行くのは、真木が来るからだった。西條とともに、北中大病院の循環器外科科長の看板を背負う男を、この目で見たかった。

病院に着いたのは、九時少し前だった。

病院関係者専用の駐車場に車を停めて、病院長室があるC館へ入る。部屋は三階だ。

階段へ向かって廊下を歩いていた西條は、あるものが視界に入り足をとめた。

病院の棟は、すべてが向き合うように作られ、中心は中庭になっていた。様々な樹木が植えられ、小ぶりな噴水やベンチがある。季節がいいときは患者の憩いの場となっていた。

中庭の一角に、ドーム型の温室がある。いまから十五年前に、功《こう》協会からの寄付で作られたものだ。功協会は北中大病院の振興のために設立された一般財団法人だ。温室のなかには、一年を通して楽しめる植物が展示されている。

西條は、ガラス張りの温室のなかに、長身の人影を見つけた。

真木だった。

温室とそれぞれの棟とは細い通路で繋がっていて、少し距離がある。が、遠目であっても、西條にはそれが真木であるとすぐにわかった。

西條は急いで温室へ向かった。

C館と温室を繋ぐ廊下を抜けて、扉を開く。

なかは湿度の高い空気で満ちていた。咽喉が詰まるような感覚を覚える。

真木は、扉に背を向ける形で立っていた。標準より細く見えるが、瘦せているわけではない。余分な肉がついていないだけだ。上着の上からでも、肩に筋肉がついているのがわかる。

真木は少し俯《うつむ》き、一点をじっと見つめていた。

西條は、真木に近づいた。

真木が振り返る。

目が合った。

真木の目は、変わっていなかった。鋭く、ひどく冷たい色を帯びている。面立ちも、かつて雑誌で見たときと同じだった。十年以上の歳月が経ち、目じりの皺は増えたが、老いは感じない。逆に、若い頃からあった厳しさに、精悍《せいかん》さが加わったように感じる。

気をのまれるとはこういうことか、と西條は思った。なにか言わなければ、と思うが言葉が出てこない。

立ち尽くしていると、真木が動いた。西條の横を通り過ぎ、温室の扉へ歩いていく。

「待ってください」

西條は踵を返し、呼び止めた。

真木が立ち止まり、後ろを見る。

「真木一義さん、ですね」

訊ねる。

「ええ、そうです」

真木が答えた。落ち着いた声だ。

西條は前に出て、真木の真正面に立った。

「私は循環器第二外科科長の西條です」

少しの間のあと、真木が言う。

「そうですか」

それだけだった。西條の名を聞いても表情ひとつ変えず、よろしくの挨拶もない。

真木は西條を残し、温室を出て行った。

西條は、その場から動けなかった。自分でも抑えられない感情が、身体を駆け巡る。怒りと羞恥心、悔しさといった様々なものが、西條を襲った。

西條は真木を強く意識しているが、真木は西條に微塵も関心を抱いていない。数多《あまた》いる医師のひとりなのだ。

西條は拳を握りしめた。

世界的に有名な心臓外科専門病院でどれだけ評価されたのかは知らないが、これからはロボット支援下手術の時代だ。望もうが望むまいが、俺を認めざるを得なくなる。

西條は気持ちを落ち着かせ、出口へ向かった。

扉に手をかけたとき、あることが気になり立ち止まった。

真木は温室のなかで、じっとなにかを見つめていた。いったいなにを見ていたのか。

西條は真木が立っていた場所へ戻った。

生い茂った植物の中心に、石像があった。

台座を含めて、一メートルほどの高さのものだ。

背中に羽が生えた天使の像で、右手に剣、左手に天秤を持っている。直立した姿勢で、剣を天に向け、天秤を緩やかに下げていた。

植物に興味がなく、温室に出入りすることがない西條は忘れていたが、数年前の院内広報誌に、著名な作家から石像が寄贈された記事が載っていた。その石像は、温室に置かれたと記憶している。おそらくその石像だろう。

西條は台座を見た。作家の名前と作品名が彫られている。

作品名は、ミカエルだった。

病院長補佐室の自席で、西條は息を吐いた。

診断書を作成していた手を止める。軽く頭を振り、椅子の背にもたれた。

仕事に集中できない。意識が別なところへいってしまっている。

向かいの席から、広報担当の石田がからかうような笑みを向けた。

「タフな君にしては、めずらしく疲れているみたいだな。昨日、お遊びが過ぎたんじゃないのか」

出張先の東京で、朝まで飲み明かしたと思っているらしい。

西條は短く返した。

「君とは違うよ」

いつもなら軽く受け流すのだが、今日は気持ちが乱れていた。

ロボット支援下手術は、世界が関心を抱く最先端医療だ。多くの医療従事者たちが、優れた技術を習得しようと、研究を重ねている。

西條の名は国内でこそ知られているが、海外においては国内のそれとまではいかない。もっと経験と実績を積み、海外の学会で論文が認められなければ、認知はされない。

真木が日本を離れて十二年が経っている。まして西條がミカエルによる心臓手術を成功させたのは、まだ四年前だ。

自分と同じ心臓外科医の情報を、真木が努めて収集していたなら別だが、そうでなかったとしたら、真木が西條を知らなくても不思議はない。真木の態度が冷ややかだとしても、西條が苛立つ必要はないのだ。

自分にそう言い聞かせて、西條は温室を出た。

気持ちを切り替えて病院長補佐室に向かい、出張のあいだに溜まっていた仕事を片付けはじめた。が、はかどらなかった。

なにかの拍子に、温室で見た真木の目が脳裏に浮かび、仕事に集中できない。忘れようと意識すればするほど、逆に冷たい眼差しが鮮明に蘇ってくる。

西條は自分の腕時計に目をやった。

まもなく正午だ。

午後の二時から手術が入っている。腹は空いていないが、手術が長引いた場合を考えて、なにか胃に入れておいたほうがいい。

気分転換に外に出たいが、その時間はなかった。手術の前に、診断書を書き終えなければならない。地下のコンビニで、なにか調達してこよう。

西條がパソコンを閉じたとき、部屋のドアが開いた。

雨宮だった。

西條を見つめると、意外そうな顔をした。

「いらしていたんですか。午後からのご出勤と聞いていました」

西條は自分のパソコンを、顎で指した。

「事務仕事が溜まっていてね」

雨宮は、入り口の近くにある自席に着いた。石田の列の端、西條と離れている場所だ。

手にしていた書類を机に置きながら、雨宮は独り言のように言う。

「真木さんを見にいらしたのかと思いました」

心臓がはねた。

まさか、西條が真木と温室にいるところを見ていたのだろうか。

視線に気づいたのか、雨宮が西條に目を向けた。

とっさに、顔を背ける。

真木を意識していることを、表情から読み解かれたくなかった。

西條が黙っていると、石田が雨宮に話しかけた。

「真木さんといえば、今日は朝から看護師たちが、そわそわしてるね。特に独身の女性看護師が」

雨宮は答えない。黙っている。

新しい医師が来るときに、看護師たちが騒めくのは毎度のことだ。が、今回は特にそうだ。看護師たちは耳が早く、ともすれば医師よりも院内の情報を知っている。

真木は独り身だ。

北中大病院には、職員寮と家族寮がある。総務の者が、部屋を用意するため家族構成を訊ねたところ、単身者との答えが返ってきた。真木が独り身であることは、どこからか看護師たちの耳にも入っているのだろう。

世界的に有名な心臓外科専門病院で辣腕《らつわん》を振るっていた医師に、関心を持つのはわかる。が、女性の看護師が抱く興味は、異性としてのそれでもあった。

石田は雨宮を冷やかした。

「君も、同じじゃないのか」

雨宮は目の端で、石田を見た。表情がないのに、睨んでいるように感じる。

関心がある女性をからかうのは、石田の悪い癖だ。にやにやしながら、雨宮がどう切り返してくるか待っている。

雨宮はやがて、石田に椅子ごと身体を向けた。石田を真正面から見据える。

「そうですね。私も今日は朝からそわそわしています。真木さんに興味があって」

素直すぎる返事に、石田が戸惑う。

雨宮は続けて、ぴしゃりと言った。

「そう言えば、お気に召しますか」

石田が言葉に詰まる。

「いや、そういうわけではなく——」

雨宮は毅然とした態度で、言葉を続ける。

「人をからかうのは、あまりいい趣味とは思えません。やめてください」

返す言葉がないのだろう。石田は目で、西條に救いを求めてきた。まばたきの回数が増えている。石田の不安なときの仕草だ。

くだらないやり取りの仲裁などしている暇はないのだが、助けを求められてなにもしないわけにはいかない。

別な話を切り出そうとしたとき、雨宮はため息をつき石田に頭をさげた。

「すみません。きつい言い方をしてしまって——」

責めから一転して詫びる雨宮に、石田は驚いた様子だった。慌てて謝罪する。

「いや、私のほうが悪かったんだ。君が謝ることはないよ」

雨宮にしてはめずらしく、表情が沈んでいる。額に手を当ててつぶやく。

「ちょっと気にかかることがあって、苛立っていたんです。八つ当たりです。すみません」

「気にかかること？」

繰り返すことで、石田が問うた。

自分でも、意図せず漏らした言葉だったのだろう。雨宮は石田の言葉に我に返ったような顔をすると、話をもとに戻した。

「真木さんですが、私が彼に興味があるのは本当です」

「いや、その話はもう――」

話を終わらせようとする石田を、雨宮は遮った。

「誤解があるといけないので、言わせてください。私が真木さんに興味があるのは、異性としてではありません。真木さんの医師としての腕です。海外で認められている技術がどれほどのものか、知りたいんです」

雨宮の言葉に嘘はない。そう思わせる熱さが、雨宮の声にはあった。

石田も同意する。

「それは私も同じだよ。病院長がいきなり、真木さんを大友さんの後任にする、と言ったときは驚いたが、冷静に考えれば広報としては悪くない話だ。海外で活躍している医師がくると知れば、多くの者が北中大病院に関心を持つからね」

――こうもりが。

西條は心で毒づいた。

石田は、北中大病院の宣伝になるならば、誰でもいいのだ。状況次第で、おもねる相手を平気で代える。そんなやつだ。

西條の無言に、なにかを感じたのだろう。石田は言い訳がましく付け足した。

「そうはいっても、北中大病院の未来を担うのは西條さんですよ。ねえ、雨宮さん」

同意を求められた雨宮は、なにも答えなかった。肯定も否定もしない。

多くの者は、ここで石田に同調するだろう。本心かそうでないかは別として、それが大人の渡世術だ。が、雨宮はどのような場面でも、自分の気持ちを偽らない。

西條が知る限り、雨宮が明らかな嘘を吐いたり、見え透いた世辞を言ったことはない。なにを考えているかわからないところはあるが、少なくとも石田よりは信用できる。

場の空気が重くなり、石田のまばたきがさらに増えた。

答えない雨宮の代わりに、西條が口を開いた。

「私も石田さんと同じ考えです。腕がいい医師は、何人いてもいい。病院の宣伝になるし、なにより患者が喜ぶ」

石田の考えに同意することで、心に余裕があることを装う。

西條が気を悪くしていないと思ったらしく、石田はほっとしたように息を吐いた。

西條は席を立った。

コンビニでなにか買ってきて、席で昼食をとろうと思ったがやめた。地下のファストフードで、適当に済まそう。いまは、石田と同じ空気を吸いたくない。

ドアノブに手をかけたとき、上着のポケットで院内用のＰＨＳが震えた。

星野から電話だ。

「やっぱり、もうご出勤されていたんですね。今日は午後からいらっしゃると聞いていたんですが、駐車場に先生の車があったので、もしやと思って連絡しました」

星野は早口で語る。なにやら焦っている。

「急患か」

西條が訊ねる。予測は当たった。電話の向こうで、星野が答える。

「はい、いましがた、救急で男性が運び込まれました。僕の見立てでは、大動脈破裂と思われます。解離か瘤《りゅう》が破れたか。そのどちらかでしょう」

一刻を争う状況だ。すぐに手術をしなければならない。

病院には、救急対応担当の医師がいる。西條に連絡がきたということは、担当医がなにかしらの事情で手が回らないということか。

大動脈破裂の術式は、従来の胸骨正中切開を用いる。

破裂する前の状態ならば、ミカエルでの施術は可能だ。むしろ、そのほうが術後のリスクや患者の身体へかかる負担が軽減できる。が、血管が破れてしまった場合は別だ。速やかに開胸し、出血を止めなければならない。

「わかった、すぐにいく」

急病人が運び込まれる救急科へ向かおうとする西條を、星野がとめた。

「いえ、執刀医はいます。いるんですが――」

執刀医がいるなら問題はない。が、星野の声には、強い不安がこもっていた。

歯切れの悪い言い方に、西條は苛立った。つい、大きな声がでる。

「なんだ、はっきり言え」

「真木先生なんです」

「なんだって」

耳を疑った。

星野がもう一度言う。

「執刀医を、真木先生が務めるんです」

西條は困惑した。星野を問い質す声が大きくなる。

「どうして真木さんが手術をするんだ」

石田と雨宮の視線を、背中に感じた。

後ろを振り返ると、ふたりが西條を見ていた。驚きと戸惑いが入り混じった表情だ。

西條はふたりから視線を外し、一度深呼吸をした。冷静になれ、と自分に言い聞かせる。改めて訊ねた。

「なぜ、真木さんなんだ。救急対応の者はどうした」

星野の話によると、今日の救急対応は循環器第一外科の大友だが、いまから三十分ほど前に運び込まれた急患の処置が長引き、まだ終わらないという。

西條は納得できなかった。

急患が集中し、病院の医師だけでは対応しきれないことはある。その際は、他の病院に医師の派遣を求めるが、今回は違う。

循環器第一、第二外科ともに、執刀医を務められる医師の手が空いていないのであれば、西條に頼めばいい。

西條が午後からの出勤予定だったとしても、星野が気づいたように、駐車場に西條の車があることは誰かが見ているはずだ。西條が病院にいることは、誰かの口から現場に伝わる。なぜ、西條に連絡がこなかったのか。どうして、真木がメスを握ることになったのだ。

「真木さんに執刀医を任せると、誰が許可したんだ」

西條の問いに、星野は短く答えた。

「病院長です」

西條は息をのんだ。

病院のトップが許可を出したならば、組織的に問題はない。が、いまの段階では、真木はまだ北中大病院の正式な医師ではない。筋としては、北中大病院に籍を置く医師に執刀医を任せるべきだろう。

「患者はどこだ」

星野に訊ねる。

「H1に運び込まれました。すでに手術の準備はできています」

「すぐ行く」

西條は返事を聞かずに、電話を切った。

B館を抜けて、A館へ向かう。

通路と手術部を隔てている大きなドアの前に、星野がいた。西條を見つけると、興奮した様子で駆け寄ってきた。

「真木さんは、もう手術室に入っています。ほかのスタッフも同じです」

西條はドアを開けて、なかへ入る。

H1へ続く廊下を歩きながら、後ろをついてくる星野に訊ねた。

「病院長は」

「見学室です」

H1からH3には、手術室を見学できる部屋が隣接している。

「助手は誰だ」

「阿部《あべ》さんです」

循環器第一外科の助教で、星野と同じ医師四年目のフェローだ。

H1と続きの見学室のドアを開ける。

なかには、曾我部と高部忠《たかべただし》、梅澤紀子《うめざわのりこ》がいた。高部は救急科の医師、梅澤は看護部長で、看護部担当副病院長を務めている。

西條と星野が部屋に入ると、高部と梅澤がふたりに軽く頭を下げた。

曾我部は部屋の奥にいた。見学室と手術室を隔てているガラスの前で、腕を組んでいる。西條は隣に立ち、ガラス越しに手術室のなかを見た。

患者はすでに、手術台に乗せられていた。全身麻酔が施され、気道に人工呼吸用の気管チューブが挿入されている。

西條は見学室のなかにある、モニターに目をやった。患者の血圧や脈拍などのバイタルサインが表示されるものだ。脳波と、覚醒と催眠の深さを示すBIS値（バイスペクトラルインデックス）を確認する。患者は麻酔が効き、意識がない状態だった。

星野が高部に訊ねた。

「どうですか」

高部はてきぱきと答える。

「大動脈瘤破裂です。CTでT2から5におおよそ七センチの瘤を発見しました。周囲に液体貯溜がありました」

出血が認められる箇所から見て、大動脈の上部に位置する弓部《きゅうぶ》に瘤があったのだろう。胸部大動脈瘤の好発部位だ。

検査で大動脈に瘤を発見した場合、五センチ以上になると破裂の恐れがあるため手術を勧める。搬入された患者の瘤は、いつ破裂してもおかしくない状態だったのだ。

「搬入時の意識レベルは」

西條は横から割って入った。

高部が即答する。

「Ⅱです。大声で呼びかけて、なんとか反応しました。とぎれとぎれですが、氏名、生年月日など答えられました」

患者は六十五歳の男性で、自宅で休んでいたときに胸と背中に強い痛みを感じ、救急車で運ばれてきた。搬入時は、呼吸困難も併発していたという。

手術室のドアが開き、真木が入ってきた。術衣に着替え、頭部をキャップ、口元をマスクで覆っている。

外回りの看護師が駆け寄り、術用のガウンを着せる。

真木は手術台の前に立ち、周りのスタッフを見回した。

手術台を挟んだ正面に助手の阿部、隣に器械出しの看護師がいる。麻酔の専門医と、ふたりの人工心肺の臨床工学技士、外回りの看護師は、三人から少し離れた場所にいた。

真木がタイムアウトを行った。

「弓部大動脈瘤破裂に対し、弓部大動脈人工血管置換術を行います」

スタッフたちは、一斉に返事をした。

「はい」

真木は隣の看護師に手を差し出した。

看護師がメスを渡す。

西條は、見学室の壁に設置されている液晶ディスプレイを見た。

患者の胸部が映し出されている。

ハイブリッドの手術室には、ふたつのカメラが設置されている。手術室全体を映す術場カメラと、手術している部分を映す術野カメラだ。ふたつとも天井から出ているアームの先端に取り付けられている。互いのカメラの映像は、液晶ディスプレイの操作パネルで切り替えて確認する。いま、見学室の液晶ディスプレイに映っている映像は、術野カメラのものだ。

真木が、手を動かした。

患者の皮膚に、血の一線ができる。

西條は目を見張った。

メスが驚くほど速い。

真木は皮膚を切開し、専用の電動鋸で胸骨を二分した。切開した胸骨を開胸器で開き、術野を確保する。メスが心膜を切ると、心臓が出てきた。

出血はやはり、弓部からだった。

真木がスタッフに伝える。

「弓部を人工血管に置換する。四分枝付きのグラフトを用意」

外回りの看護師が、手術室から出ていく。指示された人工血管を、保管庫に取りに行ったのだ。

「すごい」

隣で星野がつぶやいた。興奮した様子で、手術室にいる真木を見ている。

「こんな速さ、はじめて見た」

西條は、液晶ディスプレイの隅に表示されている時刻を見た。真木がメスを握ってから、五分しか経っていない。

心臓外科医が持つ標準的な技量で、皮膚切開から心臓に達するまでの時間は、およそ十五分だ。五分は驚くべき速さといえる。

見学室のドアが開く。

石田と雨宮だった。真木の手術を見に来たのだ。

ふたりはなかにいる者に会釈をし、ガラスの前に立つ。

真木は、人工心肺の準備に入った。上行大動脈に送血用、右心房に脱血用のカニューラを挿入する。

準備が終わると、真木は人工心肺の臨床工学技士に目で合図を送った。患者の心臓を止めて、人工心肺に乗せるのだ。

臨床工学技士が頷き、体外循環を開始する。

手術スキルの指標として、皮膚切開から人工心肺開始までの時間がある。標準は、三十分から四十分。真木がここまでに要した時間は、十五分だ。たしかに速さだけならば、いままで見た手術のなかで一番かもしれない。

患者の全身冷却が済むと、真木は弓部大動脈を切開し、人工血管の吻合に入った。末梢大動脈から左鎖骨下動脈と順に続き、腕頭動脈に達する。

吻合する順は、患者の状態と施設の方針によるところが多い。が、最大の決定権を持っているのは、執刀医だ。真木の吻合は、西條であっても同じ順にしただろう、と思うものだった。

人工血管の吻合が終わり、大動脈遮断を解除すると患者の心臓が自ら鼓動をはじめた。

患者の復温と止血が完了すると、真木は体外循環の停止を指示した。

臨床工学技士が、人工心肺からゆっくりと下ろしはじめる。患者の心臓が自ら鼓動をはじめたことを確認すると、真木は阿部にあとを任せて手術室を出た。

見学室は、静まり返っていた。

自分の想像を超えた光景を目にしたとき、人は言葉を失う。

西條は、自分の気持ちが高揚しているのを感じた。

真木の手術は、途中、器械出しの看護師が真木の速さについていけずまごつく場面があったが、それ以外は問題なく——いや、心臓外科手術はこうあるべきだ、との手本のような速やかさで終了した。

患者の容態は落ち着いている。合併症の予断は許さないが、一番大きな山は越えた。

大動脈瘤破裂の致死率は極めて高い。病院へ運ばれる前に命を落としたり、手術をしても助からないケースが多い。

今回の患者は、運がいい。

瘤の破裂後、患者が迅速に病院に搬送されてきたことと、なにより、執刀医が真木であることが、患者の命を左右したといっていい。

高らかな拍手が、見学室の沈黙を破った。

星野だった。

患者の処置が続いている手術室を見ながら、手を叩いている。

星野は後ろを振り返り、見学室にいる者たちを見た。

「見事でしたね！　やはり真木先生はすごい。噂以上です！」

興奮で頬が紅潮している。

真木が大友の後任に就くと決まったときから、院内は海外からやってくる心臓外科医の噂であふれた。ミュンヘンでの名声はあっというまに広がり、新米の看護師の口にまでのぼった。

星野の言動に、高部と梅澤、石田は困惑していた。曖昧な返事をしながら、ちらちらと西條の顔色をうかがっている。ここで星野とともに真木を称賛したら、西條が気を悪くすると思っているのだろう。

三人の態度は、西條のプライドを傷つけた。

西條にとって、気遣いは哀れみと同じだ。

おそらく彼らは、西條がここにいなければ、星野とともに真木を称賛している。それも、西條の気持ちを苛立たせた。その場にいる相手によって言動を変えるやつより、星野のように馬鹿正直なやつのほうが、裏がないだけ、まだいい。

星野に同意を示したのは、曾我部だった。満足そうに微笑む。

「彼について調べたときから、かなりの腕だとはわかっていたが、想像以上だったよ」

曾我部は隣にいる西條を見た。

「彼の手術、どうだったかね」

西條は苛立ちを悟られないよう、冷静を装った。私情を挟まず、客観的な事実だけを述べる。

「速さにおいては、国内でトップクラスですね。執刀医としてのその場の判断も申し分ないと思います」

西條が真木の優れた技術を認めたことで、顔色をうかがっていた三人の表情が和らぐ。張り詰めていた見学室のなかの空気が、一気に綻んだ。

口々に、真木の腕を褒め称えはじめる。

星野は嬉しそうに、西條を見た。

「真木先生が来たことで、救われる患者が増えるはずです。よかったですね」

西條は胸を突かれたような気がした。

星野に言葉を返さず、曾我部に会釈をして見学室を出た。

足早に出入り口へ向かう。

星野の言葉は、医師としての本質を口にしたものだった。

医療に携わる者の倫理として、責任の自覚、がある。医師としての責任は、患者の救命に尽力することだ。誰かと比較して、医師としての優劣を競うなどあってはならない。

西條も、医師としての職業倫理は十分に理解している。が、どの分野においても、比較は成長のきっかけであり、己が信じるものが認められた先に、発展があると思っている。

西條にとって、ロボット支援下手術の第一人者といえる自分が、北中大病院のトップになることが、医療の輝かしい未来に繋がることだった。

従来の手術の技術向上は必要だ。が、今後の医療現場には、さらなるロボット支援下手術の認知が必要だと思っている。

西條は頭を軽く振り、思念を振り払った。

午後から手術が入っている。いまは、患者を救うことだけを考えなければいけない。

そばで人の気配を感じ、首を横に向けた。

雨宮がいた。

いつから隣にいたのか。西條と同じ歩調で、出入り口に向かっている。

見学室にいるあいだ、雨宮はひと言も発しなかった。怖いくらい真剣な表情で、手術を見ていた。

手術が終わっても同じだった。はしゃぐ星野たちをよそに、無言で立ち尽くしていた。目は手術室のなかに注がれていたが、どこも見ていない。睨むような視線は、目の前のものではなく、もっと遠くで結ばれていた。

雨宮は廊下を歩きながら、西條へ話しかけた。

「真木さんの手術は見事でした。西條先生とはいえ、あの速さは難しいでしょうね」

西條は雨宮を睨んだ。

わざわざ、西條の気持ちを逆なでしにきたのか。

雨宮が西條に顔を向ける。

「でも、真木さんはミカエルを、西條さんほど扱えないでしょう。重要なのは、優秀な医師か否かではなく、ミカエルを扱える医師かどうかです。ミカエルにしか救えない命がある。そのためにも、ミカエルでの手術を広めなければなりません」

雨宮の声には、反論を許さない重さがあった。北中大病院の将来を、ミカエルに託している覚悟が窺える。

雨宮の言葉は、西條の昂った感情を鎮めた。

そうだ。自分はミカエルでの心臓手術を極めることだけを考えればいい。それが北中大病院のためであり、自分が求める医療の理想の実現に繋がるのだ。

西條は視線を、雨宮の横顔から前へ戻した。ひと言つぶやく。

「当然だ」

廊下が曲がり角に差し掛かった。互いに言葉を交わさず、別な方向へ別れた。

西條は背筋を伸ばし、A館の出入り口のドアを開けた。

ＩＣＵの見回りを終えた西條は、A館から本館へ向かった。

階段で地下に降り、サービスフロアへ行く。レストランやコンビニ、理容室などの店が集まっている一角だ。地下と一階は吹き抜けで繋がり、店舗の中心はテーブルや椅子が置かれた飲食スペースになっている。

朝七時。

開いているのは、二十四時間営業のコンビニだけだ。ほかの店は、まだ閉まっている。

コンビニで抽出マシンのホットコーヒーを買い、飲食スペースの椅子に座った。

熱いコーヒーを飲みながら、ポケットから自分のスマートフォンを取り出す。

ホームにしているニュースサイトの記事に目を通し、画面を閉じてテーブルに置いた。これといって、興味を引くニュースはない。

西條は椅子の背にもたれ、目を閉じた。

早朝の院内は静かだ。普段は外来患者や見舞客で込み合っている飲食スペースも、西條のほかは三人しかいない。

昨夜、西條は緊急手術で呼びだされ、そのまま家には帰らなかった。月に何回か、このような日がある。

次の日の朝に、ここでコーヒーを飲むのは、西條の習慣になっていた。

病院長補佐室や各棟のナースステーションでも、粉末のインスタントであることを気にしなければ、コーヒーは飲める。西條が敢えてここにくる理由は、なるべくひとりになりたいからだった。

同じ部屋や限られたスペースに顔見知りの者がいると、落ち着かない。日常であれば感じない何気ない会話も、仮眠しか取れなかった翌朝は苦痛だった。誰にも気を遣うことなく、疲れた意識を自由にしたかった。

閉じた瞼の裏に、ある光景が浮かぶ。

三日前に、真木が大動脈瘤破裂の患者を手術したときのものだ。

あの日から、真木の手術が西條の頭から離れることはなかった。優れた速さと技術が、目に焼き付いている。

今日――四月第一週の月曜日は、北中大病院の入職式がある。会場は、C館にある大会議室だ。午前九時から、新しい職員と執行委員、各診療科の科長で執り行われる。

今日から真木は、北中大病院循環器第一外科の正式な医師だ。

西條が闘うべき相手は真木ではない。病だ。そうわかっていても、同じ分野の医師として、真木を意識せずにはいられなかった。

西條が知る限り、真木と同じレベルの腕を持つ現役の医師は、国内に数人しかいない。そのなかで真木は一番年下だ。国内に留まれば、いずれ心臓外科手術のトップになる。

西條に、それだけの技術はない。誰よりも、西條本人がわかっている。謙遜でも自分を卑下しているわけでもない。事実を捻《ね》じ曲げるほど、西條の自尊心は肥大していない。

同じ分野で活躍していても、優れている部分は個々で違う。絵画ならば、写実主義と抽象表現主義を同列で評価できないように、真木と西條は同じ心臓外科医だが、従来の外科技術とミカエルを操作する技術を並べて、優劣をつけられるものではない。

そう理解していても、真木によって心が乱される。

理由は、わかっていた。

真木が北中大病院で、西條以上の力を持つのではないか、という不安だ。

従来の外科技術の名医が北中大病院で重要なポストに就くことは、ロボット支援下手術の前進を妨げるものになる可能性がある。

真木本人は、三年で北中大病院を去る意思表示をしているらしいが、本人が望まなくとも、周囲が上のポストに真木が就くことを望むかもしれない。

現病院長の曾我部が退職するのは一年後だ。そのとき真木は、まだ北中大病院にいる。

慣例として、病院長の後任は副病院長から選ばれる。ただの診療科の科長がいきなり病院長に就任するなどあり得ない。が、曾我部による異例の人事は、いままでにもあった。内部から真木を病院長に望む声があがり、曾我部もそれを望んだとしたら真木が推薦されることも、十分にあり得る。

西條は目を開けた。

天井が高い一階の上部には、札幌市の花であるスズランがデザインされたステンドグラスが施されていた。

色とりどりのガラスが、朝の陽に透けている。窓をじっと見ていると、ここが病院ではなく、教会のように思えてくる。

いや――と西條は思い直した。

救いを求める者が集まる場所という意味では、病院は教会と同じではないか。患者は信者で、命を握る医師は神か。医師が神であるとしたら、自分の使命は多くの人間を救う道を開くことだ。

西條は、残りのコーヒーを飲み干した。

弱気になっている自分を、奮い立たせる。

ロボット支援下手術は、これからの医療の希望だ。ミカエルでの心臓手術の第一人者である西條の活躍は、多くの患者を救うことに繋がる。

曾我部も、西條と同じ認識だろう。その曾我部が、真木を後任にするはずがない。自分の後任には、ロボット支援下手術の未来を担う西條を選ぶに決まっている。

西條は椅子から立ち上がった。

空になった紙コップを、ゴミ箱に捨てる。

なにも恐れる必要はない。目の前の患者の命を救うことだけを考えろ。

自分にそう言い聞かせ、病院長補佐室へ向かおうとしたとき、後ろから呼び止められた。

「西條先生、お早いですね」

振り返る。

小野文雄《おのふみお》だった。

北海道さきがけ新聞の文化欄担当の記者で、西條も幾度か取材を受けている。

外来受付にも、入院患者の面会時間にもまだ早い。

西條は訊ねた。

「早いのは小野さんですよ。こんな時間にどうしました」

小野は困った顔をしながら、頭を掻いた。

「いやあ、親父が夜中に腹が痛くなって救急に来たんですよ」

小野の話によると、小野の父親はかねてから胆石があり、以前に発作を一度起こした。医師から食事に気をつけるように注意されていたにもかかわらず、夜中に腹が空き、脂質が多いラーメンを食べたという。

「しばらく痛くなかったから、本人は大丈夫だと思ったらしいんですよ。石はそのまま腹にあるんだから、そんなわけないじゃないですか。案の定、腹が痛くなってここに担ぎ込まれたんですよ。いま、痛み止めの点滴を受けて落ち着いてますが、先生からは、いっそ胆のうを取ったほうがいいって言われました」

「心臓だったら私が診たのに。胆石は専門外だ」

小野は、子供がいやいやをするように、顔を振った。

「西條先生のお世話にはなりたくないですね。胆石も辛いけれど、心臓のほうが怖い」

心臓疾患と胆石では、後者のほうが死亡のリスクははるかに少ない。小野が思うように、心臓外科医の世話になりたい者など、いないだろう。

「お大事に」

そう言い残し立ち去ろうとした西條を、小野が引きとめた。

「西條先生、次の取材は引き受けてくださいね」

小野の言葉に、西條は足を止めた。

振り返り、訊ねる。

「次？」

小野は頷いた。

「先週、取材をお願いしたでしょう。忙しいのはわかりますが、若者たちのために少しだけ時間をいただけませんか」

話が通じない。

「なんの話ですか」

西條は、再度訊ねた。

小野の話によると、先週、広報担当の石田に、西條への取材依頼のメールを出したという。この春、新社会人になった人たちに向けて、様々なジャンルの第一線で活躍している人たちから応援メッセージを寄せてもらっているという。

「石田さんから、西條先生は忙しくて時間が取れない、という断りの返事をもらいましたが、そこをなんとか、都合をつけてくださいませんか。有名な西條先生からの言葉は、今後の日本を支えていく若者たちの力になると思うんです」

西條は眉根を寄せた。

石田から、北海道さきがけ新聞から取材依頼がある、という話を、西條は聞いていない。

西條のもとには、多くの講演や取材の依頼がある。なかには、忙しくて断らざるを得ないものもあるが、地元のメディアが関係する依頼は、できる限り引き受けるようにしていた。

なかでも、有力な地元紙である北海道さきがけ新聞の依頼は、断ったことはない。仮にどうしても都合がつかず断るとしたら、代替の提案をする。

「西條先生？」

考え込んだ西條の顔を、小野がのぞき込んだ。

慌てて話を合わせる。

「わかりました。近いうちに、石田を通じて連絡します」

小野は嬉しそうに、両手を合わせた。

「ありがとうございます。デスクも喜びます」

西條は踵を返し、C館へ向かった。

速足で歩く西條の胸に、苛立ちがこみ上げてくる。

北中大病院に関係する講演や取材依頼は、すべて広報担当の石田を介してやり取りされる。依頼を受けるか否かは、当事者が決める。石田が勝手に判断することではない。

なぜ、石田は北海道さきがけ新聞の取材依頼を、西條に伝えなかったのか。なにかしらの手違いがあったのか、意図的なのか。いずれにせよ、あってはならないことだ。

C館につき、病院長補佐室のドアを開けようとしたとき、廊下の向こうから石田が歩いてくるのが見えた。

西條に気づいた石田は、そばまでくると軽く手を上げた。

「緊急手術、お疲れさま。少しは眠れたか」

石田がドアノブを摑む。西條はドアに手をつき、扉が開かないようにした。

「なんだよ」

石田が驚いた顔で、西條を見た。

「聞きたいことがある。北海道さきがけ新聞の取材の件だ」

心当たりがないらしい。石田は逆に聞き返してきた。

「なにかあったのか」

西條は、いましがた小野と交わした会話の内容を伝えた。

「北海道さきがけ新聞から取材依頼があったことを、私は聞いていない。どうして勝手に断ったんだ」

石田は気が抜けたように、ああ、と声を漏らした。

「病院長の指示だよ。西條さん宛ての取材依頼はしばらくのあいだすべて断れって言われたんだ」

「病院長が――」

西條は驚いた。

曾我部からは、なにも聞いていない。

顔色から事情を悟ったのだろう。石田は恐る恐るといった態で、西條に訊ねた。

「もしかして、聞いてないのか」

一週間前、石田は曾我部から病院長室に呼ばれ、当面のあいだ西條への講演や取材依頼はすべて断るようにとの指示を受けた。理由は、西條にはしばらくのあいだロボット支援下手術の技術指導に力を入れてもらうためだという。

「講演や取材を受ける時間はないから君のほうで断ってくれ、と言われたんだ」

西條は困惑した。

ミカエルに関しての実技研修は、いままでも行ってきた。北中大病院はもとより、要望があれば全国へ足を運んでいる。なぜ、いまになって依頼の制限をうけなければいけないのか。

黙り込んだ西條から、ふたりのあいだに行き違いが生じていると確信したのだろう。とばっちりを受けるのはごめんだと思ったのか、石田はあたりさわりのない言葉でこの話を切り上げた。

「病院長は、君に余計な労力を使わせたくなかったんだよ。言おうと思いながら、年度末の慌ただしさで言うタイミングを逃したのかもしれない」

石田は曾我部の指示に従っただけだ。石田は悪くない。

西條は気持ちを静めて、ドアについている手を離した。

「そうだな。病院長に会ったら、聞いてみるよ」

石田はほっとした顔で、逃げるようにドアを開けた。

「それがいい。なにか変更があったら教えてくれ。その指示に従うよ」

石田が部屋のなかに入る。

西條もあとへ続いた。

部屋には、再開発担当がまだ出勤していないだけで、ほかの者は席についていた。歯科担当の河野と企画・財務担当の武藤、経営戦略担当の雨宮もいる。

西條は腕時計を見た。まもなく八時になる。この時間に、ほとんどの病院長補佐が出勤しているのはめずらしい。みな、今日の入職式のため早く出勤したのだ。

西條は部屋を横切り、席に着いた。

目の隅で、部屋にいる者の顔を見る。

全員が、なにかを含んだ表情をしているように思えた。


入職式が行われている大会議室には、およそ百名の病院関係者がいた。

部屋の前方にある対面式の上席には、曾我部と五人の副病院長、北海道中央大学総長をはじめとする来賓ふたりの姿がある。

北中大病院で新たに働く職員は、七十五名だ。彼らは部屋の前方に座っている。

真木の姿もあった。

新職員たちが座っているスペースの真ん中くらいにいる。

西條は、部屋の後方に設《しつら》えられた病院長補佐席にいた。新職員の後ろに着く形で座っている西條から、真木の顔は見えない。真木は俯くような姿勢で、椅子に腰かけている。

曾我部の挨拶が終わると、進行役の石田は来賓に祝辞を促した。

来賓祝辞が終わると、式は執行委員の紹介に入った。

石田が副病院長五人と、自分自身を含めた病院長補佐十人の名前を読み上げる。名前を呼ばれた者は、その場で椅子から立ち上がり軽く会釈をした。

新職員たちは、立ち上がった者のほうへ顔や身体を向ける。が、真木は姿勢を崩さなかった。俯き加減のまま動かない。自分は関係ない、とでもいった態だ。

式は、新職員の代表者の言葉で結ばれた。

石田が閉会の言葉を述べると、全員が椅子から立ち上がった。部屋を出て、持ち場に向かう。

西條は曾我部のもとへ向かった。

なぜ、石田に自分の取材を断るよう指示を出したのか聞くためだ。

曾我部は来賓のふたりと談笑している。

少し距離を置き、話が終わるのを待つ。

話が途切れたところで、西條は曾我部に声をかけた。

「病院長。少しよろしいですか」

曾我部は離れた場所にいる西條に気づくと、来賓のふたりに目礼し、そばへ来た。

「このあと、来賓のおふたりに院内をご案内するんだが、急ぎの用かな」

西條は強引に切り出した。

「お時間は取らせません。私の取材の件です」

西條がなにを言いたいのか察したのだろう。曾我部は表情を硬くした。が、すぐに笑顔を作った。

「忙しくて、本人に伝えるのがあとになってしまった。申し訳ない。でも、そのほうが君も助かるだろう」

「助かる?」

曾我部は頷いた。

「君は忙しい。取材を受けている時間があったら、少しは身体を休めたほうがいい。君が倒れでもしたら、患者だけでなく北中大病院が困る」

西條は納得できなかった。食い下がる。

「忙しいのはいまにはじまったことではありません。でも、いままで取材を控えろと言われたことはない。なぜいまになって、断れと言うんですか」

曾我部が口を開きかけた。が、曾我部が答えるより早く、背後で声がした。

「それは私がお答えします」

雨宮だった。

いつからいたのか。西條と曾我部の話を聞いていたらしい。

話に口を挟んできた雨宮に苛立つ。

西條は雨宮を睨んだ。

「私は病院長に訊いているんだ」

曾我部を背で庇《かば》うように、雨宮は西條の前に立ちはだかった。

「病院長に、西條さんの取材をお断りするように意見したのは、私です」

意外な言葉に、西條は聞き返した。

「君が？」

西條の問いには答えず、雨宮は曾我部を振り返った。

「来賓の方々がお待ちです。西條さんには私からご説明いたしますから、あとはお任せください」

来賓のふたりが、ちらちらとこちらを見ている。いつまで待たせるのか、といった感じだ。

曾我部は安堵したように息を吐き、雨宮に頼んだ。

「よろしく」

曾我部が立ち去ると、雨宮は西條に向き直った。

西條は雨宮を見据えた。

「どういうことだ」

抑えようとしても、声が尖る。

雨宮は淡々と答えた。

「さきほど言ったとおりです」

「答えになっていない」

西條は雨宮を問い詰めた。

「なぜ、俺の取材を勝手に断る」

「そのほうがいいと判断したからです」

苛立つ西條に、雨宮が臆している様子はない。目をまっすぐに見て答える。

いつも冷静な雨宮が、西條は嫌いではなかった。が、いまは違う。感情を昂らせている西條を前に、落ち着き払っている雨宮に怒りが増した。

「君に、俺の行動を決める権利はない」

自分でも驚くほど、厳しい声が出た。

雨宮が切り返す。

「病院長にはあります」

西條は言葉に詰まった。

意見したのは自分だが決めたのは曾我部だ、そう言いたいのだろう。

曾我部は病院のトップだ。病院に勤務する者は、よほどの問題がなければ曾我部の決定に従う。それは西條も同じだ。ロボット支援下手術の第一人者であろうと、曾我部の下で働いている医療従事者であることに変わりはない。

西條の戸惑いに気づかないのか、気づいていてもわからないふりをしているのか、雨宮は淀みなく説明を続ける。

「今年度は病院創立百周年です。武藤さんが主軸になって記念誌を制作しますが、その監修に西條さんも関わることになります。寄稿はもとより、病院長との対談や写真撮影、細かいところでは、使用する写真のキャプションの確認などもあります。どうしても引き受けなければならないもの以外、今年は外部の取材を受けている余裕はありません」

雨宮の言い分に、疑問を抱く部分はない。ほかの者ならば、素直に頷くだろう。が、西條は納得できなかった。

なにも含むところがないならば、なぜ西條に直接言わないのか。曾我部や石田を介さずとも、本人に説明すれば済む話だ。

西條は雨宮を睨んだ。

「なにを考えている」

雨宮は短く答えた。

「なにも」

互いの視線が激しくぶつかる。

さらに問い詰めようとしたとき、名前を呼ばれた。

「西條先生、まだここでしたか」

星野だった。

入職式のあと、それぞれの診療科のナースステーションで、新職員との簡単な顔合わせがある。西條が遅いので、様子を見に来たのだろう。

星野はそばにやってくると、ふたりの顔を交互に見た。

「すみません、お話し中でしたか」

雨宮は星野に顔を向けた。

「大丈夫。いま終わったから」

西條に向き直り、目を見ながら軽く頭を下げる。

「失礼します」

雨宮が部屋から出ていく。

険しい顔をしていたのだろう。星野は恐る恐るといった態で、西條に訊ねた。

「なにか、ありましたか」

西條は首を横に振った。

「いや、なんでもない」

星野がこなくても、話はあそこで終わっていた。あれ以上問い詰めても、雨宮はなにも言わない。雨宮の目には、そう思わせる固い決意があった。

いまは様子を見るしかない。が、これ以上、西條の言動を抑制するときは、曾我部に不満を伝える。

西條は気持ちを切り替えて、部屋を出た。

廊下を歩きながら、星野に訊ねる。

「新しい職員たちは、もう集まっているか」

顔合わせは、それぞれの診療科の入院病棟にあるナースステーションで行われる。循環器外科は、A館の五階だ。

星野は西條の横を歩きながら答える。

「全員そろっています。それにしても、いつ見てもいいですね」

話の脈絡が摑めず、聞き返す。

「なにがだ」

星野は嬉しそうに笑った。

「雨宮さんですよ。いつ見てもきれいだなって」

西條は異性の外見に、あまり関心がない。

「そうか」

そっけない返事が気に入らなかったのだろう。星野は口をとがらせ、横から西條の顔を見た。

「そう思わないんですか」

「どうでもいい」

本心だった。

星野は歩きながら、独り言のようにつぶやく。

「雨宮さん、付き合っている人、いるんでしょうか」

星野の言葉に、西條は雨宮のプライベートについて、なにも知らないことに気づいた。星野の言葉からは、独り身であることが窺える。

なにも訊いていないのに、星野は話を続ける。

「看護師の口から漏れ聞こえてきた話だと、雨宮さん独身みたいなんですよ。あの人だったらいくらでも話はありそうなのに、理想が高いのかなにか事情があるのか——」

西條の脳裏に、曾我部の顔が浮かんだ。

ふたりの間柄には興味はない。が、雨宮が曾我部に取り入り、我欲のために病院の経営や人事に口を出すつもりならば、見過ごすわけにはいかない。

A館につくと、階段で五階へあがった。

ナースステーションに入ろうとしたとき、女性の看護師が部屋から出てきた。出会いがしらにぶつかりそうになる。

下を向いていた看護師は、慌てた様子で顔をあげ、西條と星野に詫びた。

「すみません」

看護師は急ぎ足で、ふたりの横をすり抜けていく。

西條は、看護師の目が濡れていたのが気になった。

見間違いだろうか、と思ったが、そうではなかった。

星野が、看護師が歩いていったほうを振り返りつぶやく。

「涙を浮かべていましたね」

なにかあったのか。

西條はナースステーションへ入った。

循環器外科の看護師や研修医たちは、部屋の中央に置かれている机の周囲に集まっていた。

「遅くなってすみません」

全員の目が、西條に向けられた。誰もが、沈んだ顔をしている。

いつもと違う空気に、西條は訊ねた。

「どうした」

返答に困っているのか、それぞれが互いの顔を見合わせている。

星野も重い雰囲気に気づいたらしく、宮崎朝子《みやざきあさこ》に訊ねた。五階ナースステーションの看護師長だ。

「なにかあったんですか」

宮崎は厳しい顔つきで、口を開いた。

「それが――」

続く言葉を、鋭い声が遮った。

「ここの看護師はレベルが低い、という話をしたんです」

部屋の奥に真木がいた。

白衣のポケットに、両手を突っ込んでいる。

西條は真木のそばに行くと、真正面に立った。

「どういうことでしょう」

「いま、言ったとおりです。いま出ていった看護師は、私の手術のスタッフにはしないでくれ、と頼んだところです」

目に涙を浮かべていた看護師のことだ。

名前は斎藤睦美《さいとうむつみ》、看護師のキャリアは四年で、循環器外科に配属されたのは一年前だ。

真木の言い方はとりつく島もない。西條は宮崎に説明を求めた。

訊かれた宮崎は言いよどんだが、やがて腹を決めたように淡々と語った。

「西條先生がいらっしゃる前に、真木先生へここの看護師の紹介をしていたんですが、斎藤さんのときに真木先生が、君は私の手術に立ち会わないように、とおっしゃったんです」

「理由は」

宮崎は言葉を選びながら答える。

「真木先生から見ると、斎藤さんはひどく未熟のようで――」

宮崎の言葉を、真木が遮った。

「私は彼女に、君は患者を殺しかねない、そう言ったんです」

西條は真木を睨んだ。

「ずいぶん、物騒ですね」

「本当のことを、言ったまでです」

西條は拳を強く握った。

病院は生と死が交錯する場所だ。関係者は誰もが、患者の命を救うことに努めている。結果として救えないことはあるが、患者の死を望む者はひとりとしていない。どのような理由があっても、命を守るために闘っている場所で、殺す、などという不謹慎な言葉を口にすべきではない。

真木は説明を続ける。

「私は三日前に、ここで一度手術をしました。そのとき彼女は器械出しのスタッフだったが、まるで使い物にならなかった。私の指示がなければ器具の用意はしないし、器具を差し出す角度もまったくなってない。そのせいで、いつもより時間がかかってしまった」

西條の後ろで、星野の驚く声がした。

「それって、あれより早く手術ができるってことですか」

真木が星野に向かって、きっぱりと言った。

「優れたサポートがあれば」

真木は部屋のなかを見回した。

「手術は執刀医ひとりがするものではありません。チーム全員で挑むものです。ひとりの未熟なスタッフのせいで、患者が命を落とすかもしれない。そのことを全員が改めて認識し、個人の技術の向上に努力してほしい」

真木の強い口調に、部屋のなかが静まり返る。

沈黙を破ったのは、宮崎だった。神妙な面持ちで真木に詫びる。

「私の指導が至りませんでした。今後、看護師の技術の向上に努めます」

投げやりな言い方ではなかった。本心からでた言葉だろう。

西條も真木と同じ考えだった。

ひとりのスタッフの作業の遅れが、手術を予定より長引かせたケースは実際にある。最悪の事態にはならないまでも、患者の身体に負担をかけることは事実だ。

スタッフひとりひとりの技術の向上が、北中大病院の医療水準をあげる。それは、西條もわかっている。が、それが理想論であることも知っていた。

北中大病院にも、病院の理念に基づき、常に研究や臨床に励む者はいる。が、医療従事者も人間だ。親の介護や家族の問題を抱え、目の前の仕事をこなすだけで精一杯の者もいる。理想と現実は違うのだ。そう思いながらも、西條は真木になにも言い返せなかった。

医療現場に言い訳は通じない。かけがえのない命を前にしては、どのような弁解も許されないのだ。

「よろしくお願いします」

真木が宮崎に頭をさげる。

嫌味や含みがない、自然な態度だった。

張り詰めていた部屋の空気が緩んだとき、ナースコールのブザーが鳴った。

部屋の壁には、ナースコールを受ける親機がある。壁掛け式の電話機のような形で、本体についている液晶画面に、ナースコールをしたベッドの番号と患者の名前が表示される。

ナースコールを受けた看護師が、真木に伝える。

「五〇八号室の春日さんが、胸の痛みを訴えています。様子を見てきます」

循環器第一外科の患者だ。

「私も行こう」

真木は先頭に立って、部屋を出ていく。ナースコールを受けた看護師も、慌てた様子であとを追った。

真木が立ち去ったあと、口を利く者は誰もいなかった。看護師たちは、気が抜けたように立ちすくんでいる。真木の初対面の印象があまりに強すぎたのだろう。はじめての顔合わせで、看護師を泣かせる医師は、西條が知る限りでもいなかった。

宮崎の張りのある声が、部屋に響く。

「顔合わせは終わりです。みなさん、それぞれ持ち場に戻ってください」

看護師たちは、我に返ったように動きはじめた。いつもよりきびきびとして見えるのは、気のせいではないだろう。

西條は踵を返し、ナースステーションを出た。

廊下を歩きながら、先ほどの真木を思い返す。

真木が非難した斎藤の未熟さは、西條も認識していた。斎藤だけではない。ほかにも、明らかに不勉強と思える看護師はいる。

気づきながらも、西條がその者たちを非難したことはない。個々の事情と能力を推し量ったこともあるが、口にしなかった一番の理由は人間関係だった。

感情の些細な摩擦が、やがて大きな行き違いになり、互いの関係性が崩れることがある。さまざまな立場の人間で構成されている組織では、よくある話だ。むしろ、仕事の能力より、世渡り上手な者が優遇されるケースは多い。

敵をつくれば、どこで足をすくわれるかわからない。

逆に真木は、自ら敵をつくるタイプだ。自分にも相手にも嘘がつけない。我が強いとか、不器用と言われる人間だ。

本人が意図しているかどうかはわからないが、自分の主張を曲げることができず、結果的に敵が多くなる。人との摩擦をどう感じるかは、それぞれだ。思い悩む者もいれば、気にしない者もいるだろう。

真木は後者だ。

温室でのそっけない態度や、今日の看護師に対する言動から、良好な人間関係を築こうとするつもりがないことがわかる。

A館からB館へ抜けるドアを開けたとき、後ろから星野の声がした。

「西條先生、待ってください」

足を止めて振り返る。

廊下の奥から、星野が駆けてきた。西條の前で立ち止まり、あがった息を整える。

「宮崎さんに、斎藤さんのこと頼んできました。宮崎さん、ちゃんとフォローしておくから大丈夫、って言ってました」

「そうか」

それだけ答えて、西條は歩き出した。

星野が横を歩きながら、神妙な声で言う。

「真木先生、ちょっとやりすぎじゃないですかね」

斎藤に対しての発言のことだ。

「たしかに斎藤さんより器械出しが上手い看護師はいます。でも、真木先生が言うほど、下手なわけじゃありません。西條先生も言いましたが、殺しかねないなんて言いすぎですよね。結果として救えない命はあります。でもみんな、患者を助けようと頑張っているんです。それを、殺す、なんて言葉を使って責めるのはいきすぎでしょう」

星野の口は止まらない。

「真木先生はたしかに手術の腕はすごいかもしれないけれど、人としてはどうなんでしょう。ちょっと疑問ですね」

真木への非難を黙って聞いていた西條は、足を止めた。

廊下の途中でいきなり立ち止まった西條に驚いたのだろう。星野も足を止めて、西條を見た。

「どうしました。なにか忘れ物でも――」

西條は、星野に訊ねた。

「マイスターという言葉を知っているか」

唐突な質問に、星野は戸惑ったようだった。しどろもどろといった様子で答える。

「ドイツ語ですよね。たしか、職人とか名人といった意味だったと思いますが」

西條は否定しないことで、正解だと伝えた。星野と向き合う。

「ドイツは、マイスターを重んじる国だ。菓子作り、工業製品、農業、分野を問わず、高度な技術を持つ者がいる」

星野は頷いた。

「プロ中のプロ、ですよね」

「ドイツには、看護師のマイスターともいうべき手術部の専門看護師がいる」

知らなかったらしく、星野は意外そうな顔をした。

日本では、看護師はどの診療科の患者も担当する。が、ドイツは違う。皮膚科や脳神経外科、心臓外科専属の看護師がいる。そのなかでさらに、専門看護師の資格を取得する者もいる。

このことを西條が知ったのは、心臓外科医になって二年目だった。ドイツ留学から戻ってきた先輩医師から聞き、診療科ごとに看護師がいる必要性を強く感じた。

医師より看護師のほうが、患者と接する時間が長い。

診断は医師がするが、体調の確認や患部の処置などは看護師が行う。看護師に医師と同じくらいの知識があれば、患者のわずかな体調の変化に気づき、医師が見逃してしまいかねない症状も見つけることができる。

専門の看護師がいれば、助かる命は増えるだろう。が、日本ではかなわないことを、西條は知っていた。

日本では、誰にでも同じ医療を施せることが推奨される。どこの科に配属されても務められなければならない。

星野は独り言のようにつぶやいた。

「ミュンヘンの病院で看護師のマイスターたちと仕事をしていた真木先生からみれば、専門性がない日本の看護師は未熟に思えたんですね。だから、あんなきつい言い方になったんだ」

星野は素直に詫びる。

「事情も知らずに真木先生の人柄を否定するようなことを言ってしまって、すみません」

真木を庇う形になってしまったことに、西條は戸惑った。

そんなつもりはなかった。ただ、言動の上澄みだけをすくいとり、相手の人間性を非難する星野に苛立っただけだった。

西條は無言で歩き出す。

星野はドイツの医療体制に感銘を受けたらしく、西條に提案した。

「北中大病院も、ドイツの医療制度を取り入れてはどうでしょう。診療科ごとに専門の看護師を配属するんです。そのほうが、医療水準がアップするんじゃないでしょうか」

星野はその場の思いつきで、自分の考えを口にする。

西條は、星野の提案を否定した。

「私はそうは思わない」

西條も同じ考えだと思っていたのだろう。星野は驚いたように、西條に目を向けた。

「どうしてですか。看護師の専門性が必要だと思っているから、マイスターの話をしたんじゃないんですか」

西條は、前を見ながら言う。

「私が目指している医療は、すべての患者が同じ治療を受けられることだ」

隣で星野が、息をのむ気配がする。

西條は言葉を続ける。

「命は平等だ。ならば、医療も平等でなければならない」

星野は言いづらそうに反論した。

「西條先生がおっしゃることはわかります。僕も医療はそうあるべきだと思います。でも――」

星野は言いかけてやめた。西條が続きを促す。

「でも――なんだ」

言おうか言うまいか迷っているのか、星野は先を言わない。が、やがてぽつりと言った。

「理想と現実は違います」

西條は虚をつかれた。

反射的に立ち止まり、星野を見る。理想と現実は違う。それは、いましがた西條が真木の言動に対して抱いた考えだった。

西條は自分の方針が間違っているとは思わない。理想を求めずして、どこに進むというのか。

真木へ反発心を抱きながら、目指している先は同じかもしれないことに戸惑う。

いや——西條は、心に浮かんだ考えを否定した。

真木と自分は違う。真木の理想が、叶うことのない夢だとしたら、西條の理想は実現できる希望だ。

理由はミカエルだ。

ロボット支援下手術こそが、西條が目指す医療の実現を可能にする。ミカエルこそが、平等な医療を実現する切り札であり、多くの人命を救う救世主だ。

自分にはミカエルがある。ミカエルで、成功してみせる。

西條の成功により、ロボット支援下手術はさまざまな診療科の手術に用いられるようになるだろう。

入院や通院の減少は、患者だけでなく、国が負担する医療費の軽減になる。それは、医療現場で働く者への正当な報酬や、人材の確保、充実した研究へと繋がっていく。

叱責されると思ったのか、星野は身体を縮こませた。

「生意気なことを言って、すみません」

星野を叱る気などない。近い将来、星野は自分の考えが間違っていたことを認めることになる。心臓に限らず、さまざまな診療科での手術が、これからはミカエルで行われることになる。西條がそう導くからだ。そのとき、医療の平等が実現する。

西條はつぶやくように言う。

「いずれ、わかる」

星野が顔をあげて訊ねた。

「それって、どういう意味ですか」

西條はなにも言わず、歩きはじめた。

第四章

西條は自宅のマンションを出ると、車で国道453号線に乗った。

南下し支笏湖《しこつこ》方面に向かう。

道央自動車道を利用するルートもある。が、大回りになるうえ、一般道と時間はそう変わらないため、西條はいつも一般道を使っていた。

ショッピングセンターや商業施設が立ち並ぶ市街地を抜けると、空が開け小高い丘が見えてくる。車の窓から入ってくる風が、心地いい。

先週、関東地方の梅雨入りが発表された。六月中旬という時期は、平年より一週間遅いという。

北海道には梅雨がない。

北の大地で生まれ育った西條は、ひと月以上もほぼ雨の日が続く暮らしに抵抗がある。この時期に本州へ行くと、身体に纏わりつくような湿度の高さと、陰鬱とした空模様に気が滅入ってしまう。

幹線から山沿いの道に入り、車を進める。やがて、支笏湖が見えてきた。

透明度が高い湖面が、晴れた陽をうけて銀色に光っている。

季節がいいこの時期は、休日には家族連れや観光客でにぎわう。が、平日の今日は車の交通量も人出も少ない。

西條は今日、有給休暇をとった。規定では年に二十日ほどあるのだが、実際に消化できるのは数日しかない。

数日のなかの貴重な一日は、毎年六月にとると決めている。今日が、その日だ。

支笏湖を通り過ぎ、さらに奥に進む。

車で二十分ほど走ると、古い石橋がある。アーチがふたつ連なった、めがね橋と呼ばれる種類のものだ。

橋の下を流れる川は、支笏湖から流れ出ているプンカリ川だ。

プンカリとは、アイヌ語で蔓《つる》を意味する。

昔、信心深い娘が川で作物を洗っていたところ、流れに足をとられて溺れてしまった。娘が山の神に助けを求めると、山の蔓が娘へ伸びてきて、娘の身体に巻き付いた。娘はその蔓のおかげで命が助かった、という言い伝えから、その名がついたと聞いた。

車がやっと行き違えるほどの市道を抜けると、少し開けた場所に出る。いまは誰も住んでいない集落のあとだ。

西條はハンドルを左に切り、砂利道に車を進める。地面がむき出しになっているところで、エンジンを切った。

車から降りると、涼しすぎる風が顔にあたる。集落を囲む山々は、樹木が生い茂り、葉が気持ちよさそうに風にそよいでいた。どこからか、甲高い鳥の声が聞こえる。

西條は車のトランクから、布製のバッグを取り出した。

車に鍵をかけ、歩き出す。

朽《く》ちかけた空家や倉庫、公民館だった建物を通り過ぎ、細い山道を登った。

木々の間を縫うように登っていくと、道の脇に石碑があった。

明山郷引導場《みようざんきようい んどうば》と彫られている。長い年月のあいだに傷み、ようやく文字が読めるほどだった。

引導場とは共同墓地のようなもので、宗教に関係なく死者を葬る。

山の斜面を切り開き作られた場所で、広さは幼稚園の園庭くらいだ。ひと目で墓石とわかるものは少なく、多くは名も刻まれていない石だったり、土を高く盛り上げただけの土まんじゅうだ。

西條は地面を歩き、ある土まんじゅうの前に立った。

土の横のエゾイソツツジが、白い花をつけていた。十年前に、西條が植えたものだ。

西條は肩にかけていた布製のバッグを、地面に下ろした。なかから、線香とライター、ペットボトルの茶を取り出す。

しゃがんで、線香にライターで火を点けた。土まんじゅうの前に供えると、ペットボトルの中身を地面にかける。

目を閉じて、手を合わせる。

心のなかで念仏を唱え、顔をあげた。

目の前の、土の塊をじっと見る。

墓石も卒塔婆《そとば》もない。目印は西條が植えたエゾイソツツジだけだ。

西條はあたりを見渡した。

西條と同じく、いまでも墓に参っている縁者がいるのだろう。ところどころの墓に、萎《しお》れた花が供えられている。

集落に住んでいた者の多くは、亡くなるとここに埋められた。西條の両親と祖父母、ほかの縁の者たちも、目の前の土まんじゅうの下に眠っている。

西條は空を見上げた。

空は青く、聞こえるのは鳥の声と風の音、プンカリ川のせせらぎだけだ。人工の音はない。ここだけ時間が止まっているかのようだ。

市町村合併により、このあたりはいまでは千歳市となっているが、西條が高校生になるまでは川越郡明山郷という地名だった。

当時、集落には五十世帯あまりが暮らしていた。ほとんどが二世帯、三世帯の同居で、集落で暮らす人々は誰もが顔見知りだった。

西條の実家は小さな平屋で、台所と続きの茶の間、祖父母の部屋、両親と西條が寝ている和室しかなかった。

家が狭いことは西條の家に限ったことではなく、明山郷に住んでいる者たちは同じような感じだった。一軒だけ、集落ではめずらしい二階建てがあったが、そこはまとめ役の家だった。

西條の家も、祖父母と両親、西條の五人家族だった。

両親は西條のほかにも子供を望んだが、恵まれなかった。

西條が小学校にあがる前、母親の敦子《あつこ》は西條を抱きしめて泣いたことがある。次の春から、支笏湖畔にある小学校に通う冬だった。その冬の日のことを西條は今でも覚えている。

朝から車で出かけていた父の学《まなぶ》と敦子は、夕方になっても戻らなかった。

明山郷は山をいくつも分け入った奥にある。集落にある店は、日用雑貨品が置いてある商店一軒しかなかった。集落の者は、食料品や衣料品などは、明山郷から一番近い町である支笏湖温泉まで買い出しに出かけていた。

その日も、ふたりは支笏湖温泉まで買い出しに出かけたのだろう、そう西條は思っていた。買い出しに出かけると、いつもなら遅くても夕方には帰る。が、その日はあたりが薄暗くなってもふたりは帰ってこなかった。

嫌な感じがして、西條は玄関の外でふたりの帰りを待った。が、陽が落ちても帰らない。祖父母が呼びに来ても、西條は家のなかへ入らなかった。玄関と外を行ったり来たりする。もう母親に会えないのではないか、という漠然とした不安に押しつぶされそうだったからだ。

敦子が帰ってきたのは、陽が落ちて空に月が上ったころだった。あたりに積もっている雪が西條の背丈より高く、月明かりが西條の影を白い壁に映し出していた。

父親が運転する軽トラックを見つけたとき、西條は泣き出したくなる思いだった。助手席に母親の影も見える。車が停まると、西條は車に駆け寄った。

車から降りたふたりは、喜ぶ西條とは逆に、浮かない表情のように見えた。

実際にそうだったのか、あとになって記憶を塗り替えたのかは覚えていない。

学は、寒いなか外で両親を待っていた息子の頭に手を置き、乱暴に擦《さす》って家のなかへ入った。

学は普段から、無口だった。そのときも、いつものことだと思い、さして不思議には思わなかった。

反対に、敦子は口数が多かった。噂話が好きだとか、おしゃべりというわけではない。今日は寒いとか、今年は作物の出来がいいとか、敢えて声にしなくて済むことを口にする。

その夜の敦子は、なにもしゃべらなかった。夕飯にも手をつけない。

学も祖父母も、敦子の異変に触れなかった。黙って箸を動かしている。

早々に夕飯を済ませると、祖父から順に風呂に入った。

西條はいつも、敦子と風呂に入っていた。がその日だけは、学が一緒に入るという。理由を訊くと学は、母さんは風邪を引いている、と答えた。

子供心に、それは嘘だと西條は気づいた。咳もないし熱がある様子もない。なにか別な理由があるとわかったが、なぜか言ってはいけない気がした。

風呂からあがると、敦子はもう床に就いていた。

六畳は大人のふとんを三つ敷くと狭くて、夜中に手洗いに行くときは布団の上を歩いていかなければならない。

敦子は掛け布団をあげて、西條を呼んだ。

西條は敦子の布団にもぐりこんだ。

湯からあがったばかりの西條を腕に抱き、あったかい、と敦子は呟いた。

腕の力が強すぎて、西條はもがいた。それを面白がるように、敦子は笑いながら嫌がる西條を抱きしめた。が、やがて急に静かになった。

どうしたのかと思い西條が顔を見ると、敦子はすすり泣いていた。

驚いて理由を訊ねたが、敦子はなにも言わない。声を殺して泣いている。

学はふたりに背を向けて、横になっていた。が、眠ってはいなかった。学は寝ると毎晩、いびきをかく。そのときは、寝息ひとつ聞こえなかった。

敦子は、西條を抱きしめながら詫びた。

西條は眠ったふりをした。それが一番いい、と思ったからだ。

春になり、あと少しで小学校の入学式だという日、西條は学と敦子に引導場に連れていかれた。

それまでにも、彼岸や盆には引導場に行き、先祖が眠っているという土まんじゅうに手を合わせていた。

集落よりさらに山奥にある引導場は、まだ雪が背丈ほども残っていた。が、引導場の入り口から西條の家の土まんじゅうまでは、道ができていた。あらかじめ、誰かが雪を除けたのだ。一面が雪野原のなかに、西條家の土まんじゅうだけが、黒い土を覗かせている。

学と敦子は、土まんじゅうにたどり着くと、線香をあげて手を合わせた。言われて、西條も真似る。

なぜ、この時期に墓に参るのか、西條にはわからなかった。

理由がわかったのは、背負っていたリュックから敦子があるものを取り出したときだった。

敦子の手には、赤ん坊をあやすためのおもちゃがあった。プラスチック製で、なかに鈴が入っている。赤ん坊が持てるくらいの小さなものだ。

敦子は土まんじゅうの上に置き、改めて手を合わせた。

西條はこのとき、この世に生まれる前に消えた命があったのだと知った。

敦子はしばらくその場にしゃがんでいたが、やがて立ち上がり、西條の手を取った。

三人で来た道を戻る。

繋いでいる敦子の手は、かすかに震えていた。

空で鳥が高く鳴いた。

西條は薄手のコートのポケットから、煙草を取り出した。

封を切り、ライターで火を点ける。ひと口だけ吹かし、土まんじゅうの上に置いた。

西條は煙草を吸わない。好きだったのは、父親の学だ。

記憶のなかの学は、いつも煙草を吸っている。

西條の家は、農家だった。山裾の畑で、どの家もじゃがいもやとうもろこしといった農作物をつくっていた。

周辺には、炭焼きや狩猟で生計を立てている者もいたが、自分たちが食べる分の農作物はつくっていた。

子供のころに学から聞いた話によると、明山郷で暮らしはじめたのは、西條からみて四代前にさかのぼる。

三十名ほどの者が、山を切り開き集落をつくったという。

最初に住みはじめた者たちは、かなり苦労したという話だった。いまのように車があるわけではなく、町は遠い。春は遅く冬は長い。土はいちから作らねばならず、作物が収穫できるようになるには、かなりの時間がかかっただろう。暮らしが楽ではなかったことは想像に難くない。

西條はそのような土地に生まれた。

一番古い記憶は、祖父母や両親が、畑を耕している光景だ。

祖父と父親は鍬《くわ》で土を耕し、祖母と母親は苗を植えている。幼い西條は、地面に座り家の者が働く姿を大人しく眺めていた。

明山郷に住む者は、決して暮らしは楽ではなかった。朝から晩まで働き、つましく暮らす。西條の家も同じだった。が、誰も不満を口にしなかった。

学の口癖は、みんな元気ならそれでいい、だった。贅沢な暮らしはいらない。心身ともに健やかに、日々を過ごせればそれでいいと言う。

子供のころはわからなかったが、いまになればその言葉の裏にあったものがわかる。

核家族化や少子化が進み、人の死に触れる機会が少なくなったが、祖父や父親の時代は、人の死が身近なものだったのだろう。いまでは大半が治る病で命を落とす者もいたと思う。死が日常にあったから、生の尊さを感じていたのだ。

健康を誰よりも大切に考えていた学が、若くして病を患うとは、西條も家の者も思っていなかった。

学が倒れたのは、西條が小学校一年生、本人が三十八歳のときだった。

教室で授業を受けていると、教頭がクラスにやってきた。

急ぎ足で担任に近づき、なにやら耳打ちする。

担任は驚いた様子で、西條を見やった。授業を中断し、西條を廊下に連れ出す。

西條のクラスの担任は、若い女性だった。着任したばかりだったように思う。担任は青ざめた顔で、西條に伝えた。

「西條くん、帰る準備をして」

わけがわからず戸惑っていると、教頭が西條を促した。

「理由はあとで教えるから。急いで私の車に乗って」

西條は言われるまま、教科書を入れたランドセルを背負い教室を出た。

学が倒れたと聞かされたのは、教頭が運転する車のなかだった。

教頭は怖い顔で、西條に説明した。

「お父さんが畑で倒れたそうだ。救急車で運ばれて、いま、光陽病院にいる」

当時、支笏湖周辺で唯一の、総合病院だった。

総合といっても、医院を少し大きくした規模で、内科や外科、皮膚科など五、六の診療科があるだけだった。光陽病院で治療ができない患者は、千歳市の大病院へ紹介されていた。

かつて支笏湖畔には発電所があった。光陽発電所だ。

支笏湖から流れ出る千歳川の水流を利用して作られた、水力発電所だった。

いまは閉鎖されているが、大正から昭和にかけて、支笏湖の近くには光陽製紙工場があり、光陽発電所は、その工場に電気を供給するためにつくられたものだった。

光陽病院は、本来そこの従業員が利用するために作られたのだが、企業に関係のない地元の患者も受け入れていた。

光陽病院には、十分ほどで着いた。

病院の受付で、教頭はなかにいる事務員に訊ねた。

「こちらに、西條学さんという方が救急搬送されたと聞いたんですが」

事務員は神妙な面持ちで、教頭と西條を見た。

「失礼ですが、どのようなご関係の方でしょうか」

事務員の問いに教頭は、背後にいた西條を自分の前に押し出した。

「運び込まれた患者さんは、この子の父親です。私はこの子が通っている小学校の教頭です。この子の祖母から学校に、父親が倒れてここに運び込まれた、と電話があったので駆けつけました」

事情を知った事務員は受付から身を乗り出し、廊下の奥に手を伸ばした。

「この奥が救急外来です。そこに看護婦がいますから尋ねてください」

教頭は礼もそこそこに、西條を急かしながら、事務員が指示した方へ向かった。

廊下の突き当りに大きな扉があった。手術室だ。扉の上の壁に、手術中と書かれたランプが、赤く灯っていたことを鮮明に覚えている。

手術室の前には、敦子と祖父がいた。

西條と教頭を見つけると、壁際のソファから立ち上がり、ふたりに駆け寄ってきた。敦子と祖父は、教頭に深く頭をさげる。

教頭は訊ねた。

「お父さん——学さんはどうですか」

ふたりは顔を見合わせて、どちらが説明するか目で問うていたが、やがて敦子がか細い声で答えた。

「診てくださった先生の話だと、心筋梗塞というもので、非常に危険な状態とのことです」

医師になったいまなら、当時の父の状態がいかに深刻だったかわかる。虚血性心疾患の中で最も重症である急性心筋梗塞を発症していたのだ。

心臓の周囲の冠動脈が動脈硬化により閉塞し、心筋に血液、酸素が行き渡らず、心筋が壊死《えし》し、正常な機能が損なわれる疾患である。限られた時間で適切な処置が施されなければ、命にかかわる重篤な状態だ。

当時まだ幼かった西條は、詳しいことはわからなかった。が、祖父や母の深刻な顔から、大変なことが父の身に起きていることはわかった。

父が手術室から出てきたのは、手術室に入ってから五時間後だった。

いまの医療技術ならば、カテーテル手術で開胸しなくて済む。が、当時、カテーテル手術を行える医師は全国でも少なかった。それが、地方の中核病院となれば、なおのことだ。

学が運び込まれた光陽病院も、おなじだった。カテーテル手術ができる医師はおらず、学は開胸され、狭くなった血管を別の血管につなげるバイパス手術が行われた。

畑で倒れたときに、祖父が一緒にいて、病院に速やかに搬送できたことと、執刀医の腕がよかったことが幸いだったのだろう。学はぎりぎりのところで、一命をとりとめた。

学が退院したのは、手術から二か月後だった。

自宅に帰ることはできたが、それまでと同じ生活はできなかった。

胸骨を切っているため、力仕事はできない。加えて、心筋梗塞のあとに起きやすい、不整脈も患っていた。最悪、心臓停止と同じ状態になる心室細動を起こし死亡する危険がある。学はいつ導火線に火がつくかわからない爆弾を抱えて生きることになった。

実際に学は心臓手術を受けた二年後に亡くなった。享年四十だった。

自宅で夕飯を食べているときに、突然の胸痛とともに意識を失い、病院に運ばれたが、そのまま息を引き取った。医師が危惧していた心室細動だった。

当時、九歳だった西條には、父の死の詳細はわからなかった。学の寿命は決まっていて、救えるものではなかった、と子供心に思っていた。

学を追うように、母の敦子が亡くなったのはそれから三年後、西條が十二歳のときだった。

自宅で宿題をしていると、警察から電話が入った。

電話をとったのは祖母だった。なにやらひどく狼狽し、ええ、とか、はい、としか言わない。そばで見ていた祖父が、あまりに要領を得ない会話に苛立ち、受話器を奪い取ったくらいだ。

電話を替わった祖父も、相手の話にひどく驚いたようだったが、祖母よりは落ち着いていた。時折、相手の話に相槌を打ち、怖い顔をしている。電話を切ると隣にいる西條を見て、低い声で言った。

「おかあさんの車が、沢に落ちたらしい」

場所は、支笏湖と明山郷の中間で、蛇行する細い道が続く峠だった。

「警察に行ってくる」

一緒に行くという西條と祖母を置いて、祖父はひとりで出かけて行った。

祖父から電話が入ったのは、出かけてから一時間以上が経ってからだった。

電話に出た祖母は、崩れ落ちるようにその場に膝をついた。受話器を耳に当てながら嗚咽《おえつ》を漏らす姿から、車は母のもので本人が無事でないことは想像がついた。

敦子の納骨の日は、雨だった。

山の斜面で樹木に囲まれている引導場は、陽が陰るのが里より早い。天気が悪いときはなおさらだった。

母の遺骨が納められ、納骨に立ち会った者が帰っても、西條は土まんじゅうの前から立ち去れなかった。

葬儀は、敦子が亡くなった二日後に自宅で行われた。

親子で寝ていた和室に、祖父母が小さな祭壇を設えた。

敦子の遺影は、西條が小学校に入学したときに撮ったものを使った。選んだのは祖母だ。黒縁の写真立てのなかで、敦子はにこやかに微笑んでいた。

弔問客は地元の者と、母の幼馴染という女性が数人きただけだった。幼くして両親を立て続けに亡くした西條を不憫がった。なかには、西條を見るなり泣き出す者がいたくらいだ。

そのときの西條は、泣いている者たちをどこか遠くに感じていた。あまりに突然の出来事で、現実を受け止めきれずにいたのだ。

敦子の車を発見したのは、支笏湖に住んでいる者だった。持ち山を訪れたときに、ガードレールがちぎれている箇所を見つけた。様子がおかしいと思い、路肩に車を停めて見てみると、新しい傷だと気づいた。

もしやと思って下を見ると、沢に横転している小型の乗用車があった。それが、敦子の車だった。

警察の調べでは、ガードレールのひどい損傷と、ブレーキ痕がないことから事故の原因は居眠り運転と判断した。

学がいなくなってから、敦子はずっと働きづめだった。学が生きていたころは、農業だけで暮らしていられた。が、稼ぎ手がいなくなってからは農作物の収穫は減り、畑だけで暮らしていくのは難しくなった。

学が亡くなってからほどなく、敦子は支笏湖周辺の飲食店に勤めはじめた。

西條も幾度か、日曜日に祖父母と店を訪れ、母が巻いてくれたソフトクリームを食べたことがある。

明山郷から支笏湖まで遠いことから、敦子はいつも朝早く出かけて、戻りは夜の八時を過ぎていた。

家事は祖母もしていたが、手が回り切らないところもあったらしく、敦子は仕事から帰っても遅くまで家のことをしていた。

観光客相手の仕事は、休みは平日だ。

思えば西條には、敦子が休んでいる姿の記憶がない。

仕事が休みの日でも、敦子は畑に出ていた。

夕食のときに祖父母が、休みの日はゆっくりしたほうがいいと勧めているのを、西條は何度も耳にしている。が、敦子が休むことはなかった。

敦子の毎日は、働きに出ているか、家事をしているか、畑にいるかのいずれかだった。夜は遅く、朝は早い。

子供の前で、疲れた姿は見せたくなかったのだろう。敦子は西條の前ではいつも笑顔だったが、隠しきれない疲労が顔には滲んでいた。

何年ものあいだに蓄積された辛苦が、敦子に事故を起こさせたのかもしれない。運転中の敦子に激しい睡魔を呼び寄せ、深い沢に車ごと転落させた。

雨に濡れ、黒く湿っている土まんじゅうを見ながら、十二歳の西條はどこにぶつけていいかわからない怒りに震えていた。

西條が憎むべきものを見つけたのは、祖父が体調を崩し入院したときだった。

その年、西條は北中大医学部に合格した。

医師になろうと決めたのは、中学三年生のときだった。

進路を考えたとき、亡くなった両親を思った。ふたりの死から、西條は世の無常を思った。いずれ人は死ぬ。病か事故か、それ以外か。行き着く先は誰もが同じだとしても、少しでも遅いほうが悲しみは少ない。ならば、命を救える仕事に就きたい。自分と同じような経験をする者は、ひとりでも少ない方がいい、そう考えた。

幸い、西條は勉強で苦労はしなかった。

意識して勉強をしなくても、学年では常にトップだった。西條が通知表を持って帰ると、祖父は嬉しそうに眺めて、お前は雪深いところで育ったから昔から本を読んでいた、それが頭を良くしたんだ、と言った。

祖父が入院したとき、西條は札幌市の学生寮で暮らしていた。祖母から、祖父が風邪から肺炎を患い入院した、との連絡を受けて病院へ向かった。祖父の入院先は、学が手術を受けた光陽病院だった。

病室に現れた孫に、祖父はひどく驚き、深い皺に囲まれた目を瞬かせた。どうやら祖母には、口止めしていたらしい。新しい生活をはじめたばかりの西條に、心配をかけたくなかったのだろう。

かつて、ほどよい筋肉がついていた身体はかなり細くなっていた。七十八歳という高齢ばかりが理由ではない。若者にとっては軽症で済む病も、高齢者にとっては体力を著しく奪う疾病になる。咳をするたびに、祖父の身体は骨が折れそうに軋《きし》んだ。

祖父は西條に、早く帰るよう促した。が、首を横に振った。その日は最初から、実家に泊まる予定だった。

今日、実家に泊まるのは、祖父の見舞いもあるが祖母の手料理が食べたかったこともある、そう伝えると、祖父は納得したのか、好きにしろ、と呟いた。

祖父の身体の具合や、西條の札幌での暮らしから、やがて話は昔にさかのぼっていった。

流れは自然に、学の話になった。

祖父は西條が知らない、学の幼少期のことを懐かしそうに語る。

学と祖父は口数が少ないところが似ていた。しかし、このときは歳のせいか病のせいか気が弱くなり、それまで言葉にしなかった息子を失った親の悲しみをぽつりぽつりと口にする。

西條の成長を見せてやりたかったとか、親より先に逝くのは最大の親不孝だ、と言う。

独り言のように語る声があまりに悲しく、西條はたまらず思いついた言葉を口にした。

「そうなるようになってたんだよ」

学の死は避けられない出来事だったのだ。だから、必要以上に悲しむことではない、そういう意味だった。

慰めたつもりの西條に、祖父は意外な言葉を口にした。きつく目を閉じ、苦しそうに言う。

「俺があいつを殺したようなもんだ」

西條は耳を疑った。

祖父が自分の息子を殺すわけがない。いったいなにを言っているのか。

罪を告白するかのような重い声で、祖父は言葉を続ける。

「学が心臓の手術を受けたあと、担当の先生から話があったんだ。手術は成功したが、また倒れるかもしれない。そのときは、命の保証はない。それを防ぐための装置を入れれば、危険は少なくなる、そう言われたんだ」

祖父は担当医から、心室細動への対処法として、植込型除細動器があるとの説明を受けていた。

手のひらほどの大きさの機器で、胸部の皮下や筋肉の下に埋め込む。脈拍の異常を感知すると自動的に電気ショックが作動し、心臓の拍動を再開させる装置だ。

手術はさほど難しくはなく、二時間程度で終わる。入院期間も短い。傷口の感染症がないと判断されれば速やかに退院できる。

学が医師から植込型除細動器を勧められていた話は、このときはじめて耳にした。が、医師を目指し、その道の勉強をはじめてから、そのような話があったかもしれない、とは思っていた。北中大医学部に入るための受験勉強をしながら、学が死んだ原因の心筋梗塞について調べた。心臓疾患の専門書のなかに、心筋梗塞を発症したあと、心室細動の合併症を起こす危険性がある、との一文を見つけたときに、学は医師から突然死を防ぐための手術を勧められたことがあったかもしれない、と思った。

もしそうだとしたら、なぜ学は手術をしなかったのか。

祖父母に訊いてみようか、そう思ったこともある。が、やめた。事実を知ったからといって、学は生き返らない。過ぎた時間のなかで心の底に沈んだ悲しみを、蘇らせるだけだ。

西條が訊かなかった理由は、もうひとつある。ある推論を抱いたからだ。

医師が強く勧めなかったのではないか、という考えだ。

不整脈とひとくちにいっても、患者ひとりひとりでレベルが違う。比較的症状が軽く様子を見ていてもいいと判断されるものから、すぐにでも埋め込み手術を行うべき状態までさまざまだ。学の心臓の状態は、突然死を予測するほどではなかったのだろう。が、不幸にも悲劇は起きてしまった。そう、西條は思い込んでいた。

その推論が違っていたというのか。医師から手術を勧められていたなら、なぜそうしなかったのか。

西條の無言から、疑問を察したのだろう。祖父は辛そうに顔を歪めた。

「金だ――」

祖父は力なく、頷いた。

「金？」

「手術を受けられる、金がなかった」

祖父の言葉に、西條は狼狽《うろた》えた。

家の暮らしが豊かでないことは、幼いながらに西條も知っていた。

購入する品は生活に必要なものだけで、贅沢品とよばれるものは家になかった。楽しみといえば、月に一度、支笏湖にある食堂で、ラーメンやチャーハンといった食事をすることくらいだった。

西條が着るものは、敦子がどこからかもらってきたお下がりが多く、真新しいものを身に着けた覚えはない。唯一、記憶に残っているのが、小学校の入学式で履いた靴だ。

医師が勧めた治療は、当時、保険適用外だった。何百万円もの手術費用を払う余裕はなかっただろう。

西條は戸惑いながら訊ねた。

「家に金がなかったことは知っていたよ。でも、銀行から金を借りるとか、親戚に相談するとか――」

西條の言葉を、祖父は遮った。

「できなかったんだ」

祖父は身体にかけている布団を強く握った。西條から顔を背け、絞り出すように言う。

「俺のせいで、どこからも借りられなかったんだ」

祖父の話では、祖父は西條が生まれる前に、富良野の知人から、有機農業の共同事業を勧められた。農業で生計を立てている者を集めて出資を募り、企業として経営するという。祖父は知人から、何人かいる設立者のひとりにならないか、と持ち掛けられた。

「いい話だと思ったんだ。息子や生まれてくる孫に、俺のような苦労はさせたくない。少しでも楽な暮らしをさせてやりたい、そう思ったんだ」

一度、語りはじめた祖父の口は止まらなかった。いままでため込んできたなにかを吐き出すように話を続ける。

知人の事業計画は、順調に進んでいた。地元の農協や小売業者とも話がつき、あとは農作物の苗を植えるだけという段階までこぎつけていた。

思いがけない天災に見舞われたのは、すべての用意が整った矢先だった。

北海道を、集中豪雨が襲った。多くの川が氾濫し、周辺の家屋が浸水被害にあった。田んぼや畑は冠水し、土や作物がだめになった。

被害は祖父たちの畑にも及んだ。祖父の知人が事業のために用意した畑は川のそばにあり、氾濫した水が流れ込んでしまった。

農業は土づくりが基本だ。有機栽培はとくに気を遣う。有機栽培とうたうには、三年以上、化学合成農薬と化学肥料を使わない田畑で栽培されることが大切な条件だ。一度でも、それらが土に混じってしまった場合、土づくりをやり直さなければならなくなる。

祖父たちが起業した畑に流れ込んだ川水は、三年以上かけて作り上げた土壌を台無しにした。

企業を起こすにあたり、発起人の知人は農業共済に加入していた。が、農作物の卸しがはじまるまえの段階とのことで、掛け金はさほど多くなかったという。

畑の被害は、祖父たちに大きな打撃を与えた。出資した金だけでなく、希望をも奪い取った。

「もう一度がんばろうという声もあった。だが、誰も再投資できる金はなく、事業は立ち消えになった。残ったのは借金だけだった」

布団を摑んでいる祖父の手が、小刻みに震える。

「学は反対したんだ。いまの暮らしで充分だろうって。だが、俺は銀行から金を借りて、出資した。それが――あんなことになっちまった。手術費をなんとかしようと駆けまわったが、返せる当てのない者に、どこも貸してはくれなかった」

祖父は縋《すが》るような目で、西條を見た。

「俺は、なんとかしようとしたんだ。先祖から受け継いだ土地を売ることも考えた。敦子さんは、どこかの宿に住み込みで働くとまで言ってくれた。でも、学は反対した」

学は明山郷と家族を愛していた。土地を離れ、家族がばらばらになるのが嫌だったのだろう。

祖父は悲痛な声をあげた。

「俺がこんな様だから――学は死んだ。俺が殺したんだ」

世の中は不公平だ。

富める者がいる一方、貧困にあえぐ者もいる。

貧しさのなかで生まれた者は、這い上がろうと懸命に足掻《あが》くが、努力と運でのし上がれる者は、ごくわずかだ。ほとんどは、生まれ落ちた環境のなかで生きて死ぬ。

貧しさを恨む者もいるだろう。が、そうでない者もいる。貧しさが必ずしも不幸であるとは限らない。辛く険しい人生の、そのなかにささやかな幸せを見出し、満たされた人生を送る者もいる。

少なくとも西條は、貧しいからといって不幸ではなかった。不満はあったが、だからといって不幸せではなかった。

逆に、他人から見て満たされた暮らしを送っていても、幸せに思わない者もいるだろう。幸不幸は、条件や環境で判断はできない。決めるのは自分だ。

西條は、亡くなった両親の顔を思い浮かべた。記憶のなかのふたりは、いつも穏やかな顔をしている。

西條が知る限り、家族の仲は悪くなかった。西條の前でだけ、取り繕っていたとは思わない。祖父母も両親も、助け合い、労《いたわ》りあいながら暮らしていたことを、西條は肌で感じていた。

きっと学も敦子も、苦労は多かったが自分を不幸だとは思わなかったのではないか。

祖父はみなの幸せを願った。事業が潰れたのは、運が悪かったとしか言いようがない。みな、そう思っていた。だから、誰も祖父を責めなかった。

西條は、祖父の肩にのばしかけた手を止めた。頭に、もうひとつの制度が浮かぶ。

——更生医療。

十八歳以上で、身体障害者手帳を交付された者が受けられる助成制度だ。

植込型除細動器の埋め込み手術を受けた者は、身体障害者手帳の申請ができる。手帳があれば、制度を利用し、医療費の助成が受けられるはずだ。

「更生医療制度があっただろう。それは利用しなかったのか」

西條が訊ねると、祖父は声を詰まらせた。

「あいつが、手術を嫌がったんだ」

「親父が？」

祖父は辛そうに顔を歪める。

「俺は、なんとしてでも手術を受けろ、そう言った。でもあいつは、とうとう首を縦に振らなかった」

なぜ学は、そこまで頑《かたく》なに拒んだのか。

手術をすれば、突然死の危険は格段に少なくなる。が、絶対ではない。

埋め込んだ機器が身体に合わなければ再手術になるし、問題なく適合しても、生活上で制限しなければならないことが出てくる。

激しい運動や力仕事、強力な電磁波を発生させる機器は避けなければいけない。

いままでと同じ暮らしはできないかもしれないが、一般的な日常生活に大きな支障をきたすものではない。

多くの者は、日常で多少の不便があったとしても、突然死の予防となる手術を、ためらいなく選ぶだろう。なぜ、学は受けなかったのか。

祖父は、少しの沈黙のあと、独り言のようにつぶやいた。

「俺は機械になりたくない、あいつはそう言ったんだ」

西條は頭に血が上った。

「人工のものを身体に入れたから機械になるなんて、そんなことはない」

自分でも思いがけない大きな声が出て驚く。

祖父は力なく頷いた。

「俺もそう思った。そんなことはない、となんども説得した。だが無理だった」

西條はどうしていいかわからず、下を向いた。

心のなかに、学の意思を否定する自分と、受容しそうになる自分がいた。西條は医師になるために勉強をするなかで、ある問いを抱いていた。

生きるとはどういう意味か、だ。

心臓が動き、脳が正常に働き、呼吸をしていれば、生物学的には生きていることになる。が、医療に関する書籍を読み、実際に医療現場で働いている者から話を聞くなかで、生存と生きることは別なのではないか、と思うようになった。

本人に意識がなくとも、機器によって生命を維持していれば、生存しているとみなされる。が、それは果たして生きているといえるのか。逆に、肉体は滅びたが人々の記憶に残っている限り、死とはいえないのではないか、という考えだ。

命を救うことと、生きる意味を問うことは別だ、と西條もわかっていた。が、その考えが頭から離れず、ずっと自分に問いかけていた。

祖父は記憶を辿るように、遠くを見やった。

「敦子さんも、涙ながらに手術を勧めたが駄目だった。学だって、まさか自分があんなに早く死んでしまうなんて思っていなかったはずだ。心臓に負担をかけないように気をつけていたし、通院も欠かさなかった。でもな――」

祖父は声を詰まらせた。

「でも――あのとき手術を受けていれば、いまここに学がいたかもしれない、敦子さんもそばで笑っていたかもしれない、そう思うと悔やまれてなあ。どうしてあのとき、どんな手段を使ってでも手術を受けさせなかったのかな、ってな。そうすれば――」

祖父はきつく目を閉じた。

「そうすれば、お前に悲しい思いをさせずにすんだ」

悲しみはときに怒りにかわる。

祖父のひと言は、西條の感情を変えた。

学は自分の意思を貫き満足だっただろう。が、そのために敦子は死んだ。祖父も祖母も、そして西條も深い悲しみに暮れた。

人は自分だけでは生きられない。誰かに支えられて生きている。ならば、自分の命は自分だけのものではない。自分が望まずとも生きることが、誰かを救うことになるのではないか。

学の選択は身勝手としかいいようがない、西條はそう思った。

墓に供えた煙草が燃え尽き、西條は立ち上がった。

車に戻ろうと足を踏み出したとき、ジャケットの内ポケットでスマートフォンが震えた。

電話だ。妻の美咲からだった。

「あなた、帰りは何時ころになりそう?」

義母の寛子から、三陸のほやが届いたという。美咲の好物だ。いまが旬で、毎年この時期になると送られてくる。

「少しでも新鮮なうちに食べたほうがいいと思って」

海水でぱんぱんに膨らんだほやを手にする、美咲の姿が浮かぶ。

「これから帰る」

そう答えると、弾んだ声が返ってきた。

「わかった。さばいておくから」

電話が切れる。

スマートフォンを懐に入れて、西條は歩き出した。

西條は、墓参りにはいつもひとりでくる。美咲を連れてきたのは、一度しかない。結婚した年の春だ。

故郷のことは、出会ったころに伝えていた。川越郡は知っていたが、明山郷のことはわからないようだった。

山奥の集落でいまは誰も住んでいない、そういうと美咲は、見てみたい、とほほ笑んだ。

そのとき美咲の頭には、人里離れた美しい自然が浮かんだのだろう。

たしかに明山郷は、日本の原風景が残っている土地だった。が、美咲が考えていたものとは違っていた。

美咲が想像していたものは、旅行雑誌に載っているような美しい秘境だった。が、明山郷は、荒れ果てた集落跡地だ。

明山郷に着いた美咲は、戸惑った様子であたりを見渡した。思い描いていた景色と、違っていたのだろう。花曇りの冴えない空もあり、滅びた集落はさらに哀愁を漂わせていた。

美咲の顔に、はっきりと不快な色が見て取れたのは、引導場に着いたときだった。

西條家の土まんじゅうの前で美咲は、怯えたように退いた。

「これが――お墓」

問いとも、つぶやきともとれる言い方だった。家名が彫られた墓石があると思っていたのだろう。

美咲の声を聞いた西條の背に、冷たいものが駆けあがった。

西條は消え入りそうな声から、驚きと戸惑いだけでない感情を読み取った。

蔑《さげす》みだ。

美咲自身、自分の感情に気づいていなかっただろう。が、自分の思い込みでないことを、西條は確信していた。

西條は幼いころから、貧しさに対する偏見にさらされてきた。

同じ歳の子供たちから馬鹿にされ、蔑まれた。辛い経験のなかで西條は、豊かさは貧しい者に対する慈悲の心を育てる一方、貧困に対する侮蔑を生むこともあると知った。

自分に向けられる蔑みの目と、嘲《あざけ》りの声を西條は忘れない。美咲のつぶやきには、それがあった。

誰かに話したら、それは誤解だ、お前の卑屈な思いが勝手にそう思わせているだけだ、と言われるかもしれない。が、そうでないことは、その後の美咲の態度からも明らかだった。

最初に引導場を訪れたあと、美咲の口から一度も墓参りの話が出たことはない。墓に関して口を開くときは、改葬を勧めるときだけだった。

明山郷は遠すぎる。近くの寺に移したほうがいいのではないか、という。

距離が問題ではないことは、西條にもわかっていた。美咲は西條の家――辺鄙《へんぴ》で貧しい集落を厭忌《えんき》したのだ。

西條にとって、墓地の場所などどうでもいいことだった。どこにあっても、形がどのようなものであっても、故人を思う西條の気持ちに変わりはない。が、美咲のなかにある無自覚な貧困への嫌悪が、西條の心を頑なにさせた。

西條が感じ取ったものを、美咲に話したことはない。本人すら気づいていない感情であり、伝えたからといって変わるものではない。

西條がひとりで墓参りに行くことに、美咲も内心はほっとしている様子だった。一緒に行くと言うことなく、西條を送り出す。

西條だけの墓参りは、ずっと続いている。いままでも、これからもひとりだ。

車に戻り、帰路につく。

山を越えて支笏湖に差し掛かったとき、西條は見覚えのある車を見つけた。

ベンツのG550。アウトドア仕様のオフローダーだ。道路わきの駐車場に停まっている。

西條は駐車場を通り過ぎたところで、車を停めた。

バックミラーで確かめる。

ベンツは販売台数世界一を誇る車種だ。国内でもよく見かける。が、多くはセダンやクーペ、SUVだ。Gクラスはめずらしい。しかも、車体の色は、光沢のある赤だった。

間違いない、真木の車だ。

真木が北中大病院に赴任してきてすぐに、関係者駐車場にめずらしい車が停まっていると噂が立った。

Gクラスの赤いベンツは、かなり目立っていた。車にあまり関心がない西條ですら、目にとめたほどだ。

真木の車だと知ったのは、星野の口からだった。

いまどきの若者にしてはめずらしく、星野は車に興味を持っていた。車好きは、父親譲りのようだった。星野は目を輝かせて、西條に真木の車を説明した。

星野の話によると、車両価格は千五百万円を超え、車体の色は日本で未発売のものだという。

真木はドイツで乗っていた車を、そのまま日本に持ってきたのだ。

星野は真木の車を、夢の車、と言い表した。

西條には、星野の気持ちがわからなかった。乗り心地がよければ、車などなんでもいい。真木がどのような車に乗っていようが関係ない。が、ひとつだけ気に入らないことがあった。色だ。

オフローダーは、山や砂丘などのように、整備されていない道も走れるように造られたものだ。車両の色は、アースカラーが似合う。

西條はどのようなものでも、ルーツを重んじる。本来の姿から大きくかけ離れた色を選ぶ真木の価値観が、西條には不快だった。

感じたことを口にすると、星野は真木の代弁をはじめた。

星野も最初に真木の車をみたとき、西條と同じく色に違和感を抱いた。真木と話す機会があったときにそれとなくあの色を選んだ理由を訊ねたところ、目立つからだ、との答えが返ってきたという。

星野の話によると、ドイツにいたとき、真木は自分の患者を個人的に訪問していた。ドイツの冬はひどく寒い。日照時間も短く薄暗い日が多い。視界が悪いなかで、赤い車は目立つ。万が一、郊外で脱輪しても目に留まりやすいからとの理由だった。

車種を選択したわけも同様だった。

総排気量およそ四千という馬力に加え、ボディが頑丈だ。多少の接触ではびくともしない。足回りも安定していて、条件が悪い雪道も安心して走行できる。

広いラゲッジスペースには、個人用のＡＥＤをはじめとする基本的な救急道具を積んでいた。駆けつけた現場で、出来る限りの救命措置ができるよう用意しているという。

星野は真木の車を、個人救急車、と表現した。

自分が理解できないことでも、理由を知れば受け入れられる場合がある。星野から、その話を聞いてから、西條が真木の車を不快に思うことはなくなった。

そこまで記憶を辿ったとき、西條は真木の車が停まっている駐車場が、どこの敷地のものかに気づいた。

地面がむき出しの敷地に、支笏湖畔診療所、と書かれた看板が立っている。

いままでに、何人かの患者が紹介状を持って北中大病院へやってきた。

いまから三年前に、そのうちのひとりを担当した。患者の話では、診療所の医師は西條と同じくらいの年齢で、ひとりで患者を診ていたとのことだった。

なぜ、小さな診療所に真木の車が停まっているのか。

西條は、今日が木曜日だったことを思い出した。

真木はいつも、木曜日の午後に休みをとっている。土日は毎週出勤だ。

ミーティングのときにある看護師が、月に一日、二日くらいは、カレンダーの休日に合わせなくていいのか、と訊ねると真木は、独り身の自分に平日も休日も関係ない、と答えた。

思えば木曜日の午後に、真木の車を駐車場で見た覚えがない。真木は午前中の勤務を終えると、すぐに帰っていた。

——もしかして、毎週、ここに来ているのか。

頭に浮かんだ疑問を、西條はすぐに打ち消した。

真木がどこにいようと、自分には関係ない。考える必要はない。

ギアをドライブに入れて、アクセルに足を置いた。

発進しようとしたとき、上着の内ポケットでスマートフォンが震えた。

また美咲からだろうか。

懐からスマートフォンを取り出し、液晶画面を見る。自分でも顔が歪むのがわかった。

義母の寛子からだった。

いつもの用のない電話だ。

普段なら電話に出て、中身のない会話に付き合う。様々な意味が含まれている寛子の、どう、という問いに、やはり様々な意味を込めて、大丈夫ですよ、と返す。が、今日は電話に出る気分にはなれなかった。

西條は電話に出なかった。

スマートフォンが静かになる。

寛子からの電話が切れると、西條は美咲へ電話をかけた。

電話はすぐにつながった。

「どうしたの？」

訊ねる美咲に、西條は短く言った。

「用事を思い出した。病院に寄ってから帰る」

美咲の声が沈んだ。

「遅くなるの？」

西條は否定した。

「いや、夕飯までには帰る」

「わかった、気をつけて」

美咲がほっと息を吐く気配がした。電話が切れる。

西條はハンドルを握り、アクセルを踏んだ。

車が走り出す。

バックミラーで、後ろを見た。

真木の車は次第に小さくなり、カーブを曲がると見えなくなる。

用事を思い出したというのは、嘘だった。

仕事はある。が、休日に出勤してまで急ぐものではなかった。

なぜ、美咲に嘘をついたのか、自分でもわからなかった。ただ、いまは家に帰りたくなかった。

北中大病院の駐車場に着くと、西條はあたりを見まわした。

当然だが、真木の車はない。

病院長補佐室があるC館へ向かう。

部屋には薬剤部担当の宮田《みやた》がいた。パソコンで作業をしている。西條を見ると、手を止めて軽く会釈をした。

「今日はお休みでしたよね」

宮田が訊ねる。

「ああ、急いで確認したいことがあってね。すぐに帰るよ」

西條は適当に返事をする。

自分の席に着くと、机の上の郵便物に手を伸ばした。

西條が休みでも、郵便局や宅配業者は違う。机にはざっと見ても二十通以上の封書が積まれていた。

差出人を順に確認していく。西條は、一通のA4サイズの封書で手を止めた。広島総生《そうせい》大学病院の総務課からだった。表に資料在中との判子がある。

今年の秋に、西條は広総大でロボット支援下手術に関する技術指導をする予定になっていた。おそらくその講義の関係資料だろう。

西條は開封し、中身を取り出した。やはり、講演会の概要と、技術研修の参加者リストだった。

リストを眺めていた西條は、気になる名前がないことに気づいた。

布施《ふせ》寿利《ひさとし》、三十八歳。広総大の循環器外科に勤務する心臓外科医で、広島県内ではロボット支援下手術の優れた技術を持つことで有名だった。

リストに布施の名前がない。

ひと月前に、別件で電話をしたときは、研修を楽しみにしていると熱を込めて話していた。なぜリストに名前がないのか。

西條は、自分のスマートフォンから布施に電話をかけた。

医療関係者は原則として、勤務中は私物の携帯電話の使用を禁じられている。一般で使用されている電波が、医療機器に影響する危険性があるからだ。

布施が勤務中ならば、電話は繋がらない。その場合は、留守番電話に折り返しを求めるメッセージを残して切るつもりだった。

電話はやはり繋がらなかった。が、西條が想像していた形ではなかった。

スマートフォンの向こうから、機械的な女性の声が、かけた電話番号は現在使用されていない、と告げる。

西條は一度電話を切り、発信履歴を確認した。

登録している布施の携帯番号に間違いない。なにかしらの事情で、変更したのだろうか。ロボット支援下手術に積極的に取り組んでいた布施は、その分野の第一人者である西條に心服していた。

西條が参加する学会や講演会には、可能な限り参加していたし、異動や引っ越しの際には必ず連絡をよこしていた。もし、電話番号を変えたとしたら、知らせてくるはずだ。

西條は胸騒ぎを覚えた。

席を立ち、廊下へ出る。

人の往来がない陰に身を寄せ、広総大病院の総務課に電話をかけた。

数回のコールで電話が繋がった。

事務員と思われる女性に、病院名と氏名を告げ、用件を伝える。

「循環器外科の布施先生に、連絡を取りたいんですが」

事務員は形式的に答えた。

「布施先生は、先日ご退職されました」

「退職？」

事務員の話では、先月末付けで病院を辞めたという。

意外な回答に、西條は反射的に訊ねた。

「どうしてですか。自分で開業したとか、体調を崩したとか——」

そこまで言って、西條は口を噤《つぐ》んだ。事務員が、医師が辞めた理由を知るはずがない。

事務員の答えは、西條が思ったとおりのものだった。詳しいことはわからないという。

「循環器外科に、電話を回しましょうか」

事務員が訊ねる。

私用で、勤務中の者の手を煩《わずら》わせてはいけない。

事務員の配慮を断り、西條は電話を切った。

スマートフォンを懐に入れ、西條は視線を外へ向けた。

先月末――いまから二週間前に布施は病院を辞めた。

開業ならば、現場に迷惑が掛からないよう、区切りのいい年度末に退職するのが一般的だ。

体調が原因ならば、連絡ができないほど重篤ということか。だとしたら、どこからか漏れ聞こえてくるはずだ。医療界は狭い。同じ専門ならばなおさらだ。いいことも悪いことも、耳に入ってくる。

頭を巡らせるが、どの考えも番号を変える理由に繋がらない。

西條は息を吐いた。

いま考えても答えは出ない。

気にかかるのは自分の考えすぎで、そのうち布施のほうから、ひょっこり連絡してくる可能性もある。いまは少し、様子を見たほうがいい。

ひどく疲れた気分になり、西條は引き上げることにした。

廊下を歩きながら、病院に立ち寄ったことを後悔する。

勤務先にきたからといって、気が晴れることはない。思いつきの行動が、いい結果をもたらすことは経験上ほぼなかった。

駐車場につき、車のロックを外す。

乗り込もうとしたとき、声をかけられた。

「すみません、西條泰己先生ですよね」

振り返ると、男が立っていた。

歳は西條と同じくらいだろうか。くたびれたシャツに、年季がはいったジャケットを羽織っている。色褪せたジーンズは、ファッションなのか古いだけなのかわからない。

男は肩にかけていたリュックを背負い直し、西條に近づいてきた。

「私が病院から出てきたとき、入れ違いで西條先生がなかへ入っていくところを見かけましてね。戻るのを待っていたんですよ」

顔に見覚えはない。

「あなたは」

男は、ジャケットの胸ポケットから名刺を取り出した。

「黒沢巧《くろさわたくみ》、フリーライターをしています」

むき出しのままポケットに入れていた名刺は、角が折れていた。住所は東京だ。住所表示から、マンションの一室であることがわかる。おそらく自宅だろう。電話番号は、固定ではなく携帯だった。

差し出された名刺を、西條は受け取らなかった。

「急いでいるので失礼します」

車に乗り込もうとする西條を、黒沢は慌てた様子で呼び止めた。

「先生がお忙しいのは重々承知しています。雑誌やテレビで、ご活躍は拝見していますよ。そうそう、このあいだ『スペシャリストヒューマン』に出ていましたよね。観ましたよ。先生の手術を受けた患者さんが、元気になった姿に感動しましたよ。あの男性、いまも元気ですか」

黒沢が言っているのは、三か月前に取材を受けたテレビ番組だ。各分野で活躍している人物を追うドキュメンタリーで、西條の回が放送されたのは先日だった。

言葉は丁寧だが、男の言い方はどこか下品だった。

西條はぶっきらぼうに答える。

「それが聞きたかったことなら、お答えできません。個人情報ですから」

黒沢は首を左右に振った。

「いえいえ、お聞きしたいのは、それじゃあないんですよ」

「いずれにせよ、取材の依頼なら広報を通してください」

一分一秒で人の生死がわかれる現場に立っている西條は、時間がいかに貴重かを知っている。いきなり現れて人の時間を奪おうとするやり方に、怒りを覚えた。

食い下がる黒沢を無視して、車に乗り込む。

閉めようとしたドアを、黒沢が摑む。

「おい」

西條は厳しい声を出した。

「自分がなにをしているかわかっているのか。手を放せ。それとも、警察を呼ばれたいのか」

黒沢は、引き下がらない。

「まあ、そうおっしゃらずに。ミカエルについて教えてほしいことがあるんですよ」

西條は苛立ちを募らせた。

ミカエルでの専門的な術式や、ロボット支援下手術の未来の展望といった、西條しか答えられない質問ならまだわかる。が、ミカエルという医療支援ロボットのことを知りたいのならば、ほかの医療関係者でもできる。

「そんなこと私じゃなくてもいいだろう」

ドアのハンドルを強く引く。

黒沢は抵抗した。ドアを強く引き戻し、西條に顔を近づける。

「最近、先生の周りで気になることはありませんか」

さきほどまでの軽口とは違い、真剣な口調だった。

黒沢は、ねっとりとした声で言う。

「どんなことでもいいんですよ。例えば、ミカエルでの手術が減った医師がいるとか、急に辞めた同僚がいるとか」

西條は黒沢を睨んだ。

布施のことが頭をよぎる。

黒沢が聞きたいことは、ミカエルについてではない。ミカエルに関係する医療者の動向だ。

なぜ、そのようなことを探るのか。

黒沢の目的はなんだ。

問い詰めようとしたとき、黒沢の後ろから声がした。

「あなた、ここでなにをしているんですか」

黒沢の肩越しに先を見ると、雨宮がいた。

いままで見たこともないくらい、険しい表情をしている。車のそばへやってくると、黒沢の真横に立った。上から見下ろす姿勢をとる。

「取材の依頼なら断ったはずですが」

「知り合いか」

西條が訊ねると、雨宮は迷惑そうに首を横に振った。

「さっき窓口で、西條先生に会いたい、と騒いでいたんです。ちょうどその場面に出くわしたので話を聞いたら、西條先生に取材がしたいとのことだったので、お断りしたんです」

黒沢は西條のほうへ乗り出していた身体を、雨宮へ向けた。

まばらな髭を擦りながら、軽く頭をさげる。

「さっきは、どうも」

西條は車の窓を開け、雨宮に事情を説明した。

「車に乗ろうとしたときに声をかけられた。私に聞きたいことがあるらしい」

雨宮は黒沢を睨む。

「西條先生に会わせろってしつこかったんですが、なんとか説得して帰ってもらいました。ほっとしたんですが、駐車場に西條先生の車があることに気づいて、嫌な予感がしたんです。まさか、と思ってきてみたら――」

雨宮は厳しい口調で、黒沢に言う。

「正式な手続きをせずに、本人に依頼を持ち掛けるなんて非常識です。帰ってください」

黒沢は、やれやれ、といった様子で頭を掻き、ジーンズの尻ポケットに手を突っ込んだ。薬のシートのようなものを取り出す。シートから中身をひと粒だし、口に放り込んだ。

黒沢は手にしているシートを、雨宮の前で振って見せた。

「いまはどこでも禁煙でね。こういうものを、いつも持ち歩いてるんだ」

禁煙者が利用する、ニコチン置換療法用のガムだ。

黒沢はガムを嚙みながら、靴で地面を蹴る。

「雨宮さんっていったっけ。あんた、経営戦略担当って言ったよな。取材に関する業務は広報が担当だろう。畑違いのあんたが、なんでそんなにはっきり言えるの」

「西條先生の取材はしばらくのあいだ引き受けないことになっています。その病院長の意向は、私たち執行委員全員が共有しています。どこの担当だとか、そんなことは関係ありません」

「あっそ」

吐き捨てるように言うと、黒沢はにやりと笑った。

「それほどまでして、西條先生を取材させたくない事情があるってことか」

雨宮の顔色が変わった。

憤りの表情に戸惑いが混じる。

ほんのわずかな変化だったが、西條は見逃さなかった。

雨宮はすぐさま表情をもとに戻し、切り返した。

「ええ、あなたのような筋の悪い人間には、取材をさせたくありません」

黒沢は声に出して笑った。

「筋が悪いか。あんた、はっきり言うね。面白い」

ひとしきり笑うと、黒沢は疲れたように息を吐いた。

「わかった。今日はあんたに免じて引き上げる。が、西條先生——」

黒沢はずっと手にしていた名刺を、車の窓越しに西條が着ている上着の胸ポケットに突っ込んだ。

「また、来ますよ。よろしく」

黒沢は摑んでいたドアから手を離すと、勢いよく閉めた。

歩いて駐車場を出ていく黒沢の背を見ながら、車の外にいる雨宮に訊ねた。

「あの男――黒沢は、フリーのライターだと言っていたが、どこの雑誌や新聞と付き合いがあるんだ」

雨宮は首を横に振った。

「訊いたんですけど、はっきりとは答えませんでした。どことも契約を結んでいない、本当の意味でフリーではないでしょうか。いずれにせよ――」

雨宮は黒沢が消えたほうを眺めながら言う。

「筋が悪いことに間違いありません。相手にしないでください」

「ひとつ教えてくれ」

雨宮は西條を見た。

「黒沢が言っていたことは、本当か」

雨宮は自然に首を捻った。

「なんのことでしょう」

「俺に、取材をさせたくない事情があるのか」

雨宮は軽く腰を折り、シートに座っている西條と目の高さを合わせた。

「そんなものはありません」

きっぱり言う。

「あの男が勝手に言っただけです。西條先生が気に掛けることはなにもありません。それより、ミカエルでの手術に関する講習会の依頼がたくさんきています。取材よりそちらをお考えください」

雨宮はそう言い残し、立ち去った。

西條は車のエンジンをかけ、駐車場を出た。自宅のマンションへ車を走らせる。

ハンドルを握る西條の耳には、黒沢が口にした、取材させたくない事情、という言葉がずっと残っていた。

第五章

病棟の回診を終えた西條は、中庭へ出た。

空からまばゆい陽が降り注いでいる。敷地に植えられている樹木の葉が、風に心地よさそうに揺れていた。

初夏でも天候によっては肌寒い日がある北海道でも、六月の末ともなればかなり暖かい日が続く。

午後の中庭は、病院着姿の入院患者や面会者らしき人々でにぎわっていた。散策したり、ベンチに腰掛けて談笑している。

凝った肩をほぐすために伸びをしたとき、ベンチに腰かけている男が目に入った。

前園圭太——循環器外科の医師だ。

真木の部下にあたる。

自分が担当している患者だろう。病院着を着ている初老の男性と、ベンチに座っていた。

前園は西條に気づくと、男性に軽く会釈をしてベンチから立ち上がり、そばへきた。

「回診は終えられたんですか」

前園は、いつもの人懐こい笑顔を西條に向けた。

西條は頷く。

「天気と体調はリンクしているような気がするよ。少なくとも、私が担当している患者は、概ね体調がよかった」

前園はまぶしそうに空を見上げた。

「病は気からっていいますしね。やっぱり、晴れると気分がいいですよ」

「そういえば——」

西條はあることに気づき、前園に訊ねた。

「君は布施くんを覚えているか。広総大、循環器外科の布施寿利くんだ」

二年前に、西條はミカエルの操作勉強会に講師として招かれた。

主催は医療ロボットの部品を製作している企業で、会場は東京だった。ミカエルを操作する技術を学ぼうと、全国から医師が集まった。北中大病院からは、講師役の西條と、受講生兼西條の付き人役として前園が参加した。

勉強会のあとに懇親会が催されたが、その場で布施と前園がなにか話し込んでいた覚えがある。

脈絡のない問いに、前園は戸惑った様子で頷いた。

「ええ、東京での勉強会に参加していた布施さんですよね。広総大の――」

前園が布施と会ったのはそのときがはじめてだが、話が弾み楽しかったという。

「布施さん、西條先生のことをすごく尊敬していて、僕としては鼻が高かったです」

やはり覚えていた。

「彼が、病院を辞めたことを知っているか」

西條の問いに、前園の顔色が変わった。

「いつですか」

いまからひと月前――五月の末だと答える。

「布施くんは、秋に行われる研修会に参加する予定だった。が、リストに名前がなかった。不思議に思って、病院に問い合わせたら、辞めたといわれた。彼の携帯に電話をしたが、番号を変えたらしく繋がらなかった。そのうち連絡があるかもしれないと思い様子を見ていたが、いまになってもなにもない」

西條は前園に、布施が辞めた理由に心当たりがないか訊ねた。

「なにか、知らないか」

前園の目に、困惑の色がにじんだ。

なにか知っている。西條は直感した。

「知っているのか」

前園は慌てたように、目をそらせた。

「いえ、僕はなにも――」

西條は詰め寄る。

「どうして私の目を見ない。彼が辞めた理由を知っているんだろう」

「失礼します」

前園は立ち去ろうとした。前に回り込み、行く手を阻む。

前に立ちはだかった西條に、前園は目を見開いた。前園を強く見据える。

「どうして言わない」

前園はうろたえた様子で、わずかに退いた。前園が退いた分、西條は距離を詰める。

「君も知っているとおり、彼は有能な心臓外科医だ。ミカエルの手術にも意欲的で、将来、ロボット支援下手術の名医になる可能性もあった。その逸材が医療の第一線を退くようなことになったのは、この分野において大きな損失だ。私はそれが悔しい」

西條は、声に力を込めた。

「頼む。彼が辞めた理由を教えてくれ」

前園は西條の訴えを黙って聞いていたが、やがて観念したように小さく息を吐いた。

「僕が言ったことは、内緒ですよ」

西條は強く頷いた。

前園は西條の白衣の袖を引いて、ひと気がない場所へ連れて行った。

あたりを見渡し、誰もいないことを確認すると、前園は声を潜めた。

「僕も本当のところは知らないんです。人づてに、そうらしい、という噂を耳にしただけです」

「それでもいい、話してくれ」

前園はもう一度、あたりに目を配り、つぶやいた。

「ミスです」

「ミス？」

前園は頷く。

「医療ミスを犯したのが、辞めた理由らしいです」

「そんなことがあるか」

つい、声に力が入った。

前園が、おびえたように身をすくめる。

「ですから、本当のところはわかりません。噂にすぎませんから」

西條は自分に、落ち着け、と言い聞かせた。

「すまない。続けてくれ」

前園は西條の顔色を窺うようにちらちら見ながら、話を続ける。

「僕が、布施さんが病院を辞めるかもしれない、という話を耳にしたのは、今年の四月です。僕の知り合いに、この春から広総大病院に配属になった女医がいるんですが、その人から聞きました」

女医の名前は、山口《やまぐち》といった。専門は循環器内科だという。

山口から前園が聞いた話によると、新年度の顔合わせのときから、布施の様子はおかしかった。山口が布施に抱いていたイメージは、気力にあふれた有能な医師、だったが、目の前にいる布施は、顔色が悪く覇気がない。心身ともにやつれた病人のようだったという。

「そのころからすでに、布施さんが退職する、という話は院内ではささやかれていたらしいです」

前園は、言葉を慎重に選びながら説明を続ける。

「山口がその話を耳にしたのは、循環器外科の別な医師からだそうです。ここだけの話――という前置きつきで聞いたらしいんですが、布施さんは病院側から自主退職をするよう求められていたみたいなんです」

西條の頭に、沼田隆が浮かんだ。かつて、北中大病院で口腔外科教授を務めていた男だ。歯科担当副病院長の席が約束されていながら、女性問題でトラブルを起こし、北中大病院を去った。

治療と救命を背負う医療現場に、無償の精神というイメージを抱く者がいる。が、現実は違う、ビジネスだ。

清廉な印象を持たれがちな仕事ほど、その印象が崩壊したときのダメージは大きい。

病院も同じだ。

働いている者の怠慢、不正といったマイナスイメージは患者の受診を減らし、病院経営に打撃を与える。

患者の命にかかわる医療ミスなど、最たるものだ。

西條は、穏やかではない噂に反論した。

「噂とはいえ、ずいぶん乱暴な話だな。そんなことはあり得ない」

前園は慌てた様子で、同意した。

「もちろん、僕もそう思います。もし、本当に医療ミスがあったとしても、隠すなんてできません」

隠蔽ができない理由は、病院に設置されている医療安全管理部門にある。

二〇〇二年に厚生労働省の施策として、病院および有床診療所に、医療安全管理体制の整備が義務付けられた。その後、段階を踏んで、無床診療所や助産所にも義務が設けられる。

病院で、異状死や手術、治療といった診療行為に関連した死亡が確認された場合、院内に設けられている医療安全管理部門が調査をする。

院内とはいえ公平を期するため、内部調査には外部の人間も加わる。

かつて、医療ミスの隠蔽と騒がれたケースがなかったわけではない。医療現場は、ともすれば密室だ。手術室においては、関係者以外の立ち入りは禁止され、患者の身内はなかでなにが行われているかまったくわからない。

医療側は患者側に対して、どこまで報告する義務があり、どこまでの省略が許されるか。その認識の違いが、双方の摩擦の要因のひとつになっているといえる。

そのような経緯を踏まえ、近年ではインフォームド・コンセントが推奨されている。患者が自分の病状と治療に関して納得がいくまで説明を求められるとともに、診療の記録や情報の提示を要求できるのだ。

セカンド・オピニオンも浸透している。患者が主治医だけでなく、別な医師に第二の意見を求めることだ。

セカンド・オピニオンという言葉が出はじめたころは、ほかの医師に診てもらうなんて主治医に申し訳ない、とか、主治医が気を悪くするのではないか、といった医療側に対する遠慮や不安の声が聞かれたが、いまではかなり広まってきた。

西條のもとにも、主治医はいるがセカンド・オピニオンを求めにきた、という患者がくるし、その逆で、西條の診察を受けながら別な医師にも診てもらった、という患者もいる。

医療現場の可視化は、ここ数年でかなり進んでいるといえる。そう簡単に、医療ミスの隠蔽ができるはずがない。

「でも――」

前園はつぶやいた。

「ほかの理由が思いつかないんですよね」

「身体の調子が悪かったとか」

前園は首を左右に振る。

「そういう話はありませんでした。山口が聞いた話だと、布施さんは人一倍健康に気をつかっていて、健康診断も欠かさなかったそうです」

いまは個人情報の管理がうるさい。患者の情報は慎重に扱われている。それは医師が患者の場合でも同じだ。情報が外に漏れることはない。

仮に布施が自分の病を隠して退職したとしても、連絡先まで変える理由がわからない。

西條は額に手を当てた。

やはりわからない。思考が堂々巡りをしている。布施になにがあったのか。

――医療ミス。

西條の心臓が大きくはねた。

一度、否定した噂が、西條のなかでよみがえる。

まさか。いや、そんなことはあり得ない。あってはならないことだ。

そう自分に言い聞かせるが、もうひとりの自分が別な声をあげていた。

もし、病院全体が隠蔽に関与していたとしたらどうなる。個人では無理なことでも、組織ならば可能ではないか。布施の医療ミスを、病院の一部の人間が把握し、表ざたになる前に布施を辞めさせた。病院の保身が、布施を退職に追いやったのではないか。そう考えれば、布施の行動が理解できる。悲嘆にくれた布施は、すべての関係を断ち切った。そのひとつが、携帯番号の変更なのではないか。そうであるならば、西條に連絡をしてこないことも辻褄があう。

西條は、自分の机に入れてある名刺を思い出した。

半月前に駐車場で呼び止められたフリーライター、黒沢のものだ。上着のポケットに突っ込まれた名刺を、西條は捨てることができなかった。黒沢が言い放った言葉が、心に引っかかっていたからだ。

――どんなことでもいいんですよ。例えば、ミカエルでの手術が減った医師がいるとか、急に辞めた同僚がいるとか。

黒沢は布施が辞めた理由を知っているのか。なにか情報を摑んだから、西條のもとへやってきたのか。その情報とは、おそらく――。

「――ミカエル」

「なにか、おっしゃいましたか」

西條のつぶやきを、前園は聞き取れなかったらしい。様子を窺うように、顔を覗き込む。

「いや、なんでもない」

西條はごまかした。

本当に、布施の医療ミスを病院が隠蔽したのだとしたら、医療理念に反する大きな問題だ。マスコミに知られたら、医学界の権威が著しく損なわれてしまう。なにより、患者の信頼を裏切ることになる。

真実をつきとめるまで、不用意なことを口にしてはならない。

話が途切れたタイミングで、前園が自分の腕時計に目をやった。

ほっとしたように、表情が緩む。早く話を切り上げたいのだろう。

「そろそろ、時間ですね。例の患者のミーティングです」

東京の泉ヶ岡病院から紹介されてくる患者だ。

泉ヶ岡病院は、練馬区にある大病院だ。脳神経外科が優れていることで知られている。

午後四時から、循環器第一外科と第二外科のスタッフで、患者の治療方針を話し合うことになっている。場所は、循環器外科の入院病棟があるA館の五階だ。ナースステーションの隣に、ミーティングルームがある。話し合いは、そこで行われる。

西條は、自分の腕時計で時間を確認した。

三時四十五分。心で舌打ちをする。

黒沢に電話で、西條のところへやってきた真意を確かめるつもりだった。場合によっては、まとまった時間をとることも考えている。どのみち、五分、十分で終わる話ではない。いまは、諦《あきら》めるしかない。

西條は白衣のポケットに両手を入れ、前園を見た。

「行こう」

前園が、頷く。

西條はA館に向かって歩き出した。


ミーティングには、七名が参加した。

医師は、循環器第一外科の真木と前園、第二外科の西條と星野の四人。ほかには、看護師が二名と、五階の看護師長を務める宮崎だった。

会議用の長机のまわりに、それぞれが座る。

進行は星野だ。星野は全員の顔を眺めた。

「いまから、ミーティングをはじめます。よろしくお願いします」

星野は自分の目の前にあるパソコンを操作した。

壁には、パソコンと連動しているモニターが備え付けられている。画面に、患者の電子カルテが表示された。

星野はパソコンのディスプレイを見ながら説明する。

「患者の氏名は白石航《しらいしわたる》くん。十二歳。先天性心疾患で、生後七か月のときに心臓手術を受けています」

航の疾患は、房室中隔《ぼうしつちゅうかく》欠損症《けっそんしょう》だった。

心臓は四つの部屋に分かれている。右心房と左心房、右心室と左心室だ。それぞれの部屋には弁があり、大動脈弁、肺動脈弁、僧帽弁、三尖弁《さんせんべん》と呼ばれている。

正常な心臓は、左右の心房と心室のあいだに心筋の壁があるが、航は心房と心室ともに穴が開いていた。

壁が正常ならば、肺に送られる血液と全身に送られる血液ははっきりと分かれる。しかし壁に穴が開いていると交通が生じ、血管の抵抗の低い肺動脈に大量の血液が流れ込むことになり、やがて肺高血圧や心不全に陥ってしまう。

さらに航の疾患は、房室中隔欠損症のなかでも、完全型と呼ばれる深刻な状態だった。

右心房と右心室のあいだと、左心房と左心室のあいだには、ドアの役割を担う弁がある。三尖弁と僧帽弁だ。本来ならば、ふたつの弁にそれぞれ穴がある。が、航の場合、弁がひとつになっていた。穴も、ふたつなければならないものが、ひとつしかない。先天性心疾患のなかでも、早急に手術をしなければ、命にかかわる重いものだった。

「そのときの手術は、今回、患者を紹介してきた泉ヶ岡病院でしています」

「執刀医は」

西條が訊ねる。

星野は書類に目を落とした。

「循環器外科、立石修《たていしおさむ》——とあります」

名前に憶えがある。たしか、日本心臓疾患学会の理事だ。西條が北中大に勤めはじめたころ、すでに五十歳前後だった。心臓手術のなかでも、先天性疾患を得意としていた。

「立石先生は、もう退職していると思うが」

西條がそういうと、星野は頷いた。

「執刀医は立石先生になっていますが、担当医は別です。五十嵐友也《いがらしともや》——先生という方ですね。五年前に、立石先生から五十嵐先生にかわっています。おそらく、退職するときに引き継がれたんでしょう」

航が乳児期に行った手術は、心房と心室の中隔閉鎖、僧帽弁と三尖弁の形成という根治術だった。穴が開いている壁を閉じ、ひとつになっている弁をふたつに分けて、正常に戻すというものだ。

心室の欠損部分を、パッチと呼ばれる医療用のあて布で閉じ、心房を患者自身の心筋で塞いでいる。

弁の部分は、弁形成術を用いていた。不完全な弁を修復して、自分の弁を温存する方法だ。

手術には、一度で治療が可能な根治手術と、数回に分けて行うことを前提とした姑息《こそく》手術がある。

乳児や幼児は、身体が小さいことに加え、臓器の機能が未発達の状態にあり、姑息手術を行うケースが多い。

航のように、一歳未満で重度な心疾患の場合は、患者の体力や術後の合併症などを慎重に考慮し、多くは姑息手術になる。が、立石はすべての疾患を一度の手術で治療する術式を選んだ。自分の技術に、かなりの自信があったのだろう。

いま、航が生きているのだから、手術は成功したといえる。それは、当時の手術は、という枕詞がつく。

生後七か月で心臓手術をした航は、その後、大きな問題はなく成長していた。

定期的な検査を受けながら暮らしていたが、半年前の定期検診で心臓の雑音が確認された。本人も、日常での息切れやだるさを訴えている。

心エコーやCT、心臓の状態を調べるMRI検査を行った結果、僧帽弁に異常があることがわかった。僧帽弁閉鎖不全症が再発したのだ。

乳児期の根治手術が成功しても、患者の成長により新たな疾患が発症することはある。今回の航が、そのケースだった。

「患者――航くんは、どうして今回、北中大に来たんですか。泉ヶ岡病院となにか揉めたとか」

星野が訊ねた。

医師と患者の意見が合わず、患者が転院することはある。

前園が答えた。

「父親の転勤です」

航の父——白石大輔《だいすけ》は大手の都市銀行に勤めている。今年の春、札幌に赴任した。

当初は、航の通院を考えて単身赴任を考えていたらしいが、航の心疾患再発がわかり、家族で一緒に引っ越すことを選んだ。

大輔は、病を抱えた息子のそばにいたいと望み、母親——佳織《かおり》は、ひとりで航を支えることに不安があったという。

「担当医の五十嵐先生に相談したところ、北中大病院の循環器外科は安心して紹介できる、と言われて、転院を決心したそうです」

単身から家族での引っ越しにかわったことから、住まいや転校の手続きなどに手間取り、佳織と航が札幌にきたのは、つい先日だった。

「五十嵐先生は、誰宛てに紹介状を送ってきたんだ」

西條の問いに、星野は答えた。

「大友先生です」

真木の前任だ。大友は三月末で実家を継ぐために退職している。

西條は眉根を寄せた。

「五十嵐先生は、大友先生が三月で辞めたことを知っていたはずだ。もういない医師に紹介するのはどういう意味だ」

前園が慌てた様子で、星野と西條のあいだに割ってはいった。

「その件については、私から説明します」

前園によると、大友と五十嵐は、かつて勉強会で知り合い、将棋を指すことで親しくなった。

研修会や学会などがあると酒席をともにし、ときには将棋のタイトル戦の観戦に一緒に行く仲だったという。

「もちろん、航くんを北中大病院に紹介した一番の理由は、循環器外科の評判です。北中大病院なら自分の患者を安心して預けられる、そう思ったからです。ただ、紹介状の宛て先を誰にするかといったときに、知り合いの大友さんがお願いしやすかったんです」

前園は、西條と真木を交互に見た。

「大友さんは、北中大病院の循環器外科なら、誰が担当医になっても大丈夫だ、そう言っていました」

「ということは——」

星野があとを引き継いだ。

「患者の担当医はこれから決める、ということですね」

前園は頷く。

「北中大病院での担当医に関しては、航くんのご両親も、大友先生から別の医師になることは承知しています」

ミーティングに入ってから、はじめて宮崎が口を開いた。

「検査入院が必要になりますね。ベッドは循環器外科でよろしいですか」

十二歳という年齢は、本来ならば小児科の患者だ。手術前後ならば、仮に航が嫌がっても、専門の対応がすぐにできる循環器外科への入院になる。だが、検査だけならば、子供同士の病棟のほうが安心するのではないか、と考えたのだろう。

検査だけならば、どこにベッドがあっても問題はない。航の両親と相談して決めてくれ、そう言おうとしたとき、前園が答えた。

「そのことですが、どちらの病棟でも問題はないと思います」

「どうしてですか」

星野が不思議そうに訊ねる。

前園は星野に向かって答えた。

「航くんのご両親が、個室の利用を希望しているそうだ。正確には、希望しているのは航くんだ」

五十嵐から、心臓の再手術が必要だ、と言われた航の両親は、子供にもわかるように息子に説明した。

話を聞いた航は、手術をかたくなに拒んだ。両親は、このままではいつまでも苦しいままだ、手術を受ければ元気になれる、と説得し、ようやく航は頷いた。が、ひとつ条件があった。それが、入院するときは個室にしてほしい、というものだった。

星野が驚いたように、短い声をあげた。

「個室ってことは、循環器外科病棟だったら、ひとりで寝るってことです。小児科の病棟であっても、保護者の方が付き添えない日は、ひとりです。保護者の方も航くんも、そのことを知ってるんですか」

前園は、知っている、と答えた。

「それでもいい、というより、個室でなければ嫌だ、と航くんが言っているそうだ。両親も、承知している。そう、大友先生から聞いた」

ふたりの看護師が、顔を見合わせた。本当に大丈夫だろうか、といった感じだ。

星野が誰にともなく言う。

「どんな理由なんだろう」

話がそこで止まる。

西條が、それぞれの病棟の個室の状況を宮崎に確かめようとしたとき、鋭い声がした。

「そんなことはどうでもいい」

真木だった。

「問題は、少しでも早く検査入院させることだ。病棟なんか、どっちでもいい」

真木の言い方は、指示ではなく命令に近かった。

宮崎が、緊張した面持ちで答える。

「わかりました。検査入院の日にちが決まったら、個室の状況を確認して先生方にお伝えします」

「よろしくお願いします」

真木は宮崎に、軽く頭を下げた。

星野がちらりと西條を見た。目が、問題ないですか、と言っている。西條はなにも言わないことで、肯定の意を示した。

真木の憮然とした言い方は気に入らない。が、言っていることは正しい。病棟の場所よりも、航の心臓の状態を正確に知るほうが先だ。

航が入院する病棟の件は、真木の主張で決着がついた形になった。

星野が話を先に進める。

「航くんの初診日は、二日後の午前十時です。循環器第一外科——大友先生の後任の真木先生の診察になっていますが、よろしいですか」

　真木が答えるより早く、西條が言う。

「いや、診察は私がする」

　真木が西條を見た。

　視線に気づいたが、西條は無視して話を続ける。

「診察から手術、そのあとまで、担当医は変わらないほうがいい。患者も保護者も、そのほうが安心する」

　星野がつぶやく。

「西條先生が担当医なら、航くんは第二外科の患者ということになりますね。手術はミカエルですか」

　星野の問いに、西條は頷いた。

「そうだ。ミカエルで、弁置換手術を行う」

　不具合のある弁を、正常に機能するものと置き換える施術だ。

　ミカエルの利点は、内視鏡で行うため、傷口が小さく術後の合併症のリスクが低いことにある。患者は小児だ。大人に比べて体力がない。そのような患者にこそ、ミカエルで手術を行うべきだ。加えてミカエルには、特異な機能がある。設置されているモニターで、心臓のどこを手術しているかわかる疑似映像が得られるものだ。この画期的な機能は、ほかの内視鏡にはない。

　もうひとつ、西條が航の手術をミカエルで行うと決めた理由がある。

　航の疾患——僧帽弁閉鎖不全症だ。心臓手術のなかでも、僧帽弁の治療は内視鏡手術に向いている。

本来の胸骨正中切開は、身体の正面からの施術になる。僧帽弁は大動脈のすぐ背面――心臓の後ろ側に位置するため、正面から状態を把握するのは難しい。が、ミカエルならば、右胸腔内の小さなスペースから、効率的に左心房に侵入できるポイントを見つけ出すことが可能だ。そこから心腔内に侵入し、僧帽弁手術に必要な術野を確保できる。

「その手術、僕に助手をさせてください」

星野が嬉々とした表情で、西條に頼んだ。

「ミカエルでの弁置換手術なんて、滅多に拝めませんからね。勉強になります」

手術をする部位がどこであっても、ミカエルでの手術は高度な技術が求められる。なかでも、心臓外科手術は難しい。

医師によっては、MICS《ミックス》手術という選択肢もあるかもしれない。内視鏡と、胸骨を切らない小切開で行う低侵襲心臓手術だ。出血が少ないため、本来の手術より患者への負担が軽減でき、感染リスクも少なくなる。しかし、MICSでの癒着剥離は困難で危険を伴う。この点、ミカエルを用いるともっと繊細な剥離ができ、安全に行える可能性がある。

患者への負担や予後を考えれば、ミカエルのみで手術を行うことが望ましい。それには、医師の優れた腕と経験が必要だ。

西條は、そのふたつを持っている。航の手術をミカエルだけで行える者は、現時点において自分だけだろう。この手術の成功は、航や西條、北中大病院だけの問題ではない。ミカエルでの心臓手術の広がりにつながる。

「機械弁と生体弁、どっちを使いますか」

前園が訊ねた。

「機械弁だ」

即答する。

人工弁にはふたつ種類がある。機械弁と生体弁だ。

機械弁は特殊炭素製品であるグラファイトに、カーボンがコーティングされた素材でできている。耐久性はあるが、血栓症のリスクがあるため、血液の凝固《ぎょうこ》を防ぐワーファリンという薬を、継続して服用しなければならない。

生体弁は、豚や牛などの異種の大動脈弁や心嚢膜で作製したものだ。自分の肺動脈弁を使用する自己生体弁もあるが、これは主に大動脈弁置換に使われる。機械弁より耐久性は劣るが、血栓症の問題が少ないため、ワーファリンの服用は術後数か月で済む。

ワーファリンは、血栓予防に効果はあるが、副作用として出血が止まりづらいことがあげられる。服用するにあたり、怪我が心配される激しい運動や、ワーファリンの効き目を下げるビタミンKを含んでいる食材を控えるといった制限がある。

航が生後七か月で受けた弁形成術は、本来ならば、一生涯、問題なく過ごせるものだ。が、今回、僧帽弁閉鎖不全症が再発してしまった。

本人を診察してみなければ正確な判断はできないが、航の十二歳という年齢は、よほど小柄な体軀《たいく》でなければ、成人用の機械弁が使用できる。成功すれば、三度目の手術はない。

宮崎が、ミーティングに参加している者の顔を見渡した。

「では、白石航くんの担当医は西條先生で――」

「待ってください」

真木が宮崎を遮った。

全員の目が、真木に注がれる。

西條は真木に訊ねた。

「なにか、問題があるかな」

真木は、きっぱりと言った。

「私は反対です」

部屋のなかの空気が、張り詰めた。

西條は循環器外科の——さらにいえば北中大病院の看板だ。その医師に異を唱える者はいない、そう思っていたのだろう。西條自身も、予想外だった。

西條の意見に反対ということは、生体弁を使うべきだというのか。

生体弁は、カルシウムの沈着により劣化をきたす。その速度は、若年者で速く、高齢者で遅い。若くして生体弁を使用すると、劣化が確認された時点でふたたび手術を行うことになる。

ほかの心臓外科医に意見を求めても、ほぼ全員が機械弁を選ぶだろう。なぜ、真木は反対するのか。

西條と同じ疑問を抱いたのだろう。星野が訊ねた。

「どうして機械弁に反対なんですか」

真木は答える。

「機械弁に反対しているわけじゃない」

「じゃあ、いったいなにに反対なんですか」

真木が答えるより早く、西條は気づいた。

機械弁と生体弁のほかに、もうひとつ選択肢がある。

西條は、真木を睨んだ。

「再度弁形成術をするのか」

真木が頷く。

弁形成術ならば、機械弁のように抗凝固剤を使う必要はなく、生体弁のように劣化の心配がない。

弁形成術のメリットはほかにもある。血栓症などの術後合併症や、再手術のリスクが人工弁より少ない。どんなに優れた人工弁であっても、身体にとって異物だ。自分の組織で治せるのならば、それが一番いい。

実際、弁形成術を多くの患者が受けている。が、ほぼ成人だ。

成人の弁膜症は、すでに形成された弁が不具合を起こすのに対し、小児は弁の成長が思わしくなく、形も不完全なものが多い。血液量が心臓にかける負担も、小児は個々の開きが大きい。小児への弁形成術は成人よりも難しく、高度な技術が求められる。

まして航は、一度目の手術で弁形成をし、僧帽弁閉鎖不全症を起こした。ふたたび同じ術式を用いることは、患者に多大なストレスがかかる。不完全な弁形成だと、今回のように、僧帽弁閉鎖不全症が再発してしまう恐れがあるからだ。

星野が真木に向かって、大きな声を出した。

「無理です」

言ってから、気まずい顔をした。つい本音が出た、そんな言い方だった。

真木は星野に訊ねた。

「どうしてそう言い切れるんだ」

星野は、慌てた様子で否定した。

「いえ、できない、ということではなく、難しいというか――やはり西條先生のいうとおり、ここは一般的に推奨されている機械弁を使うべきだと――」

怒声のような声で、真木は星野の言葉を遮った。

「患者に、一般的も特別もない」

部屋のなかが静まり返る。

真木は、部屋にいる者の顔を見た。

「一般的な治療法が、その患者に合うとどうして決められる。患者はひとりひとり違う。個々の患者に最適な治療法を考えるべきだ」

星野はすっかり縮みあがっている。

西條は、真木の前に立った。向き合う。

「たしかに、弁形成術は人工弁より優れた部分が多い。が、私は君の意見に反対だ。小児にその手術は、難しい」

「私が執刀します」

真木が言う。

西條は真木を睨んだ。

真木は、西條から目をそらさなかった。真っ向から見返し、もう一度、きっぱりと言う。

「私が、白石航に再度弁形成を行います」

思い上がりにも似た真木の態度に、西條は怒りを覚えた。前に踏み出し、真木との間合いを詰める。

「よほど腕に自信があるんだな」

真木は強い声で言う。

「小児への弁形成術を、私はミュンヘンで十五例行っています。すべて成功しています」

周りが息をのむ気配がする。

たしかに優れた実績だ。真木が自信を持つだけはある。が、ここはミュンヘンではない。北中大病院だ。

西條は真木の腕を認めつつも、言葉を選びながら真木の意見を退ける。

「君の実績はすばらしいと思う。しかし、やはり私は反対だ。ミュンヘンと北中大病院では、設備やスタッフが違う。ミュンヘンでの成功事例を、そのまま受け止めることはできない」

真木は一部に同意した。

「西條さんの言うとおり、設備とスタッフは別です。ただ、設備はなにも問題はない。問題があるのは、スタッフです。看護師をはじめ、医療関係者の専門性のレベルが低い」

真木は、循環器外科の顔合わせのとき、看護師のレベルの低さを指摘していた。が、それはドイツと日本の医療の在り方の問題で、スタッフ個人の能力の低さではない。そう訴えようと思ったがやめた。いまは、医療体制ではなく航の術式の議論をしているのだ。

西條は嫌味を交えて、真木を説得する。

「レベル云々はいずれゆっくり話すとして、いまの君の言い分だと、やはり弁形成術は無理ということになる。君がいくら優秀でも、まわりのスタッフのレベルが低いからね。手術は執刀医だけではできない。チームで行うものだ」

西條は言い含めるように言う。

「君も、弁置換で機械弁を使うほうが、弁形成より圧倒的にリスクが少ないとわかっているはずだ。君が自分の腕に自信があるように、私もロボット支援下手術の第一人者である自負がある。私が手術をすれば白石航の三度目の手術はない」

この話は終わりだ、そういう意味を込めて、西條は真木に背を向けた。

改めて、航の担当医は自分がなる、とスタッフに告げようとしたとき、真木が言葉をつづけた。

「たしかに、いまのスタッフでは手術はできません。でも、優秀な助手がいれば別です」

星野と前園が、顔を見合わせた。ふたりの表情が陰る。器具の受け渡しや術野の確保など、いまの自分たちでは、真木のスピードについていく自信がないのだろう。

しつこさに半ばうんざりしながら、西條は真木を振り返った。

「その優秀な助手がここにはいない、君がそう言ったんだ」

「ひとりいます。私が信頼できる助手が」

西條は眉根を寄せた。

「誰だ」

真木は、短く言う。

「西條さんです」

思いもしない返事に、西條は声を失った。

ほかの者も同様らしく、部屋のなかが静まり返る。

西條は、ようやくひと言だけ聞き返した。

「私に、助手をしろと言うのか」

真木は迷いなく答える。

「そうです。西條さんが助手なら、手術を成功させる自信があります」

「ふざけるな」

耐えてきた怒りが、一気に噴き出した。

「ふざけてなどいません。本気です」

真木はまじめに言い返す。

西條は、真木から視線を乱暴にはずした。顔を見ていると、胸倉をつかみ上げてしまいそうだった。

ふたりのあいだに、星野が割って入った。西條と真木の顔を、交互に見る。

「西條先生、落ち着いてください。真木先生も、もう少し西條先生の立場を考えてください」

真木の表情が険しくなる。星野に問う。

「立場とは、西條さんが教授で病院長補佐ということか。それとも、ロボット支援下手術の第一人者ということか」

「そのすべてです」

星野は言う。

「手術の助手は、執刀医より下の者が務めるのが常識です」

真木は強い口調で、星野に言い返した。

「医療に、常識はない」

後ずさった星野に、真木は詰め寄る。

「君はさっきも、一般的という言葉を使ったな。改めて言う。医療に、一般的も常識も上も下もない」

真木は、星野の後ろにいる西條を見た。西條に向かって、挑むように言う。

「命の前では、誰もが平等だ」

西條は、とっさに声が出なかった。真木が口にした言葉は、西條がずっと胸に抱いている考えだったからだ。

命と医療に対する考え方は、西條も真木と同じだ。が、西條は、真木の手術に賛同できなかった。

たしかに、命の前では誰もが平等だ。ならば、医療も平等でなければいけない。真木の手術は、真木にしかできない。真木がいなければ、救えない命がある。が、ミカエルは違う。設備と医師の技術がさらに進めば、場所がどこであっても、執刀医が誰であっても、平等な医療の提供が可能だ。

西條が、真木の助手を務めることは、従来の手術よりロボット支援下手術が劣っていることを意味する。

航の手術は、ミカエルで成功させなければいけない。それが、医療の新たな未来につながる。

星野が助けを求めるように、西條を振り返った。

西條は、星野と真木のあいだに立った。真木にはっきりと言う。

「私は君の助手はしない」

真木は厳しい顔で訊ねる。

「理由は」

「さっき言ったとおりだ。患者のことを考えれば、身体への負担がすくないミカエルで、弁置換を行うのが最善の方法だからだ」

「どうして最善と言い切れる」

真木の言い方が、いままでの丁寧なものから、感情がこもった荒っぽいそれに変わる。

「弁形成のほうが、薬の服用が必要ない。今後、患者は心臓以外の病気や、思わぬ事故に遭い手術が必要になるかもしれない。抗凝固剤を服用していては、治療の制限を受けることになる。患者の人生は、この手術で終わりじゃない。これから先の人生を考えた手術を選ぶべきだ」

真木の強い口調に、西條もつられる。

「そんなことは俺も考えている。だから、弁置換をすると言っているんだ。いま起きてもいない出来事を考えて、リスクが大きい手術をするのは間違っている」

「たしかに弁形成はむずかしい。だが、あんたが助手をすればできると言っているだろう」

「俺はお前の助手などしない」

互いに、対等な言葉遣いだ。年上も立場もない。

真木は食い下がる。

「俺を納得させる理由を言え」

「くどい」

西條は突き放した。

真木は西條を睨み、ひと呼吸おいて訊ねた。

「どうしてそんなにミカエルにこだわる」

西條は深い息を吐いた。

「なんど言わせれば気が済むんだ。ミカエルのほうが患者への負担が少ないと――」

「違う」

真木が言葉を遮った。

西條は眉根を寄せた。

「なにが違う」

「患者にかかる負担の軽減だけが、理由じゃない」

真木の声は、さきほどまでの熱いものとは違い、逆に冷たさを帯びていた。それがかえって凄みを感じさせた。

「どうしてそう思う」

西條の問いに、真木はゆっくりと答える。

「あんたの話はミカエルありきだ。ほかの選択肢は最初からない。そうでなければ、もっと議論を交わすはずだ。こんなのはカンファレンスじゃない。あんたの一方的な意見の押しつけだ」

西條はとっさに言葉が出なかった。

真木がいう、ミカエルありき、で話を進めていたのは事実だった。

患者の今後を考えて、機械弁を選択したことに間違いはない。が、その奥には、西條が求める心臓外科手術の未来があった。

西條も真木も、航を救いたい気持ちは同じだ。違いがあるとすれば、見つめているものだろう。西條は航のあとに続く医療の将来を、真木は目の前にいる航を見ている。

真木は西條を睨んだ。

「俺の助手をしないのは、北中大病院の看板医師というプライドか。自分の野心のためか。俺はあんたを買いかぶっていた」

さすがに言いすぎだと思ったのだろう。星野があいだに割って入り、真木に抗議した。

「真木先生、言葉が過ぎます。西條先生は患者のことを第一に考えて――」

西條は後ろから、星野の肩を摑んだ。力任せに引き寄せ、自分の背後に押しやる。殴りかかるとでも思ったのだろう。星野が慌てた声で、西條を止めた。

「落ち着いてください、西條先生」

大丈夫だ、というように、手で星野を制する。

西條は、真木が言ったことを肯定する。

「俺が助手をしない理由を、プライドと思うのならそれでいい。白石航の手術は、ミカエルで行う。それだけだ」

西條が目指す、平等な医療の実現のためならば、真木にどう思われてもいい。ミカエルにこだわる理由を、個人のつまらないプライドと思うなら思え。白石航の手術は、なにがあってもミカエルでの弁置換でいく。

真木は探るような目で、じっと西條を見つめている。

口をきく者は誰もいない。部屋はしんと静まり返っている。

「あの――」

声がしたほうに目をやると、ミーティングルームのドアの隙間から、病棟の看護師が顔をのぞかせていた。緊張した面持ちから、西條と真木のやり取りを聞いていたことがうかがえる。声をかけるタイミングを見計らっていたのだろう。

「どうしたの」

宮崎が訊ねた。

看護師が、おどおどした様子で答える。

「そろそろ、申し送りの時間ですが――どうしましょうか」

日勤と夜勤の、引継ぎの時間だ。

宮崎は腕時計を見て、慌てた様子で看護師に指示した。

「ごめんなさい。時間、過ぎちゃってた。すぐにいくから、はじめていてちょうだい」

看護師は頷き、ドアを閉めた。

宮崎が西條に言う。

「すみません。看護師の申し送りがあるので、私たちはここで退席します」

「お疲れさま」

西條は、三人にねぎらいの言葉をかけた。真木は、視線を床に落としたまま、何も言わない。なにか考え込んでいる。

宮崎とふたりの看護師が部屋から出ていくと、前園がおずおずと口を開いた。

「あの――航くんの治療方針ですが、今日だけで決めるのはむずかしいと思うんです。結論を出すのは、航くん本人の診察をしていろいろな検査結果が出てからのほうがいいのかなと――」

西條の意見に、真木は納得していない。このままミーティングを続けても、平行線だと思ったのだろう。

星野も同じことを思ったらしく、前園の意見を後押しした。

「そうですね。患者を診てからのほうが、よりよい選択ができると思います。それに――」

星野がちらりと、西條を見た。

「病院長の意見もうかがったほうがいいのではないかと――」

西條は、星野の目配せの意を理解した。

曾我部はロボット支援下手術に力を入れている。曾我部が今日のミーティングの話を聞いたならば、西條が推した術式を支持するだろう。病院長の意見ならば、真木も受け入れざるを得ない。

西條は、星野の腹積もりに乗った。

「そうだな。今日はここまでにしよう」

「真木先生も、いいでしょうか」

星野が訊ねる。

声をかけられた真木は、星野ではなく西條に向かって言う。

「わかった。だが、ひとつだけ確認しておく。白石航の初診は、ふたりの立ち会いで行いたい」

まだ西條が担当医だと決まったわけではない。そう言いたいのだろう。

星野が、どう答えていいかわからず、目で西條に訊ねてくる。

西條は、短く答えた。

「いいだろう」

真木は、西條の横を通り過ぎ、ミーティングルームを出て行った。西條と星野に頭を下げて、前園があとを追う。

星野とふたりだけになると、西條は首から下げている院内用のPHSを手に取った。病院長室の内線番号を押す。PHSを耳に当てながら、星野に指示を出した。

「そのパソコンに入っている、白石航のカルテを印刷してくれ。病院長に会ってくる」

星野は驚いた様子で聞き返した。

「いまから、ですか」

「いれば、の話だ。いなければ関口さんに渡してくる」

病院長秘書の関口に、至急病院長に渡してほしい、と頼んで置けば、一番早い形で曾我部の手に渡る。

数回のコールで、電話がつながった。

「関口です」

西條は関口に声が聞こえないように送話口を手で押さえ、小声で星野を急かした。

「急いでくれ」

星野はうろたえたまま、パソコンの操作をはじめる。

西條は送話口から手を外し、用件を伝えた。

「西條だが、病院長はまだいるかな」

ええ、という声が返ってきた。

「まだいらっしゃいます」

「少し時間をもらいたいんだが」

「お待ちください」

保留のメロディが流れ、ほどなく再び通話に切り替わった。

「三十分なら大丈夫だそうです」

「充分だ。いまから行くと伝えてほしい」

西條が電話を切ると、横から星野が用紙を差し出した。航のカルテだ。

「私もご一緒しましょうか」

星野が訊ねる。西條は断った。曾我部に口添えを頼むために、ふたりで行く必要はない。ひとりで充分だ。

病院長室のドアをノックし、開ける。

関口は、定位置にいた。ドアの真正面にある自席だ。金縁の眼鏡を指で押し上げ、にこやかな笑みを西條に向ける。

「病院長がお待ちです。どうぞ」

西條は、曾我部がいる奥の部屋へ向かう。その西條を引き留め、関口は訊ねた。

「お飲み物は、なにがいいですか」

いつもの質問が、今日は煩わしい。

「なんでもいいよ」

適当に答えて、西條は曾我部がいる部屋のドアを開けた。

曾我部は自分の机に座り、書類を見ていた。西條に気づき、椅子から立ち上がる。

「なにかあったかな。急ぎのようじゃないか」

曾我部は応接セットのソファに座り、向かいの席を西條に勧めた。

西條はソファに腰を下ろすと、すぐさま本題を切り出した。

「このカルテを見てください」

西條が差し出した航のカルテを、曾我部は受け取った。顎を上げるようにして、老眼鏡のピントを合わせる。

患者の名前を見た曾我部は、ああ、と得心したような声を出した。

「泉ヶ岡病院から紹介されてくる患者だな」

曾我部は、別の病院から北中大病院に移ってくる患者の紹介状には、必ず目を通している。どこの病院から何人受け入れたなどといった、病院の貸し借りにも似た情報は把握しておきたいのだ。

「この患者に、なにか問題でもあるのかな」

カルテに目を通し終えると、曾我部は目の前のテーブルに置いて訊ねた。

「この患者の担当医を、私が務めようと思います。ミカエルで弁置換手術を行います」

曾我部は西條の真意を測るようにじっと見ていたが、やがて口を開いた。

「そのことを、わざわざ言いに来たわけではないだろう。担当医や術式は、科で決めることだ」

西條は前に身を乗り出した。

「真木くんが、弁形成術をすると言っているんです」

曾我部の顔が引き締まる。

「自分が執刀医になり、従来のやり方で手術をするとかたくなに主張しています。ですが、私は反対です」

西條は機械弁を使う理由と、ミカエルでの手術の必要性を説明した。

「白石航の手術をミカエルで成功させます。それは、患者が治るだけではなく、ロボット支援下手術の未来につながることです」

西條は声に力を込めた。

「患者の初診は明後日です。そのあと同じスタッフで、改めてミーティングを行います。そこでも治療方針がまとまらなかったら、病院長の意見をいただきたいのです」

曾我部は腕を組み、押し黙った。時間にすればわずかだが、西條にとっては長い沈黙だった。

西條の背中を、嫌な汗が流れた。

なぜ返事をしない。考えることなど、なにもないはずだ。西條がミカエルで弁置換を行えば、航は助かりロボット支援下手術はさらに広まる。

曾我部は、ゆっくりとソファの背にもたれた。

「患者の保護者には、会っているのかな」

予期していなかった問いに、西條は戸惑いつつ答えた。

「まだです。初診のときに、はじめて顔を合わせます」

「じゃあ、治療に関する話はまだしていない——ということだね」

もって回った言い方に、西條は苛立った。

「保護者には、病院側の治療方針が固まってから説明します。こっちがはっきりしないまま話しては、患者も保護者も不安になるだけです」

曾我部は、大仰に難しい顔をして腕を組んだ。

「私はどちらの方法も、患者と保護者に説明すべきだと思うがな」

西條は、耳を疑った。

インフォームド・コンセントの重要性は、医療関係者ならば誰もが認識している。いま改めて口にするなど、大学生にひらがなを教えるのと同じくらい意味がない。

「お言葉ですが——」

西條は食らいついた。

「私は今回に限らず、患者に対して充分な説明をしています。患者の病気がどのような疾患で、どんな治療法があり、それぞれにどんなメリット・デメリットがあるか。丁寧に伝え、患者が納得したうえで治療をおこなってきました。白石航くんに関しても同じです。保護者には、治療や術式の種類を伝えたうえで、病院側が考えている方針を述べます」

曾我部は相好《そうごう》を崩した。

「まあ、そう熱くならずに。君が患者に対して心を砕いていることは、よくわかっているよ」

わかっていて、なぜ気持ちを乱すようなことを言うのか。

曾我部は思案するように、こめかみに人差し指をあてた。

「真木くんは、私が北中大病院に引っ張ってきた。理事や役員たちが、疑問や反発を抱いていたのも知っている。君がそのなかのひとりであることもね」

西條はとっさに否定した。

「いえ、私は別に――」

曾我部は続く言葉を手で制した。

「隠さなくていい。天才と呼ばれた音楽家や画家が、はたから見れば取るに足らない才能に嫉妬する話は、昔からよくあることだ」

世辞か本音か。定かではないが、曾我部が西條の機嫌を取りに来ているのはわかった。

曾我部はソファの背もたれから身を起こし、姿勢を整えた。

「私の頼みを、真木くんはふたつ返事で引き受けたわけじゃない。彼なりにいろいろ考えた末に、北中大病院へ来てくれた」

西條は、真木が三年間の特任教授であることを思い出した。期限を決めたのは曾我部ではない。真木だ。そのことからも、真木が曾我部の誘いに乗り気でなかったことがうかがえる。

「だから、彼の顔を立てろ、というんですか」

嚙みつく西條に、曾我部は余裕を感じさせる笑みを浮かべた。

「そう聞こえたのなら謝る。そういう意味で言ったわけじゃない」

「じゃあ、どういう意味ですか」

曾我部は逆に、西條に問う。

「君は真木くんを、どう思うかな」

問いの真意がつかめない。

「どう――とは、どういう意味ですか」

曾我部は顔の前で手を組み、西條の目を見据えた。

「真木くんを、同じ心臓外科医としてどう思うか、ということだよ」

西條は言葉に詰まった。

真木は間違いなく、優秀な心臓外科医だ。その評価は、誰の目から見ても同じだろう。が、西條は認めたくはなかった。

嫉妬だろう、と言われたら、否定する自信はない。が、自分の不確かな感情よりも、真木を優秀だと認められない確かなことがある。

真木には協調性がない、ということだ。

手術はチームで行うものだ。行動も考え方も独りよがりな真木を、手術の腕だけで優秀と評することに抵抗があった。

曾我部は西條の沈黙から、答えをくみ取ったようだ。組んでいた手を解き、長い息を吐く。

「私は、彼を呼び寄せたことは、間違っていなかったと思っている。彼は北中大病院や患者の力になってくれているよ」

西條は同意した。

「それは、私も思っています」

大友が担当だった患者は、そのまま真木に引き継がれたが、問題は起きていない。看護師の話によれば患者のなかには、真木先生になってよかった、と口にしている者もいるという。

医師に必要なものは、知識や経験、手術の腕などさまざまあるが、そのひとつは患者との信頼関係だ。どんなに医術が優れていても、患者と良好な関係が築けなければ、健全な治療の成立はむずかしい。

真木は、自分と同じ立場の医療従事者との良好な関係は構築できていないが、患者とは築けている様子だった。

西條の同意を、意見の歩み寄りと受け取ったらしく、曾我部は満足そうな笑みを浮かべた。

「私が目指しているのは、高度で良質な医療の提供だ。病に苦しむ人を、ひとりでも多く救いたい」

「もちろんです」

西條がそう言うと、曾我部はその言葉を待っていたかのように、話をつないだ。

「それには、治療者側と患者、双方の理解が必要だ。言い換えるなら、平等性だ」

平等、その言葉が西條の心を突いた。

曾我部は言葉を続ける。

「治療は、する側とされる側のバランスが崩れてはいけない。医療者側は、専門知識と技術という武器を持っているが、病と闘うのは患者本人だ。私たちが一番に考えなければいけないのは、患者の気持ちだ」

反論できなかった。曾我部の言葉は、すべて正論だった。

ドアがノックされた。

曾我部が返事をすると、関口が入ってきた。

関口がそばにくると、コーヒーのにおいがした。手にしたトレイに、カップがふたつある。

「遅くなってすみません。電話が入って長引いたものですから」

コーヒーをテーブルに置こうとする関口を、西條はとめた。

「私はいい。話は終わった」

そんなつもりはなかったが、関口には冷たく聞こえたらしい。戸惑ったように、曾我部を見る。

曾我部は指でテーブルを指し、カップを置くよう促した。

「私がもらうよ。ふたつとも置いていってくれ」

ふたりのあいだに、目に見えない緊迫した空気を感じたのだろう。関口は何も言わず、カップをテーブルに置き退室した。

関口が出ていくと、西條もソファから立ち上がった。

「今回の術式は、患者と保護者への説明を済ませてから決めることにします」

曾我部は、納得したように深く頷く。

「白石航くん、だったな。日本でトップクラスの手術を受けられる彼は、幸運だな」

曾我部は、真木と西條、どちらの手術がトップクラスに値するのか、明言しなかった。狡知《こうち》に長《た》けた言い方だ。

西條は頭を下げて、病院長室をあとにした。

廊下を歩く西條は、曾我部とのやり取りを、頭のなかで反芻《はんすう》していた。胸に、漠然とした不安が広がる。

なにかがおかしい。

なぜ曾我部は、ミカエルでの手術を推奨しない。北中大病院の——曾我部が目指している医療の未来は、ロボット支援下手術があって果たせるものだ。どうして、西條の側につかない。

暗に、真木の顔を立てなければならない、との意味の言葉を口にしていたが、曾我部がそんなたまでないことは知っている。

相手の面子を重んじるならば、富塚や雨宮のような、ごり押しの人事はしない。曾我部が動くときは、かならず自分の利が絡んでいる。

——ミカエル。

心でつぶやいた。

西條が気にかかる件には、すべてミカエルが関係している。布施の退職、黒沢の取材、曾我部の態度——自分が知らないところで、なにが起きているのか。

考えながら歩いていると、廊下の向こうから誰か歩いてくる気配がした。

雨宮だった。

いつものきびきびとした足取りとは違い、ひどく重い。遠目にも、表情が沈んでいるのがわかる。考え事をしているのか、心ここにあらずといった感じだ。

目の前まで来て、雨宮はやっと西條に気づいた。

雨宮は驚いた様子で立ち止まり、目礼した。西條を避けるように、足早に通り過ぎようとする。

西條は雨宮を呼び止めた。

「ちょっといいか」

雨宮は足を止めて、振り返った。

「なにか」

　無意識か意図的か、西條と目を合わせようとしない。

「あれから、黒沢というフリーライターから連絡はないか」

　広報ではない雨宮に訊くことではない。わかってはいたが、なにか少しでも、胸に広がる漠然とした不安の真意がつかめるのではないか、との思いだった。

雨宮は首を横に振った。

「ありませんし、あっても断ります。理由は前にお話ししたとおりです」

「筋が悪いからか。それとも、俺の取材は断れという病院長の指示だからか」

雨宮が怪訝《けげん》そうにこちらを見た。自分が不満を言われる筋合いはない、そんな表情だ。

ばつの悪さを感じ、視線を外す。

取材を断る方針を決めたのは、雨宮ではない。雨宮にあたるのは筋違いだ。

雨宮に八つ当たりをした自分を、西條は恥じた。

西條はいままで、見当違いの怒りを誰かに向けたことはない。酒を飲んで絡んだり、腹いせで誰かを責めたこともない。常に理性を保ち、建設的な向き合い方を心がけてきた。

思いがけず雨宮に放った言葉に、西條は自分が思っている以上に不安や焦燥を抱いていると気づいた。

西條は雨宮に詫びた。

「すまなかった」

雨宮が意外そうな顔をした。

西條の謝罪が、暴言と呼び止めたことのどちらに対してか、わからないようだった。

どう受け止められてもいい。詫びはした。

西條が立ち去ろうとすると、こんどは雨宮が引きとめた。

「病院長室に行ってきたんですか」

すぐに立ち去りたかったが、嫌な思いをさせた負い目から無下にもできず、足を止める。

「そうだ」

「どのようなお話ですか」

雨宮は自分とは関係のない件に、首を突っ込んでくるタイプではない。むしろ、相手と距離を置いている。西條が曾我部と会っていたことが、どうして気になるのか。

「どうしてそんなことを訊く」

聞き返された雨宮は、気まずそうな顔をした。

「なんでもありません」

背を向けた雨宮に、西條は答えた。

「ある患者について話してきた」

雨宮が、意外そうな顔で西條を見る。答えると思わなかったらしい。

驚いたのは西條も同じだった。曾我部に会ってきた理由を、雨宮に伝える必要はない。気づいたら答えていた。思いつめた様子が、いまの自分の心境と重なったのかもしれない。

「真木くんと、患者の治療方針が合わない。それを病院長に伝えてきた」

「真木さんと――」

西條は頷く。

「俺はミカエルで弁置換を行うほうがいいと思うが、真木くんは従来の開胸手術で弁形成を行うという。意見が分かれたまま、結論が出ない。病院長の意見を聞きに来た」

雨宮の目が、熱を帯びた。西條に詰め寄る。

「病院長は、なんと答えたんですか」

結論は出なかった、そう言おうとしたとき、雨宮が背にしている廊下の奥から、誰かがこちらに向かって歩いてくるのが見えた。まだ若い。どこかの研修医だろう。

やましいところはないが、あえて人の耳に入れる話ではない。そもそも、雨宮と立ち話しているのは成り行きだ。どこで話が終ろうと問題はない。

西條は雨宮に軽く頭を下げ、話を切り上げる意思を伝えた。

踵を返した西條は、後ろから腕を摑まれた。雨宮だった。西條の腕をひっぱり、研修医から引き離すように歩きはじめる。

「なにをする」

突然のことに、振り払うことを忘れたまま、西條は叫ぶ。

雨宮は答えない。西條の腕を摑んだまま、廊下の先に向かって歩いていく。

棟を出て、ひと目がない建物の陰にいくと、雨宮は西條の腕を離した。

雨宮は、怒ったような表情で詫びる。

「すみません。人に聞かれたくなかったので」

「たしかに、進んで人に聞かせる話じゃない」

西條は同意することで、雨宮を責めない意思を伝えた。

雨宮は、建物を背にする形で立ち、身を守るように腕を身体に回した。途切れた話の続きをはじめる。

「病院長は、西條さんと真木さん、どちらの意見に同意したんですか」

西條に問う雨宮には、いつもの取り澄ました感じがなかった。めずらしく余裕がない。西條のなかに、嗜虐《しぎゃく》の感情がうごめく。

西條は答えをはぐらかした。

「どうして、俺に聞く」

雨宮は戸惑ったようだった。

「どういう意味？」

「病院長に聞けばいい。君は、病院長の側近だ」

雨宮は、西條を睨みつけた。目に、威嚇《いかく》と侮蔑《ぶべつ》の色が浮かんでいる。なにか言いたそうだったが、言葉にしなかった。深く息を吐き、腕を組む。

「病院長と私の関係なんてどうでもいい。私が聞いたことに答えてください」

西條は短く答えた。

「どっちでもない」

雨宮が眉根を寄せた。

「まずは患者と保護者に、ふたつの術式を説明すべきだ、そう言われた」

雨宮は少しの間をおき、西條に言う。

「それは、正しい意見だと思うけど——」

雨宮の反論が、西條は不快ではなかった。

ほかの者なら、西條の肩を持ち曾我部を非難するだろう。が、曾我部の前では、きっと反対のことを言う。

雨宮の言葉は、いつも率直だ。相手が病院長であっても、新人の研修医であっても、言葉を偽らない。それは、自分と相手が対等であることを意味する。

西條が相手を信用する条件のひとつに、社会的地位や財力におもねらない、がある。雨宮は、その条件を満たしていた。

西條は、自分の足元に視線を落とした。

「真木くんから、助手をするように言われた」

「西條先生に助手を？」

うつむいたまま、頷く。

「私が助手ならば、弁形成で患者の命を救える、とね」

「病院長に、そのことは伝えたんですか」

西條は、視線を遠くに向けた。

「いや、それはまだだ。病院長にうまくまるめこまれた。ロボット支援下手術に力を入れている病院長なら、ミカエルでの手術を支持すると思ったんだが、あてが外れた」

雨宮は押し黙った。怖いくらい真剣な表情で、なにか考えている。

西條は雨宮を見た。

「なにか知っているんだろう」

「なにかって、なんですか？」

聞き返された西條は、言葉に詰まった。なにがおかしいか、明確にはわからない。が、自分が知らないところでなにかが動いている。

西條は、感じていることをそのまま口にした。

「はっきりしたことはわからない。が、おそらくミカエルに関することだ」

雨宮は、なにも言わない。黙って西條の目を見つめている。

「俺の取材を断る理由も、黒沢と名乗るフリーライターを近づかせない理由も、ミカエルに関して知られると困ることがあるからじゃないのか。あれだけミカエルに力を入れていた病院長の態度が変わったのも、なにか隠しているからじゃないのか」

一度口にした不満は、止まらなかった。いままで抑えていた苛立ちが、一気に噴き出る。

「病院長が白石航のカンファレンスの場で、執刀医を俺に任せる、とひとこと言えば済む話だ。俺はミカエルで手術を成功させる自信があるし、人工弁を使用するほうが患者のためになると思っている。ミカエルで手術をしたほうが、北中大病院にとっても病院長にとっても得だ。それなのに、なぜ中立の立場をとるんだ」

雨宮に言ってもはじまらない、とわかっていても、意に反して言葉が出てくる。

「布施くんの件もそうだ」

雨宮の目がかすかに揺れた。わずかな気持ちの乱れを、西條は見逃さなかった。問いただす。

「布施くんを知っているのか。広総大の循環器外科にいた布施寿利だ」

西條に嘘は通じない、そう思ったのだろう。雨宮は頷いた。

「五月に退職された方ですね」

「どうして知っている。君が広島の病院に関わっていたという話は、耳にしたことがない」

挑むような目で、雨宮は西條を見た。

「ロボット支援下手術を推奨している私が、ミカエルでの心臓手術において優れた腕を持っている布施さんを、知らないはずがないでしょう」

「じゃあ、布施くんが辞めた理由も知っているのか」

雨宮は不自然なほど素早く、首を横に振った。

「それは、知りません」

「俺は知っている」

雨宮の顔色がかわる。挑戦的だった目に、怯えにも似た困惑が浮かんだ。

「噂では、布施くんの医療ミスが原因らしい」

雨宮は西條から、顔をそむけた。西條には、表情から思惑を悟られたくないがための仕草のように見えた。

「君は、その噂が本当だと思うか」

形のいい横顔に訊ねる。

雨宮はどこか遠くを見ていたが、やがて小さい声で答えた。

「違うと思います」

「理由は」

雨宮はなにかを吹っ切るように、西條を見据えた。

「そう思うからです」

答えになっていない。

雨宮の返事は、駄々をこねる子供のようなものだった。嫌な理由を訊ねても、自分の考えを述べる的確な言葉が見つからず、嫌なものは嫌だ、と泣き叫ぶ幼児だ。

雨宮は普段、こんな幼稚な会話はしない。わざとだ。あえて稚拙な返答をすることで、この話はもう終わりだ、と示しているのだ。

雨宮の気の強さは、知っている。これ以上訊ねても、そう思うから、としか言わないだろう。雨宮は偽りを口にしない。布施の退職の理由は医療ミスではない、と思っていることは確かだ。いまは、そうわかっただけでいい。

雨宮の後ろに、曾我部の姿が浮かぶ。

西條は、雨宮の背後にいる曾我部の影に向かって言った。

「俺はなにがあっても、白石航の手術をミカエルで行う。病院長が反対しても、だ」

踵を返して歩きだす。その背に、雨宮の声がした。

「私も、ミカエルで行うべきだと思います」

西條は足を止めて、振り返った。すっと伸びた背が見えた。西條とは逆のほうへ歩いていく。

聞き間違いではない。雨宮は、白石航の手術をミカエルで行うことを望んでいる。

雨宮の役職は、経営戦略担当病院長補佐だ。北中大病院の将来を見据え、経営ビジョンを描き、いま以上に北中大病院を大きくするのが仕事だ。

病院が船ならば、医療従事者は乗組員、雨宮は舵取りといえるだろう。病床利用率や最新医療の情報、臨床データから、これからの医療がどうあるべきか、患者がなにを求めているのかを読み取り、具現化していく。

そう考えると、病院を動かしているのは雨宮のように思えるが、そうではない。雨宮はあくまで乗組員のなかの舵取り役で、船長は病院長だ。船のなかでは、船長の言うことは絶対だ。船長が黒と言えば、白いものも黒になる。

雨宮がミカエルを推奨している理由は、曾我部の方針だからだ。雨宮は曾我部の意向に沿って動いているだけで、そこに個人的な意見はない。たとえあったとしても、船長が右と言えば、左に行きたくても右を選ばざるを得ない。病院といえども、企業であり組織だ。

白石航の件も、曾我部が弁形成を選ぶならば、雨宮も同意するのが本来の在り方だ。が、雨宮はミカエルでの手術を推す。

曾我部の考えではなく、雨宮が自分の意見を口にするのを、西條ははじめて聞いた。

西條は、小さくなっていく背を、しばらく見つめていた。

第六章

診察室の椅子に座る航は、小柄だった。

背は、同年代の男子の平均身長より十センチほど低い、百四十三センチ。半そでのポロシャツからのぞく腕は、重いものを持ったら折れてしまいそうなくらい細かった。肌が白いのは、もとからなのか外にあまり出ないからなのか。

大きな目は、痩せていることでさらに際立ち、それが口元を小さく見せていた。変声期を迎えていない声はまだ高く、髪が長ければ女子に見えないこともない。

航は、整った顔立ちをしていた。が、表情がなく、人を惹きつける輝きがなかった。

西條が航に会って抱いた印象は、人形だった。

怒りも、怯えも、何かしらに対する興味も感じられない。目は空洞のように暗く、口は堅く閉じたままだった。

診察室に入ってきた航は、つきそいの両親に言われるまま椅子に腰かけた。少し下を向いたまま、今日の担当医である真木がなにか訊いても、首を縦か横に振ることでしか答えない。

循環器第一外科の診察室には、航と航の両親、真木、西條、看護師がいた。

真木は航と向き合う形で椅子に座り、西條はその後ろにいる。看護師は西條の横だ。両親は、航を挟む形で丸椅子に座っている。ふたりとも、緊張した面持ちだった。

真木は、相手が子供だからといって、話し方や態度をかえなかった。人によっては不愛想に見える仕草も、突き放したような言い方も同じだ。が、診察は丁寧だった。

航の心臓の様子を聴診器でじっくりと探り、胸に残っている一度目の手術の痕を確認する。息苦しさや胸の痛みといった、本人の自覚症状の聞き取りも長い時間をかけて行った。

診察を終えた真木は、ちらりと西條を見た。ほかに、診察しておくべきことはあるか、と目が訊いている。西條はなにも言わないことで、問題ない、と答えた。

真木は、椅子の背にもたれると、航に訊ねた。

「航くん、君はいま、自分の心臓がどういう状態か知っているかい」

航はしばらく動かなかった。が、かすかに首を縦に折った。

「どういう状態か、私に教えてほしい」

患者本人が、自分の心臓病をどこまで理解しているか、確かめているのだろう。

航は黙ったままだ。

横で両親が、心配そうに顔を覗き込んでいる。

やがて航は、ぽつりと答えた。

「壊れてる」

ようやく聞き取れるほどの小さな声だったが、診察室に重く響いた。

西條は深く息を吐いた。

病を抱える者の多くは、負い目や劣等感を抱いている。連れ合い、親、子供、社会など、なにかに対して負い目や劣等感を抱き、自分は普通ではない、と思いながら生きている。

人間は、普通であることに気づかない。なにかを失ったとき、いままでいかに満たされていたのかを知る。

幸不幸は人の心のなかにしかないように、普通と思う状況もそれぞれで違う。誰かにとっての普通は誰かの不幸であり、誰かの幸せだ。

航は物心ついたときには、すでにあるものを失っていた。

健康だ。

多くの子供が、普通に走り、物を食べ、過ごしている。が、航にはその普通がなかった。手術は成功したが、物理的な傷も心の傷も残る。

航は、自分の心臓が壊れている、と言ったが、西條から見れば、壊れているのは心臓だけではない。心もだ。

航は心も病んでしまっている。次の手術を成功させなければ、航の身体も心も救えない。

——手術は自分が、絶対に成功させる。

そう心に強く思ったとき、真木が航に言った。

「そうだ。君の心臓は壊れている」

看護師が、横で息をのむ気配がした。

航の両親も、驚いた顔をしている。母親の佳織は、いまにも泣きそうだ。

西條は真木に怒りを覚えた。

医師の言葉は、希望であるとともに凶器でもある。

真木は航に、君は欠陥品だ、と言ったに等しい。

かつては病名を患者に伏せていた。が、いまでは患者の知る権利として、病名の告知が積極的になされている。患者に自分の状態を把握してもらい、一緒に病と闘うためだ。かつて不治の病と言われた疾患も、現代医学では寛解《かんかい》に至るまでになっている。が、告知は説明や言葉の選び方など、慎重に考えなければならず、まして未成年の患者に、不用意な発言をしてはいけない。

西條は、前に一歩出た。

真木の隣に立ち、航と両親に向かって言う。

「今日の診察は終わりです。次回は検査ですので、予約の方法を看護師から聞いてください」

西條は、強引に診察を終了した。

看護師に目で、航と両親を待合室へ案内するよう促す。

西條の指示を察した看護師が、動こうとした。それより先に、真木が航に言う。

「たしかに君の心臓は壊れている」

一度ならず、二度までも言葉の刃で傷つけるのか。

もう我慢ができなかった。患者の前だが、やめろ、との意思を込めて、真木の肩を強く摑む。

その手を無視して、真木は言葉をつづけた。

「だが、治る。必ず、治す」

西條は声を失った。

怒りを超え、失望が胸にこみあげてくる。

真木は、医師が口にすべきではないひと言を、航に言った。真木は、自分の言葉の重みをまるでわかっていない。医師失格だ。

「航くんのご両親に、検査の説明をお願いします」

真木は航に向けていた身体を、椅子ごとぐるりと回した。西條の隣にいる看護師に指示を出す。

看護師は我に返ったように、慌てた様子で返事をした。

「わかりました。では、白石さん、待合室でお待ちください。説明の準備ができたらお呼びします」

さきほどまで泣きそうな顔をしていた佳織は、喜びを満面に浮かべ、航を覗き込んだ。

「航、先生もこうおっしゃっているんだから、なにも心配ないよ」

大輔は、真木に向かって深々と頭を下げる。

「お世話になります」

すでに担当医は、真木のような空気だ。

ふたりの姿を見ていられず、西條は顔を背けた。

航と両親、看護師が診察室から出ていく。

真木は航の診察内容を、電子カルテに打ち込みはじめた。

自分がしでかした過ちに気づかず、平然としている真木に、再び怒りが込み上げてくる。

西條は怒鳴りそうになる自分を抑えながら、訊ねた。

「どうして、あんなことを言った」

「あんなことって、なんのことだ」

真木はパソコンのキーボードを叩きながら、聞き返す。片手間の返事が、西條の怒りを増幅させた。

「こっちを見ろ」

両手で真木の白衣の胸倉をつかみ、無理やり立たせる。はずみで、椅子が倒れた。

「どうしました」

看護師が、慌てた様子でやってきた。ふたりの様子を見て、急いで戻っていく。

西條は、胸倉をつかんでいる手に、力を込めた。

「どうして、必ず治す、なんて言ったんだ」

真木は表情をかえない。瞬きもせず、じっと西條の目を見返している。

西條は待合室に聞こえないよう、声を殺しながら真木を責めた。

「お前は自分が患者になにをしたか、わかっているのか。医療に、必ず、はない。治るはずの患者が、次の日に死ぬことがあると、お前もわかっているだろう。それを、あんな無責任なことを言いやがって。お前は、患者と両親を元気づけようと思って言ったかもしれんが、お前がしたことは、叶わないかもしれない望みを、患者と両親に抱かせただけだ。希望が大きければ大きい分、失望も大きくなる。もし、手術が失敗したら、どうする。治ると信じた患者の悲観は計り知れない。お前はその責任をとれるのか」

西條の叱責に、真木は動じない。念を押すように、きっぱりと言い返す。

「白石航は、必ず治す」

西條は、真木を突き飛ばした。

「お前は自分が神のつもりか。思いあがるのもいい加減にしろ」

真木は、よじれた白衣の胸元を整えながらつぶやいた。

「あんたこそ、患者のなにを見ているんだ」

「なに？」

真木は、西條を斜《はす》に見た。

「白石航は生きていない。気持ちが死んでいる」

西條の脳裏に、航の目が蘇った。暗く、生気のない、洞《うろ》のようだった。

真木は言葉を続ける。

「壊れた心臓は、手術で修復できる。だが、心が死んだままでは、本当の意味で救ったことにはならない。いま、白石航に必要なのは、生きる意志だ。本人が生きたいと思わない限り、手術が成功しても彼は治らない。だから、あえて断定した。彼に生きたいと思わせるために、必ず治すと言った」

真木の言い分はわかる。

病を克服できるか否かは、最終的に患者の気力にかかっている。医師が手を尽くしても、患者が心から治りたいと願わなければ、病に打ち勝つことは難しい。病巣を治しても、病んだ心が身体を弱らせ、命を縮めることさえある。

真木の考えを否定はしない。が、西條は肯定できなかった。

西條は、死んだ両親を思った。

父の心臓病は、手術で治ったと思っていた。父が死んだあと、母まで事故で亡くなるとは考えてもいなかった。

西條はすべてを恨んだ。神に怒り、運命を呪い、他人を羨んだ。

真木がしたことは、少年だった西條に、君の両親は絶対に死なない、そう告げたようなものだ。しかし、ふたりは死んでしまう。真木の言葉を信じた子供の胸に去来するものはなにか。真木は、希望を打ち砕かれた者の気持ちを考えたことはないのか。

言いたいことは山ほどあった。が、感情が昂り、言葉が出てこない。

真木は倒れた椅子を元に戻し、腰かけた。

拳を握りしめたまま立ち尽くしている西條を、下から見上げて言う。

「話が終わったなら出て行ってくれ。白石航のカルテを作る」

頭に血がのぼった。

頭で考えるより、身体が動いた。

真木に向かって、拳を振り上げる。

振り下ろした拳は、真木の顔面すれすれで止まった。

真木の冷ややかな目が、かすかに残っている西條の理性を呼び戻した。

拳を突き出したまま真木と睨みあっていると、後ろから声がした。

「西條先生!」

名を呼ばれると同時に、羽交い締めにされた。

星野だった。

顔から血の気が引いている。目が、暴力はいけない、と訴えていた。

後ろに、航の診察に立ち会っていた看護師がいた。西條が真木に摑みかかっているところを見て、星野を呼びに行ったのだろう。

西條は、星野の腕を振りはらった。

「大丈夫だ。なんでもない」

星野に、低く言う。

真木を殴ったところで、なにも解決はしない。真木の顔と自分の手が痛むだけだ。

西條は大きく息をして、真木に向き直った。

「航くんの件は、検査結果がわかり次第、あらためてミーティングを行う。そこで術式やチームスタッフ、スケジュールを決める」

返事を聞かず、診察室を出ようとした。その背に、真木が声をかける。

「あんたはさっき、お前は神か、と言ったが、もちろん違う」

西條は足を止めて振り返った。

真木が西條を見ていた。

「あんたも違う。俺たちは下僕《げぼく》だ」

西條は言葉の意味をはかりかねた。

また、西條が真木に摑みかかると危惧したのか、星野が西條を先へ促した。

「西條先生、いきましょう。真木先生、失礼します」

真木はふたりに背を向け、再びキーボードを叩きはじめた。

診察室を出ると、星野が怒ったように西條に訊ねた。

「いったいなにがあったんですか」

「なんでもない」

歩きながら答える。

「なんでもないわけないでしょう。真木先生を殴ろうとしていたじゃないですか」

「思っただけだ。殴ってない」

速足で歩く西條のあとを、星野はついてくる。

「西條先生が真木先生と合わないことはわかります。でも、抑えてください。看護師や技師たちに指示する立場の人間がいがみ合っていては、示しがつきません。なにより、こんなことが知れたら患者が不安に――」

星野の苦言は続く。

必死に説得を試みる星野の言葉は、西條の耳に届いていなかった。

診察室を出てから、西條は真木が言った、下僕、という言葉をずっと考えていた。

真木は、自分たちはなにに対する下僕だといったのか。言葉の裏にある真意はなんだ。

西條は息を吐いた。

真木という人間がわからない。傲慢で協調性がない。我執《がしゅう》が強く、分をわきまえない態度には、いつも苛立つ。が、真木の医療に対する考えに、西條は共感するところがあった。

口にするかしないかの違いはあるが、医師には、患者を絶対に治す、という気概が必要だ。真木にはそれがある。病に打ち勝つには、患者が生きたいと思う気持ちが必要だ、という考えもわかる。

医療に対する考え方は違わない。なぜ、自分はこれほど真木を嫌悪するのか。

廊下の分かれ道で、星野は西條に念を押した。

「どうか、表向きはうまくやってください。そうでないと、循環器外科が混乱します」

当たり障りのない返事をして、西條は星野とわかれた。

病院長補佐室に入り、自分の席へ向かう。

部屋には誰もいなかった。

途中、石田の席の前を通った。見るともなしに、机の上に目をやる。北海道さきがけ新聞からの取材依頼書があった。

そこにあった名前に、西條は足を止めた。

依頼書を手に取る。

真木への取材だった。

依頼書に記されている仮の見出しは『世界を舞台に活躍する鬼――真木一義医師が見据える医療の未来』だ。

依頼書の隅に、一週間後の日付と時間が手書きで記されている。場所は北中大病院内の会議室だった。

依頼書を石田の机に放り投げ、西條は自分の席についた。

椅子に座ったとたん、体温が一気に下がったような気がした。背筋が凍るような寒さを感じる。

自分への取材は断り、真木のものは受ける。

これが曾我部の腹の内なのか。北中大病院の看板を、西條から真木へ移し替えるつもりなのか。ロボット支援下手術の未来はどこへいった。もしそうだとしたら、曾我部にいったいなにがあったのか。

机に肘をつき、手に顔をうずめる西條の脳裏に、ある男の顔が浮かんだ。

――黒沢。

西條は手から顔をあげた。

そうだ。やつならきっとなにかを知っている。布施が辞めた理由も、曾我部の謀略もやつに聞けばきっとわかる。

西條は机の引き出しから、自分のスマートフォンと、しまっておいた黒沢の名刺を取り出した。名刺にある番号に電話をかけようとしたとき、スマートフォンが震えた。

着信が入った。義母の寛子だ。

舌打ちが出た。

どうせいつもの、用のない電話だ。こっちはお前のように暇じゃない。いい加減にしろ。

西條は電話に出た。

寛子ののんびりとした声がする。

「ああ、ごめんなさい。いま、ちょっといいかしら」

自分でも驚くほど冷たい声が出た。

「用があるなら、美咲へ電話してください」

電話の向こうで、驚く気配がした。

「あの――私なにか、気分が悪くなるようなことをしたかしら。もしそうなら――」

寛子の話を遮る。

「もう、こっちには連絡しないでください」

「泰已《やすみ》さん、あの――」

最後まで聞かずに、一方的に電話を切った。

西條はすぐに、黒沢に電話をかけた。

スマートフォンの向こうから、国際電話のコール音がした。まさか、黒沢はいま海外にいるのか。そうだとしたら、場所によっては現地の真夜中の可能性もある。

どうすべきか迷っていると、電話が繋がった。不機嫌そうな声がする。

「はい、どなた？」

「黒沢さんの携帯でよろしいでしょうか」

不愛想だった声は、急に張りのあるものにかわった。

「先生、西條先生でしょう。北中大病院の。ええ、黒沢ですよ。その節はどうも」

「いま、少し時間をもらってもいいか」

黒沢は嬉しそうな声をあげた。

「先生ならいつでもどこでもいくらでも大丈夫ですよ。ところで、そっちはいま何時です？」

黒沢がもぞもぞと動く気配がする。

「ああ、こっちが朝の五時だから、日本は昼くらいですかね。いやあ、さすがに頭が痛い。昨日、飲みすぎたな」

「いまどこにいる」

黒沢が答えた。

「ミュンヘンですよ」

頭に、ミュンヘンハートメディカルセンターが浮かんだ。真木がいた病院だ。

なぜミュンヘンにいる。真木となにか関係があるのか。それとも、単なる私的な旅行か。

どう聞き出そうか考えていると、黒沢のほうから訊ねてきた。

「先生、ドイツに来たことは？」

研修医時代に、勉強会でベルリンを訪れたことがある。

西條の答えなど、どうでもいいのだろう。訊いておきながら、黒沢は西條の返事を待たず、ひとりで話し続ける。

「俺はドイツははじめてだが、聞いていたよりいいところだね。日本じゃお目にかかれないいい車がばんばん走っていて、かっこいいお姉ちゃんがたくさんいる。眼福だね。なにより感動したのはビールだよ、白ビール。先生、飲んだことあるかい。俺はこのためだけに、またミュンヘンに来るよ。味が澄んでいて軽いが、酵母がしっかり生きているんだ。びっくりしたのはジョッキのでかさだ。一番小さいジョッキが日本のピッチャーくらいでさ――」

このまま放っておいたら、一時間でも話しそうな勢いだ。西條は黒沢の話を遮った。

「こっちからかけておいて申し訳ないが、あまり時間がない」

黒沢は、ああ、と納得したような声を漏らした。

「電話代がばかになんないもんな」

料金の問題ではない。無駄話に割く時間はない、という意味だった。が、訂正はしなかった。そんなことはどうでもいい。

「で、ミカエルについて、なにか話してくれるんですか」

黒沢は西條に訊ねた。

西條は答えた。

「その逆だ。ミカエルに関して、なにか知っているなら教えてほしい」

黒沢が鼻で笑った。

「逆取材ですか」

西條は端的に用件を述べる。

ロボット支援下手術を得意としていた布施という医師が、いきなり病院を辞めて連絡がつかないこと。病院長の曾我部の指示で、病院側は西條への取材をすべて断っていること。ミカエルに力を入れていた曾我部の様子が最近おかしいこと、を伝えた。

「黒沢さん、あんたはきっとなにか摑んでいる。俺の胸騒ぎは気のせいではない、そうだろう」

スマートフォンの向こうで、息をひそめている気配がする。やがて、黒沢のまじめな声がした。

「先生、布施さんが辞めた理由は知っていますか」

西條がどのようなカードを持っているのか、探っているのだろう。

黒沢の問いを、西條ははぐらかした。

「さあ」

医療ミスの隠蔽という言葉は、たとえ噂程度であったとしても、医療に対する信頼の失墜に繋がりかねない力を持っている。不用意に口にできるものではない。

西條の言葉を信じていいものかどうか、考えているのだろう。黒沢が沈黙する。やがて、別な切り口で攻めてきた。

「俺がどうしてミュンヘンにいるか、教えましょうか」

やはり黒沢は、西條の返答など関心がないらしい。返事をする前に自ら答える。

「真木先生ですよ。真木一義。いま先生と同じ病院にいる心臓外科医ですよ。その男がどんなやつか知りたくて来たんです」

西條は息をのんだ。直感は当たっていた。黒沢がミュンヘンにいる理由は、やはり真木だった。

心内の動揺を悟られないように、西條は余裕があるふりをしながら、黒沢の腹を探る。

「ミュンヘンまで、旅費だけでもけっこうかかるだろう。フリーのライターというのは、そんなに羽振りがいいのか。それとも、あんたが追ってる真木のネタは、そんなに高値で売れるものなのか」

「飛行機のチケットは一番安いやつですよ。宿は、自分に妹がいたら、絶対に勧めないクラスだ」

「でも、白ビールを二日酔いになるほど飲める余裕はあるんだろう」

西條の嫌味を、黒沢は声に出して笑った。

「その分、食事を抜いてるんですよ。医者のあんたから言わせれば不健康極まりないんだろうが、俺から言わせれば、飲みたいもんを飲まずにいるほうが身体に悪い。万病のもとは風邪じゃない。ストレスだ」

「案外、おしゃべりなんだな」

黒沢が、のどの奥で笑う。

「昔、ライターの先輩からも言われましたよ。取材は聞き上手じゃないといけない、お前は向かないってね。それより先生――」

黒沢が身を起こす気配がした。横になっていたベッドから起き上がったのか。

「こっちの病院ってすごいねえ。術後の経過がよければ、胸を切った二日後からワインが飲めるんだってね。それは真木先生がいた病院だけかい。それともほかの病院もそうなのかい」

黒沢は、すでに真木がいたミュンヘンハートメディカルセンターに行ったのだ。

問いには答えず、西條は訊ねた。

「どうして真木について調べている。あんたが欲しいのは、ミカエルに関する情報じゃなかったのか」

ライターの石を擦る音がする。黒沢は煙草を吸うらしい。煙を吐く音がして、黒沢が言う。

「先生、聖ミヒャエル教会って知ってるかい。ミュンヘンの街中にあって、名前のとおり、大天使ミカエルを讃えたものだ。入り口を入るとミカエルの像があってさ、背中にある翼のあいだに入ると幸運が舞い込むらしいよ」

「験《げん》を担いだり、占いを信じるのか」

「まさか」

黒沢が声に出して笑う。

「俺は無神論者だが、壁や天井を埋め尽くす宗教画や彫刻をみて圧倒されたよ。なにかを信じたときに人が抱く狂気とか、熱量みたいなもんにね」

話をはぐらかし続ける黒沢に、苛立ってくる。

なぜ真木を調べているのか、強く問いただそうとしたとき、黒沢が真剣な声でつぶやいた。

「なにを信じるのも自由だが、あのミカエルはだめだ」

不意打ちを食らったようだった。スマートフォンを落としそうになる。持つ手に力をこめた。

黒沢が、二本目の煙草に火をつける気配がする。

「天使にも、階級があるんだってね。ミカエルはそのなかの一番上、総帥みたいなもんだ。聖書によると、ドラゴンを倒し、悪魔を退治しているんだよ。多くの人間が信じるのもわかる。が、同じミカエルでも、あの医療用ロボットは信用できない。あれは人を救う天使じゃない。偽物だ。堕天使ならぬ、偽天使だ」

西條の手に汗がにじむ。

ミカエルが偽物とはどういう意味だ。信用できない、と言い切る根拠はなんだ。

西條は声を絞り出した。

「はっきり言え。なにを知っているんだ」

水道の蛇口をひねる音がして、黒沢が水を飲む気配がする。

黒沢は大きく息を吐き、西條に言う。

「先生、俺はね。なにかに異論を唱えるときは、必ず代案を用意するんだ。批判だけなら子供でもできる」

「お前はミカエルに異論があって、代案が真木だというのか」

黒沢は話の核心に触れない。のらりくらりと答えをはぐらかす。

「真木先生、こっちの病院でも親しい人間は多くなかったんだね。まあ、ドイツはもともと、日本のように馴れ合いの文化はないらしい。仕事が終わったあとに職場のやつと飲みにいくくらいなら、家族やプライベートの時間を大切にするようだ。こっちの暮らしに慣れると、面倒な付き合いが多い日本が窮屈に感じるだろうな。まあ、人間ってのはどんなにひとりが好きなやつでも、ひとりくらい話したくなる相手がいる。それは、真木先生も同じだ」

真木の人間関係を、ある程度調べたのだろう。人間嫌いのように思える真木にも、親しい人間がいるらしい。

いったい誰だ。

訊ねようとしたとき、黒沢はぽつりと言った。

「コマダシゲヒコ」

続けて漢字を伝える。

「将棋の駒に田んぼの田、繁栄の繁に彦神の彦。名前に憶えは？」

「ない」

正直に答える。

「先生と同じ医者だよ。専門は違うけどな」

「駒田という男が、真木にとって話したい相手、ということか」

黒沢は、さあ、と答えた。

「ただ、駒田は真木先生を訪ねて、ミュンヘンハートメディカルセンターに来ている。院内の売店にいたセルビア人のお姉ちゃんは、ドクター真木にしてはめずらしく、打ち解けた様子だったって言ってたよ。それにしても、いまは便利になったね。俺がもっと若い頃に性能のいい翻訳機があれば、外人のお姉ちゃんを口説けていたかもしれない」

「その男がどうしたというんだ。俺が訊いていることに、関係しているのか」

様子をうかがうような間のあと、黒沢が急に声のトーンをあげた。

「先生、この話、ちょっと長くなりそうなんで、俺が日本に戻ってからにしましょう。電話代、ばかになりませんよ」

話を切り上げようとする黒沢を、西條は引きとめる。

「そんなことはどうでもいい」

黒沢は聞こえないふりをする。

「あれ、電波が悪いのかな。ちょっと声が遠くなりましたね。すいませんが、俺はこれから外で飯食ってきますよ。先生、白ソーセージって知ってますか。こっちの朝飯の定番でね、皮をむいて食うんですけど、これが美味いんですよ」

「聞こえてるんだろう。切るな、俺が訊いたことに答えろ」

黒沢は聞こえないふりを押し通す。

「帰国したら連絡しますよ。じゃあ」

「まて、いつこっちに帰るんだ。真木のなにを調べてる。答えろ、黒沢！」

電話は切れた。

スマートフォンから、不通を伝える電子音が聞こえる。

かけなおそうかと思ったがやめた。おそらく黒沢は出ない。

西條は切れたスマートフォンを机に置き、上を仰いだ。

黒沢に連絡をして、ミカエルになにかが起きていることだけは確信したが、それ以上はわからなかった。不安と曾我部に対する不信感が増しただけだ。

閉じた瞼の裏に真木と黒沢、曾我部の顔が、浮かんでは消え、消えては浮かぶ。彼らは、西條を蔑むように笑う。

三人の残像を振り払うために、目を開けて顔を左右に振ったとき、部屋のドアが開いた。

石田だった。

西條を見て、心配そうな顔をした。

「気分でも悪いんですか。顔色が優れませんが――」

西條は表情に表れているであろう不安を取り払うように、手で顔を拭った。

「なんでもない」

それだけ言い、西條は部屋を出た。

廊下から中庭を見下ろした。

真木がいた。ベンチに座り、専門書と思しき本を読んでいる。

やつの、誰にも屈さない頑なな意志は、どこからくるのだろう。活躍していた東京心臓センターを辞めて、ドイツに飛んだ理由はそこにあるのか。

首から下げている、院内用のＰＨＳが震えた。

循環器外科の入院病棟からだった。電話に出ると病棟の看護師が早口で伝える。

「五〇一号の患者が、胸の痛みを訴えています」

「すぐ行く」

西條は電話を切った。

心で自分を叱責する。

いまは余計なことは考えるな。目の前の患者を救うことに集中しろ。

西條は病棟があるＡ館に向かって歩き出した。


車をマンションの地下駐車場に停めると、西條は車から降りてエレベーターに向かった。エレベーターに乗り込み、パネルにＩＤカードをかざす。自動で階が設定され、自宅があるフロアにあがりはじめた。

自宅の玄関の鍵をあけ、なかに入る。

いつもなら、すぐに美咲の出迎える声が聞こえるのに、今日はない。

玄関から続きのダイニングに入ると、美咲がいた。ダイニングテーブルの椅子に座り、うつむいている。西條に気づくと、ゆっくりと顔をあげた。

西條は上着を脱いで、空いている椅子の背にかけた。

「どうした。体調が悪いのか」

洗面所で手を洗っていると、美咲がきた。背後から、西條に訊ねる。

「なにがあったの」

「なんのことだ」

美咲が厳しい声を出した。

「今日、電話で母に、もうかけてくるなって言ったんでしょう」

言われて思い出した。

「そんな言い方はしていない。用があるなら美咲にかけてくれって言ったんだ」

美咲は言い返した。

「いままで、そんなこと言わなかったじゃない」

手を洗い終えた西條は、タオルで手を拭いた。洗面所と続きの脱衣所の奥に、風呂場がある。扉を開けて浴槽を確認した。空だった。自分で湯を張る。

寝室へ向かう西條のあとを、美咲はついてきた。

「ねえ、なにがあったの。母があなたの嫌がることでもしたの」

「なにも」

短く答えて、西條は自分のパジャマを手に取った。

「だったらどうしてあんなこと言ったの。母さん、電話で泣いてたのよ」

義母の電話の件は、美咲にとっては大きな問題なのだろう。が、西條にとってはどうでもいいことだった。

もともと、義母からの電話は鬱陶しかった。遅かれ早かれ、なにかのタイミングで伝えていた。それが、たまたま今日だっただけだ。

西條は風呂に向かった。まだ、湯はいっぱいになっていないだろうが、シャワーで汗を流しているあいだにたまるはずだ。いまは美咲の声を聞きたくなかった。

脱衣所で服を脱ぎながら、西條はダイニングの美咲に言う。

「風呂からあがったら夕飯にする。用意しておいてくれ」

美咲は答えず、西條をなおも責める。

「母さんが不安神経症なのは知っているでしょう。そんな人を突き放したらどうなるか、医者のあなたならわかるはずよ」

暗に、藪医者、と言われたような気がして、西條は美咲を睨んだ。

「お前も電話をうるさがっていただろう。自分が嫌なことを人に押し付けるな」

図星だったらしく、美咲は言葉に詰まった。が、すぐに言い返してきた。

「たしかにそうだけど、私は母さんを傷つけるようなことを言ったことない」

いがみ合っていても親子だ。いざとなると、夫より実母の肩を持つ。

真正面からぶつかっても無理だと考えたのだろう。美咲の態度が、責めから哀訴のそれにかわる。

「あなたが母の電話を嫌がっていることは知ってた。だから、無理に出なくていいって言った。でも、あんなひどいこと言わなくてもいいじゃない。母さんは母さんなりに、私たちを心配しているのよ。あなたにも感謝している。だから、いろいろ送ってくれるんじゃない」

美咲が脱衣所へ入ってきた。すがるような目で、下から見る。

「お願いだから、いままでどおり電話に出てちょうだい。それで母さんは落ちつくんだから」

ねだるような美咲の声が、不快だった。

いままでは自分が耐えていればそれでいい、そう思っていた。が、それがもうできない。理由はわかっている。

真木だ。

あいつが現れるまでは、自分が理想とする医療の実現は揺るぎないと思っていた。が、明確だったビジョンが揺らぎはじめている。

平等な医療という理想をかなえるために、真木と闘わなければならない。

強力な後ろ盾だと思っていた曾我部は、信用が置けなくなった。ほかのやつらも同じだ。曾我部のひと言で、右にも左にも意見をかえるやつばかりだ。

西條は、強い孤独を感じた。敵はわかっている。が、味方がいない。

自分はずっと、闘い続けてきた。そのときどきで、敵は変わる。貧困、偏見、人生を投げ出しそうになる自分自身だったときもある。

敵は無数にいたが、ひとつだけ変わらないことがあった。

味方がいないことだ。

唯一、思い浮かぶのは、祖父母だ。が、ふたりは見守ってくれてはいたが、ともに闘う同志ではなかった。西條はいつもひとりで闘ってきた。そしていま、真木という新たな敵と闘っている。

娘に頼り、母親に気を使う共依存のようなふたりの関係に、西條はずっと嫌悪感を抱いてきた。不快に思う理由に、ふたりに対する嫉妬が含まれていることも、自覚している。だから、なにも言わずに黙認してきた。が、もう無理だった。

西條は美咲を見て、きっぱりと答えた。

「電話は取らない」

美咲の顔が、怒りで赤く染まる。

西條は服を脱ぐと、風呂の扉を開けた。

「まだ、話は終わってない」

引きとめようとする美咲を振り切り、扉を閉める。

扉の外で、美咲が西條を非難する声が聞こえた。

「あなたは昔からそうだった。優しそうに見えるけど、本当はすごく冷たい。私も、母も、誰も寄り付かせない。あなたが大事なのは、自分だけ。その証拠に、あなたの口から子供が欲しいって聞いたこと、一度もない」

西條はびくりとした。

美咲の声に、嘲笑が混じる。

「私が気づいていないとでも思ってるの。子供の話題になると、いつも話を逸らしたり、席を外したりしていれば、馬鹿でもわかる」

笑いを含んでいた美咲の声が、一転して激しい怒りのそれにかわる。

「あなた、本当は子供ができなくてほっとしているんでしょう。正直に言いなさいよ。私がどれだけ苦しんでいると思っているの。黙ってないでなにか言いなさいよ！」

西條はシャワーの蛇口をひねった。

頭から浴びる。湯の音で、美咲の声がかき消された。

風呂場の扉が、どん、と音を立てた。美咲が叩いたのだ。

「薄情者！」

美咲が脱衣所から出ていく気配がする。

西條は追いかけなかった。

シャンプーの泡で覆われた頭のなかには、黒沢から聞いた駒田繁彦の名前しかなかった。

風呂からあがると、美咲はダイニングにいなかった。もうベッドに入ったのだろう。ダイニングテーブルには、なにも置かれてない。

キッチンに行くと、コンロに鍋があった。ひとつには味噌汁、もうひとつにはイカと里芋の煮つけが入っている。

冷蔵庫を開けて、ペットボトルの炭酸水を取り出した。その場で中身を口にする。強い刺激が喉から胃に落ちた。

腹は空いているが、食べる気がおきない。

軽くつまめるものはないか、冷蔵庫のなかを探す。棚の奥に、ロックフォールを見つけた。フランス産の、羊乳を使ったブルーチーズだ。独特のコクと酸味が好きで、時折、インターネットで購入する。

美咲は好きではない。前に勧めたときは、青かびを食べるなど気が知れない、と言われた。

炭酸水とブルーチーズを手に、書斎へ入る。

マンションを購入したとき、一番こだわった部屋だった。壁に書棚を設え、自分が選んだ机と椅子を置いた。ほかにはなにもない。余計なものは置かない、それがこだわりだった。

椅子に座り、机にあるパソコンを開く。

画面が立ち上がると、検索サイトで駒田繁彦を調べた。

いくつかのページがヒットしたが、ざっと見たところ西條が探している人物はいない。同姓同名だが、スポーツジムのインストラクターや絵画教室の講師で、医師ではなかった。

炭酸水とブルーチーズを口にしながら、西條が求めている駒田繁彦を探す。

上位から順に気になるページを開いていく。

ページが残りわずかになり、諦めかけたとき、ある見出しが目に飛び込んできた。

支笏湖畔診療所。

真木の車が停まっていた場所だ。

見出しをクリックすると、支笏湖畔診療所のサイトが画面に表示された。

最初に目に飛び込んできたのは、一枚の絵だった。クレヨンで、支笏湖と思しき湖が描かれている。子供が描いたものだろう。

サイトは簡易的なもので、住所と電話番号、診療時間と曜日、診察科目がしるされているだけだ。

ページをスクロールすると、下のほうに診療所の医師——所長の名前があった。駒田繁彦だった。

間違いない。探している人物だ。

西條は画面を睨みながら、炭酸水を口に含んだ。

ほかの医師の名前がみあたらないところをみると、常駐は駒田だけのようだった。

診療科目に総合内科とある。風邪、打ち身、湿疹など専門問わず診察し、自分のところでの治療が難しいと判断した患者は、大きな病院か専門病院に紹介するといったものだ。

駒田の名前の下に、傍線が引かれている。カーソルを合わせクリックすると、駒田の略歴のページに移った。

診療所の紹介と同じで、駒田の略歴も簡単なものだった。

生まれ年から、年齢は西條と同じ四十六歳だとわかった。出身は北海道三笠市、札幌市内の高校を卒業。大学は旭川にある、旭川医科歯科大学だった。大学卒業後は、道内の病院を転々とし、支笏湖畔診療所の所長に就任したのは五年前になっている。

駒田の情報は、それしかなかった。

出身地や出身大学、道内の思いつく病院名を入れて、改めて検索をする。が、支笏湖畔診療所のページ以外、駒田に関するものは出てこなかった。

西條はパソコンを閉じ、椅子の背にもたれた。

天井の照明をじっと見つめる。

駒田と真木は、どのような関係なのか。黒沢はなにを握っている。

目を閉じると、脳裏に航の顔が浮かんだ。生気のない、洞のような目が西條を見つめる。

今日の夕方、宮崎からＰＨＳに連絡が入った。五階ナースステーションの看護師長だ。航の検査入院の日が決まったという。時期は一週間後、病棟は循環器外科だった。

保護者の付き添いが可能な小児科の空きを探したが、ひとり部屋はひと月先まで埋まっている。検査が遅れれば、玉突き式に予定が後ろにずれ、場合によっては手術が数か月後になるかもしれない。航は心細いかもしれないが、一日でも早く検査をすべきだと考え判断した、と宮崎は報告した。

検査入院は三日間。真木と西條が結果を見て、最終的に術式と手術の時期を決定する。

航の手術には、北中大病院の未来がかかっているといっても過言ではない。

少年の心臓手術という難易度の高い施術をミカエルで成功させれば、西條の名声はさらに高まる。

曾我部がなにを考えているかわからない。が、西條が曾我部より大きな力を持てば、反論はできなくなる。そのときに、西條が求める医療の平等が実現するのだ。

目を開けたとき、スマートフォンが震えた。

星野だった。

電話に出ると、切羽詰まった声がした。

「おやすみのところすみません。救急科から呼び出しです」

札幌市内の自宅で倒れた男性が、病院に搬送されているという。救急隊員の連絡では、胸部大動脈破裂の可能性が高いとのことだった。

「今夜は急患が多く、待機医も全員が出ています。お願いできませんか」

話を聞きながら、西條はすでに動き出していた。脱衣所に脱ぎっぱなしになっている服を着る。

「すぐに行く」

西條は電話を切り、寝室へ向かった。

美咲は明かりもつけず、自分のベッドに横になっていた。頭から布団をかぶっている。西條は用件だけ伝えた。

「救急だ。行ってくる」

美咲はなにも言わない。西條に背を向けたままだ。

西條は寝室を出て、玄関へ向かった。

靴を履いていると、寝室のドアになにかがぶつかる音がした。美咲が物を投げたのだろう。

西條は振り返らず、外へ出た。


一週間後、航は北中大病院に入院した。

部屋は航の希望した個室、病棟は循環器外科だ。付き添いが可能な小児科は、当面のあいだ空きがなかった。

検査結果は、泉ヶ岡病院から送られてきたカルテに記載されていたものと、ほぼ同じだった。心エコー検査により重度の僧帽弁逆流が確認され、心不全症状の重度判定に用いるＮＹＨＡはⅡ度以上になっている。航本人は息切れ程度の自覚だが、労作時呼吸困難という典型的な心不全症状だ。

左心室拡張末期圧は58㎜Hgとこの子にしては相当に上昇している。心臓の馬力を示す左心室駆出率も正常であれば60％はほしいところだが、45％に低下している。さらに僧帽弁の逆流で肺に血液が鬱滞《うったい》しているせいで、右心室圧が60㎜Hgと正常の倍以上だ。

血液検査での、血中ＢＮＰ値も、９８０と高かった。心不全のときに上昇するホルモンで、正常は20以下だ。

それらの検査結果をもとに、経食道心エコー検査と、胸部造影ＣＴ検査を行った。

経食道心エコー検査は、胃カメラのように、口から超音波内視鏡を入れるものだ。心臓の裏にある食道から画像が描出できるため、通常の心エコーより僧帽弁の病変を詳しく観察できる。弁形成術が可能かどうか、どのような修復をしたらいいかを知るために必要な検査だ。

胸部造影ＣＴ検査は、再手術の際に問題になる、心臓と周囲組織の癒着の確認のためだった。著しい癒着がある場合、開胸手術により損傷する可能性があり、そのときはミカエルで心臓に達するほうがリスクは少ない。が、検査では開胸操作上の問題はなかった。

検査結果を用いて、スタッフでカンファレンスを行った結果、手術は早ければ一か月、遅くても二か月のあいだに行うのが望ましいとの意見で一致した。

問題は術式だ。

西條も真木も、自分の主張を曲げなかった。自分が推す方法が航のためだと訴える。

物事には、百パーセントはない。見る角度によって形が変わるように、弁置換術と弁形成術も双方に利点と問題点がある。外科長同士の対立に口を挟める者はなく、医療者側のまとまった意見がないまま、説明の当日になった。

予定の午後二時に、西條は循環器外科の入院病棟へ向かった。

説明を行う相談室へ入ると、真木と星野、看護師長の宮崎がいた。航と両親の姿もある。

会議用の長机を挟み、医療側と患者側が対面で向かい合った。航の向かいに西條と真木が座り、西條の隣に星野、真木の隣に宮崎がつく。星野の向かいが大輔で、宮崎の向かいが佳織だった。

両親に挟まれた航は、病院着姿だった。診察をしたときと同じく、無表情でうつむいている。

説明は主に、紹介状の受取人だった真木が行った。

真木が検査結果を読み上げ、専門用語の補足を星野がする。言葉での説明が難しい場合は、真木が手元の紙に図を描いて説明した。

検査結果の説明を終えると、真木は資料を手元でそろえ、両親を見た。

「ここまでは、ご理解いただけましたか」

ふたりは神妙な顔で頷いた。

「航くんも、いいかな？」

真木は航にも訊ねた。

航は答えない。黙ってうつむいている。

返事をしない息子にかわり、大輔が答えた。

「大丈夫です。なにかあれば私どもから説明します。話を進めてください」

真木は頷き、今日の説明でもっとも重要な話を切り出した。

「では、手術についてご説明します」

西條は、真木の言葉をひとつも聞き漏らすことがないよう、耳に意識を集中した。

真木の説明は、端的でありながらもわかりやすかった。

ミカエルを使った人工弁置換術と、開胸による弁形成術の違いと、双方のメリットと問題点を的確に伝える。

少しでも真木が、開胸手術に有利な説明をしたときは、すぐさま正すつもりだった。が、その必要はなかった。真木はあくまで公平な立場で、説明を進める。

ふたつの術式の説明が済み、説明が術後の経過に差し掛かったとき、佳織が話を遮った。

「あの——お話の途中ですみません。ひとつ聞いてもいいですか」

真木は頷く。

「もちろんです。どうぞ」

佳織は真木に訊ねた。

「ふたつの手術の違いはわかりました。それで、先生方はどっちの手術をお考えなんですか」

星野が、真木と西條を見る気配がした。いきなり問題の核心に触れられ、戸惑っているのだろう。

真木としては、術後に必要とされる入院日数や、合併症のリスクを説明したあとに、話すつもりだったのだろう。が、先に質問が出た。真木はどのように説明するのか。

佳織の問いに対する真木の答えは、率直なものだった。佳織の目をまっすぐに見て、言う。

「私たちは、ご両親の意見を尊重しようと思っています」

手術方法の選択を、自分たちに委ねられると思っていなかったのだろう。佳織は驚いた様子で聞き返した。

「私たちが手術の方法を決めるんですか」

真木は訂正した。

「決める、ではなく、選ぶ、です」

「そんな、私たちはてっきり――」

佳織は縋るような目で大輔を見た。助けを求める妻の視線に気づいたらしい。大輔が妻の気持ちを代弁する。

「航が心臓病を患っていると知ったときから、私たちはできる限り病気について調べました。だから、今回の手術は弁置換だとばかり思っていました」

一度夫に預けた話を、佳織が自分に引き戻す。

「航が七か月のときに受けた手術は、弁形成です。そのとき、執刀医だった立石先生は、手術は成功したと言いました。私たちも、そう受け止めていましたが、航の心臓病は今回再発しました。そのときと同じ方法を用いたら、また数年後に手術が必要になるんじゃないんですか」

暗に、一度目の手術は失敗だったのだ、と言う佳織に対し、真木は立石を擁護した。

「さっきお話ししたように、立石先生の手術に問題はありませんでした」

今回の航の再発は、患者の成長により弁が持たなくなったのが要因だ。一度目の手術が失敗だったわけではない。真木はそのことを、今日の説明の最初に伝えている。真木が話の途中で、説明への理解を確認したとき、大輔とともに佳織も頷いた。

西條はいままでに、数多くの親子を担当してきたが、子供に対する母親の愛情は、父親のそれとは異質なもののように感じている。

自分の体内で命を育み、命がけで出産に臨む母親にとって、子供の髪の毛一本に至るまで自分の分身なのだ。子の痛みは自分の辛さであり、子の嘆きは自分の涙なのだろう。

おそらく佳織も、一度目の手術が失敗ではなかった、と頭ではわかっている。が、我が子に対する強い思いが、感情的にさせているのだ。

佳織は戸惑いと不安を怒りに変えて、真木に訴える。

「それは、一回目と同じ弁形成にしたら、航が成長したときまた再発する可能性があるということですよね」

真木は佳織の怒りを鎮めるように、普段より静かな声で、改めて今回の弁形成術についての説明をはじめる。

「先ほどもご説明しましたが――」

「あの――」

真木の話を、宮崎が遮った。

「お話が長引きそうなので、航くんを一度病室で休ませましょうか」

大人が言い争うところを、航に見せないほうがいい。そう考えて気を利かせたのだろう。

西條は頷いた。

治療に必要なのは、治療者側と患者側の信頼関係だ。両親の不安や疑心は、子供に伝わる。親が動揺するところを、航には見せないほうがいい。

佳織もそう思ったのだろう。慌てた様子で宮崎に同意した。

「そうですね。すみませんが、お願いします」

佳織の返事を受けて、宮崎は椅子から立ち上がった。

「じゃあ、航くん、病室で待ってようか」

航は立ち上がらない。じっとしている。

動かない航の顔を、佳織が下から覗き込んだ。

「航、お母さんたち、もう少し先生方とお話ししていくから、病室で待ってて。お話が終わったら行くから」

航はしばらくじっとしていたが、やがてうつむいたまま首を横に振った。

佳織が驚いた様子で、航に確認する。

「病室に行かないの？」

航は頷く。

「ここにいるの？」

また頷く。

大輔が促しても、同じだった。頑なに席を外そうとはしない。

うつむきながらも、一点をじっと見つめて動かない姿に、見た目の弱々しい印象とは逆の、自分の意志を貫こうとする強さを感じる。

子供とはいえ、患者が自分の病についての説明を求めるならば、応じるべきだ。

真木も同じ考えなのだろう。佳織と大輔に、航の同席の許可を求めた。

「私はこのまま説明を続けようと思いますが、よろしいですか」

大輔と佳織は、顔を見合わせた。いくらいっても航は退室しない、そう思ったのだろう。致し方ないといった様子で頷いた。

　宮崎が席に戻ると、真木は中断した説明を再開した。

「先ほどもご説明したとおり、今回の弁形成は、一度目とは条件が異なります。いまの航くんの年齢で、同じ手術をした場合、成長による妨げはなく、三度目の手術はない、そう考えています。それは、弁置換でも同じです。術式は違っても、航くんの手術をこれで終わりにする。再発を防ぐ、との私たちの思いは変わりません」

　真木の話は、淡々としながらも、だからこそ強く訴えるものがあった。

　宮崎が声をかけたことで冷静さを取り戻したのか、航を救いたいとの真木の思いが伝わったのか、佳織の目は落ちついていた。

　手術の説明は、およそ一時間に及んだ。

　航はそのあいだ、真木と両親のやり取りをじっと聞いていた。

　真木は説明を終えると、航と両親の顔を眺めた。

「説明はこれですべてです。なにか、お聞きになりたいことはありませんか」

　大輔が佳織を見た。視線に気づいた佳織が、大輔に向かって首を横に振る。質問はない、ということだ。

　大輔は少し考えてから、真木に顔を向けた。

「先生のご説明で、航のいまの心臓の状態と、ふたつの手術の違いはよくわかりました。その手術ですが、やはり先生方がどちらかを強く勧めるわけではなく、私たちの意見を尊重するということになるんですか」

　真木はゆっくり、だが、しっかりと頷いた。

西條は口のなかにたまった唾を飲み込んだ。

両親の考えに、北中大病院の未来——ひいては自分が目指す医療の実現がかかっている。いままでのやり取りから、佳織が弁形成術に否定的なのは見て取れた。あとは大輔がどう決断するかだ。

大輔は怖いくらい真剣な表情で下を見ていたが、やがて、隣にいる航に優しい目を向けた。航の頭にそっと手を置き、自分に言い聞かせるように言う。

「病気が再発したときから、妻とこれからの航について話し合ってきました。私たちの望みはたったひとつです。航に生きてほしい、それだけです」

大輔は自分の膝の上に両手を置き、背を伸ばし真木を見た。

「薬を一生、飲み続けることになりますが、言い換えれば薬さえ飲んでいれば、航は元気でいられる。航の手術、ミカエルでの弁置換術をお願いします」

こらえていた息が、つい漏れた。

両親はミカエルでの弁置換術を選ぶ、そう思ってはいたがやはり不安だった。

暗く沈んでいた気持ちが、晴れていくのを感じる。

両親が術式を決めたとなれば、誰もなにも言えない。もちろん、曾我部もだ。なにを考えているのかわからないが、航の手術で西條の名はさらに広まり、北中大病院の看板がミカエルでの心臓手術になるのは間違いない。

西條は目の端で、真木を見た。

真木は無表情だった。悔しがっている様子も、不満げな様子もない。両親の決断を静かに受け入れる、そんな感じだった。

両親が西條が推す術式を選んだことにほっとしたのだろう。星野が心なしか弾んだ声で言う。

「では、航くんの手術は弁置換術の方向で進めさせていただきます。もし、不明な点や心配なことがありましたら、いつでもご説明しますので安心してください」

最初に席を立ったのは真木だった。あとは西條に任せた、そんな意思を思わせる、思い切りのいい立ち上がり方だった。

西條も手元の書類をまとめ、尻をあげた。が、航が立ち上がらない。椅子に座ったままだ。

佳織が席から立つように促す。

「説明は終わりよ。疲れたでしょう。部屋に戻りましょう。そうだ、下の売店でなにか買っていこうか」

佳織の言葉を、航の小さな声が遮った。

「いやだ」

聞き取れなかったらしく、佳織が航の口元に耳を寄せる。

「なに？」

航は顔をあげて、佳織を見ながらはっきりと言った。

「僕、人工弁はいやだ」


本館の地下にあるサービスフロアで、西條は宮崎を待っていた。

日中は医療関係者や見舞いに来た者が行き交っているが、夜の面会時間を過ぎると人足は一気に減る。レストランやフラワーショップなどの店も閉じ、開いているのは、二十四時間営業のコンビニエンスストアだけだ。

宮崎がやってきたのは、七時半近くだった。私服に着替え、帰り支度を済ませている。丸テーブルをはさみ、西條の向かいの椅子に座った。急いできたのだろう。息があがっていた。

「お待たせしてすみません。帰り際、患者さんの立ち話につかまっちゃって」

西條は首を横に振った。

「謝るのはこっちだ。勤務時間が過ぎているのに、時間を取らせて申し訳ない」

宮崎はからからと笑う。

「この仕事は、勤務時間があってないようなものですからね。このご時世、定められた勤務時間に従って動くように指導していますけど、現場はなかなか追いつかないのが現状です。この仕事が長い私は、そんなもんだと割り切ってますからお気遣いなく」

西條は、コンビニで買っていたホットコーヒーを差し出した。

「冷めてしまったが、よければ」

宮崎は驚いた様子で、嬉しそうに礼を言う。

「西條先生にコーヒーをごちそうになるなんて。ほかの看護師が知ったらうらやましがるわ」

西條は苦笑した。

「コンビニのコーヒーだよ。どこでも飲める」

宮崎は羽織っていた上着を脱いで、椅子の背にかけた。

「西條先生の奢りというところが重要なんです。西條先生は人気者ですから」

コーヒーを口にした宮崎は、ほっと息を吐いた。落ち着いたところを見計らい、呼び出した用件を口にした。

「航くん、どうだった」

穏やかだった宮崎の顔が、見る間に曇る。手にしていたコーヒーをテーブルに置き、首を左右に振った。

「なかなか頑固ですね。どうして弁置換が嫌なのか、あの手この手で訊いたんですが、嫌だ、の一点張りです」

「ご両親が訊いてもだめか」

宮崎は頷く。

「おふたりとも、面会時間が終わるまで病室で粘ったんですが無理でした」

今日、航が弁置換を拒否したあと、両親と西條がかわるがわる理由を訊いたが、航はうつむいたまま答えなかった。

説明のための時間は限られている。また後日、改めて話し合いの時間をとることにして、今日の説明を終えた。

航の拒否に一番驚いていたのは、両親だった。

航の心臓病に関しては、航が物心ついたときから、子供にも通じる言葉で説明してきた。胸に残る手術の痕は、航が強い子である証だ、と伝えてきた。

定期的な通院も、苦痛を伴う検査も嫌がったことはない。泣き言を言わずに心臓病と闘う我が子を、両親は誇らしく思っているという。

航が病気に関して、自分の意見を口にしたのははじめてだった。しかも、両親が選択した術式を拒否するなど、考えてもいなかったらしい。

相談室を出た西條は、航が弁置換を嫌がる理由を訊きだしてほしい、と両親に頼み、そばにいた宮崎にも協力を仰いだ。宮崎には、航が拒否する理由がわかったら連絡してくれ、と言い添えた。

宮崎から、西條のPHSに電話が入ったのは、ちょうど面会時間が終わる午後七時だった。いましがた、両親が帰ったという。今日のところは、航の口を開かせることはできなかった、とのことだった。

病院長補佐室で、仕事をしながら待っていた西條は、帰る前に少しだけ話を聞かせてほしい、と頼んだ。航の様子が知りたかったのだ。

宮崎は、いまから帰る支度をして下に降りる。サービスフロアで待っていてください、と言って電話を切った。

西條は、自分のコーヒーを飲みながら、宮崎に訊ねた。

「航くんはどんな様子だ」

患者の状態を伝えるのは慣れたもので、宮崎は端的に説明する。

「体調は落ち着いています。体温は平熱、脈も血圧も正常でした。夕食も白米を少し残しただけで、あとは完食しています。息苦しさといった不調の訴えもありません。気分が悪い様子はないのですが、表情が暗く、必要なこと以外は話しません」

「家でも、あんな感じなんだろうか」

宮崎は即答する。

「お母さんがおっしゃるには、もともと口数は少ないそうです。でも、ここまでではなく、今回の再発でほとんど話さなくなった、と言っていました。身体だけでなく、心のほうも心配していらっしゃいました」

「精神科の受診が必要なくらいか」

身体の病が引き金になり、精神科を受診する患者は少なくない。

宮崎は首を横に振る。

「食事もとれていますし、夜も眠れているみたいです。いまの段階では、その必要はないでしょう。むしろ、必要なのはお母さんじゃないでしょうか」

言われて、佳織の姿を思い出した。

顔色が冴えず、日の下に青黒いくまができていた。おそらく眠れないのだろう。病と闘っている患者も辛いが、身内のほうが疲れ切ってしまうケースがある。患者が我が子となれば、心労はかなりのものだろう。

「眠剤が必要そうなら、精神科に相談するように助言してくれ。母親が倒れたら、それこそ航くんの心を開くどころじゃなくなる」

宮崎は深く頷いた。

「お母さんは、毎日、病院にくると言っていましたから、航くんだけでなく、お母さんも気を付けて見ています」

西條は腕時計を見た。八時を回っている。

残りのコーヒーを飲み干し、西條は椅子から立ち上がった。

「遅くまで悪かった。家の人たちも待っているだろう」

宮崎もコーヒーをぐっとあおり、椅子から立ち上がる。

「そういう先生も、家で奥様が首を長くして待っているんじゃないんですか」

西條の頭を、美咲の冷たい目がよぎった。

美咲とは、母親の電話の件で気まずくなった日から、ほとんど話していなかった。家に帰ると、ダイニングテーブルの上に冷めた夕食があり、美咲はすでに寝室に入っている。

西條は、客布団を書斎に持ち込み、別室で寝ていた。

仕事が溜まっていると、嘘をついた。

嘘だと美咲もわかっている。が、なにも言わなかった。

別室で寝ても、不便は感じなかった。むしろ、居心地が悪い空間をともにしているより、ひとりでいるほうがよかった。

美咲とぎこちない暮らしを送るようになってから、気づいたことがある。美咲と、日常での必要なこと以外は話すことがない、ということだった。

美咲とは、共通の趣味はなく、互いを知っている友人もいない。話すことといえば、寛子に関わることだけだった。唯一の会話だった寛子の話が途絶えたいま、会話はなくあるのは連絡だけだった。

西條の無言から、なにか感じ取ったのだろう。宮崎は諭すような口調で言う。

「たまにお休みをとって、一緒にお出かけになったらいかがですか。美味しいものを食べて、きれいな景色を見ると気分が晴れますよ」

「ありがとう」

肯定も否定もせず、無難な返事をして、西條は宮崎のコーヒーカップを手にとった。

取り戻そうとする宮崎を、手で制する。宮崎は西條の心遣いを素直に受け取り、軽く頭を下げて、サービスフロアを出ていった。

西條はふたつのコーヒーカップをゴミ箱に捨て、病院長補佐室へ向かった。

今日中に仕上げなければならない書類を書き上げたとき、時刻はすでに午後の十時を回っていた。

遅くなる、と美咲に連絡はしなかった。帰宅が何時だろうと、いまの美咲には関係がないだろう。西條の夕食を用意したら、寝室にこもるだけだ。

廊下に出ると、窓から月が見えた。立ち止まり、空を見る。

明るい日差しも心地いいが、西條は月の光のほうが好きだった。

生まれ育った明山郷は、山に囲まれていたため、昼が短く夜が長い。明かりと聞いて思い出すのは、陽の光ではなく月の光だ。

理由は思い出せないが、夜中に泣いて起きたことがある。なかなか泣き止まない息子を、母は背負って外へでた。母の背で見た月は、どこかもの悲しく、でも優しかった。

月を見ているうちに、航のことが気になった。

よく眠れているだろうか。寂しくて泣いているのではないか。

帰ろうと思っていた西條は、駐車場ではなく、循環器外科の入院病棟へ向かった。

A館の五階に着き、ナースステーションに顔を出す。

「白石航くんのことがちょっと気になってね。変わった様子はないかな」

西條がこの時間に病棟にくることは滅多にない。当直の看護師たちは驚いた様子だった。

いましがた、病棟の見回りをしてきたという看護師が、西條の問いに答えた。

「私が行ったときは、眠っていました。特にかわりはありません」

「病室を見てから帰るよ」

西條は看護師にそう言って、ナースステーションを出た。

航の病室のドアを、西條は静かに開けた。

ベッドの周囲に、カーテンが引かれている。ベッドサイドの小さな灯りがついたままになっていた。カーテンの隙間から、橙《だいだい》色の灯りが漏れている。

西條は音をたてないように、そっとカーテンの隙間からなかを覗いた。ベッドのうえに、布団の小さな山ができている。山は呼吸に合わせて上下していた。

航は横向きの姿勢で、布団から顔の上半分だけを出している。初診のときも思ったが、目を閉じていると、もっと人形のように見えた。寝かせると目を閉じる、子供の人形だ。

西條は航を見ながら、自分が十二歳のときを思った。

いまの航の年齢で、西條は母親を事故で亡くした。父はその三年前に急逝している。

航を見ていると、こんなに幼くして自分は両親を失ったのか、といまさらながら思う。

西條の耳に、航の声が蘇る。

——僕、人工弁はいやだ。

なぜ、航は人工弁を頑なに拒否するのか。理由はなんだ。

考えていると、航の目があいた。

西條は慌てた。気配で起きてしまったのか。

小声で詫びる。

「ごめん、起こしてしまった」

航はじっと西條を見ていたが、やがてぽつりとつぶやいた。

「起きてた」

西條は驚き、訊ねた。

「いつから」

「ずっと前」

「私が部屋に入ってきたときから？」

「もっと前」

「どうして寝たふりをしたんだい」

航は言い淀み、目を伏せて答えた。

幼い答えに、西條は思わず笑った。

「怒られると思ったから」

怒られないと安心したのか、航がほっと息を吐く。

西條は航に訊ねた。

「いつも眠れないのかい」

航は首を小さく左右に振る。

「いつもは眠れる」

「今日はどうして眠れないのかな」

「本を読み終えたから」

航がベッドサイドの棚に目をやる。ジュール・ヴェルヌの『十五少年漂流記』がある。

西條は手に取った。ぱらぱらとめくる。子供でも読みやすいように、字が大きく挿画があった。

いつもは本を読んでいる間に寝入ってしまうが、今日は読むものがなく寝付けなかったということか。

会話が途切れ、病室が静まり返る。

西條は航に訊ねた。

「寂しくないかい」

個室を望んだのは航だが、後悔していないだろうか。

「もし、部屋をかえたいなら看護師に伝えるよ」

航は首を横に振った。

「誰かいると気が散って本が読めない。それに——」

途中で口を閉じた航に、西條は先を促した。

「それに——なにかな」

航は少しの間のあと、小声で答えた。

「人に気を遣うのも、遣われるのもいやだ」

短い言葉のなかに、航がいままでどのような気持ちで生きてきたのかが窺えた。

本を棚に戻しながら、西條は言う。

「ここには、図書館があるって知っていたかい」

北中大病院には、小さいながらも図書館があった。入院患者に貸し出すもので、絵本から小説、エッセイなどいろいろなジャンルを置いている。

「担当の看護師さんに言えば、貸してくれる。明日、お母さんに連れて行ってもらうといい」

生気のなかった航の目が、かすかに輝く。

「本が好きなんだね」

航は頷いた。

「私もだ」

西條は航に布団をかけなおし、部屋を出た。ナースステーションの看護師に、航が起きていることを伝え、病棟を出る。

車に乗りエンジンをかけた。西條は今日はじめて、白石航という少年と会ったような気がした。


学校の教室ほどの広さがある会議室には、北中大病院の執行委員がそろっていた。

進行役の武藤は、発言を終えた歯科担当病院長補佐の河野を見た。河野を見ながら、発言の趣旨を確認する。

「診療用のチェアユニットの補充とデジタルレントゲンの購入費用を、来年度の予算に組み込んでほしい、ということですね」

河野が頷く。

「社会の高齢化に伴い、口腔内の疾患を抱える患者は、年々増加しています。院内においても同様で、内科や外科などの手術を行うにあたり、合併症のリスクを減らすために、虫歯や歯周病の治療が必要な患者が増えています。歯科の現状をご理解いただき、来年度の予算を組んでいただきたいと思います」

河野が目で、曾我部に返答を促す。

曾我部は手元の資料を眺めながら、短く答えた。

「具体的な資料を作成して、提出してくれ。理事会の承認を求める」

病院の経営方針や予算の計上といった、病院の運営に関わる問題については、理事会の承認が必要だ。が、それは便宜上で、実際は曾我部の意向がすべてだといっていい。曾我部が理事会にあげるということは、事実上の承諾を意味した。

河野は曾我部に向かって軽く頭を下げると、富塚に目配せをした。富塚が、ねずみのような小さい目を細め、口元に手を当てる。指の隙間から、口角があがっているのが見えた。

院内のカーストは、予算の額でわかる。予算が多くついている診療科は、院内での力が強い。北中大病院で一番多く予算がついているのは循環器外科で、次いで多いのが、河野が率いる口腔外科だ。額の開きは大きく、いまの会議で河野が要求した額を足しても、循環器外科の予算には到底届かない。が、河野たちにとっては、額よりも予算が増えた事実が重要なのだ。予算の増加は、院内における歯科診療科の権威の証明であり、いずれ自分たちの科が北中大のトップの座に就く布石だからだ。

河野が着座すると、河野は西條を見た。

「次は循環器第二外科、西條先生」

西條は椅子から立ち上がり、昨夜、作成した資料を読み上げた。

内容は、ミカエルの部品を最新のものに交換する予算請求と、ミカエルを操作する技術の向上のため、北中大で定期的に勉強会を行いたい、とのものだった。

「地域における北中大病院のさらなる医療貢献と、より高度な医療の提供の実現のため、お願いしたいと思います」

会議に出席している執行委員たちの顔が、一様に曇る。河野と富塚に至っては、西條に対する敵意を隠そうともしない。不満をたたえた目で睨んでくる。

西條が求めた来年度の予算は、今年のものをはるかに上回るものだった。どこかの科の予算が増えれば、別な科の予算が減る。西條が出した額は、循環器外科を除くほかの科が、すべて前年度の予算を減額して、やっと回せるくらい大きなものだった。

ほかの科の反発は、想定内だった。曾我部ですら、すぐに首を縦に振るのは難しい額だともわかっている。が、西條には勝算があった。

航だ。

ミカエルによる弁置換術が成功すれば、西條の手によるミカエルでの手術を望む患者が増える。前例のない難しい手術を成功させた情報は、国外へも発信され注目を集めるだろう。北中大病院循環器外科は、国内にとどまらず、世界でも有数の優れた医療機関になる。そうなれば、病院側としては西條が要求する予算を出さないわけにはいかない。むしろ、さらに金をかけて病院を大きくしようとするはずだ。

西條の考えを見越したように、曾我部は訊ねた。

「ところで、前に君が言っていた、白石航くんの話はどうなったかね」

西條は答えた。

「ご両親は、ミカエルでの弁置換術を希望しています」

曾我部が資料から目をあげて、西條を見た。

「ご両親――とわざわざ断るということは、その考えに反対している者がいるのかな」

西條は頷く。

「患者本人です」

会議室の空気が大きく揺らいだ。

真っ先に声をあげたのは、河野だった。西條に訊ねる。

「いまの話から患者は未成年だと思うが、何歳なんですか」

「十二歳の少年です」

西條は端的に、航が置かれている状況と、手術の時期、ふたつの術式案が出ていることを伝えた。

「真木先生と私の意見が割れ、保護者はミカエルでの弁置換を希望しました。が、患者は拒否しています。理由はわかりません。いま、患者の同意を得るために話し合いを続けています」

航と両親に説明を行った日から、五日が経っていた。

西條は航と、その日の夜に会ってから、じっくり向き合う時間を取れずにいた。航と話し合いを続けているのは星野や前園、宮崎をはじめとする看護師たちだった。

彼らの報告によると、航の意思は固く、人工弁を拒否しているという。両親も説得を試みているが、いまだに頷く様子はない。

富塚が強い難色を示した。

「かつては、未成年には同意能力がないとされていたが、いまは違う。患者が未成年であっても、患者本人の意思が尊重されている。親権者が希望していても、患者の考えを無視してことを進めるのは賛成できませんね」

西條は言い返した。

「私もそう思っています。だから、いま患者の同意を得るために話し合いを続けていると申し上げたんです。患者の考えを無視などしていません。患者を説得し、本人の信頼を得たうえで手術に臨みます」

「そうはいっても、説得にかける時間はあまりないじゃないですか」

河野が富塚の援護射撃をする。

「手術の時期は早くて一か月先、遅くても二か月以内なんですよね。そのあいだに、患者を説得できるんですか」

西條は河野を睨み、言い切る。

「説得します」

固い決意がこもった声に怯《ひる》んだらしく、河野は西條から、目をそらせた。

嘘ではなかった。

自分が理想とする医療の実現と、航のために必ず説得する――いや、説得しなければならない、そう西條は思っていた。

河野と違い、富塚は引かなかった。西條がやろうとしていることは患者の意思を強引に捻じ曲げることであり、場合によってはマインドコントロールといえる行為だ、と訴える。

「病と闘うのは患者であり、我々はあくまで脇役だ。医師が患者の上に立つような行為は、北中大病院の理念に反すると思うが、病院長はどう思われますか」

ねずみが。

西條は心で唾を吐いた。

病院の理念になぞらえて西條の思惑をすりかえる狡猾《こうかつ》さは、ねずみのなかでも知能が高いといわれているクマネズミといったところか。

西條は身構えた。

以前の曾我部なら、西條の考えを擁護しただろう。が、いまはわからない。曾我部の考えひとつで、航の術式が決まる可能性がある。病院長の言葉には、それだけの影響力がある。

意見を求められた曾我部は、もったいぶるように大きく息を吐く。

「私は西條くんの手術の腕に、大きな信頼を抱いている」

西條はあがりそうになる口角を、必死に引き締めた。

曾我部は自分側についた。病院長の容認があれば、多少、強引にでもミカエルでの術式にもっていける。

西條は目の端で、河野と富塚を見た。ふたりともあからさまに、悔しさを顔ににじませている。

西條は口元に手をあてた。こらえきれずあがった口角を隠すためだ。

北中大病院を担うのはミカエルであり西條だ。ねずみたちがいくら嚙みついても無駄だ。

航の件は、これで決着がついた、そう思い椅子に尻を戻しかけたとき、曾我部が声を張った。

「しかし──」

会議室にいる全員の目が、曾我部に向けられる。

曾我部はゆっくりと、西條を見た。

「今回のやり方は、北中大病院が掲げている理念と、少々、矛盾している」

会議室の空気が、張り詰める。

西條は中腰のまま、動けなかった。やはり曾我部は自分の味方だ、そう思ったのは束の間だった。しかも、執行委員が居並ぶこの場で西條の方針を非難することは、自分は西條の味方ではないと宣言したようなものだ。

気づくと、執行委員たちの目が、こちらに向けられていた。西條の返事を、息をつめた様子で待っている。

西條は、落ち着け、と自分自身に言い聞かせた。

北中大病院の理念に背くつもりはないし、背いているつもりもない。自分は、平等な医療の実現を目指しているだけだ。なんとかして、曾我部の誤解を解かなければならない。

西條が直立し、曾我部に説明しようとしたとき、下座から声がした。

「私は西條先生のお考えに賛成です」

雨宮だった。下座の席で片手をあげ、曾我部を見据えている。

会議室のなかが騒《ざわ》めいた。

厳しい声をあげたのは、富塚だった。

「誰も、君の考えを訊いてはいない」

雨宮は引かない。富塚を睨み言い返す。

「ここは執行委員が意見を交わす場です。会議に出席している者すべてに、発言する権利があります」

正論を言われた富塚は、言葉に詰まった。

雨宮は椅子から立ち上がり、執行委員たちの顔を見渡す。

「さきほど富塚先生がおっしゃったように、患者が未成年であっても治療方針は本人の意思を尊重すべきであると、私も思います。が、問題は患者の認知能力です。一般的な診療に対する認知能力は、小学校高学年くらいであれば問題はないと思いますが、命に関わる疾患やリスクが高い治療に関しては、知識や判断能力が未成熟であることは否めません。私は西條先生の、両親の意見を尊重しつつ患者の説得を試みる方法を支持します」

雨宮が席に着く。

執行委員たちが、困惑した様子で顔を見合わせた。

雨宮の発言に、なんら問題はない。的を射た指摘だ。

治療方針で問題になるのは、患者の認知能力に関する場合が多い。小児、認知症患者、精神疾患者など、自己の判断が困難とされる患者は、親権者や後見人といった、患者の最善の利益を考慮できる者に判断が委ねられる。

執行委員たちが戸惑っているのは、雨宮が曾我部に対して反旗を翻したことだ。

曾我部の肝いりで北中大病院に来た雨宮は、曾我部の側近だ。逆らっても、利はなにもない。むしろ、北中大病院を追われることにもなりかねない。

——いったい、なにを考えている。

西條は、雨宮の真意を測りかねていた。

椅子が軋む音がして、全員の目がそちらに向いた。

曾我部が背もたれから身を起こした音だった。

曾我部は机に両肘をつき、顔の前で手を組んだ。低い声で雨宮に訊ねる。

「いまの発言からすると雨宮くんは、白石航くんの手術はミカエルによる弁置換術がいい、と考えているということだね」

雨宮ははっきりと答えた。

「そうです」

誰もが曾我部の出方を窺った。

曾我部はしばらくなにか考えるように黙っていたが、やがて納得したように頷き、破顔した。

「君の長所は、強固な意志だな」

曾我部の意外な反応に、執行委員たちの顔に戸惑いの色が浮かぶ。

西條も同様だった。自分に背いた雨宮を叱責するか、不快の色をあらわにすると思っていたが、曾我部の態度は、柔和なものだった。

曾我部は進行役の武藤を見やった。

「この問題は、もう少し西條先生に任せよう。次の議題に移ってくれ」

武藤が慌てた様子で、会議を進行する。

その後の会議の内容は、西條の耳には届いていなかった。頭のなかは、雨宮への疑問でいっぱいだった。

会議が終わり廊下に出ると、西條は雨宮を呼び止めた。

「訊きたいことがある」

立ち止まり、雨宮が振り返る。

「なぜ、病院長に逆らった。なにを企んでいる」

雨宮は西條の目をじっと見ていたが、やがて短く答えた。

「子供の命を救いたいだけよ」

西條は眉根を寄せた。雨宮は航となにか関係があるのか。自分の立場を悪くしてまで、航を救いたいと思うなにかがあるというのか。

訊ねようとしたとき、大きな声で名を呼ばれた。振り返ると、前園がいた。急いできたのだろう。息が切れている。深刻な表情からなにかあったのだと察した。

「どうした」

問われた前園は答える代わりに、雨宮に一礼し、西條を強引に廊下の隅に連れていった。

「いったい、なんだっていうんだ」

前園は西條の耳に口を寄せ、小声で伝えた。

「布施さんが、亡くなりました」

第七章

布施の自宅は、広島駅からタクシーで二十分のところにあった。

中心地から離れた住宅地で、山が近い。道路も建っている家も、まだ新しかった。ここ数年のあいだに開発したニュータウンなのだろう。

前園から布施の訃報を聞いたのは、一週間前だ。

布施の急逝を伝えにきた前園に、西條は詰め寄りながら死因を問うた。

自死だった。

いまから十日前、広島と島根の県境の山中で、首を吊り絶命している布施の遺体が見つかった。

布施は前日の夜に、行先も告げずに車で出掛けたまま、自宅へ帰らなかった。心配した妻――

麻衣《まい》が捜索願を出そうと思っていた矢先に、警察から身元確認の電話が入ったという。

葬儀は近親者のみで執り行われ、病院関係者は誰も参列しなかったという。

西條は前園に、麻衣の連絡先を知りたい、と頼んだ。

布施を死に追い詰めたものはなんだ。噂が真実だとしたら医療ミスを犯した自責の念か、それとも病院を辞めたあとの生活の不安からか。

いや、違う。

布施が死を選んだ理由は、そのどれでもない。別のなにかだ。麻衣に会えば、わかるかもしれない。

前園は、無理だ、と答えた。

布施の同僚——山口の話では、麻衣は病院関係者の弔問や香典を辞退していた。住所や電話番号などの個人情報は、本人の許諾なく他人に教えることはできない。山口に西條の要求を伝えて動いてもらっても、麻衣が拒否するだろう、という。

西條は粘った。

ロボット支援下手術の優れた技術を持っていた布施の死は、個人の問題ではなく、医療の未来にとって大きな損失だ。彼の生前の功績を称えるとともに、病と闘った戦友として線香を手向けたい。そう西條が言っていると麻衣に伝えてくれ、と頼む。

渋々といった様子で、前園は西條の頼みを引き受けた。

麻衣の返事が届いたのは、西條が前園に頼んだ日から三日後だった。

前園から話を聞いた山口は、布施と親交があった医師に相談し、その医師から麻衣に連絡してもらった。

麻衣は一度は断ったが、その日のうちに電話をかけてきて、西條に自分の連絡先を教えてもいい、とその医師に伝えたという。

前園から、麻衣の携帯番号を聞いた西條は、すぐに麻衣に電話をかけた。

電話に出た声は弱々しく、姿が見えないまでもひどく憔悴《しょうすい》していることがうかがえた。西條が自分の名前を告げ、布施に線香を手向けさせてほしい、と頼むと、麻衣は長い沈黙のあとに自宅の住所を述べた。西條は麻衣と、次の休み——四日後に自宅を訪ねる約束を交わし、電話を切った。

布施の自宅の前でタクシーを降りた西條は、玄関先に置かれている自転車に目をとめた。子供用で、小学校の低学年の子が乗るくらいの大きさだ。

玄関のチャイムを鳴らすと、女性が出てきた。麻衣だった。顔色が悪い。眠れていないのだろう。

麻衣は短く挨拶を述べ、西條をなかへ通した。

麻衣が案内したのは、玄関を入ってすぐの和室だった。普段は客間にしているが、いまは仏間にしているという。

「急だったので、まだ仏壇も用意できていなくて——」

部屋の隅には、急いで用意された祭壇があった。小さなテーブルに白い布をかけただけのものだ。仏花と仏具、遺影が置かれている。

西條は祭壇の前に置かれている座布団に座り、黒縁の写真立てを見た。なかで布施が、こちらを見て笑っている。

線香をあげて手を合わせると、麻衣が家の奥から戻ってきた。盆に茶を載せている。

麻衣は、窓際にある座卓を西條に勧めた。

勧められるまま座卓に着いた西條は、目の隅ですばやく部屋のなかを見渡した。

十畳ほどの和室には、祭壇と座卓のほかに、多くの段ボールが積まれていた。箱の横には「リビング」「食器」といった文字が、黒いマジックペンで書かれている。

布施が亡くなったのは、十日前だ。遺品とは考えづらい。

長患いや、医師から余命宣告を受けていた場合なら、心の準備ができていて、葬儀から日を置かず遺品の整理に手を付けられることもあるだろう。が、布施のような予期せぬ死の場合、遺族は現実が受け止めきれず、遺品の整理どころではない。死亡に関する行政手続きだけで精一杯だ。

麻衣は茶を座卓に置き、西條の向かいに座った。

「散らかっていて、すみません。遠いところお越しいただいたのに、おかまいもできず――」

西條は、逆に詫びた。

「心身ともにお疲れのところ、急に押し掛けてすみません。どうしても布施くんに線香を手向けたくて、無理を申しました」

麻衣は、泣きそうな顔で小さく笑った。

「きっと、主人も喜んでいます」

そこまで言って、麻衣はなにかに気づいたように、顔をあげた。

「先生は、主人がどうして死んだのかご存じですよね」

西條は正直に答える。

「自ら命を絶ったと聞きました」

麻衣は顔を下に向けた。項垂《うなだ》れたようにも見えるし、頷いたようにも思える。麻衣はしばらくうつむいたままじっとしていたが、やがて顔を上げて西條を見た。

「あまりに急なことで、私自身、夫の死をまだ受け止めきれていません。弔問に訪れたいという方もいらっしゃいますが、そのような理由でお断りしています。西條先生がお越しになりたいと言っている、と広総大病院の先生から電話があったときも、迷いました。でも、西條先生なら、あの人もきっと喜ぶ、そう思い私の連絡先を伝えてもらいました」

西條を見る麻衣の目がかすかに潤む。

「主人は、西條先生のことをとても尊敬していました。あの人のような医師になりたい、そう言っているのもなんども聞いています。本当に、西條先生を目標に一生懸命がんばって——」

西條のなかに、夫の姿を見ているのだろう。

黒いワンピースのポケットから、麻衣はハンカチを出して目を押さえた。

悲しみに暮れる麻衣の姿に、西條はすぐにでも聞きたい問いを飲み込んだ。布施が病院を辞めた理由と、自ら死を選ぶほどなにに苦しんでいたのか、だ。

西條は、両親と祖父母をはじめ、医師を志してから人の死に数多く対峙してきた。死にゆく者も辛いが、残された者の悲しみも深い。麻衣の嘆きが想像できるだけに、話を急くのは躊躇《ためら》われた。

麻衣の気持ちが落ち着くのを待つ。

西條は見るともなしに、部屋の壁際に積まれた段ボールを眺めた。西條の視線に気づいたのだろう。麻衣は、自分も段ボールに目をやり、ぽつりとつぶやいた。

「来月、引っ越すんです」

意外な言葉に、西條は戸惑った。

教えてもらった住所は、布施の自宅だと聞いていた。勝手に持ち家だと思っていたが、賃貸だったのだろうか。

麻衣は沈んだ声で言葉を続ける。

「この家は三年前に購入しました。夫も私もとても気に入っていましたが、今年の五月に夫が病院を辞めたあと、夫の希望で引き払うことにしたんです。夫の自殺は、その準備をしていた矢先でした」

「どうしてですか」

西條の率直な問いに、麻衣が、少し驚いた顔をした。

立ち入ったことを訊いていることはわかっていた。が、一度、口を衝いて出た言葉は止まらなかった。

繰り返し、訊ねる。

「どうしてご主人は、自宅を引き払おうと思われたんですか」

真っ先に頭に浮かんだのは、金銭的な問題だった。が、すぐに打ち消した。世の中は、資格さえあればなんとか生きていける。まして、布施は将来を有望視されていた優秀な医師だった。広総大病院を退職した理由がなんであれ、のちの勤め先はすぐに見つけられたはずだ。広総大病院ほどではないとしても、それなりの収入はあったはずだ。

麻衣はなにも言わない。唇を固く結びうつむいている。

西條は、答えを促した。

「教えてください。なぜ、ご主人は引っ越しを望んだんですか」

やはり答えない。

西條は覚悟を決めた。

これから西條が口にすることは、麻衣にとって酷なことだ。わかっているが、このまま帰ったのでは広島まできた意味がない。

西條は膝を正し、麻衣の目を見据えた。

「私が今日、伺った理由はご主人の供養もあるが、どうしても知りたいことがあったからです」

麻衣は怯えるような目で、西條を見た。

西條は、言葉を区切るように、ゆっくりと伝える。

「ご主人が病院を辞めたのは、医療ミスが原因というのは本当ですか」

麻衣は、目にわかるほど肩をびくりとさせた。

「医療ミスの責任を取る形で、病院を退職した。病院はご主人の過失を公にはしなかったが、知っている者はいる。その目が怖くて、家を売り払いこの土地を離れようとした、そうではありませんか」

「違います！」

麻衣が叫んだ。

ものすごい形相で西條を睨む。

麻衣の気迫に、西條は怯んだ。が、すぐに訊き返す。

「なにが違うんですか」

麻衣は正気に戻ったような顔をして、西條から目をそらした。口にしてはいけないことを言ってしまった、そんな感じだ。

「いえ、なにも――」

嘘だ。麻衣がなにか隠しているのは、明らかだった。

西條は食い下がる。

「教えてください。どうしてご主人は病院を辞めたんですか。医療ミスを起こしたのは本当ですか」

麻衣は西條から顔を背けたまま、首を左右に振る。違う、という意味なのか、なにも聞きたくない、という意思表示なのか。

さらに西條が問い詰めようとしたとき、子供の声がした。

「やめろ！」

見ると、和室の出入り口に少年がいた。小学校低学年くらいか。表の自転車の持ち主だろう。目のあたりが布施に似ている。

少年は怒りをあらわにし、西條に向かって怒鳴る。

「パパは悪くない。帰れ！」

「裕翔《ひろと》、やめなさい！」

麻衣は少年をたしなめた。が、少年はやめない。仁王立ちのまま、拳を強く握りしめ叫ぶ。

「パパは患者を殺してない、殺したのはミカエルだ！」

西條は、自分の鼓動が止まった感覚を覚えた。

麻衣が顔色をかえ、畳から立ち上がった。

「裕翔、部屋に行っていなさい」

少年の肩を抱き、廊下の奥へ連れていく。

しばらく少年が抵抗する声が聞こえていたが、やがて小さな足音が階段をのぼっていった。二階のドアが閉まる音がするのと、麻衣が和室に戻ったのはほぼ同時だった。

麻衣は座布団に腰を下ろし、西條に詫びた。

「すみません。父親が亡くなって動揺しているんです。許してやってください」

西條は、冷静さを装い訊ねた。

「いまのは、どういう意味ですか」

麻衣ははぐらかす。

「なんのことですか」

西條は二階に聞こえないように、声を潜めた。

「息子さんが口にした、ミカエルが患者を殺した、という言葉の意味です」

麻衣は小刻みに首を左右に振る。

「あの子、急に父親が死んでしまって混乱しているんです。思いついたことをそのまま口にしているだけで、意味なんかありません」

裕翔は嘘をついていない。幼い少年の目には、真実を訴える強い怒りがあった。

西條は、膝の上に置いている拳を強く握った。

ここで退いたら、なにもわからないままだ。

西條は麻衣を、必死に説得する。

「私は、ご主人が医療ミスをしたと聞いたとき、信じられませんでした。彼はロボット支援下手術の優れた技術と、患者を救いたいという強い信念を持っていた。彼が生きていたら、きっと心臓手術の名医になっていたでしょう。その逸材が自ら命を絶ってしまった。医療界から、彼を奪ったものはなにか。なにが彼を追い詰めたのか、それが知りたいんです」

麻衣は、恐る恐るといったように西條を見た。眼窩《がんか》に落ちくぼんだ目が、赤くなっていく。

「夫は、すばらしい人でした」

ハンカチで覆った麻衣の口から、嗚咽が漏れた。

麻衣は肩を震わせながら、話しはじめた。

布施が広総大病院を辞めると麻衣が知ったのは、今年五月の中旬――布施が退職する二週間ほど前だった。

「夫は普段、家では明るい人でした。仕事では大変なことが多いから家では笑っていたい、子供に辛い顔を見せたくない、と言っていました。その夫が、今年の四月に入ってから、表情が暗くなり、笑わなくなったんです。なにかに悩んでいるのだとすぐにわかりました。心配で幾度か理由を訊きましたが、なんでもない、としか言いません。きっと仕事のことだと思い、そっとしておいたんです。だからその日、裕翔が寝たあとに、大事な話がある、と夫から呼ばれたとき、悩みに関する話だとすぐにわかりました」

ダイニングテーブルで向き合った布施は、今月末で広総大病院を辞める、と麻衣に伝えたという。

「突然のことで私は驚いて、理由を教えてほしい、と言いました。でも夫は、もう決めた、としか答えません。理由も言わずいきなり仕事を辞めると言われても、私は納得できませんでした。これからの生活や息子の将来のことを考えて思い直してほしい、と説得しましたが、広総大病院を辞めたら新しい病院を探すからなにも心配しなくていい、としか言わず、結局、五月いっぱいで病院を辞めました」

麻衣の話によると、布施は広総大病院を辞めたあと、ひと月ほどのあいだ、気が抜けたように過ごしていたという。ほとんど家から出ず、外に行くのは息子と散歩に出るときだけ。それも、息子からせがまれて仕方なくいく感じだった。

「先のことを考えると不安でしたが、いままで働きどおしだった夫の長い休暇だと思って、なにも言わずに黙っていました。でも、夫もこのままではいけないと思ったんでしょう。新しい勤め先を探しはじめました」

「新しい勤め先は、どこだったんですか」

　麻衣は力なく、首を横に振る。

　西條は眉根を寄せた。

「ご主人ほどの医師だったら、引く手あまただったでしょう。働き口には苦労しなかったはずだ」

　麻衣は小さく頷いた。

「夫が広総大病院を辞めたあと、いくつかの病院から、うちに来てほしい、と声をかけていただきました。でも、うまくいきませんでした」

「どうしてですか」

　麻衣は目をきつく閉じ、吐き出すように言う。

「だめだったんです。もう一度、医師として働こうとしたけど、無理だったんです」

　耐えていたなにかが切れたように、麻衣は一気に語りはじめた。

　布施の新しい仕事先は、すぐに決まった。広島市内にある循環器専門の個人病院で、話が決まったときは、布施もやる気に満ちていた。が、初出勤の日が近づくと次第に活気がなくなり、前日にやはりやめる、と言い出した。

そのようなことが幾度かあり、やがて布施はまったく家から出なくなった。いままで家ではほとんど飲まなかった酒を昼間から口にするようになり、酔いつぶれてしまう。

食事もろくにせず、口にするのは酒だけという日々が続いた。

麻衣と裕翔が止めても、言うことを聞かない。ただ酒を飲み続ける。

「このままでは夫がどうにかなってしまうと思って、精神科の受診を勧めたこともありました。でも、頑なに拒み行きませんでした。しつこく言うと、俺は医者だ、自分の身体は自分が一番わかっている、と怒鳴られました。そう言われると医者でもない私はなにも言い返せず、黙っているしかありませんでした。でも、こんなことになるなら、あのとき引きずってでも病院に連れて行けばよかった——」

麻衣は声を詰まらせながら、話を続ける。

「夫が病院を辞めた理由を口にしたのは、ついこのあいだ——夫がいなくなる前の日です」

その日、学校から帰ってきた裕翔の様子がおかしかった。リビングへ入ってきても、ランドセルを背負ったまま、怖い顔で立っている。ただいまも言わない。

心配する麻衣を無視し、裕翔はダイニングテーブルで酒を飲んでいた布施の前に立つと、短く訊いた。

「パパは、人殺しなのって——」

西條は口のなかに溜まった唾をのんだ。

「夫の顔が、みるみる青くなっていくのがわかりました。その日、裕翔は帰り道に友達から、お前の父親は手術を失敗して患者を殺した、だから病院を辞めさせられたんだ、そう言われたんです。それで夫に、それは本当なのか、と訊いたんです」

――医療ミス。

広総大病院で噂されている、布施が辞めた理由だ。裕翔にその話をしたのは、おそらく病院関係者の子供だろう。大人のまことしやかな話を耳にし、布施の子供である裕翔を責めたのだ。

「ご主人は、なんと答えたんですか」

麻衣は、言葉を区切るように答える。

「違う、俺じゃない。殺したのは、ミカエルだ――そう言いました」

頭が強い力で締め付けられているように苦しい。

麻衣は、振り絞るような声で繰り返した。

「夫は裕翔に、パパは誰も殺していない。ミカエルだ。ミカエルが動かなくなったせいで患者が死んだ、あいつが患者を殺したんだ、そう叫びました」

西條は麻衣を見た。

「ミカエルが、動かなくなった――」

麻衣は、繰り返した西條の目を見ながら頷く。

布施がひどく興奮したため、麻衣は裕翔を子供部屋に行くよう促した。リビングでふたりになると麻衣は、広総大病院でいったいなにがあったのか、布施に訊ねた。しばらくのあいだ、布施はダイニングテーブルの椅子に座ったまま深く項垂れていたが、やがてつぶやくように話しはじめた。

「今年の二月に、夫はミカエルで心臓手術を行ったんです。心房中隔欠損症の患者さんでした」

左心房と右心房を隔てる心房中隔という壁に生まれつき穴があいていて、左心房から右心房に血液が漏れ、右心や肺の血流が増える疾患だ。先天性の病気だが成人するまで気付かず、診断されたときは、肺血流の増加による呼吸困難が強く、右心不全も併発していた。

布施が行った手術は、心房中隔欠損閉鎖術で、ロボット支援下で行える手術としては、最も難易度の低いものだった。

西條の言葉に、麻衣は頷いた。

「夫も、百パーセント成功すると思っていました。手術は確かに、途中までは問題なかったそうです。でも、途中でミカエルがおかしくなったんです。アームの先についている鉗子《かんし》の反応が鈍くなり、思うように操作できなくなった、そう言っていました」

布施が覚えた違和感は、錯覚かもしれないと思うくらいのわずかなものだった。が、そのわずかな感覚のずれが、患者の命を奪った。

「ミカエルがおかしいと感じた夫は、いつもとの違いを調整しようと、操作している指先に力を込めました。動きが鈍かった鉗子は、そのときだけ元に戻り、結果、患者さんの血管を傷つけてしまったそうです。それが原因で手術が長引き、患者さんは合併症を起こしました」

患者は最期、敗血症で死亡したという。

西條は息苦しさを覚えて、深く呼吸をした。動揺を悟られないよう、冷静さを装う。

「ご主人はそのことを、病院に伝えたんですか」

麻衣は頷く。

「患者さんの手術が終わったあと、ミカエルがおかしい、と病院長に伝えたそうです。ミカエルでの手術を中断して、原因を探らないといけない、そう訴えたそうです。でも、病院長は夫の話に耳を貸さず、患者が死亡したのは夫の手術のミスが原因だ、と言ったそうです」

布施が医療ミスを犯した、という院内での噂は、病院長の考えから出たものだった。

暑くはないのに、額に汗が滲んでくる。

西條は麻衣に訊ねた。

「その手術は、病院で問題にならなかったんですか」

病院ごとに会の名称は違うが、患者が予期せずに死亡した場合、医療安全管理委員会が開かれる。患者の診断や治療、インフォームド・コンセントや手術は適正だったか、などを検討する会議だ。問題があれば検討し、同じ過ちを起こさないよう周囲に促す。

本来であれば、布施の訴えは、会議にかけられ病院全体の問題として扱うべきものだ。院内での議論が無理ならば、理事会や監査室に報告すればいい。外部の人間が入っている組織に持ち込めば、病院長がどう言おうと調査が入る。

訥々《とつとつ》とだが、いままで続いていた麻衣の話が途切れた。落ち着かない様子で、視線をさまよわせる。

なにか隠している。

西條は詰め寄った。

「答えてください。どうして、布施さんはもっと大きな声で自分の無実を訴えなかったんですか」

麻衣の顔に、後悔の色が浮かぶ。話さなければよかった、そう思っているらしい。

西條は、ぽつりと言った。

「金、ですか」

麻衣が、虚を衝《つ》かれたように西條を見た。怯えた目が、そうだ、と言っている。

やはり——。

西條は膝のうえの拳を強く握った。

人は金で変わり、金は人を変える。医師も人間だ。聖人ではない。

麻衣は夫を擁護した。

「夫を責めないでください。どのみち、夫は広総大病院にはいられなかったんです」

病院長は、患者が死亡したのはあくまで問題のない術死で、医療安全管理委員会の検証は必要ないとの考えをかえず、布施は人事から三原郷病院への異動を告げられたという。

三原郷市は広島の西側に位置する小さな町だ。三原郷病院は広総大病院の関連病院で、病床数は二十を超えるほどしかない。病院と名はついているが、実質、診療所に近い大きさだ。広総大病院から三原郷病院への異動は、企業でいうならば本社から営業所への左遷だ。

「夫は、ミカエルでの心臓手術に力を注いでいました。でも、三原郷病院には、ミカエルどころか高度な医療設備も整っていません。精密検査や大きな手術が必要なときは、広総大病院へ紹介しています。夫は、自分が求める医療が施せないようなところには行きたくない、と異動を拒みました。夫がそういうと、病院長はわかっていたのでしょう。人事に従わない夫に辞職を求めたんです。三原郷病院に行くか、辞職するかで夫は悩みました。そして、辞職を選んだんです。広総大病院という括《くく》りから離れて、一からやり直す、そう考えたんです」

麻衣はここまで一気に話すと、疲れたように息を大きく吐いた。

話の先を、西條は引き継いだ。

「一からやり直すため——または、汚名を着せられたまま辞める屈辱の見返りとして、ご主人は退職金の上乗せを要求した」

うつむいた麻衣の目から、涙が落ちた。

「広総大病院を辞めたときは、もう一度、医師としてやり直すと言っていたんです。だから、家を売り払って、別な場所に引っ越そうとしたんです。でも、医療ミスを犯した人間という烙印を心に押された夫は、もう立ち直ることはできませんでした。同時に、自分の医師としての良心をお金で売った、という罪悪感にも苛まれていたんです。夫は私にすべてを話したあと、俺は医師失格——いや、人間として失格だ、そう言いました。次の日、夫はいなくなりました。そして、自ら命を絶ったんです」

麻衣はゆっくりと顔をあげ、西條を見た。

「夫はいなくなる前、西條先生に相談したい、と言っていました」

「私に？」

唐突に出た自分の名前に驚く。

麻衣は頷いた。

「広総大病院を辞めてから、夫はずっとそう言っていました。ミカエルの第一人者である西條先生に話を聞いてもらいたい、西條先生がどう思うか知りたい、と事あるごとに漏らしていました。でも、そう思いながらも連絡をしなかった。いえ、できなかったんです。医師として絶対に失ってはいけないなにかをお金で売ってしまった、そんな罪悪感があったのでしょう」

麻衣は、西條に詰め寄った。

「西條先生、教えてください。夫はなにも悪くありませんよね。ミカエルが患者を殺したんですよね。もしそうだとしたら、ミカエルが殺したのは患者だけじゃない。夫も殺したんです」

西條の耳の奥で、黒沢の声がした。ミュンヘンのホテルにかけたときのものだ。

——なにを信じるのも自由だが、あのミカエルはだめだ。

西條はきつく目を閉じた。

あれは、ミカエルの不具合のことだった。だから、ミカエルでの心臓手術の第一人者と呼ばれている西條に探りを入れてきたのだ。

再び、黒沢の声が耳の奥で蘇った。

――先生、俺はね。なにかに異論を唱えるときは、必ず代案を用意するんだ。批判だけなら子供でもできる。

西條は目を開けた。

黒沢は、布施が嘘の理由で辞職した情報をどこかで摑んだ。

医学界を揺るがす大きなネタだ、と思った黒沢は、どう記事にするか考えた。ミカエルには欠陥がある、とそのまま書いても反響は大きいだろう。が、黒沢がいう「代案」を入れたほうがメッセージ性はさらに強まる。

黒沢が、医療の将来を担うロボット支援下手術の対手に選んだのが、真木だ。ミカエルでの手術を前面に押し出している北中大病院に、病院長の肝いりで、ミュンヘンから心臓外科医がやってくる。ミカエルの不具合と、従来の開胸手術の名医である真木の活躍を対比させることで、ミカエルへの不信感を募らせようとしたのだ。下品な黒沢らしい、えげつないやり方だ。

麻衣は顔を伏せて、嗚咽を漏らした。

項垂れながら、小さい声で言う。

「すみません――」

西條に謝っているのか、死んだ患者に詫びているのか、わからなかった。

広島空港から羽田を経由し、新千歳空港に着いたのは夜の十一時過ぎだった。

国内線のターミナルビルから外へ出た西條は、深く息を吸った。夜風が涼しい。昼間の広島の暑さが嘘のようだ。

駐車場に停めてある自分の車に乗り込み、シートにもたれる。

目を閉じると、強いだるさを感じた。西條はいまになって、自分が疲れていると気づいた。腹も空いていた。今日、口にしたのは、朝、自宅から新千歳空港に向かう途中のコンビニで買ったパンだけだ。疲労と空腹を覚えながらも、眠気も食欲もなかった。

麻衣の話は、信じがたいものだった。が、布施が嘘をついていたとは思わない。曾我部の変わりようも、ミカエルの不具合を知っているのだとしたら納得できる。

おそらく曾我部は、どこからかミカエルに不具合があるかもしれないという話を耳にした。その話が事実なら、ロボット支援下手術から手を引くつもりだ。だから、ミカエルでの手術を強く推奨しなくなったのだ。

曾我部はいま、西條と真木のどちらが北中大病院の看板を背負っていくのか見定めている。もし、ミカエルが欠陥品だとの結論が出たら、真木を北中大病院の顔として押し出すだろう。いまの時点で真木は、北中大病院を三年で退職するつもりだ。が、人は誰にも欲がある。曾我部が次期病院長を条件に引きとめたら、心が揺らぐはずだ。

西條は瞼を開けた。

新千歳発の便が、飛び立っていくところだった。飛行機の灯りは次第に小さくなり、点になって消えた。

腹から笑いが込み上げてきた。

小さかった笑いは、哄笑《こうしょう》になった。止まらない。誰かが見たら、気が触れていると思うだろう。

笑いが収まると、西條は大きく息を吐いた。

いまになって、曾我部と自分は別な未来を見据えていたと気づいた。

曾我部は、ロボット支援下手術に関心があるわけではなかった。やつが求めているのは北中大病院の勢力拡大だ。地域から国内、さらに国際医療機関としてトップクラスの医療を誇る病院にすることしか頭にない。

西條はシートから身を起こし、フロントガラスの前方を見据えた。

曾我部がなにを望もうと関係ない。自分は、平等な医療の実現を目指すだけだ。

西條は上着のポケットから、スマートフォンを取り出した。

黒沢に電話をかけるためだ。

ミュンヘンにいる黒沢と電話をしてから、およそ三週間が過ぎていた。黒沢は、帰国したら連絡する、と言っていたが、いまだ連絡がない。

黒沢が口にした、ミカエルはだめだ、との言葉が気になり、幾度か黒沢の電話番号を押しかけた。が、そのたびにやめた。先に動けば、あいつの思うつぼにはまる。こちらの弱みを見せたくないと同時に、心のどこかで黒沢の言葉の真意を知るのを恐れていた。

西條は、搭乗のために切っていたスマートフォンの電源を入れた。

麻衣の話を聞いたいま、西條に恐れはなかった。かわりに固い決意があった。

――ミカエルの真実を確かめる。

広島から戻ってくるあいだに、考え抜いて出した結論だった。

本当にミカエルは欠陥品なのか、もしそうならいつからなのか、黒沢はその情報をどこから入手し、どこまで実態を摑んでいるのか。

ロボット支援下手術で医療の平等を目指す自分は、ミカエルから目を背けてはいけない。事実を突き止め、真のミカエルの姿をこの目で見なければいけない。

電源が入ると、五件のメッセージが入っていた。

四通は仕事の業務連絡で、一通は美咲からだった。夜の六時過ぎに届いている。

文面は短いものだった。

『今日から母が来ています。数日、泊まっていくそうです』

義母の寛子からの電話の件で、美咲とのあいだに軋轢《あつれき》が生じてから、もとから少なかった会話はほぼなくなった。なにか用事があれば、用件のみのメッセージが送られてくる。心に寒々しさを覚えるのは、それで不都合を感じない自分がいることだった。

美咲が夫婦のいまの状態を話したのか、なにも言わなくとも様子がおかしいと感じとったのか、娘を案じて訪ねてきたのだろう。

西條は美咲にメッセージを返した。

『仕事に集中するため、しばらく帰らない。なにかあればスマートフォンに連絡を』

札幌市内にビジネスホテルやカプセルホテルといった、安価な宿はたくさんある。雪まつりの時期ならば難しいが、普段なら探すのに苦労しない。

見ていないのか、もしくは読み捨てているのか、美咲から返信はない。

西條はアドレスから黒沢の携帯番号を呼び出し、電話をかけた。

聞きなれた呼び出し音が聞こえる。もう帰国しているのだ。

数回のコールで電話は繋がった。機嫌のよさそうな声が答える。

「やあ、先生。ちょうどいま連絡しようと思ってたんだ。こういうのを以心伝心っていうんだな。

どんな美人からの電話より嬉しいね」

　周りは静かだ。外ではないらしい。

黒沢の軽口を聞き流し、西條は訊ねた。

「いつ帰ってきた」

　黒沢は適当にはぐらかす。

「ちょっと前だ」

　黒沢がいうちょっとが、何日前を指すのかわからない。が、そんなことは重要ではない。話の流れで聞いただけだ。黒沢と連絡がつけばそれでいい。

　西條は本題を切り出した。

「今日、布施の自宅へ行ってきた。布施が自殺した。十日前だ。お前、知っていたか」

　黒沢は黙った。長い沈黙があり、やがて西條に訊き返してきた。

「先生さあ、俺がいまどこにいるかわかるかい」

「聞いていることに答えろ」

　黒沢は西條の言葉を無視し、言葉を続けた。

「いま、札幌にいるんだよ」

　意外な場所に戸惑う。

「なぜだ」

「先生に会いたくてさ」

　本気か冗談か。

　出方を探っていると、黒沢が笑う気配がした。

「そう真面目に考えんなよ」

黒沢は昨日、札幌に入ったという。

「駒田繁彦――覚えてるかい」

「支笏湖畔診療所の医師だろう。名前を聞いたあと、調べた」

黒沢は今日、駒田を訪ねたという。

「駒田っていう医者は、口が堅いね。知りたいことは、ほとんど話してもらえなかった」

「それは真木のことか。ミカエルのことか」

電話の向こうで、缶を開ける音がした。

「両方だよ」

黒沢が喉を鳴らしてなにかを飲む。尾を引くように唸り、満足そうな息を吐いた。

「ドイツビールもいいが、やっぱり舌に馴染んだ日本のビールはほっとするね。ところで、先生はいまどこにいる。まだ広島か」

西條は、いましがた新千歳空港に戻った、と答えた。

「いま、自分の車から電話をしている」

「まっすぐご帰宅かい」

短く、いや、とだけ答える。

黒沢はなにも聞かなかった。聞いてはいけないと思ったのか、西條の私生活には関心がないのか。おそらく後者だろう。

黒沢は西條を誘った。

「先生、いまから一杯どうだ。先生に会いたいってのは本当さ。今日、あんたから電話がなかったら、明日、俺がかけてた」

札幌市内にある狸小路の裏にある店を、黒沢は指定した。店の名は富三だという。

「古くて看板が読めないかもしれない。入り口に提灯がぶら下がってる。それが目印だ」

西條は電話を切り、札幌市内に向けて車を発進させた。

富三についたときは、十二時を回っていた。

店は狸小路のメイン通りから横道に入り、さらに奥へ進んだ突き当りにあった。

黒沢がいっていたとおり、店の壁にある木製の看板は古さのせいで黒ずみ、字がよく読めなかった。店が街灯のそばにあったから、目印の提灯を見つけられたが、そうでなければ店を探し出せなかったかもしれない。

引き戸を開けなかに入ると、カウンターに黒沢がいた。

店は狭く、四人ほどが座れるカウンターのほかには、通路を挟んだ後ろに小上がりがひとつあるだけだ。客は黒沢のほかは誰もいない。

黒沢は西條に気づくと、にっと笑って片手をあげた。

紺のチノパンを穿《は》き、白いシャツを着ている。こざっぱりとしているのに、崩れてみえるのは、猫背の姿勢と目つきが悪いからだろう。

カウンターの奥から、老人が出てきた。いらっしゃい、と西條に声をかけ、手にしている前掛けをつけようとする。店の主人らしい。

黒沢は厨房に立とうとする老人を止めた。

「いいんだ、親父さん。あれは俺の連れだから。冷えたビールとコップだけ出してくれればいい。あとはなにもいらねえよ」

老人は左耳の聞こえが悪いらしい。右耳を黒沢に向けて、声を聞きとろうとしていた。

「あと、ウーロン茶を頼みます」

西條は老人に聞こえるように、大きな声で言う。

黒沢が苦い顔をした。

「なんだよ、つきあい悪いな」

西條は黒沢の隣に座る。

「空港から車で来た。それに、明日は朝から手術が入っている。二日酔いで臨むわけにはいかない」

黒沢は目の前のビールを、自分のコップに手酌で注いだ。

「酒もろくに飲めないなんて、なにが面白くて医者なんかしているのかね」

主人が注文の品を持ってくると、黒沢はズボンの尻ポケットから財布を取り出し、万札を一枚抜き取った。

「先に払っとくよ。釣りはいい。帰るとき声をかけるから、休んでなよ」

老人は一万円札を受け取り、軽く会釈をして奥へ引っ込んだ。

「馴染みの店か」

西條が訊ねると、黒沢は頷いた。

「札幌にくるときは必ず立ち寄る。二年前にきたときは、孫娘が店を手伝ってた。去年、嫁いで、いまは親父さんひとりでやってるそうだ」

西條は瓶のウーロン茶を、自分のコップに注いだ。

「お前はまだ、俺の質問に答えていない。言え、布施が死んだことを知っていたのか」

黒沢はコップのビールを飲み干し、盛大なげっぷをした。

「ああ」

「どうして死んだのかも、か」

黒沢はカウンターに置いていた煙草を手にした。なかから抜き出し、ライターで火をつける。煙を吐き出しつぶやく。

「首、吊ったんだろう」

布施の自殺は、自分が持っている情報筋から耳に入ったという。

「俺がミカエルについて調べているのを知っている同業者がいて、親切に教えてくれた。この仕事は持ちつ持たれつでね、そいつに借りができた」

西條は率直に訊ねた。

「ミカエルが欠陥品っていうのは、本当か」

黒沢は、煙草の灰を灰皿に落とした。

「もし、そうだとしたら、あんたはどうする」

西條は言葉に詰まった。まだ、自分のなかで答えは出ていなかった。黒沢の問いには答えず、逆に訊き返す。

「もし、そうだとしたら、なぜ広総大病院の病院長は、ミカエルの製造会社に報告しないんだ。ミカエルの不具合ならば、布施に罪を被せる必要はなかったはずだ」

黒沢は独り言のように言う。

「人がなにかを隠すときは、損得勘定が働くときと相場は決まっている」

西條は眉根を寄せた。

ミカエルに不具合があると、広総大病院の病院長がなにか困るというのか。

黒沢は煙草の煙を吐き出し、西條を見た。

「広総大病院の病院長――飛鳥井徹《あすかいとおる》の義理の兄はイー・グライフェンの相談役になっている」

イー・グライフェンは、ミカエルを製造する国内の医療支援ロボットメーカーだ。

「いま、ミカエルに問題があるとわかれば、ロボット支援下手術自体の見直しが求められるかもしれない。足止めを食らうのは二年か三年か、いやもっとか。開発に遅れが出た場合、メーカーはいままでかけてきた費用が水の泡だ」

「飛鳥井は自分の身内のために、ミカエルの不具合をなかったことにしたというのか」

黒沢は前を向いたまま、だまって煙草をふかす。

西條は黒沢を睨んだ。

「答えろ。飛鳥井は、身内のために布施に罪をかぶせたのか」

黒沢は大げさに首をひねった。

「さあね」

答えをはぐらかす黒沢に、怒りがこみ上げる。西條は黒沢のシャツの胸倉をつかんだ。

「真面目に答えろ！」

黒沢は顔色ひとつ変えない。煙草を口に持っていくと、煙を西條の顔に向かって吐き出した。

不意をつかれ、シャツを摑んでいる手が緩む。その隙を見て、黒沢は西條の手をはねのけた。

「こちとら大真面目だ」

黒沢は手にしている煙草を灰皿でもみ消し、新しい煙草に火をつけた。

「俺が話したのはすべて本当のことだ。布施さんが首を吊ったのも、飛鳥井の義理の兄がイー・

グライフェンの相談役ってのも事実だ。それらを踏まえて導き出したあんたの推論も、否定はしない」

もって回った言い方だが、黒沢は飛鳥井が身内のために布施に罪をかぶせたと認めた。

西條は信じられなかった。いや、信じたくなかった。

グラスのウーロン茶を口に含み、西條は自分に、冷静になれ、と命じた。

「証拠――」

西條はつぶやいた。

黒沢に向き直る。

「証拠はあるのか。ミカエルが欠陥品だという証拠は。それがなければ、すべては憶測にすぎない」

ミカエルの操作は、マスター・コントローラを握る医師に委ねられる。医師は自分の手の動き、指の力といった感覚を研ぎ澄まし、手術に挑む。

感覚が鈍り操作を誤ったとしても、そのミスが医師によるものなのか、ミカエルの不具合によるものなのか、周りの者には判断がつかないだろう。どんなに考えても、証拠がない以上、推論は憶測でしかなく、事実ではない。

黒沢が、ぼそりと言う。

「証拠はある」

西條は、黒沢に詰め寄る。

「本当か」

「証拠と言えるだけの情報は摑んでる。そうでなければ、高い金を払ってミュンヘンまで行くか」

「その証拠とは、なんだ」

　少しの間のあと、黒沢はつぶやいた。

「先生、取引しねぇか」

「なに？」

　黒沢は狡猾そうな目を、西條に向けた。

「このネタに、ひと口嚙まねえかって言ってるんだよ」

　黒沢は空になったコップに、手酌でビールを注いだ。

「いま、北中大病院が導入しているミカエルはＳ１タイプ――最新のものだよな。現在、国内ではおよそ三百五十台のミカエルが稼働している。そのなかでＳ１タイプは八十台前後だ」

　車や家電と同じで、医療機器も最新のものが出れば、旧型の価格やリース代は安くなる。経営が厳しく、高額な最新のミカエルを導入できずに旧型を使い続けている病院は多い。

　黒沢はビールをのどに流し込み、話を続ける。

「あんたにいうのは釈迦に説法だが、ミカエルを操作するには熟練した腕が必要だ。Ｓ１一台の稼働回数は、ひと月およそ二・五回。その数は、泌尿器科や婦人科、消化器外科などすべての診療科で使用したものだ。心臓手術となれば、さらに減る。手術ができる医師が少ないからな」

　もって回った言い方をする黒沢に、焦《じ》れてくる。西條は先を促した。

「そんなことは知っている。それより、ミカエルが欠陥品だという証拠を――」

「まあ、そう焦るなよ。外科医ってのはみんなそんなにせっかちなのかい」

　黒沢は西條の言葉を途中で遮った。が、店の奥へ目を向けると、西條の要求に頷いた。

「とはいえ、あまり遅くなると店の親父も迷惑だな。端的に言おう」

黒沢は低い声を、さらに潜めた。

「ここ一年程のあいだに、ミカエルの不具合に関する問い合わせが、国内の関連器具の製造メーカーに二件はいっている。それぞれ違う病院だが内容はどっちも、布施さんの訴えと同じ、ミカエルの反応が鈍い、というものだ。この情報は製造メーカーの内部から仕入れた。そのときの音声もある」

黒沢は西條を見た。

「S1の稼働回数は、一年でおよそ二千四百。そのうちの二件といえば、決して多くはないが、これからもっと増えるだろうよ」

西條の背中を、冷たいものがかけあがった。自分が描いていた医療の未来図が崩れていく。

黒沢は西條の肩を手で摑み、自分のほうへ引き寄せた。耳元でささやく。

「そこで――さっきの取引だ」

西條は横を見た。すぐ目の前に、黒沢の顔がある。息が煙草くさい。

黒沢はにやりと笑った。

「あんたから、ミカエルは欠陥品だ、と言ってほしいんだよ」

西條は、耳を疑った。

「俺に、嘘をつけと言うのか」

黒沢は、顔をゆがめるように口角を引き上げた。

「嘘じゃないよ。布施さんの代弁だ」

西條は黒沢から、乱暴に顔を背けた。

黒沢は追いかけるように、西條の顔を覗き込んでくる。

「俺がいま持っている情報で記事を書いても、充分、金になる。が、いまひとつ信憑性《しんぴょうせい》に欠けるんだ。製造メーカーの内部から聞き出した情報は、本人が名前を出すことを拒否しているから匿名だ。話題にはなるだろうが、どこの誰ともわからない声を信用する人間は少ない。その点、あんたはロボット支援下手術の第一人者だ。西條泰己の言葉なら、誰もが信じる。あんたが、ミカエルの調子がおかしい、と言えば、イー・グライフェン社も国内の関連企業も公に調査せざるを得なくなる」

黒沢の言うとおり、西條がひと言そういえば、メーカーはすぐに動くだろう。S1タイプを導入しているすべての病院に使用中止の要請を出し、徹底的に調査する。不具合の有無がわかるまで、少なくとも一年。もし、欠陥が見つかれば数年は使えなくなる。

ミカエルが確実に欠陥品であるならば、いますぐメーカーに報告すべきだ。が、布施が嘘をついていたとしたら——二件の問い合わせが医師側の感覚に問題があるものだったとしたらどうする。ミカエルの使用が中止になるあいだ、手術を受けられない患者が出てくる。そのなかには、ミカエルならば救える命があるかもしれない。

西條は黒沢に問う。

「ミカエルに欠陥が見つからなかったら、どうする」

黒沢は笑いながら、両手をあげた。

「そんときは、万々歳じゃねえか。なにもないに越したこたあねえ。が——」

黒沢は笑うことをやめ、真顔で言う。

「ミカエルが欠陥品かどうかを見極めるのは、あんたが最適だ。なあ、確かめてくれよ」

カウンターを見つめる西條の脳裏に、航が浮かんだ。

もし、ミカエルに不具合があるのなら、航の手術は真木が執刀医になり、従来の術式で弁形成を施すべきだ。

真木の声が、耳の奥で蘇る。

――西條さんが助手なら、手術を成功させる自信があります。

真木は自分が執刀医になったならば、改めて西條に助手をしてくれと頼むだろう。西條が助手でなければ手術は成功しない、そう言われたらどうする。春に北中大病院に来たばかりのよそ者の下につかなければならないのか。

西條は首を左右に振り、私念を消した。

航の心臓手術は、ロボット支援下手術の躍進に繫がる。北中大病院の将来だけでなく、医療の未来をも背負っている。ミカエルで手術を成功させることが重要なのだ。

西條は、患者の胸部を開いたときの光景を思い出した。

難易度に関係なく、手術の前にはあらゆる検査をする。心臓の状態、動脈がどこを走り、どのように絡み合っているか見当をつけて臨む。が、それらが役に立つのはほんのわずかだ。

人の心臓は、ふたつと同じものはない。いざ胸を開いてみたら、あるべき場所に血管がなかったり、心臓の表面にびっしりと脂肪が付着していたり、予期せぬ局面が待ち受けている。

結果、想像していたより短時間で終えられる手術もあれば、その逆もある。

術後の経過もそうだ。

計画どおりに退院できると思っていた患者が合併症を起こしたり、退院が危ぶまれていたが順調に回復し、無事に家に帰れる者もいる。

医学に、百パーセントはない。それは、ミカエルも同じなのではないか。西條がミカエルの不具合をメーカーに報告することは、救える命を見捨てることになるのではないか。

黒沢は二本目のビールを手酌でコップに注ぎ、一気に飲み干した。不満そうに言う。

「なんだよ、先生。俺の考えが気に入らないのか。まとまった金が入るうえに、あの偽天使から患者を救うことになるんだ。なにも問題ないだろうよ」

西條は返事ができなかった。いまの心内を、どう話せばいいのかわからなかった。

店のなかに、沈黙が広がる。

隣で黒沢が、呆れたように笑う気配がした。

「あんたも飛鳥井と同じだな。口ではきれいごとを言ってはいるが、所詮、同じ穴の貉《むじな》だ」

西條は顔をあげて否定した。

「違う。俺は、飛鳥井じゃない」

黒沢は蔑んだ目で西條を見た。

「同じだよ。あんたも自分の都合しか考えない。ミカエルが使えなくなったら、自分の価値がなくなるもんな」

西條は叫んだ。

「俺は違う！　俺は平等な医療のためにミカエルを必要としているんだ。数年の遅れのために、何人の命が失われると思う。ミカエルがあれば救える命があるんだ」

「詭弁《きべん》だね」

黒沢は、煙草の煙を天井に向かって吐き出した。

「ひとりの命と百人の命、どっちが重いかって、そりゃあ愚問だ。誰にだって、百人の他人の命より助けたいたったひとつの命ってのがある。その唯一の命が、ミカエルの欠陥によって奪われるかもしれないんだ。それをあんたは、命の重さじゃなくて数で片づけんのかい」

西條は返す言葉に詰まった。

黒沢の言葉を肯定する自分と、否定する自分がいる。

外から酔っぱらいの声がした。陽気な話し声は次第に近づき、やがて遠のいていく。

店に静寂が戻ると、見計らったかのように黒沢は煙草を灰皿でもみ消した。椅子から立ち上がり、店の奥に向かって声をかけた。

「親父さん、もう帰るわ。戸締り、忘れんなよ」

もう話は終わった、ということか。

西條も椅子から立ち上がる。

奥から店の主人が出てきた。ふたりに向かって頭をさげる。

店を出ると、すぐ後ろで店の灯りが消えた。小さな街灯の下で、黒沢が西條に向かって手を出した。

出された手の意味がつかめずにいると、黒沢がぶっきらぼうに言った。

「金。自分が飲んだ分は払ってくれ」

言われて、勘定をしてないことに気づく。懐から財布を取り出し、黒沢が支払った分の半分――千円札を五枚差し出す。

黒沢はそのうちの一枚だけを抜き取り、ズボンのポケットに入れた。

「あんたが飲んだ分だけもらう。俺は気に入らない奴とは、貸し借りを作らない主義なんだ」

黒沢から好かれようとは、微塵も思っていない。が、面と向かって言われたことが気に障った。

睨みつける。

西條の視線に気づかないのか、気づかないふりをしているのか、黒沢はズボンのポケットに両手を突っ込み背を向けた。

歩き出した黒沢は、少し先で足を止め、西條を振り返った。声を張る。

「真木先生。あの人なら、今日、俺はおごってたよ」

夜の静かな裏路地に、煙草でかすれた声が響く。

「俺がもし心臓を悪くしたら、真木先生に手術を頼むね。あんたはごめんだ」

顔が熱くなった。当てつけのように真木の名前を出す黒沢に、憤りを覚える。

「お前が誰を選んでもいいが、会ったこともないやつに自分の命を預けるのはどうかな。それとも、執刀医を安易に決められるほど、お前の命は軽いのか」

黒沢は闇を見ながら答える。

「俺は命根性が汚くてね。うまい飯も食いたいし、いい女も抱きたい。読みかけの漫画もある。なにより、おふくろをひとり残しては逝けない。あんたの目にはどう映っているのかわからんが、俺の命はそう軽くないんだ」

黒沢は、闇から西條に目を移した。

「真木先生、あの人は命の重さを知ってるよ」

西條のなかの怒りが膨れ上がる。薄暗がりに佇む影に、声を荒げる。

「俺が命の重さを知らないとでも思っているのか」

西條は自分の両手を見た。

「俺はこの手で、多くの命に触れてきた。そのすべてが、救えたわけじゃない。どうする術もなく、目の前で止まっていく心臓をお前は見たことがあるか。無力な自分を嘆き、なじり、怒りに苛まれる。そんな経験がお前にあるか」

脳裏に、他界した両親、祖父母の顔が蘇る。

西條は開いていた手のひらを、強く握りしめた。

「俺は、命の重さを知っている」

黒沢は黙って西條を見ていたが、やがて低くつぶやいた。

「だったら、ミカエルが本当に欠陥品なのかそうじゃないのか、確かめるんだな。いずれにせよ、俺はこのネタを金にする」

「マスコミに売るのか。それとも隠蔽した病院や製造メーカーをゆするのか」

黒沢は芝居がかった仕草で、首をひねった。

「さあね、あんたに関係ないだろう。ひとつ言えるのは、そうゆっくりしてられないってことだ。ミカエルの新型を導入しているのは日本だけじゃない。うかうかしてたら、この問題が海外で浮上してしまうかもしれない。そうなったら、このネタの価値は半減しちまう。魚のネタもスクープのネタも、鮮度が命だ」

黒沢は、再び西條に背を向け歩き出す。

猫背の姿が曲がり角の奥に消えると、西條も歩き出した。

コインパーキングに着くと、西條は車に乗り込み、スマートフォンを確認した。美咲からの返信はない。

エンジンをかけて、ライトを点けた。丸い光のなかに、黒沢の幻影が見えた。黒沢が消えると曾我部が現れ、曾我部が消えると航が浮かぶ。真木、星野、布施など、さまざまな人間が、光の輪のなかに消えては浮かび、浮かんでは消える。

西條は幻を断ち切るように、ハンドルに顔を伏せた。

心で自分自身に言い聞かせる。

なにを迷う。誰がどう考えようと関係ない。俺は自分が求める医療の実現を目指すだけだ。躊躇う必要はない。

そう思うそばから、もうひとりの自分が西條に訴える。

本当にそれでいいのか。ミカエルの疑惑に目をつむり、命の犠牲のうえに築く医療は、自分が求めてきたものだといえるのか。

ミュンヘンにいる黒沢と、交わした会話が耳の奥で蘇る。

――あの医療用ロボットは信用できない。あれは人を救う天使じゃない。偽物だ。堕天使ならぬ、偽天使だ。

西條は伏せていた顔をあげて、フロントガラスの前方を見据えた。

――確かめなければならない。ミカエルの本当の姿を。

西條は車を発進させ、駐車場をあとにした。


病院の中庭に出た西條は、空を見上げた。

眩《まばゆ》い夏の日差しが、頭上から降り注いでくる。

深く息をすると、緊張で固まっていた身体が、少しだけ楽になったような気がした。

ベンチに座っている入院患者が、目の前を通りすぎる西條に頭を下げる。西條は笑顔を作り会釈を返した。

少し離れた木陰のベンチに腰掛け、西條はぐるりと首を回した。

昨夜、西條は黒沢と別れたあと、ホテルにチェックインしたが、なかなか寝付けなかった。身体は疲れているはずなのに、目は冴えてしまっている。気持ちが昂り、眠気を感じなかった。

今朝は六時に目が覚めた。明け方の四時まで覚えているから、睡眠は二時間もとっていない。加えて、今日は朝から手術が入っていた。手術はそう難しくないものだったが、疲労は激しかった。

遠くから聞こえる喧騒に混じり、昨夜の黒沢の声が聞こえる。

——あんたから、ミカエルは欠陥品だ、と言ってほしいんだよ。

西條は自分の手を見つめた。手に、ミカエルを操作した感覚が残っている。難易度にかかわらず、手術のときは神経を研ぎ澄ませている。が、今日はいつも以上に緊張していた。ミカエルの動きに狂いはないか、確認しながら手術を進めたからだ。アームが動く速さや、先端についている鉗子の傾き加減、指に伝わる感触をひとつひとつ探った。

万が一にも、手術中にわずかでも異変を感じたら、すぐに開胸手術に切り替える覚悟はできていた。が、その必要はなかった。ミカエルはいつもと変わらない動きで、不具合のかけらも感じさせなかった。

背もたれに両腕を預け、顔を下に向けた。

目を閉じる。

今日の手術では、ミカエルに問題はなかった。自分の身体の一部のように、西條の操作のままに動く。やはりミカエルが欠陥品だとは思えない。が、ロボット支援下手術を手掛ける医師として、真実を確かめなければいけない。

方法は、昨夜、眠れないベッドの上で考えた。あらゆるやり方を想定し、最終的にひとつの策に行きついた。ミカエルのS1タイプを導入している病院の、手術データを手に入れることだ。

患者の診療録は、医師法により五年の保管が定められている。病院ごとの、ミカエルのS1タイプで行った手術の実施数、患者の病名、診療科、外科治療の内容、予後のデータを入手し、不審な点がないか確かめるのだ。

カルテの情報だけで、ミカエルの不具合を見つけるのは不可能に近い。が、西條には、医師としての長年の経験がある。

人は経験を積むことで、知識や優れた技術を習得するが、もうひとつ、育つものがある。勘だ。

この漠然としたものは、教科書やインターネットからは学べない。現場で人の生死を見てきた者にしか、得られないものだ。

西條は、自分の勘を信じている。誰よりもミカエルを知っている、との自負がある。自分なら、手術の記録からなにかを感じ取れると思った。

ミカエルの真実を確かめる方法は決まったが、問題があった。

ひとつは物理的なものだ。西條には、時間がなかった。

黒沢は、S1タイプの国内導入台数は、およそ八十台だと言っていた。購入、リース、いずれにしても、使用するにはかなりの金額が必要になる。ロボット支援下手術に力を入れている北中大病院ですら、一台しかない。

ひとつの病院に一台と考えると、およそ八十の病院から、データをかき集めることになる。手続きや実際の作業の時間を考えると、かなりの手間と時間が必要だ。多忙な西條には、難しい。

もうひとつは、西條は名が知られていることだった。

データを求めた場合、なぜ病院のデータを集めているか訊かれるだろう。偽りの答えでごまかすことはできるが、西條が動いていることは周りに知られてしまう。病院の数は八十に及ぶ。口止めをしても、どこからか洩れていくはずだ。

ふたつの問題の解決策は、すぐに浮かんだ。

自分が動けないなら、誰かに頼めばいい。人数はひとりだ。頼む人数が増えれば、事を知られる危険が増す。

重要なのは、人選だ。

誰に頼むか、西條のなかでは決まっていた。頼むなら、あいつしかいない。

「お疲れのようですね」

急に声をかけられ、我に返った。

目を開けて顔をあげる。目の前に宮崎が立っていた。

「なにか、お悩みですか」

宮崎が訊ねる。

西條は調子を合わせた。

「看護師長の目はごまかせないな」

宮崎はおおらかに笑った。

「人を観察するのが仕事ですから」

西條はわざと明るい口調で言う。

「悩みがない人間なんていないよ」

宮崎が笑いながら頷く。

西條は、宮崎の胸元に目をやった。

「それは？」

宮崎は、向日葵《ひまわり》の束を抱えていた。かなりの量だ。持ち手の部分が、白い紙で包まれている。

抱えている向日葵に目をやりながら、宮崎は答えた。

「今日、退院する患者さんの奥さんがくださったんです。北竜町《ほくりゅうちょう》の方で、病院に飾ってください、って置いていかれたんです」

町の名前を聞いて、なぜ向日葵の花なのか納得した。

北竜町は、札幌市から車で北に二時間ほどのところにある。町にはひまわりの里という広大な向日葵畑があり、花が咲くいまの時期は観光客でにぎわう。

宮崎は向日葵の束を包み紙ごとふたつに分け、ひとつを西條に差し出した。

「たくさんいただいたので、半分どうぞ。ご自宅に飾ってください」

西條は断ろうとした。花に興味はないし、ホテルに飾るつもりもない。

なかなか受け取らない西條に、宮崎は訊ねた。

「花はお嫌いですか？」

「いや、そうではないが――」

宮崎は西條の手に、向日葵を強引に握らせた。

「きれいなものを見ると、楽しい気分になりますよ。きっと、奥様も喜ばれます」

西條は、押し戻すのをやめた。

ここで向日葵を突き返したら、不自然に思われる。いろいろ詮索されたくはない。いまは大人しく受け取り、あとでなんとかすればいい。

西條が礼を言うと、宮崎は満足そうな顔で立ち去った。

腕時計を見る。

午後の始業時刻まで、三十分ほどある。

西條はベンチから立ち上がり、A館に向かった。手術部には仮眠室がある。眠れないとは思うが、横になるだけで身体が楽になるかもしれない。

歩いていた西條は、温室の前で立ち止まった。

なかに、小柄な影が見える。

温室は、一年を通して緑や花が楽しめるように、一定の温度に保たれている。色が少なくなる冬場は、色鮮やかな植物や暖かさを求めて訪れる者は多いが、夏場のこの時期に、高温多湿の温室を訪れるものは少ない。

どんなもの好きだろうか。

西條はなかに目を凝らした。

思いもよらない人物に驚く。

航だった。思いつめた表情で佇んでいる。

西條は温室のドアを開けて、なかに入った。

ぬるくて重い空気が、身体を包む。

ドアに背を向けていた航が、こちらを振り返った。西條を見ても、驚いた様子はない。

西條は温室のなかを見渡した。南国の樹木や花が植えられている。

暑い。少しいるだけで、背中が汗ばんでくる。

西條は航の隣に立った。

「いつからいたんだい」

航は答えない。

「なにか、面白いものはあったかな」

この問いに、航は西條から視線を外し、足元を見た。

答えともつぶやきともとれる声で言う。

「ミカエル――」

西條の心臓が大きくはねた。航の視線の先には、植物に囲まれたミカエルの石像があった。ここにミカエルがあると知っていて訪れたのか、たまたま温室に入り見つけたのか。航の目は、ミカエルから離れなかった。

西條は航の横顔を見た。

顔は白く、半袖の病院着から出ている腕は、青い血管が透けて見えていた。少しの力で倒れそうなほど弱々しく見えるのに、ミカエルを見つめる目は野生の動物のように険しい。

西條は恐ろしくなった。疑惑を抱えたまま、ミカエルで手術をするということは、弾倉に一発だけ弾が入っている拳銃を、患者の心臓に突き付けているのと同じなのではないのか。運が悪ければ、西條が引き金を引いた瞬間、命を落とす。

手術台のうえで、拳銃で心臓を撃ち抜かれた航が仰向けになっている姿が浮かぶ。西條は、ミカエルを操作するサージョン・コンソールに座り、絶命した航を見つめている。

西條は想像を振り払うために、首を左右に振った。のどの渇きを覚え、唾を飲み込む。

航は西條のほうに顔を向け、視線を下に落とした。西條の手には、さきほど宮崎からもらった向日葵の花があった。

会話の糸口が見つかり、詰めていた息を吐く。

西條は向日葵を、航に差し出した。

「あげるよ。病室に飾るといい」

検査で、航に食物や金属、花粉などのアレルギーがないことは確認している。個室だから、ほかの患者に迷惑がかかることもない。

航は向日葵をじっと見ていたが、やがて首を左右に振った。ぽつりと言う。

「枯れちゃうから」

まだ十二歳なのに、航は命の有限を知っている。理屈ではなく、心と身体で感じているのだ。生まれながらにして、死と向き合ってきた者だからこそ理解しているのだろう。

西條は、航に広大な土地に咲く向日葵を見せてやりたくなった。

枯れたらそれで生を終える切り花ではなく、大地に根を張り、花を咲かせ、種を残し、厳しい冬を越し新たな芽を出す、たくましい生命を見せたいと思った。

「向日葵を、見に行かないか」

気づいたら、口にしていた。

航は驚いた様子で、西條を見た。見つめる瞳に、陽光が反射している。

西條は腰をかがめ、航と目の高さを合わせた。

「北竜町という町に、ひまわりの里というところがあるんだ。広い丘に、向日葵がたくさん咲いている」

航は遠慮がちに訊ねた。

「どのくらい広いの?」

具体的な数字を言っても、ぴんと来ないだろう。

西條は、航が病室で読んでいた『十五少年漂流記』の物語に喩《たと》え、答えた。

「ブリアンたちが流れ着いた島ほどではないが、かなり広い。先が見えないくらいだ」

自分が読んでいた本を西條が覚えていたのが、嬉しかったらしい。航の口角が、かすかに上がる。が、すぐに不安そうに下を向いた。

「そんなに広いところ、僕、無理だよ」

西條は安心させるために、大げさなほど明るく振る舞った。

「走ったり、重いものを持ったりしなければ大丈夫だ。もし歩くのが辛くなったら、貸し出し用の車いすを使えばいい。それが嫌なら、私が背負う」

航はおずおずといった様子で、西條を見た。

「本当に?」

西條は頷く。

「ああ、本当だ」

航はこんどは、はっきりと笑った。

西條は腕時計を見た。まもなく、午後の始業の時刻だ。

今日はもう手術は入っていない。救急の担当でもない。急いで書類の仕事を終わらせれば、早めに仕事を切り上げることができる。

西條はかがめていた腰を、元に戻した。

「じゃあ、三時に病院を出よう。病棟の看護師には、私が許可をとっておくよ」

「今日？」

航は首を伸ばし、西條を見上げた。

西條は、外に目をやった。

「北竜町まで車で二時間でつく。今日は天気がいい。五時なら、まだ明るい」

航が身体をもじもじさせる。いますぐ行きたくてじっとしていられない、そんな感じだ。

西條は、付き添いを誰にするか考えた。

ふたりで出掛けても、問題はないと思う。が、万が一、航の体調に異変が生じたら、自分が診ているあいだに、救急車の手配や病院への連絡をする者が必要になる。

考えていると、急に航の表情が曇った。さきほどまでのうきうきした感じは消え、沈んだ顔で項垂れている。

「どうした」

西條が訊ねると、航は力なく首を横に振った。

「行かないのかい？」

こんどは頷く。

「さっきは行きたそうにしていたじゃないか」

航は答えようか答えまいか、迷うように黙っていたが、やがてぽつりと言った。

「お母さんが、だめって言う」

診察室で、航に付き添っていた佳織の顔が浮かぶ。翳《かげ》りがある顔には、長いあいだの不安と心配が刻まれていた。

航自身が、生まれたときから死と闘ってきたのなら、佳織も同じだ。愛する我が子の心臓が止まらないように、ずっと航を守ってきた。

佳織が子を愛するがゆえに、航の行動を過度に制限してきたことは容易に想像できる。ときに航が、暮らしのなかで不自由に思うこともあっただろう。

子を思う親の思いを、誰も責めることはできない。子が健やかに育つには、我が身を挺してでも我が子を守るという強い愛が必要だ。が、ときには、親子が距離をとることも、大切だと思う。強すぎる愛情は、ときに、過干渉や束縛という形に変貌する。

たしかに航は、重度の心臓病を抱えている。手術も、できる限り早く行ったほうがいい。が、わずか半日ほどの外出が、航の命を奪う危険性は極めて少ない。西條がひまわりの里に連れ出し、航の身体に異変が起きる確率は、日常でなにかしらの事故に遭遇するのと同じか、それより低いものだ。

過剰な恐れが、患者の生きる力を奪ってしまうケースを、西條は見てきた。

はじめての診察のとき、航からは生きる気力が感じられなかった。すでに航は、病と闘うことに疲れ、生きる意味を失いかけている。

航は初診のときに、自分の心臓は壊れている、と言った。

本人が言うように、航の心臓は物理的に欠陥がある。が、いまの航は心も動いていない。

物理的な病は、医療で治すことが可能だ。が、動かなくなった心は、目に見えないものでしか救えない。誰かの優しさ、美しい旋律、あたたかな労《いたわ》りが、仮死状態の心をよみがえらせるきっかけになる。

西條はその場にしゃがみ、下から航の顔を覗き込んだ。

「もしお母さんが反対したら、私が説得する。医者の私が一緒に行くといえば、安心するだろう。

それに、万が一を考えて、もうひとり連れていく。なにも心配はない」

航は西條を見て訊ねた。

「もうひとりって、誰？」

「それは――」

いま考えている、と言いかけた西條の頭に、ある人物が浮かんだ。ミカエルの手術データの収集を頼もうとしている者だ。

西條がミカエルについて調べることは、誰にも知られてはいけない。ひと目がないところで話そうにも、立ち話で済むほど簡単な話ではないし、外で会おうにも互いに忙しく、すぐにまとまった時間をとるのは難しい。

その人間の同行は、西條が思うすべての問題を払拭できる手段だった。やはり、付き添いはあいつしかいない。

西條は立ち上がった。

あいつが同行すれば、航になにかあっても対応できるし、誰の目を気にすることなく話もできる。あとは、本人のこれからの予定だけだ。

西條は、院内用のＰＨＳを白衣のポケットから取り出した。

アドレス帳を開き、該当する人物の番号を検索する。電話番号が出て、ボタンを押そうとしたとき、温室のドアが開いた。

西條は驚いた。入ってきた人物は、いま、西條が電話をかけようと思っていた者だった。

「ここ、暑いですね」

雨宮はあたりを眺め、額に手を当てながら言う。

「どうしてここに」

雨宮が答える。

「この前を通りかかったら、ふたりの姿が見えたから挨拶しようと思って――」

雨宮は航に声をかけた。

「こんにちは」

航が小さく頭をさげる。

西條は、雨宮の表情から心内を読み取ろうとした。

温室の前を通りかかったらふたりの姿が見えた。そこまでは本当だろう。が、目的が挨拶は嘘だ。常に顔を合わせる西條に、改めて挨拶する必要などない。目的は航だ。航になんの用がある。

雨宮は航に話しかける。

「病院、退屈じゃない？」

航は答えない。どう答えていいかわからないといった様子で立ち尽くしている。

雨宮はひとりで話し続ける。

「でも、手術が終われば家に帰れる。手術はなにも心配ないからね。西條先生はミカエルでの心臓手術の名医で、いままでにもたくさんの患者さんを救ってきたの。航くんの心臓も、西條先生がちゃんと治して――」

「やめろ」

西條は雨宮を止めた。

「手術を誰がするかは、まだ決まっていない」

西條は、雨宮がわざわざ温室に立ち寄った理由に気づいた。航がミカエルでの手術を選ぶよう、誘導するためだ。

　雨宮は、ロボット支援下手術に力をいれている。布施の死の真相や、曾我部の思惑など関係ない。ミカエルでの手術がさらに広がり、やがて医療の根幹になることを望んでいる。航の手術をミカエルで成功させれば、自分の希望に大きく近づく。

　西條も、雨宮と同じ希望を抱いている。ミカエルの浸透が、医療の平等に繋がる。が、航の考えを意図的に操作するようなことを、西條はしたくなかった。航が自分自身で考え、納得し、西條の手術を希望してほしい。

　雨宮は西條を見た。顔から笑みが消えている。

　西條は雨宮に訊ねた。

「今日、三時から時間をとれないか」

　唐突な問いに、雨宮は顔色ひとつ変えず聞き返す。

「どうしてですか」

「三時から航くんを、北竜町のひまわりの里に連れていく。君に同行してほしい」

　雨宮がかすかに眉根を寄せた。目が、なぜ自分に同行を求めるのかたずねている。

　西條はもう一度、君、という言葉に力を込めて言う。

「君に、頼みたいんだ」

　雨宮が頷くことを、心で強く願う。今日を逃したら、いつミカエルについて話せるかわからない。

　自分を見つめる強い視線から、誰でもいいわけではなく、自分に同行を頼む理由があるのだ、と雨宮は感じ取ったらしい。

少し考えてから、雨宮は答えた。

「仕事が終わったあと予定がありますが、後日に変更します」

つい、身体が前のめりになった。改めて確認する。

「同行してくれるのか」

「三時に西條先生の車の前でいいですか」

西條は頷く。

雨宮は、ふたりのやり取りを見ていた航に微笑んだ。

「私が一緒に行くから、よろしくね」

航は小さく頷く。雨宮は西條に、てきぱきと言う。

「なにか必要なものがあればおっしゃってください。前もって準備していきます」

雨宮は航に視線を戻し、頭を撫でた。

「じゃあ、あとでね」

航を撫でる手がひどく優しく見え、戸惑う。

雨宮はふたりに背を向け、温室を出ていった。


北竜町についたのは、夕方の五時に差し掛かろうというあたりだった。陽は傾いているが、まだ明るい。

西條は緩い坂を上りながら、肩越しに背中を振りかえった。

「どうだい。すごいだろう」

西條に背負われながら、航は弾んだ声を出した。

「うん、すごい。こんなに広いなんて思わなかった」

「先が見えないくらい広いって、教えたじゃないか」

航は西條の首にしがみつき、耳元に口を寄せた。

「あのね、西條先生。ブリアンたちが流れ着いた島はチェアマン島だよ。南アメリカ大陸のハノーバー島」

得意げに言う航に、西條は笑った。

「そうか、すっかり忘れていた」

「なんの話？」

少しあとからついてくる雨宮は、ふたりに訊ねた。

航は後ろを振り向き、得意げに言う。

「『十五少年漂流記』だよ。雨宮先生、知らないの？」

雨宮が困ったように笑う気配がした。

「知ってるけど、読んでないわ」

航は楽しそうに、物語のあらすじを雨宮に教える。

ひまわりの里の駐車場は、向日葵畑から少し離れた場所にあった。

航は最初、自分の足で歩いたが、途中から西條が背負った。息があがりはじめたからだ。平坦に見える道も、病院のバリアフリーの廊下に慣れた足には、思ったより負担がかかったようだ。

ここからは背負っていく、という西條の言葉に、航はかすかに難色を示したが、困らせてはいけないと思ったらしく、大人しく言うことを聞いた。

背負われてからしばらくは、緊張した様子で身を固くしていたが、向日葵畑が見えてくると、航は感嘆の声をあげはじめた。

背中ではしゃぐ航は、健康な子供と変わらない、十二歳の少年だった。

見晴らしのいい場所まで来ると、西條は航を背中から降ろした。

広い丘に向日葵が咲き乱れ、広い空の向こうに連山が見える。

壮大な自然に圧倒されているのか、航は声が出ないようだった。やがて深く呼吸をして、西條を見た。

「風のにおいがする」

「土のにおいもするだろう」

航はその場にしゃがみ、地面に顔を近づけた。手を土につけ、鼻先へ持っていく。立ち上がり、汚れた手を西條に見せて笑った。

手についた土を払い、航は道の先を指さす。

「あっちに行ってもいい？」

西條は頷く。

「走っちゃだめだ。ゆっくり歩いていこう」

航は元気よく返事をして、歩きだした。西條と雨宮が、あとに続く。

西條の隣を歩きながら、雨宮が言う。

「航くんの親御さん、よく外出を許しましたね」

西條は温室を出たあと、航のカルテを調べ、緊急連絡先になっている母親の携帯に電話をした。

航を北竜町に連れていきたい、と伝えるとひどく驚き、理由を訊ねた。病院に長くいては息が詰まる、気分転換することも心身には必要だ、と説明し、自分が一緒だ、と伝えると母親は承諾した。

西條は、前を行く航の背を見つめる。

「最初は心配していたが、私が一緒だと言ったら、安心したみたいだ。よろしくお願いします、と言っていたよ」

航は、道の両側に咲き乱れる向日葵を眺めながら、ゆっくりと進んでいく。

航の背を見ながら、雨宮は訊ねる。

「それで、用件はなんですか」

西條は目の端で雨宮を見た。

「やっぱり、わかっていたのか」

「西條先生が、ただの付き添いのために私を誘うわけがありません。そんなことぐらい、わかります」

雨宮が探るような目を、西條に向ける。

「なんのお話ですか」

西條は前に目を戻し、短く言う。

「ミカエルについて、調べてもらいたい」

理由を訊く間を与えず、西條は一気に話す。

「ミカエルに欠陥があるかもしれない。それが本当かどうか確かめるために、いままでＳ１で行った手術のデータが必要だ。それを、集めてほしい」

雨宮が足を止めた。

西條も立ち止まる。

雨宮を見る。雨宮は、沈みかけている夕陽を背にしていた。逆光で表情がよく見えない。

西條は、布施の妻と黒沢から聞いた話を端的に伝えた。

「ミカエルでの心臓手術の第一人者と呼ばれている私は、この問題を無視できない。真実を確かめる責任がある」

雨宮は黙っている。西條は話を続ける。

「君が困惑するのはわかる。今後の医療を左右するような話を聞かされ、動揺しない者はいない。いまの時点でこの話を知っているのは、布施の妻と黒沢、私と君だけだ。このことは、真実がわかるまでは、誰にも知られてはいけない」

西條は声に力を込めた。

「こんなことを頼めるのは、君しかいない」

信用できる人物を考えたときに、頭に浮かんだのが雨宮だった。誰にも阿《おもね》らず、自分や相手の立場に関係なく己の意見を述べる雨宮なら、信用できる。

西條は、雨宮の返事を待った。

黙って話を聞いていた雨宮は、逆に問い返した。

「データを集めて、もし、ミカエルに欠陥があるとわかったら、どうされるんですか」

予期していなかった問いに戸惑う。

雨宮はさらに問う。

「ミカエルの使用を中止するおつもりですか」

西條は雨宮から目をそらし答えた。

「そうだ」

ミカエルでの手術における第一人者として、ミカエルに問題があるとわかったら即座に中止を求める。それは当然だ。が、答えた声には力がなかった。

雨宮は、西條との間合いを詰めた。問いただすように言う。

「ここでミカエルを止めたら、医療の発展は数年、もしくは十年以上遅れてしまいます。それがどのような意味を持つか、西條先生ならおわかりでしょう」

医療が前進するには、ときには立ち止まることも必要だ。一度足を止め、本当にこの治療に問題はないか精査しなければいけない場合がある。しかし、そのあいだに、先進的とされていた治療が受けられず助からない命があることも事実だ。

雨宮は、欠陥があるとわかってもミカエルの使用を中止するべきではない、それより、ミカエルでの手術が受けられず失われる命に目を向けるべきだ、そう暗に訴えているのか。

西條は、雨宮を睨んだ。

「命の重さを、数で測るのか」

雨宮は冷静に言い返す。

「私は事実を言っているだけです」

声の強さに、西條はわずかに怯んだ。

冷酷なまでに揺るがない雨宮の意思は、いったいどこからくるのか。

「君は、どうしてそこまでロボット支援下手術にこだわるんだ」

雨宮は西條を見つめた。

重い沈黙が、ふたりのあいだに流れる。

雨宮の口が開きかけたとき、航の声がした。

「西條先生」

少し離れた先で、航がこちらを見ていた。両手を高くあげ、こちらに向かって手を振っている。

「ねえ、あれ見て」

航は道の先を指でさした。

指先を目で追うと、道の先に手作りの看板が立っていた。『ひまわりの見晴らし台』と書かれてある。看板のそばには、木で組み立てられた高台があった。

そばまで行くと、見晴らし台を見上げている航に、雨宮が声をかけた。

「登ってみようか」

航が驚いたように、目を大きくした。

「いいの?」

階段を登るのは、平地を歩くより心臓に負担がかかる。望んでも無理だと思っていたのだろう。

雨宮は頷きながら、西條を見た。

「ゆっくりなら大丈夫ですよね、西條先生」

見晴らし台の高さは階段で十段ほどだった。駆け上がりさえしなければ問題はない。

「足元に気をつけて」

西條の許しを得た航の顔がぱっと明るくなった。恐々《こわごわ》といった様子で、慎重に階段を登りはじめる。雨宮と西條もあとに続いた。

航をあいだに挟み、三人で並んで立つ。

見晴らし台からは、広大な向日葵畑が一望できた。見渡す限り、黄色い花が咲き乱れている。

無言で目の前の景色に見入っていると、隣で航がぽつりとつぶやいた。

「また、来たい」

誰に言うでもない、独り言のような言い方だった。

雨宮は航の肩に手を回し、細い身体を引き寄せた。

「うん、また来よう。大丈夫。西條先生が、航くんの心臓を治してくれるから」

航は隣にいる西條を、ゆっくりと下から見上げた。

「西條先生、僕、ずっと誰かにあやまりながら生きてきたんだ。家ではお父さんとお母さん。学校では、重いものが持てない僕に代わって机を運んでくれたり、給食の牛乳を運ぶ当番を代わってくれたりする友達。ほかにも、迷惑をかけてきたたくさんの人にあやまり続けてきたんだ」

航は向日葵畑に視線を戻した。

「僕はそれを、ずっと仕方がないと思ってきた。だって僕は、生まれつき心臓が壊れていたんだから」

たしかに航は、誰かの手を借りながら生きてきた。が、それは航だけじゃない。誰もが誰かに助けられながら生きている。自分だけの力で生きている者はいない。もし、そう思っているやつがいたら、傲慢以外のなにものでもない。

西條はそう言おうとした。が、航は西條に言う間を与えず、言葉を続ける。

「みんな、僕に優しい。嬉しいけれど、ときどき悲しくなるんだ。だって、みんなが僕に優しいのは、かわいそうって思っているからなんだから」

優しさと哀れみは違う。

多くは哀れみの裏には、その災難が自分に降りかからなくてよかった、と安堵する感情が潜んでいる。自分ですら気づいていないであろう相手の感情を、航は敏感に感じ取っているのだ。

航はうつむいた。

「心臓病を抱えている僕は普通じゃない。心臓に機械なんかいれたら、僕はもっと普通じゃなくなる。そう思ったから、人工弁はいやだって言ったんだ。でも、ここにきて気持ちがかわった」

航は再び顔をあげる。

「僕、先のことなんて、考えたことがなかったんだ。あれもできない、これもできない。毎日、人に迷惑をかけながらただぼんやりと過ごすだけなら、この先どうでもいいやって――でも今日、この向日葵畑を見てまた来たいって思ったんだ。また来られるなら、普通じゃなくなってもいいって――」

航は西條に向き直り、まっすぐに目を見つめた。

「西條先生、僕を手術して」

感情がなかった航の目に、生を望む力強さが宿っている。

西條は胸が熱くなった。生きる希望を見つけた少年をなんとしてでも救いたい、そう強く思う。

雨宮は腰をかがめて、航と目の高さを合わせた。

「航くんが、悲しくなる必要なんかないよ。航くんがいう普通ってなに？　心臓が丈夫な人のこと？　心臓が丈夫でも、手が不自由な人はいるよ。身体が健康でも、心が傷ついている人もいる。走るのが苦手でも、泳ぐのが得意だったり、人とうまく話せないけど、文章を書くのは好きだったり、この世の中には、いろいろな人がいる。同じ人はいない。みんな違う。人と違うから普通じゃないなんてことはないの」

雨宮は航の両腕を掴み、身体を自分のほうへ向かせた。真剣なまなざしで航を見据える。

「みんな、航くんに元気になってほしいの。お父さんもお母さんも、西條先生も私も。航くんの心臓が自分の弁かなんて、関係ない。生きていてくれるだけで、いいの」

生きていてくれるだけでいい、それは幼かった西條が、両親を失ったときに抱いた思いだった。どんな姿でもいいから生きていてほしいと思う気持ちは、愛しい者に誰もが抱く願いだろう。その願いは、かつてもいまも、これからもかわらずに続く。

西條は空を仰いだ。

願いは祈りだ。どのような崇高な僧侶も、富める権力者も、一国を瞬時に消滅させる力を持つ武器でも、人の祈りを止めることはできない。止める権利もない。

――航を、ミカエルで救う。

西條は心で誓った。

自分の決断が、正しいのか過ちなのかはわからない。が、航を救う、という気持ちだけは本物だった。

目を戻すと、航が西條を見ていた。

西條は航に手を差し出した。

「帰ろうか」

航は頷き、西條の手をとった。

見晴らし台から降りても、航は西條の手を離さなかった。

向日葵に囲まれた道を歩きながら、西條は航の手を強く握った。航も、強く握り返してきた。

航の手術に関する説明が行われたのは、ひまわりの里に行った五日後だった。循環器外科入院病棟の相談室には、西條と真木のほか、星野と宮崎、航と両親がいた。会議用の長机を挟み、医療者側と患者側が向かい合っている。

説明は、人工弁と弁形成の術式の説明からはじまり、両親と航の意思確認に至った。

航の心臓の状態から、もう術式は決めなければいけない時期だった。これ以上、手術が遅れることは、航の心臓が止まるリスクが大きくなることを意味した。

術式の説明が終わり、宮崎は航と両親に希望する術式を訊いた。答えたのは、父親の大輔だった。

大輔は、ミカエルによる人工弁を希望した。この選択は、両親だけでなく航本人の意思でもあるという。

進行役の宮崎が、航に改めて確認した。

「航くんは、西條先生に手術をお願いするのね」

航は、訊ねている宮崎ではなく、西條を見て頷いた。

ほっとしたのだろう。母親の佳織は、泣き笑いのような表情で、隣にいる航を見た。航の反対側に座る父親も、安堵した様子で目を閉じる。西條の手術を受けたい、という航の意思は、ふたりとも今日の説明より前に、本人から聞いている。が、いざとなると航の気がかわるのではないか、と心配だったのだろう。

西條は航と両親を見て、きっぱりと言う。

「私が責任をもって、執刀医を務めます」

両親は、揃って西條に頭をさげた。

宮崎はちらりと、顔色をうかがうような視線で、真木を見た。

航の決定を真木がどのように感じているのか探っているようだ。

真木はいつもと変わらない表情だった。不満げな様子はみじんもない。患者の選択を素直に受け止めている、そんな風に見えた。

西條の隣にいる星野が、まるで自分が執刀医であるかのように胸を張った。

「スタッフ全員、航くんの手術が成功するよう全力を尽くします」

続いて前に身を乗り出し、航を勇気づけた。

「なにも心配ないからね。眠っているあいだに終わっちゃうよ」

航がかすかにほほ笑んだ。

相談室が和やかな空気に包まれる。

「では、手術日とそれまでの流れは、追ってお知らせします」

宮崎は航の両親にそう伝え、真木と西條、星野を見た。

「先生方、この場で航くんとご両親にお伝えすることがありますか。なければ今日の説明はこれで――」

この場を閉じようとする宮崎の言葉を、西條はさえぎった。

「ひとつ、ここにいるみなさんに伝えておきたいことがあります」

全員の目が、西條に向けられる。

「航くんの手術のスタッフですが、助手を真木先生にお願いしたいと思います」

感情を表に出すことが少ない真木が、明らかに驚いた様子で西條を見た。星野も宮崎も、思いもよらない西條の言葉に、声を失っている。

西條が真木に助手を頼むということは、いままで争っていた敵軍の大将に、自分が乗る馬の引き綱を引かせるようなものだ。見る者によっては、自分に歯向かった真木への嫌がらせのように映るだろう。

実際、星野と宮崎は、そう思っているらしかった。

争いの勝敗はついた。見せしめのごとく、真木をそこまで貶《おとし》めなくてもいいのではないか、と目が言っている。

真木本人は、西條が見せしめや嫌がらせで、助手を頼んでいるとは思っていないようだった。本心を探るような鋭い目で、じっと西條を見ている。ロボット支援下手術での助手なら、星野のほうが慣れている。なぜ、経験が浅い自分に頼むのか、そう目が訴えている。

医療者側の思惑がわからない両親は、みんながなぜ驚いているのかわからないといった感じで、医療者側四人の顔を交互に見ている。

航は真剣な表情で、直観で、真木と西條を見ていた。ふたりのあいだでなにかが起きているとわかっているのだ。

手術の助手を真木に頼むと決めたのは、ひまわりの里に行った日の夜だった。

仕事を終えた西條は、ホテルのベッドに仰向けになり、長いあいだ天井を睨んでいた。

ひまわりの里で、航は西條に自分の命を託した。航の決意を引き受け、西條は航にミカエルによる人工弁を施す手術を行う覚悟を決めた。

どのような手術でも、ありとあらゆるケースを想定して行う。術中に、万が一の事態が起きたとき、どう対応するかを考えなければいけない。

西條が出した答えは、真木だった。

もし、航の手術中に少しでもミカエルの不具合を感じたときは、真木に手術を委ねる。ロボット支援下手術から開胸手術に変更し、手術を続行する方法しかなかった。

循環器第一外科長で、本来なら執刀医の立場にある真木に助手を頼めば、誰もが疑問に思うだろう。

だが、真木に助手を務めてもらわなければならない。それが、ミカエルで手術を行うと決めた自分の責任だ。

「あの、お言葉ですが——」

星野が口を開いた。

「真木先生は、ご自分の患者さんの予定もあるかと思います。助手なら僕が務めますが——」

星野の提案を、西條ははねのけた。

「いや、助手は真木先生に頼む」

西條の強い口調に、星野は慌てたように口をつぐむ。

隣にいる真木に、西條は顔を向けた。

「白石航くんの執刀医としてお願いする。助手を務めてもらいたい」

真木は西條の目を見返した。

ふたりの視線が強くぶつかる。

なにを言っても西條は考えを変えない、と思ったのか、患者を目の前にして理由を問い詰めるべきではないと考えたのか、真木は短く答えた。

「わかりました」

術式は違うが、西條と真木は、心臓手術の名医と呼ばれている。そのふたりが息子の手術を行うことは、両親にとって手術の成功を意味するのだろう。ふたりは感極まったような様子で、西條と真木に深く頭をさげた。

説明を終え、相談室を出ると星野が西條を呼び止めた。

「西條先生、待ってください」

星野は足を止めた西條に駆け寄り、怒ったように訊ねた。

「どうして助手に、真木先生を選んだんですか。僕ではいけないんですか」

西條は白衣のポケットに両手を入れ、星野に背を向けた。歩きながら答える。

「君に問題はない」

「それじゃあ、なおさらわかりません。西條先生が行う手術の大半は、僕が助手を務めてきました。西條先生の手術のやり方、テンポ、タイミングなど、僕が一番わかっています。それは、誰もが認めるでしょう。それなのに、どうして今回は真木先生に頼むんですか」

星野のいうとおり、いままで西條が行ってきた手術で、一番多く助手を務めたのは星野だった。星野を、西條の右腕、と呼ぶ者もいる。その呼ばれ方を、星野が誇らしく思っていることも知っていた。

今回、西條が真木を助手に指名したことは、星野のプライドを傷つけたのだろう。真木を助手に選んだ本当の理由を口にすれば納得するだろうが、それは言えない。

西條は突き放すように言う。

「万全の態勢を整えて手術に臨む。理由はそれだけだ」

横を歩いていた星野は、西條の前に回り込み、目の前に立ちはだかった。西條に向かって、怒鳴るように訴える。

「それなら僕でもいいじゃないですか。どうして真木先生なんですか。納得できません」

星野の声の大きさに驚き、周囲にいた患者や看護師たちが、こちらを見る。

視線に気づき我に返ったのか、星野はばつが悪そうにうつむき、声を潜めた。

「航くんの手術は、西條先生の高度な技術が見られる数少ない機会です。僕はこの目で、先生の優れた手術が見たい。お願いします。僕に助手をさせてください。考えがかわらないのなら、僕が納得できる理由を説明してください」

様子が落ち着いた星野を見て安心したのか、西條が目で、こちらを見るな、と訴えたからか、周囲の視線がふたりから離れた。

懇願する星野を、西條は厳しい口調で突っぱねた。

「なんど訊かれても、答えは同じだ」

うなだれていた星野は、顔をゆっくりとあげた。悔しそうに西條を見る。

星野の視線を振り切り歩き出した西條を、別な声が引きとめた。

「私も知りたい」

足を止め、振り返る。

真木だった。

「私も、西條先生が私を助手に選んだ理由が知りたい」

意外な応援が現れたことに、星野は戸惑ったらしい。真木に席を譲るように、一歩退く。

真木は星野がいた場所に立ち、西條に改めて訊ねる。

「ロボット支援下手術の助手の経験なら、私より星野先生のほうがある。星野先生が助手を務めるほうが、安心だ」

「だめだ」

西條は真木の目を見ながら、きっぱりと言う。

「星野くんがどうとかいう問題じゃない。白石航の手術の助手は、君でなければいけないんだ」

「その理由は」

真木が訊ねる。

西條は、真木の日を見ながら答えた。

「私が、自分での手術は続行不可能だ、と判断した場合、君に執刀医を頼みたいからだ」

まさか、というように、星野が口を開けた。

手術中になにかしらの問題が発生し、急遽、術式を変更することはある。が、ミカエルでの心臓手術において、内視鏡手術から従来の開胸手術へ切り替えたというケースは聞いたことがない。ましてや、西條が執刀医を途中で替わるなどいままで一度としてないし、そのような想定で手術に臨んだこともなかった。

「その可能性は」

真木が問う。

西條は、真木の目を見て答えた。

「限りなくないに等しい。が、ゼロでない。そのときは、頼む」

命じているのか、懇願しているのか、自分でもわからなかった。西條の頭のなかには、航を救うことしかなかった。

真木は言葉の真意を問うように、西條の目をじっと見据えていたが、やがてぽつりと言った。

「手術日が決まったら、すぐに教えてください」

西條は頷く。

真木は踵を返し、病棟のほうへ戻っていった。

ふたりだけになると、星野が声をあげた。

「本気ですか、西條先生」

西條は、真木とは逆のほうに向かって歩き出す。

「なにがだ」

「真木先生に、執刀医を譲る話ですよ」

星野は、足早に歩く西條を追いかけながら言う。

「航くんの手術は、ロボット支援下手術をさらに広める絶好の機会なんですよ。それを、自分ができないときは開胸手術にするなんて、それじゃあミカエルより開胸手術のほうが勝っていると思われてしまいます。これからの北中大病院のために――医療の未来のために、航くんの手術はなにがあっても、ミカエルで成功させるべきです」

西條はひと気のないところまで来ると、勢いよく振り返り、星野の胸倉を摑み上げた。

驚いている星野の背を、壁に強く叩きつける。

衝撃で、星野は声をあげた。

西條は、胸倉を摑み上げている手に力を込めながら、星野に顔を近づけた。低い声で言う。

「それ以上、なにも言うな。言ったら、次の人事で私のもとから外す」

航をミカエルによって救いたいと思っているのは、ほかの誰でもない自分だ。なにも知らない星野を責めるのは間違っている。そうわかっていても、西條は胸にこみあげる怒りを抑えることができなかった。

「西條、先生――」

星野は、苦しい声の合間に西條の名を呼んだ。西條を見る目に、悲しみと怯えが浮かんでいる。

西條は星野から手を放し、歩き出した。

星野が追ってくる気配はない。背中に、泣き声にも似たうめき声が聞こえた。


マンションのドアを開けた西條は、懐かしい感じがした。

ホテルで寝泊りするようになってから、まだ一週間しか経っていない。が、西條のなかでは、数か月ぶりの帰宅のような気がした。

美咲からメールがあったのは、今日の夕方だった。

内容は、義母の寛子を送るため仙台へ行くが、そのまましばらく実家にいる、というものだった。

メールを読んだ西條は、ほっとした。

書斎に置いてある書類のなかに確認したいものがあり、近いうちに取りにいかなければならなかったからだ。

北中大病院からマンションまで、車でたった五分だ。行こうと思えばすぐに行ける。が、ずっと足が向かなかった。

理由は寛子だ。

マンションに行けば、寛子と顔を合わせなければならない。

寛子からの電話は、用事があるなら美咲へかけるように伝えてからなくなった。様子がおかしい娘夫婦が心配で、西條にいろいろ訊ねたいはずだが、我慢しているのだろう。

顔を合わせなければ、訊きたい気持ちを堪えられるかもしれない。しかし、西條と会ってしまったら、寛子はおそらく耐えられない。夫婦仲はどうなっているのか、なにがあったのかと問い詰めてくる。

訊かれても、いまの美咲との状態をどのように伝えればいいのか、西條にはわからない。

誰もいない部屋は、ひっそりと静まり返っていた。

灯りをつけた西條は、違和感を覚えた。

ダイニングは、いま引っ越してきたばかりのように掃除されていた。キッチンもそうだ。いつもなら、ダイニングテーブルのうえに、美咲の読みかけの雑誌や菓子の類が置かれているが、それもない。人が住んでいるにおいがない部屋は、モデルルームを思わせた。

リビングのソファに腰を下ろした西條は、目の前のローテーブルに置かれている用紙を見つけた。

白紙の離婚届だった。夫と妻の氏名欄には、なにも書かれていない。

メモ用紙が添えられ、そこに短い一文があった。

『あなたが決めてください』とある。

西條が夫の欄に必要事項を書き、美咲の実家に送れば、離婚が成立するのだろう。

驚きはなかった。

メモをローテーブルに置き、寝室のドアを開けた。

ふたつ並んだベッドは、シーツも布団も、ホテルのベッドメーキングのあとのように整っていた。

西條は、自分の書斎へ向かった。

灯りをつけて、書斎机の椅子に座る。

引き出しを開けて、必要としていた書類を取り出した。

手元でパラパラとめくり、確認する。持ってきたバッグに入れて、書斎を出た。

リビングから玄関に続くドアに向かう。

マンションに泊まるつもりはなかった。

いまここにいるのは、西條だけだ。美咲も寛子もいない。が、マンションにいると、ふたりのことが頭をよぎる。

自分でも薄情だと思うくらい、美咲が置いていった離婚届に関心がなかった。

夫婦関係を継続するか否かの決断を、美咲は西條に委ねていった。西條から言わせれば、美咲は狡《ずる》いやり方で、西條を試しているのだ。自分の意思を述べず、相手に答えを委ねるのは、自分が責任を負いたくないからに過ぎない。

西條の脳裏に、航が浮かんだ。

まだ十二歳という年齢なのに、航は自分で人生を決めている。自分の身に降りかかった理不尽な病に怒り、怯え、悲しみ、悩み、西條に自分の命を託すと決めた。決断するまでに、どれほどの葛藤があったのか。

航だけではない。西條が出会ってきた多くの患者は、さまざまな決断を強いられるなかで、孤独と闘い、ときに誰かに助けられながら、自分で道を決めてきた。自分で道を選んだ患者は、結果が自分の望んだものとは違ったとしても、後悔をすることなく、自分の人生を受け入れた。

逆に、人に決定を委ねた者は、何事においても不満を抱く。

人の身体はひとりひとり違う。治る過程も時間も別だ。予期せぬことが頻繁に起きる。

医療者も患者も、自分で進む道を選ばなかった者は、少しでも自分が考えていた経過と違うと、誰かを責める。こんなことになっているのは自分のせいじゃない、お前のせいだ、と訴える。

人生の意味は、自分が納得できるかだ。結果がどうであれ、自分が決めた道なら後悔はない。

西條は、玄関のドアを開けた。

うしろを振り返り、誰もいない部屋を見渡す。

美咲は悔いのない人生を送れるだろうか。

後ろ手に玄関のドアを閉め、西條はマンションを出た。

第八章

北海道の秋は早い。

九月上旬のこの時期、本州ではまだ残暑が厳しいが、北の大地は朝晩の冷え込みが強まり、上着が必要となる。

西條は北中大病院の温室にいた。白衣のポケットに両手を入れ、ミカエルの石像の前に佇んでいる。

はじめて真木とあったのは、この石像の前だった。あのときは、まさか真木に自分の助手を頼むことになるとは思っていなかった。

今日は、航の手術日だった。

手術は午前九時からはじまる。いまごろ航は、両親とともに看護師の術前訪問を受けているはずだ。

昨夜、西條は航の病室を訪れた。手術当日は、朝から手術の準備があり、患者も執刀医も慌ただしい。どうしても、手術の前に航に渡しておきたいものがあった。

航は寝る準備を終えて、ベッドに横になっていた。

病室にやってきた西條を見て、航は起き上がろうとした。その航をとめて、西條は上着のポケットから小さな袋を取り出した。布で作られた巾着で、うえが紐で結ばれている。

袋を受け取った航は、なかを見て目を輝かせた。

袋の中身は向日葵の種だった。

病を治すには、医師の適切な治療が必要だ。が、それ以上に必要なのは、患者の力だ。

生と死の狭間に立ったとき、生きたい、と思う気持ちほど強いものはない。もうだめか、と思った患者が、自分の生命力で生還する場面を、西條はなんども見ている。

手術に臨む航に、西條はなにか力を与えたかった。

言葉をかけようにも、月並みな言葉しか浮かばない。それらは、西條が心から口にしても、上澄みのように薄い感じがするものばかりだった。

形があるもの、と思ったが、これもすぐには浮かばなかった。航の個人的なことは、読書が好きなことぐらいしか知らない。

本を渡すことも考えたが、内容によっては不安を煽《あお》ってしまいかねない。もっと、目にしただけで元気が出るようなものはないか。

考えて、向日葵が浮かんだ。

航が西條に手術を頼むと決めた、ひまわりの里に咲いていた花だ。

フラワーショップに買いに行こうかと思い、すぐにやめた。航は切り花を好まない。

考えて、向日葵の種にした。

ホームセンターに行き、種と小さな袋を買い求めた。

航は向日葵の種を掌にのせ、嬉しそうに眺めている。

眠れそうか、と訊ねると、航は頷いた。もらった種を握りしめて寝るという。

消灯の見回りでやってきた看護師と入れ違いで、西條は部屋を出た。

温室の外から、若い声がした。数人で話す声が、温室に近づき遠ざかっていく。夜勤明けの研修医か、出勤してきたフェローか。

成長した航を想像する。

生まれながらにして病を背負い、死を乗り越えた航は、人の痛みがわかるいい青年になるだろう。

西條は、石像のミカエルを睨んだ。

――お前が天使なら、俺は神だ。お前は俺の命ずるままに動けばいい。決して逆らうな。

心でつぶやき、西條は温室をあとにした。


手術部にあるミーティングルームで、西條は航の手術でチームを組む四人の顔を見渡した。

「患者はまだ子供だ。体力は、長時間の手術に耐えられるほど充分ではない。一分一秒でも早く手術を終えることが、患者の命を救うことに繋がることを、常に心に留めておいてほしい」

チームは、西條と真木のほかに臨床工学技士、麻酔科医、外回りの看護師の五人で形成されている。

西條をのぞく四人が頷く。

ミーティングルームには、チームのメンバーのほかに、星野、前園、雨宮、曾我部、企画・財務担当病院長補佐の武藤がいた。

星野と前園は、勉強のために西條の手術の見学を希望していた。

武藤は、北中大病院百周年記念の広報活動の取材だという。企画マネジメント部に所属しているというカメラマンをひとり連れていた。

曾我部が立ち会う理由は、ミカエルによる人工弁置換術という国内でも例がない手術を、病院の長として見届けたいとのことだった。雨宮は曾我部の付き添いだ。

曾我部が航の手術に立ち会うという話は、航の手術を西條が行うと決まった日に言われていた。病院長室を訪れ、航の術式を報告すると、曾我部は少し考えてから、手術には自分も立ち会う、と言った。

曾我部が口にした理由を、西條は表向きだとわかっていた。

航の手術は、多くの医療関係者が注目している。成功した場合、ミカエルをいままでと同じように——いや、さらに大きく北中大病院の看板として打ち出し、病院の将来をミカエルに託すのだろう。

もし、ミカエルの不具合や西條のミス、患者の身体が手術に耐えられず失敗に終わった場合は、西條から真木に乗り換え、従来の開胸手術を推奨するはずだ。

この手術で北中大病院の未来が決まる、と言っても過言ではない。

ミーティングを終え部屋を出ると、曾我部が西條に声をかけた。

「安心して見ているよ」

——狸が。

西條は心でつぶやき、頭を下げた。

曾我部の後ろに雨宮がいた。

真剣な目で西條を見ている。

西條は睨むように、雨宮を見返した。

航の命も、これからミカエルを必要とする数多の命も、俺は救う。

西條の決意が伝わったのか、雨宮は小さく頷いた。

廊下の奥から、看護師がやってきた。車いすを押している。

車いすには航が乗っていた。後ろに両親もいる。

看護師は西條の前で、車いすを止めた。

西條は腰をかがめて、航の顔を覗き込んだ。

「おはよう、気分はどうだい」

航は答えるかわりに、右手を差し出した。握っている手を開くと、昨日、西條が渡した小さな袋があった。

西條は差し出された右手を、うえから握った。

「がんばろう」

航は頷く。

看護師に車いすを押されながら、航は手術室へ入っていった。

航が手術室に入っていくのを見届け、西條は操作室に入った。

曾我部、雨宮、星野、前園がついてくる。

遅れて武藤がやってきた。手術室の隅で写真を撮るというカメラマンに、指示を出してきたという。

西條は、操作台であるサージョン・コンソールに座り、ミカエルを起動した。

各種のボタンや、術野を確認する双眼鏡のような接眼部に光がともる。

西條は腕を置くアームレストの高さを調整し、接眼部からなかを覗いた。モニターに、まだ患者がいない手術台の一部が映っている。内視鏡カメラがとらえている映像だ。

西條はモニターを見ながら、ミカエルを操縦するマスター・コントローラを、親指と人差し指で摑んだ。

アームの先端についている鉗子の動きや、モニターのズーム機能が正しく機能しているか確認する。

問題はなかった。ミカエルは西條が操るまま、従順に動く。

手術室のドアが開き、航が入ってきた。ストレッチャーに仰向けに横たわり、裸の状態でうえから青いオイフをかけられている。

続いて、手術着に着替えた、チームのスタッフが入ってきた。

手術台の頭のほうに麻酔担当の医師が立ち、人工心肺装置のそばにある椅子に臨床工学技士が座る。

外回りの看護師が、手術台から少し離れた場所に待機した。

航の右側——助手の位置に真木が立つ。

航の腕には、すでに点滴が施されていた。心電図や血圧などの、患者の状態を診るための器具も、身体に取り付けられている。

麻酔科医が西條と真木、その他のスタッフに言う。

「麻酔をはじめます」

全員が頷く。

真木は航の顔を覗き込み、声をかけた。

「いまから眠くなるからね。安心して寝るんだよ」

麻酔科医が航に、人工呼吸用のマスクをつける。

点滴から準備用の麻酔薬を注射器で入れると、航はすぐに意識をなくした。すぐさま、肺に酸素を送る管が、航の気管に挿入される。

続いて、右胸腔内で手術操作をするために、分離肺換気チューブを挿入する。右肺が邪魔にならないようにするための、特殊なものだ。

子供の気管は大人に比べて細い。分離肺換気チューブの挿入および固定には、高度の熟練を要する。が、麻酔科医の手際は、速やかだった。

ここまでは順調だ。体温や脈、さらには脳波から麻酔深度がわかるＢＩＳモニターを確認しながら、麻酔を深めていく。

麻酔が完全にかかったと確認がとれると、西條はサージョン・コンソールの中央にあるマイクに向かってタイムアウトを行った。

「白石航くん、十二歳、男性に対して、ロボット支援下の僧帽弁置換術を行います。よろしくお願いします」

スタッフたちは、同じ言葉を繰り返す。

真木が人工心肺の準備に入った。すばやく、鼠径部《そけいぶ》を切開し、送血用、脱血用の管を挿入するために大腿動脈、大腿静脈を露出する。

心臓を止めているあいだ、体外循環を行う。患者の体内から血を出し、人工心肺に乗せて、再び体内に送り戻す。真木が行った処置は、そのためのものだ。

送血と脱血の準備が済むと、真木は手術器具を入れるための穴を確保した。

メスで航の右第四肋間《ろっかん》に、およそ三センチの傷を開ける。手術器具や縫合糸を出し入れする、ワーキングポートと呼ばれるものだ。

続いて、右第三肋間にロボット左手用の小さな傷、右第六肋間にロボット右手用の小さな傷を開けた。ワーキングポートより正中寄りにも、もうひとつ開ける。左心房壁を引き上げ、僧帽弁を展開するための左房鉤だ。体内の様子を確認するための、高解像度3D内視鏡カメラを入れるカメラポートは、ロボット左手用と右手用の穴の真ん中に確保した。

真木は操作室にいる西條をガラス越しに見た。

「送血と脱血の準備と、各ポートの確保できました」

西條の後ろで、星野がつぶやいた。

「速い――」

曾我部が、満足そうに唸る。

西條は誰にも気づかれないように、深呼吸をした。

ここから手術の本番がはじまる。

心臓の膜を切開し、人工心肺を開始する。大動脈遮断をし心停止確認後、左房を切開し、僧帽弁置換を行う。

西條はマイクに向かって言う。

「いまから心膜切開に入る」

西條はモニターを覗き、マスター・コントローラを摑んだ。

ミカエルのアームを動かす。

アームの先端には、ジョーと呼ばれる鉗子がついている。把持、剝離《はく り》、切断などの機能を持つ部分だ。

西條はマスター・コントローラを操作し、慎重に四本のアームをポートから航の体内に挿入していく。

モニターに、航の心臓が映った。カメラポートから体内に入れた、高解像度3D内視鏡カメラの映像だ。

肥満傾向にある成人だと、心臓を脂肪が覆っているケースがあるが、航の心臓は血管がくっきりと見えるほど状態はよかった。

真木は、手術室のなかにあるビジョン・カートのモニターを見ていた。ビジョン・カートには、高解像度3D内視鏡カメラの映像が映るモニターや、映し出された映像の明暗やフォーカスなどをコントロールする機器が搭載されている。

西條は慎重に、心膜を切開した。

白い命が姿を現す。

西條は、真木に送血管、脱血管を挿入するように伝え、臨床工学技士に指示した。

「人工心肺を開始する」

同じ言葉を繰り返し、臨床工学技士は装置を操作しはじめた。

航の体力を考慮し、心停止が可能な時間は三時間にした。それ以上、長くはできない。一分延びるたびに、航の命が死の危険に脅かされていく。

航の心拍数や血圧が映し出されているモニターの波が、次第に平坦になっていく。やがて、血圧の波がなくなった。

画面下のデジタル時計が、一秒、二秒とカウントをはじめる。

臨床工学技士が言う。

「人工心肺に乗りました。目標灌流《かんりゅう》量に到達しています」

西條は大動脈遮断を行った。僧帽弁の良好な視野を確保するためだ。続いて、心筋保護液を注入した。

「患者は」

西條は真木に確認する。

真木はモニターを見ながら答える。

「心電図はフラットです。心停止しました。体温、酸素量ほか異常なし」

西條はスタッフ全員に伝える。

「左房切開、その後、僧帽弁置換を行う」

航の僧帽弁は、長いあいだ逆流にさらされていたため、組織が変性していた。僧帽弁は前尖《ぜんせん》と後尖《こうせん》という二枚の弁からなるが、両弁とも本来収まるべき場所から逸脱していた。弁を切除し、人工弁を縫い付ける操作に取り掛かる。

真木が、ジョーを切断用から把持用に交換し、糸を通した針を差し出す。

差し出された針の角度は、完璧だった。アームの角度を調整する必要はなく、そのままアームを進めると、組織に到達した。弁尖と弁の付け根である弁輪の境界を正確に把握するため、切除する弁に糸をとおし、牽引する。


　子供である航の弁輪径は小さいため、大人になっても充分なサイズの人工弁を入れるために、前尖、後尖ともに切除することにした。

　変性した部分を認識し、西條は弁の切除にとりかかった。

　目の端で時間を確認する。心臓を止めてから二十分が経った。なにも問題はない。順調すぎるほどだ。西條は接眼部から顔をあげ、目視で手術室を見た。ミカエルに抱かれるように、航は手術台に横たわっている。

　声をかけるタイミングを見計らっていたのだろう。背後から、星野の声がした。

「素晴らしいです、西條先生。この動画を見たら、誰もが見とれて声を失いますよ」

　声は潜めているが、力強い口調から興奮している様子がうかがえる。

　航の手術の動画は、ビジョン・カートに設置している記録用機器に保存されている。航本人と、両親の了解済みだ。今後の勉強と研究のために役立てたいと申し出ると、録画を快諾した。

　星野のいうとおり、いままで行ってきた手術のなかでも一、二を争うぐらい調子がいい、と自分でも思う。が、星野には厳しい言葉を返す。

「まだ手術は終わっていない。いまの言葉は、すべてが終わるまでとっておいてくれ」

　星野は短く返事をして、口を閉じた。

　いまの言葉は、星野だけではなく、自分自身にも向けたものだった。命の現場では、なにが起こってもおかしくない。患者が麻酔から覚め、瞼を開けるまでは気を抜いてはいけない。

西條は気を引き締めて、モニターに目を凝らした。

西條は再び、接眼部に顔を戻した。弁を切除したあとは、弁輪の周囲に糸をかけ、人工弁を縫い付ける。そこまでが、手術の山場だ。

ここまでで、ミカエルに問題はない。動きもスピードもいつもと同じだ。

――大丈夫だ。いける。

西條のなかに、いつもの自信が戻る。

航の手術をはじめるまでは、心の片隅にわずかな不安があった。手術中にミカエルが不具合を起こしたら――そう思うと足がすくむ思いだった。その恐れを抑え込んでいたのは、西條にすべてを委ねた航の勇気だった。

航の心臓を治し、これからミカエルが必要となる患者の命を救う。その思いが西條を手術に向かわせた。

高解像度3D内視鏡カメラの映像をズームにし、弁を切除するために後尖の中央部にハサミを入れた。

マスター・コントローラを握り、アームを操作する。

ハサミを後尖の中央部から弁輪と平行に先に進めようとしたとき、西條は違和感を覚えた。

まだ、ハサミは動かしていない。指先に伝わったほんのわずかな感触が、西條のなかの警報器に触れた。

――まさか。

西條は、身を固くした。が、すぐに、自分が感じた違和感を、頭から振り払った。

気のせいだ。慎重になりすぎて、指先がこわばったのだ。

両手を数回、開いたり閉じたりする。

再びマスター・コントローラを掴み、ハサミを動かした。

モニターに映ったハサミの動きに、西條は息を止めた。

ミカエルが優れている点のひとつに、モーションスケール機能がある。執刀医の手の動きを縮小できる機能で、対比は2：1、3：1、5：1に設定できる。2：1なら医師が手を二センチ動かすとミカエルは一センチ動く、といったものだ。

西條は航の手術を行うにあたり、動きを5：1に設定していた。が、いまのミカエルの動きは、5：1ではなかった。2：1か、3：1か。いや、もっと不確定な動きだったような気がする。

西條は、アームレストの横にあるサイドポッドで、モーションスケールの設定を確認した。

間違いない。設定は5：1になっている。

背後から、再び星野の声がした。

「西條先生、どうかしましたか」

驚いて振り返る。星野が西條を見ていた。怪訝そうな顔をしている。急に動かなくなった西條が、心配になったのだろう。

「なんでもない」

西條は星野の視線を振り切り、モニターを睨んだ。

――気のせいだ。きっとそうだ。

西條はマスター・コントローラを掴んでいる指に、力を入れた。

アーム先端のハサミが、異様な動きをした。

西條が意図していた場所とは違い、後尖を突き抜けて左心室の心筋組織を鋭く貫く。

ミカエルは西條の指示に従わない。ハサミを抜こうとするが、縦に横に振り幅を変え、身勝手な動きをする。

足元から、怖気《おぞけ》が駆け上がった。

頭が混乱する。

——いうことを聞け。俺に逆らうな。

心で叫ぶ。

西條は、必死にミカエルの操作を試みる。

ミカエルは西條の指示に従わない。勝手な動きを続ける。

次の瞬間、西條は目を疑った。

「西條先生、傷が！」

星野が叫ぶ。

弁輪下の心筋が大きく抉《えぐ》れて、穴が開いていた。

西條はマスター・コントローラから手を離した。

モニターから顔をあげ、手術室のミカエルを見る。

本体から四本のアームが出ているミカエルは、羽を広げた天使を思わせた。

耳の奥で、黒沢の声が聞こえる。

——あれは人を救う天使じゃない。偽物だ。堕天使ならぬ、偽天使だ。

目の前のミカエルが、西條のなかで次第に姿をかえる。邪悪な笑みを浮かべ、振りかざした剣で、航の心臓を刺し貫こうとしていた。

すさまじい恐怖が、西條を襲う。

西條はいままでに、数多くの手術を行ってきた。手術中に、思いもよらない状況に陥ったことも幾度となくある。そのたびに、戸惑いや不安を抱いたが、いまのような恐れを感じたことはなかった。

「まさか、西條先生がミスを——」

後ろで前園のつぶやきが聞こえた。声がひどく遠い。

星野が横にきて、西條の顔を覗き込んだ。

「西條先生、どうしたんですか。どこか具合でも悪いんですか」

声が震えている。

星野を見た。顔から血の気が引いている。おそらくいまの自分も、同じような顔色をしているだろう。

「いや——」

西條は、手術室に目を戻した。そう答えるだけで精一杯だった。

星野は、西條を勇気づけるように言う。

「いまのミスは、すぐにカバーできます。時間のロスも、大きなものではありません。手術を続けてください」

——ミス。

星野が口にした言葉に、西條は息をのんだ。

違う、と声をあげそうになる自分を、必死に抑える。

左心室の心筋組織が傷ついたのは、西條のミスではなく、ミカエルの誤作動によっておこったものだ。が、なにも知らない者の目には、西條の操作ミスと映っている。

落ち着け、と自分に命ずる。
いまここで、なにを訴えても意味はない。いまは、航の命を救うことに集中しろ。
——どうする。
必死に頭を巡らせる。
本性を現したミカエルは、もう使えない。どうすれば、航を救える。
「西條先生、手術の続行を——」
隣で星野が、西條を急かす。
わかっている、そう言おうとするが、声が喉に張りついたように出てこない。
脳裏に、西條を見つめる航が浮かぶ。
——西條先生、僕を手術して。
耳の奥で、航の声がする。
「西條先生！」
動かない西條に、星野が叫ぶ。
操作室と手術室に、動揺が広がる。
こめかみから、汗が流れた。
目の隅に、鋭い視線を感じた。
そちらに目をやる。
真木だった。
強いまなざしで、ガラス越しに西條を見据えている。
——早く指示を出せ。

目が、そう訴えている。

西條は我に返った。

そうだ。このときのために真木を助手にしたんだ。

西條は強く拳を握った。

——真木がいる。

西條は、椅子から勢いよく立ち上がった。ドアへ向かう。

「どこへ行くんですか！」

星野が問う。

西條はドアを開けながら、星野を振り返った。

「白石航の手術を、開胸手術に切り替える。いまから執刀医は真木先生だ。助手は私が務める」

操作室のなかがざわめいた。

星野は、茫然とした様子で立ち尽くしている。

西條は星野を怒鳴った。

「なにをしている。急いでスタッフへ伝えろ！」

星野は弾かれたようにサージョン・コンソールに座り、マイクで指示を伝える。

「航くんの手術を、開胸手術に切り替えます。真木先生、執刀医をお願いします。助手は西條先生が務めます」

真木が頷く。

西條は操作室を出て、準備室へ急いだ。

手術ガウンに着替え、頭にキャップを被る。消毒を済ませて、手術室に入った。

航の足元にある、メーヨ台の前に立つ。

西條が位置につくと、真木はスタッフを見渡した。

「いまから、開胸手術に切り替える」

続いて真木は、西條を見た。

「メインのワーキングポートから、左房鉤に切開。右開胸で術野を確保後、弁輪下心筋に刺さっているハサミを抜きます」

西條は頷いた。

真木は、外回りの看護師に指示を出す。

「出血量に、特に留意」

看護師が緊張した声で、はい、と答える。

人工心肺中は回路の中で血が固まらないように、ヘパリンという抗凝固剤が大量に投与されているため、開胸操作だけでも多量の出血を伴うことがある。航はまだ子供だ。わずかな出血が患者の体力を、大きく奪う危険性がある。

「開胸にはいります」

西條は、メーヨ台に準備されていた手術器具のなかから円刃刀《えんじんとう》の10番メスを選び、真木に差し出した。

真木が受け取り、航の胸にメスを入れる。

動きに、迷いがない。

刃が航の胸に触れると同時に、皮膚に赤い線が真一文字に浮かぶ。

西條は航の組織を傷つけず、しっかり把持できるよう、ドベーキー鑷子《せっし》を真木に渡す。

真木は西條の手から受け取り、皮下組織、筋肉を電気メスで切開し、開胸した。

開胸器をかけると、航の心臓が姿を現した。

僧帽弁の後尖に、ミカエルのアームの先端についているジョーが突き刺さっている。

「ミカエルのハサミを抜きます」

西條は、ケリー鉗子を差し出した。

真木はケリー鉗子でハサミを把持し、組織を傷つけないよう、慎重に抜き取る。

航の心臓を貫いていたミカエルの剣は、取り除かれた。

ここからが手術の山場だ。

まずは、心筋に開いた穴を修復する。修復が不完全であれば、人工心肺を離脱した時に心臓破裂を起こし、航は助からない。

真木は、弁輪下の心筋にできた穴を塞ぐように、心筋、弁輪、左心房をフェルト付きの4－0ポリプロピレン糸で挟み込んだ。

この部分は左冠状動脈回旋枝《かいせんし》の近くにある。これを閉塞させないように細心の注意が必要だ。冠状動脈を閉塞させれば心筋梗塞となり、やはり航の命は危険にさらされる。

次に弁形成か弁置換かの判断に迫られる。

幸い、ミカエルのハサミで傷ついた場所は後尖の一部で、逸脱した病変部だった。残りの正常な後尖は傷ついていない。

逸脱というのは、弁が左心房側に翻ることで、左心室の血液が左心房に逆流する。後尖の逸脱は弁を切り取り縫い合わせることで形成できる。真木は、弁形成可能と判断した。

小児の小さな弁を、正常な状態に作り上げるには、繊細で高度な技術が必要とされる。

真木は術野から目を離さずに、スタッフへ伝える。

「これより僧帽弁形成術を行う。まず、後尖の形成を行う」

西條は、糸をとおしたヘガール型持針器を、真木に渡す。

真木は素早い動きで、逸脱した後尖の弁尖に針を刺入する。

弁尖は脆《もろ》く、力を入れすぎると容易にちぎれてしまう。真木は慎重に弁尖に糸をとおし、弁を引き上げた。

「後尖の逸脱部位を四角切除する」

西條は吸引器で術野の出血を吸い取り、尖刃刀を真木に渡した。

小さな尖ったメスで、真木はすばやく弁を切る。

西條は、5－0ポリプロピレン糸を差し出す。

真木は、四角に切除した後尖を、器用に縫い合わせていく。

次に前尖を確認した真木は、西條に目配せした。

「腱索《けんさく》が切れている」

心室の内部と、僧帽弁を繋いでいる、細い線維の柱だ。この柱により弁が支えられ、左心房側に反転して逸脱しないようになっている。前尖の逸脱は後尖とちがい、切り取って形成するのは難しい。腱索を再建するのが一般的だ。

「人工腱索で再建する。その後、人工弁輪を縫着する」

真木が言う。

心室のなかにある乳頭筋と呼ばれる部分に先端が輪になっているループを取り付け、そこにゴアテックス製の人工腱索をとおし、弁に縫い付けるのだ。

外回りの看護師が、ループと人工弁輪を用意するため、手術室を出ていく。

西條は、手術室のなかにあるモニターで、時間を確認した。体外循環を行ってから、一時間が過ぎている。

ループを取り付ける場所と、弁に縫い付ける個所、人工腱索の高さは決まっていない。患者の心臓の状態を診て、執刀医が判断する。真木の経験と勘が鍵となる部分だ。

ここまでで、手術のまだ半分も終わっていない。人工腱索での再建を終えても、人工弁輪の縫《ほう》着《ちゃく》、体外循環からの離脱、止血、閉胸、皮膚縫合が残っている。できる限り早く。人工腱索に手間取れば、その分、手術が長引き、航の身体にかかる負担は大きくなる。

ここが重要な場面だ、と真木もわかっているのだろう。肩の力を抜くように、うえを仰ぎ、息を吐いた。

看護師が保管室から戻ってくると、真木はループの取り付けに取り掛かった。

乳頭筋がしっかりと見えるように、鉤とヘラで左心房を牽引し、視野を確保する。乳頭筋にループの土台を縫い付け、ループに通したゴアテックス糸の人工腱索を弁尖にかけて結《けっ》紮《さつ》した。

人工腱索での再建で重要なのは、ループの長さだ。健全な腱索と、人工腱索の高さが違ってしまうと、乳頭筋と弁を無事に繋いでも、前尖と後尖の高さがずれて逆流が残ってしまう。

西條の心配は不要だった。

真木は無駄のない動きでループと人工腱索を結び、人工腱索の片方を弁に縫い付けた。

縫合が終わると、真木は人工弁輪の縫着に移った。

僧帽弁閉鎖不全症は、弁の外周が拡大していることが多く、これを放置すると僧帽弁閉鎖不全が再発する要因のひとつになる。弁の補修だけでなく、弁輪の矯正を行うのが一般的だ。

矯正には、人工弁輪を用いた弁輪縫縮術を行う。人工弁輪はチタンなどの合金に、ポリエステルといった布が取り付けられたものだ。

西條は、用意していた針を真木に差し出した。が、真木は受け取らない。かけていた眼鏡型のルーペをあげる。

西條は驚いて真木を見た。

まだ手術は終わっていない。どうしてルーペを外す。

真木は西條を見た。

「西條先生、人工弁輪の縫着をお願いします」

スタッフが、一斉に真木を見た。

手術は順調だ。ここで執刀医を交代する必要はない。

西條が戸惑っていると、真木は低い声で言う。

「白石航の執刀医はひとりじゃない。ふたりだ」

西條は息をのんだ。

真木は術野に目を戻す。

「人工腱索での再建に、かなり神経を使った。いまここにいる心臓外科医が自分だけなら、このあとも続ける。だが、いまここには、信頼できる医師がいる。ならば、その医師に交代したほうが、手術の成功率はあがる」

真木は再び西條を見た。

「頼みます」

真木がこのまま手術を続けて成功すれば、開胸手術の必要性は高まり、北中大病院での真木を求める声は強くなる。この手術の成功は真木にとって、自分の居場所と地位を確保するチャンスだ。

真木は、それができる。が、しない。真木の頭の中には、患者の命を救うことしかないのだ。

西條は、真木と場所を交換した。

執刀医として、航の前に立つ。

「人工弁輪の縫着をはじめる」

手術室にいる全員が頷く。

真木が、糸のついた針を差し出す。

西條は受け取り、弁輪に糸をかけた。

慎重に針を進める西條の指に、かすかな弾力が伝わる。糸を通して伝わる、航の心臓の感触だ。

ミカエルの操作でも、実際に近い感覚は得られる。が、自分の手で触れる心臓は力強く、熱かった。

人工心肺を用いる手術は、臓器への負担を抑えるために、患者の体温を下げて行っている。心臓も熱いわけがない。が、西條は航の心臓から熱気を感じた。

西條は、必死に手を動かした。

糸をかけ終わり、人工弁輪を縫い付ける。

最後に左心房を縫い合わせて手術は終了した。

「時間は」

縫着した人工弁輪を見ながら、西條は訊ねた。

「心停止から、二時間三十五分です」

「大動脈遮断を解除する」

大動脈の鉗子をはずすと、航の心臓に血液が流れだした。

拍動が再開するのを待つ。これぐらいの心停止時間なら、問題なく自然拍動を再開するだろう。

が、航の心臓が動き出す気配はない。

西條は嫌な予感がした。多くの経験をした者だけが感じる、直感ともいえるものだ。

祈る気持ちで、拍動を待つ。

手術室に動揺が広がりかけたとき、航の心臓がかすかに震えた。

詰めていた息を吐く。

きたか。

胸をなでおろしかけた西條は、心臓の動きに目を見張った。

心臓が、痙攣《けいれん》をはじめた。

血の気が引く。

心室細動だ。

大動脈遮断を解除すると、心筋の虚血再灌流障害が起こる。心筋に血流を再度流すことにより、かえって心筋障害を起こすのだ。

西條はスタッフに指示を出す。

「マグネシウムとリドカイン投与。カルディオバージョンを行う」

外回りの看護師が、電気ショックの準備に走った。

真木が薬剤を、点滴から混注する。

心臓の痙攣は収まらない。

看護師が、モニター付きの電気的除細動器を運んできた。

「10ジュールにチャージしてくれ」

西條はパドルを両手に持ち、金属製の板の部分を、航の心臓に直接あてる。

「通電」

西條はパドルについているスイッチを押した。

航の身体が、ベッドのうえで小さくはねる。

モニターを見る。

通電したとき、大きくはねた波は、一度平坦になり、再び心室細動となった。

「通電」

西條は、二回目の電気ショックを与えた。

やはり波はこない。

「ニフェカラントとアミオダロンの投与は」

真木が西條に訊ねる。強力な抗不整脈剤だ。

西條は頷くことで、投与するよう指示を出す。

真木が薬剤を投与しているあいだに、三回目の電気ショックを行った。

モニターの波が、大きくはねる。

――こい。

心で叫ぶ。

祈りは通じない。心臓は心室細動のままだ。

手術室の温度は低く設定されているのに、背中を汗が流れる。

動揺している西條の耳に、真木の声がした。

「まだだ」

はっとして、真木を見る。

真木は西條を見ていた。

睨むように西條を見据える目には、強さがみなぎっていた。まだ、諦めていない。

西條はくじけそうになる自分を奮い立たせた。

そうだ。諦めるな。自分が諦めたら、そこで航の命は尽きる。

パドルを握る手に、力をこめる。

「通電」

航の身体がはねる。

スタッフたちの目が、電気的除細動器のモニターに集中する。

大きな山を描いた波形は、平坦に戻った。が、かすかに震えたかと思うと、規則的な波形を描きはじめた。

看護師の声が、手術室に響く。

「拍動、再開しました」

スタッフたちの口から、安堵と感嘆の声があがる。

西條はすぐさま、スタッフに次の指示を出した。

「体外循環、離脱」

西條の指示で、心臓内に残っている空気の脱気がはじまる。

肺循環が再開し、航の心臓が自己脈を出しはじめた。

小さく、だが、心臓は精一杯の力で脈を打つ。

西條は目を細めた。

――眩しい。

航の心臓が、神々しく輝いて見えた。

止血を確認し、心嚢《しんのう》を温生理食塩水で洗浄する。

手術のあと、患者の体内から出てくる血液や浸出液を排液するためのドレーンを留置し、肋骨と肋骨の間を肋間閉鎖用の糸で閉じた。

創部の縫合は、真木がした。筋膜、皮下脂肪、真皮層を吸収糸で連続縫合する。この処置に、多くの医師が三十分かかるところを、真木は十五分で済ませた。

閉創し、手術を終える。

西條は、スタッフにあとを任せて手術室を出た。準備室でキャップとガウンをとり、操作室へ向かう。

部屋には、星野と前園、武藤がいた。曾我部と雨宮の姿がない。

「病院長はどこだ」

訊ねる西條に、星野が駆け寄った。西條の声が耳に入っていないのか、興奮した様子で手術の感想を語る。

「ふたりとも、すごかったです。いままで見たなかで、一番すばらしい手術でした」

西條が真木を助手にすると言ったときの不満など、覚えていないらしい。

星野の後ろで、武藤が同意する。

「ふたりの連係プレーお見事でした。創立百周年記念誌も、すばらしいものにしますよ。見出しは、地域から世界へ――医療の未来を見据える先駆者たち、とかどうでしょう」

手術の感想や記念誌など、西條はどうでもよかった。それより、曾我部に伝えなければいけないことがある。

もう一度、先ほどより強い口調で訊く。

「病院長はどこに行ったか、訊いているんだ」

星野の横で、前園が答えた。

「手術が終わると同時に、部屋を出ていかれました。おそらく病院長室に戻られたのかと――」

西條は踵を返し、部屋を出た。ドアを閉める間際、星野が呼び止める声が聞こえたが、足は止めなかった。

手術部があるA館から、病院長室があるC館へ向かう。

C館に入ると、廊下に雨宮がいた。壁にもたれ項垂れている。西條を見つけると、青ざめた顔で駆け寄ってきた。

「航くんはどういう状況ですか」

いま説明している暇はない。訊き返す。

「前に頼んでいた、ミカエルのデータはどうなっている」

雨宮は西條の問いに答えず、航の容態を繰り返し訊ねる。

「教えてください。航くんは大丈夫ですか。助かりますか」

答えなければここを通さない、そんな気迫を感じ、西條は手短に答えた。

「手術はうまくいった。予定どおり退院できるだろう」

雨宮は泣き出しそうな顔をして、深く首を折った。

西條は改めてデータについて訊ねた。

「それよりデータはどうなっている。もう集めたのか」

雨宮は黙ったままだ。

西條は苛立った。思わず大きな声が出る。

「聞こえないのか。データだ。手元にあるなら、プリントアウトして病院長室に持ってきてくれ。まだならば、急いで集めろ。いますぐだ」

雨宮の脇を通り抜けようとしたとき、か細い声が聞こえた。

「それを、どうするおつもりですか」

西條は再び立ち止まった。振り返る。

「なに？」

雨宮はゆっくりと顔をあげて、西條を見た。

「病院長に集めたデータを見せて、どうするんですか。ミカエルの使用を中止するよう求めるんですか」

あたりまえのことを訊く雨宮に苛立つ。

西條は雨宮のところまで戻り、睨んだ。

「当然だ。いまの手術で君もわかっただろう。ミカエルは欠陥品だ。このまま使用を続けるべきじゃない」

雨宮の目に、怒りとも悲しみともつかない色が浮かんだ。

「そんなことをしても、意味はありません」

西條は眉根を寄せた。どういう意味か。

「病院長は、ミカエルに欠陥があると知っています」

雨宮がなにを言ったのか、すぐには理解できなかった。雨宮はさきほどよりはっきりとした声で繰り返す。

「病院長は、ミカエルに欠陥があると知っています。そして私も――」

西條は声を失った。

ようやく、声を絞り出す。

「いつからだ」

「私が知ったのは、今年の三月です」

「どこで知った」

「カワモトメディックの小暮さんから聞きました」

国内では、後発の医療メーカーで、人工血管やステントグラフトを製造している会社だ。小暮はそこの営業部長で、一度、会食したことがある。食事の席で、新商品だという人工血管を取り出して見せた無粋な男だ。

雨宮の話では、今年の三月あたまに、商品化が決まっていた新しい人工血管の販売が中止になった、と電話があった。新年度から、新商品に切り替える検討をしていた雨宮は、小暮を呼び出し理由を聞いた。が、小暮はあいまいな返事をするだけで、はっきりと言わない。

新商品の開発には、多額の研究費がかかっている。実用化にこぎつけるまでには、さらに費用がかさむ。販売目前で中止になるには、よほどの事情があるのだ。いったい、なにがあったのか。

雨宮は北中大病院とカワモトメディックとのいままでの付き合いと、今後もいままでのような関係を続けるか否かの駆け引きを持ちかけながら、他言無用を約束し理由を聞きだした。

雨宮は、か細い声で話を続ける。

「今年に入ってから、営業部長の小暮さんのもとに、カワモトメディックが開発に協力しているミカエルの部品に関する問い合わせが数件あったそうです。ミカエルの動きがおかしい、部品との整合性に問題があるのではないか、との内容でした」

黒沢は、ここ一年のあいだに、ミカエルの不具合に関する問い合わせが、国内の関連器具の製造メーカーに二件入っている、と言っていた。その製造メーカーが、カワモトメディックなのか。

「カワモトメディックは、すぐに自社の製品を調べました。が、部品に問題はありませんでした。問題があったのは、ミカエル本体です」

雨宮は話を聞いて、自分で確かめなければならないと思ったという。

「その話を誰にも言わないことを条件に、カワモトメディックが資料として持っている、ミカエルS1タイプの手術データをもらったんです。いつ、どこで、どのような疾患の患者の手術をしたのか。術後、患者がどのような経過をたどったのかを、調べました。結果、私の目からみても、無事に退院できるはずの患者が、死亡退院しているケースがありました。それらはすべて別々の病院、違う医師の手術です。ひとりの医師の、腕の未熟さが起こした医療ミスではありません。ミカエルの不具合によるものです」

西條は息苦しさを覚え、呼吸を意識した。

短く訊ねる。

「病院長が——曾我部がミカエルの不具合を知ったのはいつだ」

雨宮は目を伏せた。

「私より、もっと前です」

雨宮の話では、曾我部がロボット支援下手術に対して消極的な姿勢を見せたのは、今年の春先からだったという。

「そのときは、気がつかなかったんです。ただ、それまではどのような予定が入っていても、ミカエルに関する相談には時間を割いていたのが、別の用件を優先するようになったり、話をしても以前のように真剣に聞くような姿勢が見られなくなったり、なんとなく違和感は覚えていたんです。でも、自分の気のせいだと思っていました」

雨宮は視線をあげ、遠くを見やった。

「病院長から、ミカエルに関して話がある、と呼び出されたのは、私がミカエルの不具合を知ってからまもなくでした。人払いをした病院長室で病院長は私に、今後の北中大病院の経営方針の見直しを図りたい、ミカエル以外での北中大病院の経営拡大プランを立ててくれ、とおっしゃいました」

雨宮は、すぐにミカエルの不具合が頭に浮かんだが、もしかしたら違うかもしれないと思い、理由を訊ねた。

曾我部は答えを適当にはぐらかしていたが、雨宮が、ミカエルの不具合ではないか、と切り出すと、隠しおおせないと思ったのか頷いたという。

「私は、ミカエルを止めることは医療の後退につながる、止めるべきではない、と訴えました」

「曾我部はなんて言った」

「止めるわけではない。でも、事が公になったら方向性を変えざるを得ない。そのときのための見直しだ、と答えました。でも、病院長はミカエルに見切りをつけるつもりです。今日の航くんの手術で、その方針が確定されたはずです」

西條のなかで、ずっとばらばらだったパズルのピースが、かちりとはまった。

ロボット支援下手術に力を入れていた曾我部の態度が、なぜ変わったのか。

ミカエルがどのような道をたどるのか、様子をみていたのだ。

誰にも知られることなくミカエルの不具合が修正され、なにごともなかったかのように事が収まった場合、ロボット支援下手術をこのまま推し進める。それより早くミカエルの不具合が発覚したら、ロボット支援下手術から手を引くつもりなのだ。

ミカエルから手を引くことは、西條を切ることを意味する。曾我部がミカエルから手を引くと判断したら、西條は用なしだ。その替わりはおそらく、真木だ。

西條の頭に、航の術式について曾我部と話したときのことが浮かんだ。航の治療方針についてのミーティングが終わったあとのことだ。

あのとき西條は曾我部に、航の術式で真木と意見がわかれている、と報告した。曾我部はミカエルでの手術を推奨すると思っていたが、曾我部の意見は違った。治療者側と患者側、双方の理解が必要であると主張し、西條に肩入れをすることはなかった。曾我部はあのころから、事と次第によってはミカエルを——ひいては西條を切り捨てようと思っていたのだ。

怒りでどうにかなりそうな自分を必死に抑える。冷静を装い、雨宮に訊ねた。

「曾我部は、どこからミカエルの不具合を知ったんだ」

雨宮は小さく首を振った。

「はっきりとはわかりません。でも、想像はついています」

「どこだ」

雨宮は考えるように少し間をおき、西條を見た。

「病院長と広総大病院の病院長――飛鳥井さんは、同じ大学の先輩と後輩です」

それだけで、すべてを理解した。

布施からミカエルの不具合の報告を受けた飛鳥井は、大学の先輩でロボット支援下手術に力を入れている曾我部に、ミカエルに問題があるかもしれない、と伝えた。連絡を受けた曾我部は、経営戦略担当の雨宮に経営プランの見直しを頼んだ。ミカエルがどっちに転んでも、北中大病院に影響が出ない形をとるためだ。事が表ざたにならないまま問題が解決したら、経営方針を変えることなく、ミカエルを前面に出す医療を続けていく。もし、問題が発覚したら、即座にミカエルを切り捨て、雨宮が新たに提案する経営プランに乗り換える。

西條は吐き気がした。

大義を掲げ、ミカエルの不具合を隠蔽しようとしているやつらの身勝手さに、怒りを覚える。

「君は、ミカエルに問題があると知りながら、黙っていたのか。ミカエルが欠陥品だと知りながら、ロボット支援下手術に力を入れていたのか」

雨宮は、ゆっくりと西條を見た。西條を見つめる目には、開き直りにも似た決意が滲んでいた。

「そうです」

言い逃れもせず、雨宮はきっぱりと認める。その揺るぎない意思は、どこからくるのか。

「君は、どうしてそこまでロボット支援下手術にこだわるんだ」

西條の問いに雨宮は沈黙し、やがて、ぽつりと答えた。

「私には、八歳になる息子がいます」

はじめて耳にする雨宮の私生活に、西條は虚を衝かれた。

自分の過去を、雨宮は淡々と語る。

雨宮には、かつてつきあっていた男がいた。外資系の銀行に勤務していたときだ。相手は取引先の上役で、既婚者だった。互いに、先のない関係であると承知のうえでのつきあいだった。雨宮が、その男の子を身ごもったのは二十七歳のときだった。

相手の家庭を壊すつもりはないし、結婚も望まなかった。が、身体に宿った命は愛しく、命を葬ることはできなかった。

ひとりで産む決意をした雨宮に、男は多額の養育費と慰謝料を支払った。そこで、男との縁は切れた。

「幸い、母は私の決断を理解してくれました。私の父はすでに他界し、子供は私だけです。育てるのは大変だけど、それ以上に家族が増えることを喜んでくれました。いま息子は、実家の静岡で母と暮らしています。私は月に一度、実家に帰りますが、息子は私に会うのを楽しみにしてくれています」

雨宮に子供がいることはわかった。が、息子が、雨宮がロボット支援下手術に力を入れることと、どのような関係があるのか。

揺るぎない力がこもっていた雨宮の目が、かすかに揺れた。

雨宮はぽつりと言う。

「息子は、房室中隔欠損症です」

西條は息をのんだ。

航と同じ病気だ。

「手術はしたのか」

雨宮は首を横に振る。

「息子は不完全型で、すぐに手術が必要なわけではありませんでした。いまは、薬物治療で様子をみていますが、僧帽弁閉鎖不全が進行していて、いずれ手術が必要だといわれています」

房室中隔欠損症には、完全型と不完全型がある。

完全型は心室中隔欠損症を伴うもので、乳児期の手術を要する。航はこれだ。

一方、雨宮の息子の不完全型は心室中隔欠損症を伴わないもので、学童期まで薬物療法で様子をみる場合が多い。雨宮の息子も、このケースだ。

僧帽弁閉鎖不全が進行すると、心不全や心臓内での感染リスクが高まる。いずれ航と同じ、僧帽弁形成の手術を受けなければならない。

西條は、背中がざわりとした。

「まさか――君は自分の息子のために、ミカエルの不具合を隠していたのか。いずれ自分の息子をミカエルで手術するために白石航の――人の命を危険にさらしたのか」

雨宮は答えない。

西條は詰め寄る。

「答えろ、雨宮！」

雨宮は西條に言い返した。

「ミカエルの欠陥を、そのまま放置するわけではありません。すでに、いま問題がある箇所を調べ、改良に向けて動いています。やがて、S１に代わるものが出てくる。それまでのわずかなあいだに行われる手術は、二十か三十か。そのすべてに不具合が出るわけではありません。問題になる手術があるとしても、いままでのデータから算出して一例か多くても三例でしょう。その数と、数年のあいだロボット支援下手術ができなくなることによって失われる命、どちらが重いかは明白です」

　雨宮はひと呼吸おき、言い含めるように言う。

「医療の現場に携わる私たちの使命は、ひとりでも多くの患者の命を救うことです。それは、いま目の前にいる患者だけではありません。これから先、何年もあとに続いている患者の命も助けなければならない。そのために、ミカエルが必要なんです」

　詭弁だ。

　そう言いそうになったが、声がでなかった。

　自分に雨宮を責める権利はない。どんな言い分を並べても、白石航の命を――これからミカエルで手術を受ける患者の命を、危険な目に遭わせた事実はかわらない。自分も雨宮と同罪だ。

　西條は歩き出した。

　雨宮があとをついてくる。

「西條先生、どちらへ行かれるんですか。まさか病院長のところへ――」

「俺に話しかけるな」

　西條は足を止めない。足早に病院長室へ向かう。

　後ろから取り乱した声が、西條を追ってくる。

「ミカエルを止めてはいけない理由は、いまご説明したでしょう。それでもミカエルの使用の中止を求めるんですか。多くの患者の命を救えないかもしれないんですよ。ミカエルを止めることで犠牲になる命があってもいいんですか」

　必死の訴えを、西條は無視する。

　雨宮の短い声がして、なにかが倒れる音がした。後ろを振り返ると、雨宮が廊下へ膝をついていた。足がもつれ、倒れたのだろう。

西條は姿勢を戻し、歩き出した。

立ち止まらない西條を、雨宮は必死に引きとめようとする。

「西條先生、待ってください。思い直してください」

足を止めない。前に進む。

西條の背中に、取り乱した雨宮の声がした。

「お願い、ミカエルを止めないで。息子を助けて。お願いです、西條先生！」

嗚咽交じりの叫びは、廊下に響きやがて消えた。


病院長室につくと、西條はドアをノックした。返事を待たず、開ける。

前室にいた秘書の関口は、自席の椅子に座っていた。いきなり開いたドアに驚いた様子だったが、入ってきたのが西條だとわかり安心したらしく、大きく息を吐いた。

「西條先生、もう少し静かに入室していただけませんか」

関口の訴えを無視し、西條は訊ねた。

「病院長は部屋か」

西條の様子がおかしいことに気づいたのだろう。関口の表情が固くなる。

「はい、さきほど戻られましたが――」

西條は関口の話を最後まで聞かず、奥の病院長室へ向かった。

関口が慌てて止める。

「西條先生、お待ちください。病院長のご都合を聞いてきますから、西條先生！」

関口の制止を振り切り、病院長室のドアを開けた。

曾我部は自席の椅子に座っていた。ノックもなしに開いた扉に、驚いた様子はない。机に両肘をつき、顔の前で手を組んでいる。

西條は机の前に立ち、うえから曾我部を見下ろした。

「話があります」

関口が西條の横に立ち、曾我部に詫びる。

「すみません。お止めしたんですが、先に入ってしまわれて――」

曾我部は関口をちらりと見て、すぐに視線をもとにもどした。

「かまわんよ。西條先生と話があるから、しばらく席を外してくれないか」

曾我部の、いつもの気さくな感じとは違う重い口調に、深刻な話だと察したのだろう。関口は何も言わず、そそくさと退室した。

ふたりになると、曾我部は組んでいた手を解き、椅子の背にもたれた。

「話というのは、なにかな」

西條は立ったまま答えた。

「ミカエルの不具合を公表してください」

曾我部は無言のまま西條を見ていたが、やがて短く訊ねた。

「なぜかね」

西條は頭に血がのぼった。

航の手術でミカエルが不具合を起こしたことに、雨宮は気づいていた。循環器外科の専門医師であり、ミカエルが欠陥品であることを知っている曾我部が、気がつかないわけがない。

この期におよんで白を切る曾我部を、西條は睨みつけた。

「理由はおわかりでしょう」

ふたりのあいだに、沈黙が広がる。

曾我部は様子をうかがうように、しばらく西條を見ていたが、目を窓の外へ向けた。

「君は、患者が医師に求めているものがなにか、わかるかね」

脈絡のない問いに、怒りがわく。

「話をはぐらかさないでください」

曾我部は視線を西條に戻し、覆いかぶせるように言い返す。

「はぐらかしてなどいない。真面目に訊いているんだ」

曾我部の目は真剣だった。

西條は思案した。曾我部は、西條からなにを引き出そうとしているのか。

曾我部が、ぽつりと言う。

「救いだよ」

当然すぎる答えに、苦笑がもれる。

西條は嘲《あざけ》りを込めながら言う。

「そんなことは、誰でもわかる。助けてほしいから、病院にくるんだ」

曾我部は首を横に振る。

「違うよ、西條くん」

西條は眉根を寄せた。

いったいなにが違うのか。

曾我部は西條の目を見据えた。

「医療は信仰だ」

——信仰。

西條は胸を衝かれた。

「患者は命が助かりたいから病院にくるのではない。救われたいからくるんだ。多くの医師、薬、治療法、自分を取り巻く様々なもののなかから、患者は自分が信じるものを探し、見つけ出し、すがる」

曾我部は窓の外へ、目を向けた。

「命はいつか尽きる。それは、誰も逃れることができない、自然の理《ことわり》だ。どんなに優れた手術を受けても、最先端の治療を施されても、死はかならずやってくる。そのことを、みな本能で知っている」

曾我部は、遠くにいる誰かに伝えるように言う。

「医師は神であり、患者は信者だ」

曾我部はふたたび西條を見やった。

「信じるものを失った人間がどうなるか、君は知っているか。絶望と恐怖に襲われ、苦しみ抜いて死んでいく。あまりの辛さに、やがて来るそのときを待たず、自ら命を絶ってしまうかもしれない」

曾我部の声に、力がこもる。

「私は北中大病院を、多くの患者の救いの場にするために、病院長を務めてきた。北中大病院なら病気が治るという希望と、治らなかったときの諦めと納得を与えるために、ミカエルを推し進めてきた」

「諦め——」

西條のつぶやきに、曾我部は頷く。

「死に対する救いはなんだと思う。諦めと納得だ。北中大病院で助からなかったのだから仕方がない。ミカエルの第一人者である西條泰己で救えなかったのだから、諦めるしかない。それが、患者の——ひいては遺族の救いになる。死に悔いはつきものだ。その悔いが深いほど、苦しみも深い。患者や遺族の悔いを少しでも軽くし、前に進めるようにするのも、我々、医療者の役目だ」

曾我部が厳しい声で、西條に問う。

「ミカエルの不具合を公表することは、患者と遺族の希望や諦め、納得を奪うことになる。君はそれでいいのか。救いを求める信者を見捨てるのか」

西條は曾我部から目を背けた。脳裏に、患者の姿が浮かぶ。みな、死の恐怖に怯え、なにかを恨み、西條に希望を求めた。

曾我部のいうとおり、患者にとって医師は神なのだろう。信者が神に祈るように、患者は医師に救いを求める。ミカエルの不具合を公表することは、患者の希望と、遺族の心の再生を奪うことなのかもしれない。

少しの間をおき、曾我部は静かに口を開いた。

「製造メーカーから、ミカエルの不具合の修正にはそう時間はかからないと聞いている。そのあいだ、海外に留学してはどうかな」

驚いて顔をあげた。

自分の不在を理由に、ミカエルの不具合が直るまで、北中大病院だけミカエルでの手術を行わないということか。ほかの病院でミカエルによる手術を受ける患者など関係ない。自分の病院だけリスクを回避できれば、それでいいというのか。

曾我部は、説くように言う。

「短いあいだのわずかなリスクを恐れるあまり、医療の前進を妨げてはならない。そうだろう、西條くん。私だって心が痛まないわけじゃない。この決断には多くの葛藤と苦しみが伴っている。私はいままでに多くの死を見てきた。君もそうだ。私たちはひとりでも多くの患者を救わなければならない。これはそのために、必要なことなんだ」

返答を躊躇っている西條に、曾我部はとどめを刺すように言う。

「多くの患者が、君を待っている」

西條は項垂れた。

胸のなかに渦巻いていた激しい感情が、消えかけていく。

曾我部の主張を飲み込みかけたとき、脳裏に白いものが浮かんだ。

航の心臓だ。

眩いほどに、神々しい光を放つ命。

人工的に止めた心臓は、生きるために再び鼓動をはじめた。それは、航が生きようとした証だ。

小さな心臓が、力強く脈打つ光景が蘇る。

西條は拳を握り、顔をあげた。

「違う」

曾我部が不可解な顔をした。

「なにが違うのかな」

「医師は神じゃない」

曾我部の顔が険しくなる。

「たしかに患者は医師に救いを求めている。でもそれは、信者が偶像を崇拝するような一方的なものじゃない。人と人が平等であるように、医師と患者も平等だ。医師は患者を救いたいと思い、患者は医師を信頼する。両者の心が向き合ったさきに、本当の救いがある」

西條は、腹に力を込めた。

「医師は、患者の死をほんの少し先に延ばすことはできるかもしれない。が、本当に重要なのはそこじゃない。この患者を絶対に救う、という強い思いだ。それを放棄したら、医師ではなくなる」

口にしている言葉が、自分の胸に突き刺さる。

ミカエルに欠陥があるかもしれないと知りながら航を手術した自分は、患者を救うという思いを放棄したに等しい。

西條は踵を返した。

「待て！」

曾我部が呼び止める。

「ミカエルの欠陥を公表したら、どうなるかわかっているのか」

かつて、北中大病院にいた沼田隆を思い出す。口腔外科の教授を務めていたが、異性問題でトラブルを起こし、稚内の小さな地域医療施設へ異動になった。企業でいうところの左遷だ。二度と、北中大病院に戻ってくることはない。

曾我部に逆らえば、自分も沼田と同じ道を辿る。

西條は自分に問うた。

ミカエルがない場所で、自分はなにができる。従来の開胸手術なら、自分でなくてもできる。

ミカエルを使えなくなった自分に価値はあるのか。

いや。

西條は考えている自分を戒《いまし》めた。

すでに自分は、医師失格だ。

西條は曾我部に向き直り、頭をさげた。

「お世話になりました」

曾我部は顔を大きくゆがめ、両手を机に叩きつけた。

西條は無言で、病院長室をあとにした。


西條は手術部があるA館に戻り、ＩＣＵのドアを開けた。

十台のベッドは、すべて埋まっている。

西條はそばにいた看護師に訊ねた。

「白石航くんは」

航は、ドアに一番近いベッドにいた。たくさんのチューブで繋がれ、まだ眠っている。顔に血の気は戻っていないが、心電図や脈拍、体温ともに安定している。排液も問題ない。

西條は航の顔を見つめた。

元気になり、ひまわりの里を駆け回る航を想像する。

西條は目を閉じ、航に心で詫びる。

看護師に指示を出し、部屋を出た。

廊下に、航の両親がいた。そばに真木がいる。佳織と大輔は、真木になんども頭を下げていた。

佳織が西條に気づいた。そばに駆け寄り、泣きそうな顔で言う。

「西條先生、航を助けていただきありがとうございました」

大輔もやってきて、礼を言う。

「いま、真木先生にご挨拶していたところです。星野先生から、すばらしい手術だったと聞きました。おふたりの手術を受けられた航は幸せです。心から感謝します」

西條はふたりから目をそらした。自分はなじられることはあっても、礼を言われるに値する人間ではない。

戸惑う西條の目に、真木が立ち去ろうとしている姿が映った。

「失礼します」

両親にそれだけ言い残し、急いであとを追う。

廊下の途中で、西條は真木を呼び止めた。

「真木」

立ち止まり、真木が振り返る。

西條はそばに行き、真木と向き合った。

咄嗟《とっさ》に呼び止めたが、言葉に詰まる。なにか言わなければいけないと思うのに、なにを言えばいいのかわからない。

黙っている西條を、真木が促す。

た。


「なにか」

必死に考えるが、言葉がでてこない。

しばらく真木は、なにも言わず西條を見ていたが、しびれを切らしたのか、踵を返し歩き出し
「待て」

真木が面倒そうに振り返る。

西條は、頭に浮かんだ問いを口にした。

「東京心臓センターを、なぜ辞めたんだ」

唐突な問いに、真木は不快な表情をした。

「お前ほどの腕があれば、あそこで名を成せたはずだ。どうして日本を離れたんだ」

ずっと気になっていたことだった。が、いま、訊こうと思っていたわけではない。自分がなに
を言いたいのかわからず、その場しのぎに口から出た問いだった。

真木は探るような目で西條を見ていたが、つぶやくように言う。

「答える必要はない」

真木はふたたび、歩きはじめた。

西條は拳を握る。

――違う。俺が言いたいのは別なことだ。それはなんだ。

真木の背が遠ざかっていく。

――言え、言うんだ。

自分を急かす。

――なにを。

考える。

真木が出入り口のドアに手をかけた。

西條は、ようやく思いついたひと言を、真木の背に向かって叫んだ。

「助かった」

真木が足を止め、西條を振り返る。

目が合う。

真木が言う。

「容態は安定している。術後の経過も問題ない。白石航は助かった」

西條は、お前に助けられた、そう言ったつもりだった。が真木は、航の命が助かった、と受け取ったらしい。

西條は言い返さなかった。真木がどう受け止めてもいい。言わなければいけない言葉を伝えられた、それでいい。

真木がドアを開けて出ていく。

西條は、真木が出て行ったドアを、しばらく見つめていた。


マンションの書斎でパソコンに向かっていた西條は、いま書き終えたばかりの文章をプリンターから出力した。紙で間違いがないことを確認し、データをパソコンに保存する。

壁にかかっている時計を見る。まもなく午前一時になろうとしていた。

マンションに帰ったのが夜の九時。すぐに書類の作成に入ったから、書きあげるのに四時間ほどかかった計算になる。

西條は机に置いていた名刺を手にした。車から持ってきたものだ。そこに書かれている番号に電話をかける。

深夜の一時を回っているにもかかわらず、電話はすぐに繋がった。海外にいるのか、と思ったが、それはないと気がついた。呼び出し音は国内のものだった。

スマートフォンの向こうから、くたびれたような声がする。

「やあ、先生。こんな遅くにどうした。女にふられたか」

口の悪さには慣れた。

西條は、黒沢に訊ねた。

「いま、いいか」

黒沢が呆れたように笑う。

「あんたのことだ。だめだ、と言ってもきかないんだろう。かまわんよ」

「このあいだの話、覚えているか」

なにか警戒したのか、黒沢は確認とも質問ともとれる形で訊ねる。

「このあいだの話って——ミカエルのことか」

西條は書斎を出てキッチンに向かった。歩きながら答える。

「ああ、そうだ。ミカエルは欠陥品だ、と俺に言えという話だ」

冷蔵庫から缶ビールをとりだす。病院からの帰りに、コンビニエンスストアで買ってきたものだ。

「あれがどうした」

黒沢が先を急かす。

西條は書斎に戻り、椅子に腰かけた。

「あの話、受ける」

黒沢が息をのむ気配がした。

スマートフォンを顎と肩で挟み、両手で缶のふたを開ける。

タブをおこす音が聞こえたのだろう。黒沢が訊ねる。

「飲んでるのか」

西條は中身を口にし、答えた。

「酔っちゃいない」

付き合い以外で西條が酒を飲むことは滅多にない。今日は飲みたい気分だった。

「なにがあった」

西條は黒沢の問いに答えず、訊き返した。

「俺の証はいらないのか。それとも、あの話はもうなかったことになったのか」

電話の向こうで、黒沢は下品な笑い声をあげた。

「とんでもない。俺は最初から、いずれあんたから連絡がくると思っていたよ。ああ、本当だ」

本当だ、と念を押す話ほど、信用できない。

黒沢は真面目な口調に戻り、西條の腹を探ってきた。

「条件はなんだ。金か」

西條は否定した。

「金は欲しいが、あんたと取引はしない。それをネタに倍の金をふんだくられかねないからな」

「信用ねえな」

黒沢は、楽しそうに笑う。

「それで——俺はこれからどう動けばいい」

黒沢が訊く。

西條は缶ビールを机に置き、さきほど印刷した紙を手にした。

「ミカエルが実際に起こした不具合を、詳細に記した書類がここにある。俺がパソコンで作成した。日付と俺の署名を入れたものを、あんたに送る」

西條が手にした紙には、今日の航の手術中に起きた出来事を克明に記していた。患者の名前や年齢などは伏せた。個人情報保護法に触れるからだ。

布施の自殺の件と、曾我部や雨宮など、ミカエルの不具合を西條のほかに知っている者がいることは書かなかった。ふたつの件に関しては、証拠がない。西條が記した書類を黒沢が記事にすれば、病院の倫理委員会や医療安全管理部といった然るべき機関から調査が入る。そのときにすべてがはっきりするだろう。

「あんたを信用していいんだな」

黒沢は厳しい声で訊ねる。

「信用するかしないかは、お前の勝手だ」

わずかな沈黙のあと、黒沢はさっぱりとした声で言う。

「あんたが、俺に嘘をつく理由はない」

西條は書類を机のうえに放った。

「どこへ送ればいい」

黒沢は、名刺にある住所を指定した。

「速達で送ってくれ。あと、メールでもほしい。アドレスは名刺にあるだろう。電話を切ったらすぐにくれ。早く読みたい」

「せっかちだな」

西條がそう言うと、黒沢は下品な笑い声をあげた。

「仕事も女ももたもたしてたら逃しちまう、と相場は決まってんだ」

電話の向こうで、ライターの石を擦る音がした。

「先生、こんどおごらせてくれよ」

西條は黒沢の誘いを断った。

「結構だ。お前に会う必要はない」

黒沢は嬉しそうに言う。

「そうかい。俺ばっかり得して悪いな。そうそう、メール、忘れないでくれよ」

黒沢が電話を切る気配がして、西條は急いで呼び止めた。

「待て、ひとつ聞きたいことがある」

「記事にするときは、媒体くらい連絡するよ」

「そんなことじゃない」

黒沢は舌打ちをくれた。早く電話を切り、メールを送ってほしいのだろう。

西條は問う。

「なぜ、真木が命の重さを知っている、と思うんだ」

黒沢は、あ、と短く語尾をあげた。

「飲み屋で会った夜、別れ際にお前は言った」

思い出したらしく、黒沢は納得したような声を漏らした。

「ああ、確かに言った」

「どうしてそう思うのか、知りたい」

黒沢は焦らすように言う。

「随分と真木先生にこだわるねえ」

西條は凄んだ。

「忘れるな。俺はまだ、書類を送っていない」

余裕があった黒沢の声に、焦りが混じる。

「まあ、待てよ。俺よりせっかちだな、先生は」

黒沢は答える代わりに、ひとりの男の名前を口にした。

「駒田繁彦、覚えてるだろう」

忘れるはずがない。聞いたあと、インターネットで調べた。支笏湖畔診療所の医師ということまではわかったが、真木とどのような繋がりなのかまでは辿れなかった。

電話の向こうで、黒沢が新しい煙草に火をつける気配がした。

「フリーのライターのなかには、飛ばし記事を書くやつが多い。なんの信憑性も証拠もない都市伝説を、さも事実のように書くようなやつさ。俺も若いころは書いてた。が、やめた。飛ばしはそのときは金になるが、やがて信用がなくなり相手にされなくなる。そうわかってから、事実と思えるものしか書かなくなった」

黒沢の話によると、黒沢はミカエルのネタを追うなかで、真木のことも調べた。生い立ち、家族構成、医師としての経歴の情報を摑み、その裏をとるために、真木が交流を持っている唯一ともいえる人物――駒田に会いに行ったという。西條と札幌市内で会った日だ。駒田は口が堅く、知りたいことのほとんどは聞けなかった、と言っていた。

「そうそう、その駒田先生のところに行けば、俺が言った意味がわかる」

「また、はぐらかそうっていうのか」

西條は声に苛立ちを込めた。いつも黒沢には、のらりくらりと話をかわされてしまう。

「違うって」

黒沢はすぐさま否定した。

「真木先生の過去を知れば、わかるって言ってるんだよ。俺が摑んだ情報は、間違いないものだと確信している。が、裏が取れていない以上、俺の口から言うのは主義じゃない」

「だから、駒田さんから聞け、というのか」

「そうだ」

西條は、黒沢の提案を退けた。

「駒田さんは口が堅いんだろう。取材のプロが話を聞き出せなかったんだ。俺が行っても無理だ。お前の主義なんか俺には関係ない。いま話してもらう」

こんどは黒沢が反論した。

「あんたは自分の主義ってのはないのか。あんたもプロなら、譲れないものがあるだろう」

西條は言葉に詰まった。

主義と言えるかはわからないが、ずっと平等な医療を心がけ目指してきた。患者の社会的地位や貧富の差で、治療に手を抜いたり加えたりしたことは一度もない。誰かから自分の考えに反すること、たとえば肩書がある者の治療を最優先しろ、と言われても頷くことはできない。

黙り込んだ西條から心内を悟ったのか、黒沢は安心させるように明るい声を出した。

「大丈夫だよ。俺には言わなかったが、あんたになら話すだろうよ」

「どうして、そう言える」

黒沢はあきれたように言う。

「あんたの口癖は、どうして、らしいな。二言目には、どうして、なぜ、だ。理由なんかないよ。勘だよ、勘。あんたにもあるだろう。理屈じゃなく感じるもんがよ」

黒沢が言っていることはよくわかる。医療現場では、教科書やデータより勘が患者の命を救うことがある。が、その勘は経験によって培われたものだ。必ず根拠がある。

「俺が納得できる根拠を示せ」

電話の向こうから、黒沢のため息が聞こえた。

「あんた、女にもてねえだろう。しつこい男は嫌われるんだ」

黒沢はひとこと嫌味をかまし、言葉を続けた。

「駒田ってやつは、金では動かなかった。俺が聞きたいことを話してくれれば、謝礼を払うと言ったがのってこなかった。小銭じゃない。まとまった金だ。ネタが大きい分、こっちも弾んだが、どんなに食らいついても無理だった。あんたも金じゃあ動かない。似たもの同士、気が合うはずだ」

人が金で動かないとき、理由はふたつある。要求されているものが金以上に大切か、相手を嫌《けん》厭《えん》しているかだ。

駒田がどちらの理由で、黒沢に真木の過去を話さなかったのかはわからない。が、どちらであっても、西條は駒田の考えに同意できる。たしかに、似たもの同士かもしれない。

黒沢は悔しそうに言う。

「これで納得してもらえないなら、今回だけ裏なしの情報をあんたに流すよ。自分の主義に反するが、ミカエルのネタは絶対に逃したくない」

ここで黒沢に語らせてもいいが、一考して西條はやめた。黒沢は馬鹿ではない。腹も据わっている。ここで偽りの話をして、西條を欺くくらいはやってのけるやつだ。噂や想像ではない本当の真木の過去を知るには、やはり駒田を訪ねるしかないのだろう。

「いや、いい。駒田という医師から聞く」

安堵したのだろう。黒沢が大きく息を吐く気配がした。

黒沢は西條に、明日書類を発送することと、電話を切ったあとメールで書類を送ることを改めて確認し、電話を切った。

西條はスマートフォンを机に置き、約束どおり、黒沢の名刺にあるメールアドレスに、書類を添付して送った。印刷した書類も自分の署名を入れたものを準備し、明日、発送する用意を整えた。

西條は、机の引き出しから別な紙を取り出した。ずっと、入れっぱなしになっていたものだ。

美咲が実家に帰ってから、一度も連絡をとっていない。美咲からもなにもない。ただ時間が過ぎていた。

このままではいけないと思う一方で、このままでなにも不都合を感じない自分がいた。美咲は自分にとってなんだったのか考えるが、西條には明確な答えが見つからなかった。ただ、美咲のことを考えると、宙ぶらりんのままではいけないと思っていた。

二つ折りになっている紙を開き、机に広げる。

美咲が置いていった、離婚届だ。

西條は夫の欄に自分の名前を書き、記入が必要な個所を埋めると、印鑑を押した。

机に置いてあるメモ用紙に、後日、代理人の弁護士から連絡させる旨を書き、離婚届とともに書類袋に入れて封をした。

ふたつの封書を、西條は丁寧にカバンに入れた。

残りのビールを飲み干し、椅子の背にもたれた。

ふたつの封書を、明日、発送すれば自分の役目は終わる。ミカエルの不具合は公になり、美咲は前に進める。

——では、俺は。

役目を終えた自分はどうなるのか。

考えようと思ったが、頭がうまく回らなかった。ひどく疲れている。

第九章

水のそばは、気温が低い。

夏は涼しいが、冬は凍てつくように冷たい。

西條は、支笏湖畔診療所の待合室にいた。古びた窓からは、支笏湖が一望できた。

支笏湖周辺には、すでに秋の気配が漂っていた。周囲の木々の葉は落ち、細い枝が切り絵のように空に向かって伸びている。湖は初秋の午後の陽を受け、氷面のように輝いていた。

昨夜、黒沢との電話を切ったあと、西條は朝まで眠れなかった。寝室のベッドで少しまどろんだが、すぐに目が覚めた。

今朝、西條はいつもより早く出勤し、航のところへ行った。

ICUで眠る航は、人工呼吸器が外れていた。術後のせん妄があるため、まだ会話は難しいが、合併症の兆しはなく、順調に回復できる見通しだった。

西條は夜勤で詰めていた星野のところへ行き、一週間ほど休みを取る、と伝えた。

星野はひどくおどろき理由を訊ねた。

西條は、一身上の都合、としか言わなかった。急であることを詫び、科員に迷惑をかけることを謝罪した。

西條は北中大病院に勤務してから、私用で休みをとったことはほとんどなかった。ここで一週間の有給休暇を使っても、誰も文句はいわないだろう。

総務と循環器外科第一、第二の科員、看護師たちに伝えてくれ、と言い残し、西條は夜勤室を出た。星野はなにか言いたそうにしていたが、敢えて聞かなかった。

休みを一週間にした理由はとくになかった。なにも考えずに過ごせるまとまった時間が欲しかっただけだ。どこにいくかも、なにをするかも決まっていない。ひとつだけ決めていたのは、駒田を訪ねることだけだった。

西條は一度自宅へ戻り、病院がはじまる時間になると支笏湖畔診療所へ電話をかけた。

電話に出た、事務員と思しき女性に、駒田医師に会いたい、と伝えると、女性は西條を新患と勘違いして診療時間を伝えてきた。

西條は、患者ではなく北中大病院に勤務している医師であることを伝え、真木一義について聞きたいことがあるから、駒田先生に時間をとってもらいたい、と頼んだ。

女性は西條のことを知っていた。慌てた様子で電話を保留にし戻ってくると、今日の午後一時なら会えると言っている、と西條に伝えた。西條は、午後一時に診療所へ行く約束をして、電話を切った。

約束の十分前に、西條は診療所へついた。

西條が診療所のドアを開けるとき、ひとりの年配の女性が入れ替わりのように出て行った。

待合室には誰もいなかった。出て行った女性が、午前中の最後の患者だったのだろう。

一時を五分過ぎたとき、診察室のドアが開いた。

紺色のセーターを着た男性が、西條を見て声をかけた。

「西條先生ですね。お待たせしてすみません。いやあ、今日は冷え込みが一段と厳しいですね。ああ、申し遅れました。駒田です。こちらへどうぞ」

黒沢の、口が堅い、との話から、勝手に気難しい人物を想像していたが、一見して駒田は気さくで人当たりがいい感じだった。歳は西條と同い年だ。背は高く、なにかスポーツをしていたのか身体つきもがっしりとしている。口元に浮かんでいる笑みは無理がなく自然だった。

診察室に入った西條は、患者用の椅子を勧められた。

「こんな場所ですみません。一応、所長室と名のつく部屋はあるんですが、乾かない洗濯物や片付かない書類で散らかっていて、とてもお通しできるような状態じゃないんです。診療所のなかで、ここが一番きれいな場所なんですよ」

医師用の椅子に座る駒田は、恥ずかしそうに頭を掻いた。

駒田は口が堅いどころか、舌はなめらかだった。纏っている空気は柔らかく、言葉にも尖ったところがない。

受付と通じているドアが開いて、ひとりの女性が入ってきた。駒田が使っている机に、二人分のコーヒーを置く。

駒田は女性を紹介した。

「家内です。ここの受付と看護師を兼任しています」

女性は素顔だった。おそらく駒田と同じ年回りだろうが、少し恥じらうような笑みと頰に浮いたそばかすが少女を思わせる。

妻が出ていくと、西條は話を切り出した。

「今日は真木先生に関して聞きたいことがあり、こちらに伺いました」

駒田はコーヒーをひと口啜り、逆に西條に訊ねた。

「真木さんの、なにを知りたいんですか」

西條は答えた。

「あの人がどういう人なのか――です」

駒田は声に出して笑った。

「それは一緒に働いているあなたが、よくおわかりでしょう。優秀な心臓外科医ですよ」

はぐらかされたような気がして、西條は苛立った。つい声が尖る。

「世間一般の認識ではなく、あなたが知っている真木先生を教えてほしいんです」

駒田は笑うのをやめて、西條を見つめた。

「なぜですか」

まっすぐな視線が、西條の目を見据える。

西條は駒田から目をそらし、膝に置いていた手を強く握った。

駒田の問いは、改めて自分が真木を認めていることを意識させるものだった。

適当に嘘をついても、駒田はきっと見破る。西條を見つめる目には、偽りを見抜く鋭さがあった。ここで真正直に言わなければ、駒田はなにも語らない。黒沢と同じく、なにも得られずに引き上げるしかなくなる。

西條は、心で自分を嘲笑《あざわら》った。

航の命を危険にさらした自分に、まだ医師としてのプライドがあったのか、とおかしくなる。医師失格の自分が、いまさら取り繕うことになんの意味がある。

西條は駒田を見た。本音を言う。

「真木先生は優れた医師です。手術の腕だけでなく、患者を救うという強い信念は尊敬に値する。どうして彼はあんなに強いのか――どうして迷いがないのか知りたいんです」

駒田は西條の真意を探るようにじっと見ていたが、やがて肩から力を抜いた。

「あなたはあの男とは違うようですね。名前はたしか黒坂――」

「黒沢です」

駒田は目を大きく開き、嬉しそうに手をひとつ叩いた。

「そうそう。黒沢だ。金を出せばなんでも思いどおりになると思っているような男でね。態度が気に入らなかったんで、早めにお引き取り願いました。そうですか。やっぱりあの男をご存じでしたか。ふたり立て続けに真木さんについて訊ねにきたから、なにか関係があると思っていたんです」

西條は否定した。

「知っている、というほどではありません」

西條は事実を述べただけだが、駒田はそう受け取らなかったらしい。右手を西條にかざし、首を横に振る。

「大丈夫です。あなたと黒沢が知り合いだとしても、関係ありません。私は黒沢をよく思っていないだけで、西條先生を不快に思っているわけではありませんから。むしろ、あなたは私が考えていたほど、嫌な人間ではないらしい」

黒沢と自分の関係などどうでもいい。西條は話を本題に戻した。

「真木先生との付き合いは長いんですか」

駒田は首をひねった。

「ううん、なんて言えばいいのかな。私と真木さんはひとつ違いでしてね。はじめて会ったのは私が二十八歳のときだから、いまからもう二十年近く前です」

「知り合ったきっかけはなんだったんですか。駒田先生は高校は札幌、大学は旭川ですよね。出身も大学も東京の真木先生とは、接点がないように思うんですが」

駒田は感心したように、へえ、と言った。

「私のこと、調べたんですか」

西條はばつが悪くて、詫びた。

「すみません。黒沢から名前を聞いて、インターネットで検索しました」

駒田は笑う。

「有名人の西條先生ならいくつも記事がでてくるでしょうが、私のような無名の医師はなにもひっかからなかったでしょう」

西條は、検索で出てきた支笏湖畔診療所のホームページに駒田の略歴が載っていた、と答えた。

「ああ、そういえばここの所長になるとき妻が、私の経歴をホームページに載せるとかなんとか言ってたな。私は診療時間といった病院の情報だけでいいんじゃないか、と言ったんですが、そうか、それをご覧になったんですね」

駒田は自分自身に、あまり関心がないらしい。

話の流れに沿い、西條は真木が支笏湖畔診療所を訪ねている件について触れた。

「真木先生は、ときどきここに来ているようですね」

駒田は目を丸くした。

「よくご存じですねえ」

駒田は表情が豊かだ。厳しい表情をしたかと思うと、西條の問いに笑ったり、大げさなほど驚いたりする。

西條は以前、車で診療所の前を通ったときに、駐車場で真木の車を見かけた、と伝えた。

駒田は、得心したような声を漏らした。

「あの車は目立ちますからね。ええ、毎週木曜日の午後に、ここに来ていますよ」

――やっぱり。

真木の車を支笏湖畔診療所の駐車場で見かけたあと、真木が毎週木曜日の午後に、休みをとっていることに気づいた。ここに来ているのかもしれない、との想像は当たっていた。

「毎週、なにをしに来ているんですか」

西條の問いに、駒田は椅子の背にゆったりともたれながら答えた。

「ここの仕事を、手伝ってくれているんですよ」

「手伝い――」

西條は驚いた。

勤務医が、いくつかの病院で掛け持ちすることはある。しかし、真木のような科長クラスが診療所でアルバイトすることはまずない。まして、北中大病院は、常勤医師の兼業に厳格な規制を設けている。

西條の表情が厳しくなったことに気づいたのだろう。駒田は慌てて椅子の背から身を起こし、西條に向かって両手を左右に振った。

「勘違いしないでください。真木さんはここで働いているわけではないんです。無償――ボランティアです」

駒田の話では、真木が手伝う内容は患者の血圧測定や怪我の処置だという。

「真木さんがするのは看護師が行う程度のもので、診察ではありません」

有償だからいけないとか、無償だからいいという問題ではない。

真木は勤務の日にほぼ毎日手術を入れている。特任教授という立場上、夜勤こそないが、深夜に緊急で呼び出されることもある。そんなときは、そのまま通常の勤務に入り、丸一日働きどおしだ。

多忙な真木に、他院の手伝いをしている余裕はない。なぜ大変な思いをして手伝いに来ているのか。

「それは、真木先生が自らしていることですか」

西條は訊ねた。

駒田から手伝いを頼まれ、なにか断れない理由でもあるのかと思ったのだ。

西條の問いに、駒田はさらに慌てた。

「ええ、そうです。真木さんのほうから手伝いに来てくれているんです。私から頼んだことは一度もありません。ですが――ああ、どうか真木さんを責めないでください。私も甘えすぎました」

真木は患者から人気があるという。なかには、真木に会うために、遠くからバスでやってくる高齢の患者もいるらしい。

駒田は、困ったように額に手を当てた。

「患者さんの笑顔や、真木さんの楽しそうな姿を見ていると、こっちも嬉しくなって、つい、ずるずるとお願いすることになってしまって——でも、そうですね、本来はお断りしなければいけなかった」

西條は、駒田が口にしたひと言が気になり、訊き返した。

「真木先生は、楽しそうなんですか」

駒田は額から手を外し、意外そうな顔で西條を見た。が、すぐになにか思い当たったように表情を緩め、頷いた。

「ええ、楽しそうですよ」

西條は信じられなかった。西條が知っている真木は、いつも厳しい表情をしている。楽しそうにしている姿など、一度も見たことはない。

西條が考え込んでいると、駒田が訊ねた。

「真木さん、北中大病院ではあまり楽しそうではありませんか」

西條は頷く。

「少なくとも、私は真木先生が楽しそうにしているところを見たことはありません。親しくしている病院の者も、知りません」

駒田は黙り込んで、窓の外に目をやった。

西條も外を見る。

午後の陽が湖面に反射し、周囲に林立する白樺の木々が、影絵のように浮かび上がっている。

駒田は外を眺めながらつぶやいた。

「真木さんと知り合ったきっかけは、私の親父です」

駒田の父親は駒田勝司《かつじ》といい、内科医だったという。地元の三笠市で、看護師がふたりいるだけの小さな医院を経営していた。

駒田は目線を西條に戻した。

「真木さんの母親を看取ったのは、私の親父なんです」

西條は眉をひそめた。

真木は東京出身だ。なぜ、母親は遠く離れた北海道で息を引き取ったのか。

駒田は西條に訊ねた。

「真木さんのご両親のことは、なにかご存じですか」

西條は首を横に振った。

「真木先生のことは、本当になにも知らないんです」

駒田はしばらく西條の目を見つめていたが、真剣な声で訊ねた。

「ここからは私の作り話ですが、いいですか」

駒田は暗に、これから話すことは他言するな、と言っているのだ。

西條は頷いた。

駒田はコーヒーをひと口啜り、再び窓の外へ目をやった。

「真木さんの父親は、東京で小さな工場を経営していました」

父親の工場は、主に車の部品の製造を請け負い、真木が小さい頃は経営がうまくいっていたという。が、車のメーカーがリコール問題を起こし、大幅な事業縮小を行った。それに伴い部品の注文が減り、父親の工場の経営が傾いた。

「だいぶ頑張ったようですが、資金繰りがうまくいかなくなり、工場は閉鎖したそうです」

あとはよく聞く話だった。

人を使うことはあっても、人に使われたことがない父親は、どこで働いてもうまくいかず、やがて酒に溺れるようになった。

働かずに酒を飲む夫を、妻——真木の母親は責めた。

工場が倒産した当時、真木は八歳、弟は六歳だったという。

「痛いところを突かれると、人はさらに頑なになります。きっと真木さんの父親も、このままではいけない、と自分でも思っていたのでしょう。でも、できなかった。情けなくて悔しくて、自分自身への怒りを妻にぶつけるようになってしまった」

父親は酒を飲むと、妻に暴力を振るうようになった。母親は昼も夜も働き、ふたりの子供を育てていたが、真木が十一歳のときに耐えられなくなり、家を出て行った。

「残された真木さんと弟さんは、父親の姉——伯母の家に引き取られました。伯母という人は独り身で、真木さん兄弟の世話はしてくれたみたいですが、性格はかなりきつい人だったようです」

真木の父親は伯母とふたりきょうだいで、仲がよかった。しっかり者の伯母は、危なっかしいところがある弟を心配するとともに、ひどくかわいがっていたという。

「悪い人ではなかったんでしょうが、弟をかわいがるあまりに、弟がだめになったのは真木さんの母親のせいだ、と思ってしまった。その恨み節を真木さんたちにずっと言い続けたらしく、ふたりはかなり辛い思いをしたようです」

駒田は、真木が医師を目指したのは、少年期に伯母から植えつけられた劣等感や敗北感を拭い去るためだった、と言った。

「かなり惨めな思いをしたんでしょう。世の中を渡っていくには、金と肩書が必要だ、と考えたそうです」

真木は必死に勉強し、東京中央大学に入学する。

「東京中央大学といったら、かなりの難関です。塾にいくお金がないから独学で、一発合格したんだから、すごいですよ」

大学に合格した真木は、伯母の家を出て寮生活をはじめた。

「本当は、自分が伯母の家を出るとき、弟さんも連れて行きたかったようですが、自分ひとりのバイト代ではふたりは暮らせない。だから、弟さんが高校を卒業するのを待って、ふたりでバイトをしながら一緒に暮らそうと思っていたみたいです。でも、それはかなわなかった」

「なぜですか」

駒田はぽつりと言った。

「死んだからです」

弟は高校を卒業した年に、首を吊って自殺した。

弟の名前は、弘人《ひろと》といった。

弘人の遺体が発見されたのは、伯母の自宅がある都内から、電車で二時間ほど離れた群馬県の山中だった。

発見したのは、近所の男性だ。散歩中の犬が異常に山中に関心を示し、あとをついていくと太い枝からぶらさがっている遺体を見つけた。それが弘人だった。

死後二日が経っていたが、まだ寒い三月の中旬であったことから、遺体の腐敗はさほどひどくなかったという。

当時、弘人は伯母とふたりで暮らしていたが、伯母に強い拒否の念を抱いていたため、ほとんど顔を合わせていなかった。

しばらく弘人が家に帰っていないと伯母が気づいたのは、遺体が発見される前日だった。おそらく友人のところにいるのだろうと思い、気にとめなかったらしい。

遺体に不審な点がなかったことと、遺体が身に着けていたジャンパーのポケットに本人が書いたと思われる遺書があったことから、弘人の死は自殺と断定された。

「自殺の理由はなんだったんですか」

西條が訊ねると、駒田は長い沈黙のあと答えた。

「直接的な理由は、大学受験に失敗したことでしょう。遺書に、大学に落ちた落胆が長々と書かれていたそうです」

もとからの性格なのか、生い立ちが関係しているのか、弘人はひどく繊細だったらしい。

引っ込み思案で口数は少なく、友達もいなかった。

「そんな弘人さんが得意だったのは、絵を描くことでした。暇さえあればスケッチブックに鉛筆を走らせていて、真木さんも似顔絵をなんども描かれたそうです」

弘人は将来、画家を目指していたという。進学しようと思っていた大学は、都内でも有数の美術大だった。

「分野は違うけれど、兄弟ともに指先は器用だったんでしょう。弘人さんの絵を描く技術は優れていて、高校二年生のときに国際美術展で東京都知事賞をもらっています」

弘人の話を聞いているうちに、西條は憤りを覚えてきた。

自ら命を絶つ者の辛苦は、本人にしか判りえない。死を決意するまでに、どれだけの葛藤があったかを考えると安直に責めることは憚《はばか》られる。が、生を望みながらも生きながらえることができなかった患者を数多く見てきた西條にとって、自ら命を絶つ行為は無条件に許せないものだった。

隠そうとしたが、顔に心内が出ていたのだろう。駒田がなだめるように言う。

「私も医者の端くれです。西條先生の気持ちはわかります。でも、ならばなおさら、真木さんの辛さがわかるでしょう」

駒田は続けて、真木はときどき酒を飲んで支笏湖畔診療所に泊まっていく、と言った。

「酒を？」

西條は思わず訊き返した。

いつも取り澄ましたような顔をしている真木が、酒を飲む姿が想像できない。まして、誰かと酌み交わすなど考えられなかった。

駒田は楽しそうに笑う。

「真木さんは酒が好きですよ。ドイツにいた頃はもっぱらビールとワインでしたが、帰国してからは日本酒ばかりです。日本の料理にはやはり日本酒が合うらしいです。私がその日の夜に予定がないと知ると、用意していた酒を車から持ってきて、一杯やろう、と言うんです」

ふたりは誰もいなくなった待合室で遅くまで飲み、真木は処置室のベッドで寝ていくという。

「私は近くに借りているアパートに帰るんですが、幾度か真木さんを家に誘ったんですよ。簡易ベッドでは寝づらいだろうから、家に泊まっていくように言ったんですが、頑なに頷かないんです。ひとりのほうが落ち着く、と言っていますが、きっと、妻に遠慮しているんですよ」

真木には、帰りを待つ者はいないのだろうか。

口をついてでた問いに、駒田は首を横にふった。

「私が知る限り、そのような人はいませんね。それとなく探りを入れたこともありますが、俺はもてないから、とはぐらかされてしまいます」

駒田は顔に少しだけ笑みを残したまま、目を伏せた。

「真木さん、酔うと弘人さんの話をするんです。弘人さんが描く真木さんはいつも怖い顔をしていて、真木さんは描き直せといつも言ったけれど、弘人さんは、そのとおりなんだから仕方がない、と言って直そうとしなかった話とか、弘人さんが中学生のときに校内の防犯ポスターコンクールで金賞をもらって、ふたりでお祝いにハンバーガーを食べたけど、お金が足りなくてひとつを半分に分けた話とか」

真木が酒を飲みながら、ぽつりぽつりと亡き弟の話をする姿を想像してみる。脳裏に思い描く真木は、嬉しいのか哀しいのかわからない表情をしている。

駒田は言う。

「真木さんは、弘人さんの死について多くは語りません。でも、ひとりごとのようにつぶやく言葉の端々に、弘人さんの辛さをわかってやれなかった悔いとか、救えなかった自分を責める気持ちがにじみ出ているんです。いっそ泣いて心の内を吐き出したほうが楽になると思うけれど、真木さんはしません。淡々と語るだけです。それがかえって深い悲しみを感じさせます」

「弘人さんに会ったことはあるんですか」

西條が訊ねると、駒田は首を左右に振った。

「私が真木さんと会ったのは、弘人さんが亡くなった六年後――真木さんが東京心臓センターの研修医を終えて、心臓外科医のフェローになった年です」

そのとき駒田はフェロー二年目で、青沼病院に勤務していたという。青沼病院は網走市にある中規模の総合病院だ。いままでに何人かの患者が、北中大病院の循環器外科に紹介されてきている。

駒田の父親は、小さいながらも医院を経営していた。大学卒業後、父親の医院に就職することもできたはずだ。なぜ、駒田は別な病院に勤務したのか。

訊ねると駒田は、父親の意向だった、と答えた。

「私も親父の医院に勤めようかと思ったこともあります。でも、その考えに父親は反対しました。若いうちは苦労したほうがいい。外の飯を食って揉まれてこい、と言われました」

真木から駒田が勤める青沼病院に連絡があったのは、街路樹の葉が黄色に染まる十月の下旬だった。

駒田が昼休みに入ろうとしたとき、外来受付から、東京心臓センターの医師が面会に来ている、と院内用のＰＨＳに連絡が入った。名前に聞き覚えはなく、東京心臓センターに知り合いはいない。

「人違いかと思ったんですが、念のために会ってみることにしました。そのときに、はじめて真木さんと会ったんです」

この時期の北海道は、日によってかなり冷え込む。それなのに真木は、コートやジャンパーという羽織るものは着ていなかった。薄手の黒いカジュアルスーツに身を包み、病院の廊下に佇んでいた。駒田が名乗ると、真木は深々と頭を下げたという。

「ひどく寒そうな恰好だったのと、思いつめた表情が印象に残っています」

真木が間違いなく駒田を訪ねてきたことを知り、駒田は病院の食堂で話をすることにした。テーブルに向かい合わせに座った真木は、駒田の父親――勝司に会いたくて来た、と駒田に言った。

「私は、父には会えない、と言いました。なぜなら父は、その前の年に亡くなっていたからです」

背中の痛みがひどくなり調べたところ、ステージ4のすい臓がんだった。医院を休みにして闘病したが、半年で他界した。

「親父が亡くなって医院を閉じたあと、いずれ息子である私が医院を再開しようと思ったんです。でも、もともと経営が厳しかったものを再開するのは難しく、結局、十年前に建物を取り壊して廃院しました」

勝司はすでに他界した、と伝えると、真木はひどく落胆したという。

「親父を探していた理由を訊ねると、母親について話を聞きたかった、と真木さんは言いました。そのときに、真木さんの生い立ちを知ったんです」

真木は、自分たち兄弟を置いて家を出た母親を恨んでいたこと、成長するにしたがって、母親が抱いていた辛さや苦労に思いをはせるようになったこと、母親の死を最近になって知り、最期の様子を聞きに勝司を訪ねてきたこと、を駒田に伝えた。

「つてを辿って、私の親父が真木さんの母である清子《きよこ》さんを看取ったことはわかったけれど、医院はもう閉院していた。そこで、親父の息子が青沼病院に勤めていると知り、私を訪ねてきたんです」

母親の死を最近になって知った、ということは、清子は真木が知るもっと前に亡くなっていたということか。

西條がそう言うと、駒田は眉間に深い皺を寄せた。

「清子さんは、弘人くんと同じ年——真木さんが知る六年前に亡くなっていました」

出奔《しゆつぽん》し行方が知れなかったとはいえ、夫である父親のもとには戸籍を辿り連絡が入るはずだ。なぜ、父親は真木に伝えなかったのか。

駒田は苦々しい顔をした。

「いくら心を違えていても、血の通った親子ならば情がある。でも、夫婦は他人です。自分から離れていった妻を、それだけ憎んでいたんでしょう」

母親の死を、真木は伯母から聞いた。弘人の七回忌で会ったときに、伯母が口を滑らせたのだと言う。

「親父の死を知ってうなだれている真木さんが気の毒でね。なんとか清子さんのことを教えてあげたいと考え、カルテを思い出したんです」

駒田の話では、真木が訪ねてきた当時、まだ医院の建物は残っていた。机や備品もそのままの状態で、カルテも保管されていたという。

「真木さんから話を聞いて、もしかしたら清子さんのカルテが医院に残っているかもしれないと思い探しに行ったんです。思っていたとおり、清子さんのカルテは残っていました」

残されていたカルテによると、清子は当時、三笠市内に住んでいた。勝司の医院を受診したのは、暮れも押し迫った十二月二十六日。その日の診療時間が終わるぎりぎりの時間に、来院している。

「カルテには、清子さんが受診したときの症状と施した処置、死因が記載されていました」

清子は、胸部から腹部にかけての強い痛みと下血を訴えていた。

触診と腹部エコー検査の結果、腹部大動脈解離の疑いがあり、勝司は急遽、手術ができる大きな病院への搬送手続きを行った。が、救急車の到着を待つことなく、清子は腹部大動脈解離からの破裂で死亡した。

大動脈解離の自覚症状は様々だ。慢性か急性かでもかなり違う。鈍い痛みが長引き気づくこともあれば、突然の発作的な痛みで病院を受診するケースもある。

おそらく清子は前から腹部に大動脈瘤があり、破裂が迫り痛みを起こした。急いで医院を受診したが、手術が間に合わず亡くなったのだろう。

駒田は冷めたコーヒーを啜り、話を続けた。

「カルテを探し出したあと、真木さんに連絡しました。話を聞いた真木さんは、なにかをこらえているように沈黙し、やがて小さな声で礼を言いました」

真木と駒田の交流は、そこからはじまったという。

「分野は違うけれど同じ医師であることと、成り行きとはいえ自分の過去を知っていることが、真木さんの心を開かせたんだと思います」

それから真木は、年に四回ほど駒田のもとを訪れるようになる。

「私は道内の病院を転々としていたから、ときには交通の便が悪く、東京から七時間もかかることもありました。でも真木さんは、季節ごとに私のところへやってきました。ふたりで酒を飲みながら、他愛もない話をしたり、悩みを相談しあったりしていました」

勝司から清子の様子を聞くことができなかった真木は、興信所を使って家を出てからの清子の暮らしを調べていたという。

「清子さんは東京の出身です。北海道には縁もゆかりもない。なのに、どうして遠い北の町で暮らしていたのか、真木さんはどうしても知りたかったそうです」

興信所の調べによると、清子は夫の孝雄《たかお》から逃げるように家を出たあと、自分のことを誰も知らない遠い土地を目指したようだった。たどり着いた土地が、北海道の三笠市だ。

建設会社の事務員をしながら暮らしていたが、生活はかなり倹《つま》しかったという。

「興信所の人間は、清子さんと一緒に働いていた事務員にも話を聞いていて、清子さんはいつも離れたところで暮らしているふたりの子供を気にかけていたそうです」

真木にとって、母親が自分たちを気にかけていた話は、心が救われるものだっただろう。

駒田は真木と行った店や美味かった料理の話を、楽しそうにする。

ふたりで酌み交わす酒はさぞ美味かっただろう、と思っていると、急に駒田の口が止まった。

沈んだ表情で低く言う。

「私たちの交流が途絶えたのは、真木さんが東京心臓センターを辞めたときでした」

西條は息をつめた。

駒田のほうに身を乗り出した。

「どうして真木先生は、東京心臓センターを辞めたんですか」

駒田は床に落とした視線をあげない。言い淀んでいる。

真木の生い立ちは、簡単に口にできないほど過酷なものだった。真木が東京心臓センターを辞めた理由は、それ以上に口にするのを躊躇うものなのか。

真木の迷いのない強い意志は、辛い生い立ちを乗り越えた経験により培われたものだろう。が、その心をさらに確固たるものにしたのは、東京心臓センターを辞めた理由だ。そこに、真木の人間性の根幹がある。

西條は詰め寄る。

「教えてください。真木先生は、どうして将来を約束された病院を辞めたんですか」

駒田は意を決したように、顔をあげて西條の目を見た。

「真木さんが辞めた理由は、自分の父親を殺したからです」

西條は息をのんだ。

「――まさか」

駒田を疑うわけではないが、驚きのあまり反論めいた言葉が口から出た。

そこから先は言わなくてもわかっている、というように、駒田は続く西條の言葉を手で制した。

「もちろん、私は真木さんが父親を殺したなんて思っていません。本人が、そう言っているだけです」

孝雄が東京心臓センターにやってきたのは、真木が心臓外科医になってから四年目のときだった。顔を合わせるのは、弘人の葬式以来だから、十二年ぶりだった。

孝雄は、真木たちを自分の姉に預けたあと、姿を消した。伯母と連絡はとっていたようだが家にくることはなかった。どこかに部屋を借りて、住んでいたらしい。

「真木さんは、父親にとって自分たちは犬猫以下だった、と言っていました。可愛がりもせず、育てもせず、責任も持たない。あいつは親になってはいけない人間だったんだ、と」

孝雄は息苦しさと全身のだるさを訴え、都内の個人病院を訪れた。検査の結果、心臓に瘤があり、もっと大きな病院での検査が必要と言われた。孝雄は、息子が勤めている、と医師に伝えて、東京心臓センターへの紹介状を書いてもらった。

「父親が病院を受診してきたと知ったとき、真木さんは父親に、病院から出ていけ、と言いそうになったそうです。でも、目の前にいるのは自分の父親である前に患者だ、と自分に言い聞かせて堪えたと言っていました。実際、病院にやってきた父親はかなり衰弱していて、一見しただけでは誰だかわからなかったそうです」

検査の結果、心臓の左心房に三センチほどの腫瘤《しゅりゅう》が確認され、さらなる精査により悪性である可能性が極めて高いことがわかった。

心臓内悪性腫瘍の治療は、薬物療法、放射線療法、手術などがある。どれを選択するかは腫瘍の状態と患者の希望によって決まる。いずれも、予後がいいとはいえない。

「自分の病気を知った父親は手術を望み、執刀医に真木さんを指名したそうです」

「それは無理だ」

西條はつい声に出した。

心臓手術は、どのようなものであれ高度な技術が求められる。ほんのわずかなミスが患者の命を奪いかねない。

心臓の悪性腫瘍は、完全切除できなければ殆どが一年以内に再発し、死に至る。完全切除し、欠損した心臓を再形成するためには、優れた技術はもとより豊富な経験が必要だ。

画像診断において、腫瘍の大きさや浸潤《しんじゅん》の程度はおおよそわかる。が、実際に身体を開いてみないと確実なところはわからない。執刀医にはその場での正確な判断が求められる。いくら手術の腕が優れているとはいえ、心臓外科医になってまだ四年目の者には荷が重すぎる。

駒田は頷く。

「西條先生のいうとおり、周囲からは反対の声があがったそうです。もちろん、真木さん自身が断った。でも、父親は頑なに意思をかえなかった。結局、病院側が折れて、真木さんが手術を行ったそうです」

医師が身内を診ることはある。が、患者の状態が深刻であれば避けるという暗黙の了解がある。感情が入りすぎて、正確な判断ができなくなる危険があるからだ。

真木は父親を憎んでいた。

西條はぞっとした。

脳裏に、父親のむき出しになっている心臓に、メスを振りかざす真木の姿が浮かぶ。

よほど深刻な表情をしていたのだろう。駒田は西條がなにを考えているのかわかったらしく、首を横に振った。

「父親が亡くなったのは、真木さんのせいじゃありません。すでに心臓はぼろぼろで、手術ができる状態ではなかったんです」

かなり荒れた生活をしていたのだろう。孝雄の身体は臓器の機能が低下し、血管は高齢者のように脆かった。

「結局、心臓の血管が破れ、父親は手術中に亡くなりました」

なぜ真木が、自分が父親を殺した、と言ったのか、西條は理解した。

西條も、自分が執刀医を務めた手術で患者が亡くなったとき、自分が殺した、と思うことがある。もちろん、その時々でできる限りのことをした。が、死んだ患者の顔を思い出すと、心の迷いが指の動きを鈍くしなかったか、別な術式のほうがよかったのではないか、といった取り返しようのない悔いが頭をよぎる。

西條がそう言うと、駒田は辛そうな顔をした。駒田の表情になにか深い意味があるような気がして、西條は訊ねた。

「なにか、気に障ることを言いましたか」

駒田は首を横に振った。

「私も医師の端くれです。西條先生が言っている意味はわかります。でも、真木さんの場合は違うんです」

西條は眉根を寄せた。

「真木さんは、手術中に父親が亡くなったことは致し方なかったと思っていたようです。もともと検査結果で、手術に耐えられる身体ではないと知っていましたから。手術の危険性は、父親にも伝えていました。そのうえで、本人が真木さんの手術を望んだんです」

患者が認知症や意識の低下などで判断能力に疑問がある場合、治療の選択や決定権は家族や身内に委ねられる。孝雄は身体は弱っていたが、認知機能に問題はなく判断能力はあった。病院側は、患者の意思を尊重し手術に踏み切った。

「手術に問題はなかった。それなのに、どうして真木さんは自分が父親を殺したなんて言ったんですか」

駒田は下を向いた。

「あんな父親でも、親だった、ということです」

真木が伯母に手術の説明を落ち着いてできたのは、孝雄の葬式のときだった。

手術当日、伯母は病院の待合室で、弟の手術の成功を願っていた。執刀医である真木から弟の死亡を聞いた伯母の落胆は激しく、手術の説明も耳に入っていないかのようだったという。

孝雄の葬式は淋しいものだった。

都内にある菩提寺でひっそりと行われたが、参列者は伯母と真木しかいなかった。

「気が弱っている伯母は、人が変わったようだったと言います。きつかった口調は弱々しく、一気に老いたように見えたそうです」

伯母は真木を責めなかった。むしろ、弟のいままでの素行の悪さを謝罪し、頭を下げた。

「真木さんは複雑だったそうです。母親と弟が死んだのは父親のせいだ、と思っていましたから。いまさら頭を下げられても、ふたりは帰ってこない。一方で、弟を亡くした伯母の気持ちは痛いほどわかり、なにも言い返せなかったと言っていました」

伯母に納骨の手配を頼み、寺をあとにしようとしたとき、伯母が真木を呼び止めた。孝雄が、なぜ周りの反対を聞かず、真木を執刀医にしたのか伝えておきたいという。

「父親は、自分はもう助からない、とわかっていました」

自分の病を知った孝雄は伯母に、手術が成功しても転移したがんでやがて死ぬ、ならばこの身体を息子にくれてやる、と言った。

「自分は父親らしいことをなにもしてこなかった。最期くらいあいつの役に立ちたい、献体ならぬ献命だ、そう伯母に伝えたそうです」

孝雄はどこからか、大病院に勤める若手の心臓外科医はなかなか執刀の機会が得られない、と聞いたらしい。それならば、自分が息子に貴重な経験をさせてやろう、と考えたのだ。

伯母から話を聞いた真木は、自分が行った手術に疑問を抱いた。

真木は父親を憎んでいた。が、孝雄が手術を自分に頼んだ理由を知り、憎悪がわずかに揺らいだ。

心の片隅に抱いた情は、真木に大きな問いを突きつけた。

「本当に自分は父親の命を救おうとしたか。全力で手術に挑んだか。心に抱いていた長年の恨みが、無意識に諦めに繋がっていなかったか。もしそうなら、自分に医師としての資格はあるのか。真木さんは、自問自答して苦しみました」

「自分を責める必要はない」

西條は声に力を込めた。

「医師ならば、あのときああしていれば、とか、こうしていれば、という悔いを抱くことはある。医師でなくてもそうだろう。生きていれば誰だってある。でも、それは結果論だ。みんなその時に必死に考え、悩み、できうる限りのことをした。その決断を、誰も責めることはできない。本人であってもだ」

駒田は頷いた。

「その話を聞いたのは、真木さんが東京心臓センターを辞めた夜でした。病院を辞めて日本を離れるという真木さんを、私は止めました。誰も悪くはない、病院に戻り心臓外科医を続けるべきだ、と説得した。でも、真木さんの気持ちはかわりませんでした」

父親の手術を忘れ、東京心臓センターで医師を続けていれば、国内トップクラスの心臓外科医になっていただろう。

真木は自分の心に嘘をつけなかったのだ。もっと狡くなれれば楽なのに、と思う一方で、真木らしいとも思う。

「そのあと真木さんから電話があったのは、真木さんが日本を離れてから八年後の年――ミュンヘンハートメディカルセンターに勤務しはじめた春でした」

真木は渡独するときに、携帯を解約し、連絡をすべて断っていた。

「携帯の画面に、国際電話の番号が表示されたとき、すぐに真木さんだとわかりました。私に海外から電話をかけてくる人は、ほかにいませんから」

電話の向こうの真木は、穏やかな声だったという。長いあいだ連絡をしなかった詫びと、近況の報告を駒田にした。真木は日本を離れたあと、シャウムブルク郡で暮らしはじめた。

「移り住んだ当初は、医師を続けるつもりはなく、飲食店のバイトで食いつないでいたそうです。でも、異国の地で外国人が働くのは大変です。どこも長続きせず、このままでは家賃の支払いもできなくなるところまで追い詰められたときに、町の小さな医院で医師を募集していることを知ったんです。そこは支笏湖畔診療所と同じような感じで、面接をとおった真木さんは医院で働きながら、三年間、シャウムブルクで過ごしました」

その後、真木はハノーバー国際大学病院に移る。

ハノーバー国際大学病院は、病床数千を超える大病院だ。真木はそこで、心臓外科医として復帰する。

「あとは西條先生もご存じでしょう。ハノーバー国際大学病院に四年、そのあとミュンヘンハートメディカルセンターに四年勤務し、今年、北中大病院へきました」

一度は医師を辞めた真木が、再びメスを握ろうと思うきっかけはなんだったのか。

真木から連絡を受けた駒田は、休みを利用して真木に会うためにミュンヘンへ飛ぶ。

「久しぶりの再会を、真木さんも喜んでくれて、いろいろなところを案内してくれました。自分が勤めているミュンヘンハートメディカルセンターにも連れて行ってくれましたよ。とっつきづらいところは変わっていなかったけれど、なにかが吹っ切れたようなすっきりとした表情をしていたのが印象的でした」

黒沢はミュンヘンハートメディカルセンターで、セルビア人の女性から真木のもとを駒田が訪れた話を聞いている。おそらく、このときのことだろう。

「ミュンヘン市内のパブで、互いの積もる話をしました。私は道内の病院を転々とし、少し前に看護師だった妻と結婚したこと、真木さんは日本を離れてからのことを、ビールのグラスを傾けながら語りました」

酒が進み酔いが回った真木は、ぽつりぽつりと自分の父親のことを話しはじめた。

「日本を離れてからも真木さんは、父親のことで思い悩んだそうです。父親を救えなかった自分に医師の資格はあるのか、と自問自答し、医療の現場になかなか戻れずにいたけれど、考えがかわったと言いました」

「なぜ」

西條の問いに駒田は、ゆっくりと視線を窓の外に向けた。

駒田は、目の前の景色を見てはいなかった。もっと遠くのなにかに思いをはせているように思える。

やがて駒田は西條に視線を戻し、訊ねた。

「山は、好きですか」

唐突な問いに戸惑う。

西條は窓の外を見た。

午後の陽差しを受けて輝く湖面の先に、連山が見える。恵庭岳《えにわだけ》だ。支笏湖の周辺には、ほかにも紋別岳《もんべつだけ》や風不死岳《ふっぷしだけ》などの山々がある。四季折々の美しい姿は、一年を通して湖を訪れる者の目を楽しませている。

駒田の問いの真意がつかめず、西條は曖昧な答えを返した。

「美しいと思うことはありますが、それが好きといえるのかどうか——」

駒田はコーヒーをひと口啜り、話を続けた。

「ドイツにいた頃、真木さんはよく山に登っていました」

真木が登山をしていたなど、はじめて耳にする。登山だけではない。駒田の口から語られる真木は、西條が知らない人物だった。

「真木さんが住んでいたシャウムブルクは、リッペ山地やフィッシュベック山などが四方を囲んでいます。真木さんは暇を見つけては、あたりの山に登っていたそうです」

真木が山登りをはじめたきっかけは、患者のひと言だった。

日本を離れ、人とのかかわりを避けて暮らしていた真木は、ある日、通院している患者から、ドクターはどうしていつもそんなに暗い顔をしているのか、と訊かれた。

患者は高齢の男性で、アイザックス症候群を患っていた。腕や脚の筋肉の持続的な震えやこわばり、痛みを特徴とする神経筋疾患で、難病に指定されている。かつては有名な登山家で、世界の山に挑んでいた。

「患者は真木さんに、病人の自分が笑っているのにどうして健康なあんたは笑わないんだ、と言ったそうです。あんたが抱えている悩みなんか、病を患っている俺から言わせれば些細なことだ。

そんなもん猫にやっちまえ、と」

患者は真木に、登山を勧めた。山に登れば答えが見つかる、そう言ったという。

「山に登れば答えが見つかる――」

西條は無意識に復唱した。

駒田が頷く。

「最初は山に登るつもりなど、まったくなかったそうです。登山の経験もないし、山に登ったところでなにもかわらない、そう思っていたと言っていました。でも、仕事以外にやることがなく、休みの日は酒を飲むだけの日々に鬱屈していたことも確かで、住んでいる部屋の窓から見える山を見ているうちに、登ってみようと思うようになったそうです」

一度、山に登った真木は、そのあと度々、登山をするようになる。

「行くのはいつもひとりで、一度、遭難しかけたこともあったそうです。そのときのことを、真木さんは楽しかった思い出のように話します」

「真木先生は、山でなにを見つけたんですか」

西條は前のめりに訊ねた。

日本を離れた真木は、自分の人生を恨み、自分を責め、生きる意味を失っていた。その真木が、再び心臓外科医として生きる決意をしたのは山でなにかを見つけたからだ。それはなにか。

駒田は困ったように笑った。

「さあ。それは私もわかりません。訊いたことはありますが、真木さんは教えてくれません」

西條は膝のうえの手を強く握った。

いったい真木は、山で何を見つけたのか。

話が途切れたとき、診察室のドアがノックされた。

駒田の妻だった。ドアの隙間から、言いづらそうに夫に声をかける。

「そろそろ、午後の診察の時間です——」

駒田は壁にかかっている時計に目をやった。西條も見る。午後二時四十五分、午後の診察は三時からだ。

妻は西條に一礼し、ドアを閉めた。

西條はそばに置いていたコートを手にした。

「お忙しいところ、お時間をちょうだいしありがとうございました」

礼を言うと、駒田は首を左右に振った。

「私もあなたのような名医とお話ができてよかったです」

西條は、自分でも表情がこわばるのがわかった。

誤解されたと思ったらしく、駒田は慌てて付け足した。

「含むところはありません。素直にそう思っているんです。私も医者の端くれです。あなたのような優れた医師と会えて嬉しいです」

駒田の目には曇りがなかった。心からそう思っているのだろう。本来ならば喜ぶべきなのだろうが、いまの西條には辛いだけだった。

西條は駒田から目を背けた。いたたまれず、急いで席を立つ。

待合室には、すでに数人の患者がいた。顔見知りなのか、楽しそうに会話をしたり、雑誌を読んだりしている。病院の待合室というより、地域の公民館のような雰囲気だ。

患者は診察室から出てきた駒田を見ると、笑顔を向けた。待合室にただよう温かい空気に、駒田が患者からいかに慕われているかがわかる。

駒田は駐車場まで見送りに出た。西條が断っても、すぐそこだから、と言ってついてくる。歩きながら、西條は駒田に訊ねた。

「真木先生は、いずれドイツに戻るんでしょうか」

特任教授の真木は、三年間という期限付きで北中大病院に来た。任期を終えたら、どうするのか。そもそも、なぜ三年という条件をつけたのか。名医として名高い真木ならば、定年まで勤められる。

西條の問いに駒田は、さあ、と言いながら首をかしげた。

「真木さん、三年後、どうするんでしょうね」

「訊いたことはないんですか」

駒田は笑う。

「ありますよ。でも、真木さん自身が決めていないようです。訊いても、どうしようか、とまるで他人事です」

真木ほどの腕があれば、引く手あまただ。焦らずとも、勤務先には困らないということか。

西條がそう言うと、駒田は否定した。

「それは確かでしょうけれど、真木さんはそういう考えで、先を決めていないわけではありませんよ」

西條は眉根を寄せた。真木が次の勤務地を決めない理由が、ほかにあるというのか。

駒田は隣を歩きながら、ぽつりと言う。

「三年後に真木さんがどうするのかはわかりません。でも、ミュンヘンで腕を振るっていた真木さんがドイツを離れて北中大病院へやってきた理由は知っています」

西條は立ち止まった。

「なぜ、真木先生は北中大病院にきたんですか」

少し先で足を止め、駒田は西條を振り返った。ぽつりと言う。

「清子さんです」

母親がなんだというのか。

西條の背後で光る湖面が眩しいのか、駒田は目を細めた。

「母親が最期を迎えた土地がどんな場所なのか知りたくて、真木さんは来たんです」

家を出たあと、母親はどんな町で、どんな景色を見て暮らしていたのか。母親の面影を追い、真木は北海道に来たという。

「北中大病院から話があったとき、真木さんは迷ったそうです。母親がいないいま、北海道に行ったからといってなにがあるわけでもない。ミュンヘンにいる患者を放り出し、北海道へ行く意味があるのか。そう考える一方で、母親が暮らした土地で過ごす機会は、いましかないとも思ったそうです。だから、三年という条件で北中大病院へ来たんです」

西條はあたりを眺めるふりをして、駒田から目をそらした。胸にこみあげるものがあることを、悟られたくなかったからだ。

深く息をする西條の脳裏に、故郷の景色が浮かぶ。

真木の判断を、いい大人が子供じみた感傷で仕事先を変えるのか、と言う者もいるだろう。が、西條には真木の気持ちがよくわかった。

真木の母親も西條の両親も、もうどこにもいない。過ごしていた土地を訪れても、なにもない。

だからこそ、強く名残を求める。

西條は車のそばにやってくると、改めて駒田に頭をさげた。

駒田はにこやかに言う。

「またいらしてください。私は山は苦手ですが、釣りが得意なんです。こんど、私が釣った魚をごちそうしますよ」

駒田の陰のない笑顔は、人の心を和ませる。待合室が温かい空気に満ちている理由は、駒田の人柄によるのだろう。

車に乗り込もうとした西條は、後ろを振り返り駒田に訊ねた。

「どうしてですか」

駒田が訊き返す。

「なにが、ですか」

「どうして私に、真木先生の話をしたんですか」

西條の問いを、駒田は笑い飛ばした。

「怖い顔でなにを言うかと思ったら。最初に言ったでしょう。私が考えていたほど、あなたが嫌な人間ではなかったからですよ」

「それだけじゃない」

西條は引かない。

「それだけのことで、親しい人間の過去をあれほど詳しく話すはずがない。なにか理由があるはずだ」

駒田は顔から笑みを消し、じっと西條の目を見つめた。やがて、諦めたように息を吐き、答えた。

「ふたりが似ているからですよ」

「真木先生と、私が――」

駒田は頷く。

「私は西條先生のことを、心臓外科の名医であることしか知りません。出自や生い立ちなど、なにも知らない。でも、感じるんですよ。真木さんと同じ寂しさを。そして、医療に対する誠実さをも」

西條は駒田から顔を背けた。吐き捨てるように言う。

「私は誠実なんかじゃない。むしろ――」

そこまで言って、西條は口をつぐんだ。心で言う。自分は誠実なんかじゃない。医師失格者だ。

静かな間が流れる。

どこかで鳥が甲高く鳴いた。

声がしたほうを見る。姿はない。薄青色の空があるだけだ。

西條は車に乗り込んだ。エンジンをかける。

アクセルを踏みかけたとき、駒田が運転席の窓を指でノックした。

窓を開けると、駒田は腰をかがめて、西條の顔を見た。

「真木さんの口癖、知っていますか」

唐突な問いに戸惑いながら、首を横に振る。

駒田は芝居がかった調子で言う。

「先のことはそのときに考えればいい、いまは目の前にあることをするだけだ、です」

なにか込み入った話になると、真木は決まってそう口にするという。

駒田は明るく笑う。

「三年後、真木さんがどこにいこうといいんじゃないですか。北海道でもドイツでも、ほかのどこでもやることにかわりはないんですから。西條さんも、そうでしょう」

問いかけとも駒田の考えともとれる言葉に、西條はなにも言えなかった。

駒田が車から離れた。

西條は目礼し、車を発進させた。


車を走らせる西條は、駒田の言葉を思い返していた。

——ふたりが似ているからですよ。

早くに両親を失ったという点においては、確かにふたりは同じだ。西條が感じる孤独を、真木も知っているのだろう。

辛さと悔しさを抱えながら、ふたりは医師を目指し、心臓外科医になった。

似た過去を持ちながら、なぜふたりは道を違えたのか。

西條はいままで、患者の命を救うことだけを考えてきた。それは真木も同じだ。それなのに、なぜ真木は医師であり続け、自分は医師としての資格を失ったのか。

西條は、支笏湖と札幌市の途中にある、宅配便の営業所で車を停めた。カバンから、ふたつの封書を取り出す。黒沢へ送る書類と、美咲への離婚届だ。

西條は受付で、発送の手続きをする。

送り状にペンを走らせている事務員から、指定日時の有無を問われ、ない、と答えた。

控えを受け取り車に戻ると、スマートフォンから美咲にメッセージを打った。

『いましがた、離婚届を宅配便で送った。詳しいことは、同封の手紙を読んでくれ』

エンジンをかけて車を出そうとしたとき、スマートフォンが鳴った。メッセージの着信を知らせるチャイムだ。

美咲からだった。

『わかりました』

それだけだった。

西條は駐車場から車を出した。

ハンドルを握りながら、美咲との時間を数える。結婚生活は十数年で終わった。

美咲が実家に帰ってから一か月半が経つ。義母の寛子からも、義兄の裕也からも連絡はない。夫婦の問題は当人に任せているのか、修復は不可能と諦めているのか。どちらにせよ、離婚届を発送したことで、美咲だけでなく、寛子や裕也とも他人になる。

美咲が抜けて、ひとりになった戸籍を思い浮かべる。ふたりの関係は夫婦という形式があっただけで、強い感情で結ばれていたわけではない。それでも、戸籍に自分の名前しかなくなると思うと、どこかひんやりした気持ちになった。

子供でもいればなにかが違っていたのだろうか、との女々しい思いが頭をよぎる。同時に、雨宮の姿が脳裏に浮かんだ。

黒沢はいずれミカエルに欠陥があると公表する。自分が推進してきたロボット支援下手術が立ち行かなくなったら、雨宮はどうするのか。

考えるそばから、雨宮を心配する必要はない、と西條は思った。

なにか守るものがある人間は強い。苦難に打ちのめされて倒れたとしても、自分の大切なものを守るために何度でも立ち上がる。ミカエルの復活を待つのか、ほかの医療を推し進めるのかはわからないが、雨宮は医療の発展のために歩み続けるだろう。

——俺はどうする。

西條はハンドルを強く握った。

守るものがない自分は、これからどうすればいい。

答えが出ないまま、西條は車を走らせた。

支笏湖畔診療所を訪れた四日後、西條は北中大病院を訪れた。

昼休みが終わった病院長補佐室はひと気がなく、いるのは広報担当の石田だけだった。部屋に入ってきた西條を見て、眼鏡の奥の目を瞬かせる。

「あれ、まだお休み中でしょう」

西條がとった一週間の休暇は、まだ二日残っていた。

駒田と別れたあと、これから自分はどうすべきか考えていた。平等な医療の実現という目標を失ったいま、なにを目指して生きていけばいいのかわからなかった。

カーテンを閉め切った部屋で考え続け、西條はふたつの答えを出した。

ひとつはマンションを引き払うこと、もうひとつは北中大病院を辞めることだ。

いま住んでいるマンションは、ひとりで暮らすには広すぎる。不動産会社にはすでに連絡し、相手の言い値で売る、と伝えた。

辞職届は、昨晩のうちに書きあげた。曾我部の人脈を使えば、代わりの医師はすぐに手配がつくだろう。休暇が明けてからでも問題はないが、決めたからには少しでも早いほうがいい。そう考え、休暇が明ける前に来た。

石田の問いには答えず、西條は自分の机に向かうと、パソコンを立ち上げた。

自分が受け持っている患者のリストを開き、循環器第一外科と第二外科の医師に振り分けていく。深刻な症状を抱えているか、近々に手術を控えている患者は、経験が豊富な者を担当にした。さほど心配がないと思われる患者は、フェローとしばらくのあいだ西條の穴を埋める医師に任せた。診療は電子カルテだから、引継ぎに大きな混乱はないだろう。

患者の振り分けが済むと、リストを循環器外科の担当医師たちにメールで送り、持ってきたボストンバッグに私物を詰めはじめた。机まわりは、常に整理している。さほど荷物は多くない。

様子がおかしいことに気づいたのだろう。席についていた石田は、顔色を変えて西條のところへやってきた。

「どうしたんですか。まるで引っ越すみたいじゃないですか」

荷物を詰め終え、石田に向き直る。

「私のことは、いずれ病院長から話があります。みなさんによろしく」

深く一礼し、わけがわからず呆然としている石田を残して部屋を出た。

病院長補佐室をあとにした西條は、病院長室へ向かった。

ドアをノックし、なかへ入る。

石田同様、休暇中の西條が現れたことに、秘書の関口は驚いた様子だった。

「病院長はいるかな」

関口は慌てた様子で首を横に振った。誰のせいでもないのに、詫びる。

「すみません。病院長はいま、広島総生大学病院へ出張中です。戻りは明日になります」

病院長であり、大学の後輩でもある飛鳥井徹に会いに行ったのだろう。飛鳥井の義理の兄は、国内の医療支援ロボットメーカー、イー・グライフェンの相談役だ。いまごろ額を合わせて、ミカエルの問題をどう隠蔽するか相談しているはずだ。

無駄だ。

西條は心でつぶやいた。

黒沢から電話があったのは、書類を宅配便で送った二日後だった。興奮しているのか、署名入りの書類を確かに受け取った、と話す声は上ずっていた。これからさらに裏を取り、記事が固まったら連絡する、と言う。

黒沢の申し出を、西條は断った。ミカエルの不具合と病院の隠蔽を、マスコミはこぞって取り上げるだろう。教えられなくても目に入る。それに、美咲との離婚が成立したら、いま使っている携帯番号は解約するつもりだった。友人や知人と呼んでいた者たちと連絡が取れなくなっても、西條が困ることはない。むしろ、関係を断ちたかった。

署名入りの書類さえ手に入れば、用はないのだろう。黒沢はあっさりと電話を切った。

西條は、上着の内ポケットに入れていた封書を取り出した。

辞職届だ。

「病院長が戻ったら、渡してくれ」

差し出された封書を受けとった関口は、顔色を変えた。信じられない、といったように西條を見る。

西條はドアへ向かった。

関口は部屋を出ようとする西條の前に立ちはだかり、詰め寄る。

「いったいなにがあったんですか。このあいだから病院長と雨宮さんの様子がおかしくて、気になっていたんです。そのうえ西條先生まで、こんな——」

動揺のあまり、その先の言葉が出てこないようだ。曾我部と雨宮がどうしたというのか。先を促すと、関口は声を震わせて答えた。

「西條先生が休暇に入られた日、雨宮さんがここにいらしたんです。怖いくらい神妙な面持ちで病院長室に入っていかれて、ずいぶん長いことふたりでお話しされていました。なにか込み入った問題が起きたんだな、と思っていましたが、そのうち、おふたりが激しく言い争う声が聞こえてきて——」

言い争いはしばらく続いていたが、やがて雨宮は部屋から出てきて、無言で立ち去った。

「雨宮さんが退室されたあと、出過ぎたことかと思いましたが、病院長になにがあったのか訊ねました。でも、君には関係ない、としかおっしゃいませんでした」

曾我部はそれから、ほとんど病院にはいないという。明日、広島から帰ってきても、またすぐに出張が入っているという。

「雨宮さんも同じです。どこに行かれているのか、病院で顔を合わせることはほぼありません。たまに廊下ですれ違っても、私を避けるように急いで立ち去ります」

うつむいていた関口は、顔をあげて辞職届を西條に突き付けた。

「そして、今日はこれです。急にどうしたんですか。いったい病院に、なにが起きているんですか。お願いです。説明してください」

辞職届を持つ手が震えている。

関口がどんなに考えても、西條が病院を辞める理由には思い至らないだろう。

ほかの者もそうだ。

西條が辞職届を出したと知れば、誰もが驚くはずだ。引継ぎもせずに病院を去ることを、無責任だと責めるかもしれない。が、西條が犯した過ちを知れば、納得するはずだ。医師失格者が医療現場に立つことを、許すはずがない。

「頼む」

それだけ言い、部屋を出た。

廊下を歩きながら、西條は窓の外を見た。

秋の穏やかな陽光が、中庭に降り注いでいる。

敷地の樹木の葉は、ところどころ色づきはじめていた。北中大病院の中庭の紅葉は、美しいことで知られている。もう二度と、西條が見ることはない。

外に出た西條は、駐車場に向かった。

中庭を歩いていると、西條に気づいた患者が挨拶をした。軽く頭をさげ、目の前を通りすぎる。患者と顔を合わせることも、もうない。

西條は中庭のはずれで足を止めた。

振り返る。

温室を見た。

迷ったが、引き返した。見納めだ。

ドアを開けて、なかへ入る。

来院者と思しきふたり連れの女性が、植物を眺めていた。西條と入れ替わるように、外へ出ていく。

西條は奥へ進んだ。

ミカエルの像の前に立つ。

右手に剣、左手に天秤を持ち、植物に囲まれている。

ミカエルの像を見ているうちに、西條は拳を叩きつけたい衝動にかられた。

自分が信じてきたミカエルは、神の使いである天使ではなく悪魔だった。己の姿を偽った悪魔が悪いのか、騙された自分が愚かなのか。

西條は思考を振り払うために、目を閉じて顔を左右に振った。

いまさら考えてどうなる。自分が患者の命を危険に晒したことに間違いはない。悪魔が見せる甘美な幻想に惑わされ、現実を見失ったのだ。

握りしめていた拳を解き、踵を返す。

足を踏み出したとき、温室のドアが開いた。

真木だった。

急いできたのか、息が乱れている。

「間に合った」

真木はあがった息の合間に、つぶやいた。

西條の前にくると、真木は手にしていたレントゲン袋を西條に差し出した。

「手術部の廊下から、西條先生が温室に入るところを見かけたんです。これを見てほしくて」

なかには、ＣＴの画像が入っていた。心臓が写っている。大動脈の弁が骨のように石灰化していた。すぐに同封の心エコー所見をみる。典型的な大動脈弁狭窄《きょうさく》症だ。

西條がそう言うと、真木は頷いた。

「いましがた結果が出たばかりのものです。患者は七十八歳の男性。高脂血症と大腸ポリープ切除の既往歴がある。手術するか投薬治療にするか、意見が聞きたい」

西條は画像をレントゲン袋に入れ、真木に返した。

「俺は、なにも言えない」

真木が眉根を寄せる。

「どういう意味です」

「言ったままだ」

真木の顔色がかわる。

「患者を見捨てるのか」

真木の言葉が胸に刺さる。

自分は見捨てるよりひどいことをした。患者を殺しかけたのだ。

西條は訊ねた。

「航くんは、どうしている」

言葉の真意を探るように、真木はしばらく西條をじっと見ていたが、やがて問いに答えた。

「順調に回復している。おとといから歩行をはじめ、自分で手洗いにいった。数値も問題ない」

西條は安堵の息を吐いた。

手術から一夜明けたときは、問題がなかった。その時点でなにもなければ、大きな合併症を引き起こす可能性は低い。大丈夫だとは思っていたが、やはり自分の耳で確かめるとほっとする。

真木は言葉を続けた。

「航くんから、預かっているものがある」

西條は真木に、それはなにか、と目で訊ねた。

なにかを貸した記憶はなく、受け取る約束をした覚えもない。

「向日葵の種だ。本当は自分で渡したいが、なかなか会えないからかわりに渡してほしい、そう言われた」

思い出した。手術を控えた航に、生きる力を与えたくて渡したものだ。

西條は首を横に振った。

「あれは航くんにあげたんだ。返さなくていい」

「半分――」

どういう意味か。

真木はあたりを眺めた。

「春になったら、西條先生と一緒に種を蒔く。だから、半分、渡してほしい、そう言われた。小さなビニール袋に入った種を、俺の机に入れている」

元気になった航が、向日葵畑を駆け回っている姿を想像する。

手術が成功した喜びを感じるとともに、それを上回る罪悪感が胸にこみあげてくる。

いたたまれず、西條はこの場を立ち去ろうとした。

温室から出ていこうとする西條を、真木が呼び止める。

「行く前に、さっきの患者についての考えを言え」

西條は足を止め、振り向かずに答えた。

「なにも言えない、と言ったはずだ」

背中に真木の声がする。

「なにがあった。いまのあんたは、白石航の術式で言い争った人間とは別人だ」

理由を知ったら、真木はどんな顔をするだろう。ミカエルの問題を隠蔽した者たちを罵倒するか、そうと知りながら航の手術を行った西條を蔑むか。

西條はなにかに塞がれたように苦しい咽喉《のど》から、ようやくひと言だけ絞り出した。

「いずれわかる」

歩き出した西條を、真木が呼び止める。

「待て」

真木は西條の前に回り込んだ。

ひどい顔をしているのだろう。西條を見た真木の顔が辛そうに歪む。よほど深刻な事情があると察したらしく、口をつぐんだ。

西條は声に力を込めた。

「あとを頼む」

短い言葉に、自分が去ったあとの北中大病院を任せるという意味と、医療の未来を担ってほしいというふたつの意味を込めた。

歩き出す。

ドアノブに手をかけたとき、真木が訊ねた。

「いつ、戻る」

西條は振り返った。

真木は西條を見つめていた。

後ろに、ミカエルの像が見える。ミカエルは厳粛なさまで、静かに佇んでいる。

一度、医師を辞めた真木は、再び現場に戻った。

真木がなにを見つけたのかはわからない。駒田が訊いても話さないのだ。西條が訊いても答えないだろう。

真木が見つけたなにかを、俺は見つけられるだろうか。そのとき、再び医師として生きられるだろうか。

真木が西條の返事を待っている。

答えられないまま、西條は温室をあとにした。

エピローグ

西條は、歯を食いしばり、腕に力を込めた。

雪面に倒れた身体を、ゆっくりと起こす。顔をあげると、横殴りの雪が頬を叩いた。

前に目を凝らすが、なにも見えない。視界のすべてが白い。

ゆっくりと立ち上がり、足を踏み出す。

数歩歩いたところで、再び足から崩れた。

たち膝のまま、先を見つめる。

吹雪のなかに、ミカエルが見えた。天使とロボットのミカエルの姿が、交互に浮かんでは消える。

西條は、ミカエルの幻を睨んだ。手で雪を強く握る。

お前のせいだ。お前さえいなければ、こんなことにはならなかった。お前が俺の人生を狂わせた。

西條は握りしめた雪を、ミカエルに向かって投げた。放った雪は吹雪に紛れ、ミカエルの幻影は消えた。

西條は両手を雪の地面につき、目を閉じた。

違う。ミカエルのせいじゃない。自分が道を誤ったんだ。

黒沢に書類を送った半月後、大手週刊誌のトップに、ミカエルが欠陥品であるとの記事が載った。記事には、これから四回にわたり、本誌が独占スクープした記事を掲載していくとあった。

一回目の記事の内容は、医療用ロボットのミカエルに、術中に不具合を起こす欠陥があり、医療側はそれを知りながら使用を継続している、といったものだった。西條の署名入りの書類が、写真で掲載されていた。

医療の未来を揺るがす記事に、世間は大騒ぎになった。

北中大病院には、テレビ局や新聞社からの取材が殺到し、発売日当日の夜に、曾我部が緊急記者会見を開いた。

借りているウィークリーマンションの部屋のテレビで、記者会見を観たが、あのときほど曾我部に対して吐き気を覚えたことはない。

息まく報道レポーターや記者たちの質問に、曾我部は表情を崩さず、一貫して同じ内容の答えを返した。

曾我部のコメントは、ミカエルに不具合の可能性があることは、製造元の医療機器メーカーから事前に報告を受けていた。医療機器メーカーからは、問題があるかもしれない部分は近々に修正可能であり、現状、使用を続けても問題がないとの説明を受けている。病院側としては医療機器メーカーに全幅の信頼を寄せつつ、慎重に対応をしていた、といったものだった。

取材陣から、西條の署名入りの書類についてはどう認識しているのか、との質問が飛ぶと、航の手術もなにも問題はなかった、と答えた。

西條がミカエルの不具合を覚えたという手術の患者は、順調に回復している。その手術の際には、万が一のことを考えて別の医師が控えていた。手術は途中で開胸手術に変更したが、それはミカエルの問題ではなく執刀した医師の問題であると主張した。

大手週刊誌はそのあと、ミカエルを使用した手術で命の危険に晒された患者がいること、なかでも広島総生大学病院では危ない事例が多くみられ、実際に死亡した患者がいるとの記事を掲載した。

この記事について広総大病院の広報は、患者の死亡理由は手術中の容態の急変であり、医療過誤ではない、とコメントした。

三回目の記事は、まるでそのコメントを待っていたかのようなものだった。

広総大病院の循環器外科の医師が、ミカエルで手術を受けた患者が死亡したあと自殺した、との内容だった。医師の名前は伏せられていたが、関係者が読めばそれが布施であることはすぐにわかる。取材に対する布施の妻のコメントが載っていたが、内容は西條が広島の自宅で聞いたものとほぼ同じだった。

これだけでも、社会の耳目を集めるには充分だったが、四回目はこの問題をさらに大きなものとした。

病院と医療機器メーカーの癒着だ。

週刊誌の見出しは『天使を利用した悪魔たち』だ。

ミカエルによる手術死の疑惑がある広総大病院の院長——飛鳥井の義兄が、ミカエルの製造メーカーであるイー・グライフェンの相談役であり、今回、問題の発端になった北中大病院長の曾我部は、飛鳥井と昵懇《じっこん》の仲であったことが記されていた。

記事は、医療従事者の倫理観の低落と、腐敗しきった医療業界に対する怒りで結ばれていた。

記事が公表されたあと、ミカエルの使用は各病院の判断にゆだねられ、ほとんどが稼働していない。

いま現在、ミカエルでの手術で死亡した患者遺族が、イー・グライフェンと広総大病院を相手に、損害賠償請求の裁判を起こしている。

イー・グライフェンは、病院側には充分な説明を行っていたとし、責任は説明を受けても使用を続けた病院側にあると主張している。裁判は、原告の被害者家族と、被告のイー・グライフェン、病院側で争われている。

被害者家族が起こした訴訟とは別に、遺族の告発を受け、広島では県警が動き出している。県警はイー・グライフェンの、薬機法違反での立件を視野に、捜査を進めているという。

イー・グライフェンの調査を進めているのは県警だけではない。厚労省も動いている。

手術支援ロボットは医療機器にあたり、使用には厚労省の承認が必要だ。もし、不具合を隠して申請していたとしたら承認は取り消される。使用開始後に不具合が発覚した場合は、使用禁止命令が下る。いずれにせよ、ミカエルは製造メーカーと病院側の問題がすべて解決し、不具合を完全に修正したとみなされるまで使用できない。

西條は顔をあげた。

吹雪のなかに、数多の人間の姿が浮かぶ。ミカエルの手術を受けられずに死んでいく患者の幻影だ。恨みを込めた目で、西條を見つめている。

風の音が人のうめき声のように思え、西條は振り払うために頭を激しく左右に振った。

——すまない。

心で詫びる。

誰に。

わからない。

両親、祖父母、美咲、航、患者たちの姿が脳裏に浮かぶ。それらの者と、その誰でもない者に許しを乞う。

なにも見えない。

目を開けているのか、閉じているのかもわからない。

次第にあたりの音が消えていく。

恐ろしいくらいの静寂が、西條を包み込んだ。

これが死なのか。

薄れはじめた意識のなかで思う。

俺はなにを成した。

なにを残し、なにを奪った。

誰を必要とし、誰から必要とされた。

胸のなかが、空っぽになった。

怒り、悲しみ、恐れ、苦しみ、喜び、なにもない。

無だ。

右と左、富と貧、生と死。

どちらかがあるから、もう一方が存在する。

人間もそうだ。誰かがいなければ己はいない。

ここには自分しかいない。西條を認識するものはない。あるのは自分の意識だけだ。それも、もうすぐ消える。

真っ白い世界で眠るように迎える死を、人は幸福と呼ぶのか。誰にも看取られずに迎える死を不幸と思うか。

呼吸ともため息ともつかない息が、口からもれる。

吹雪のなかに、ある男の幻影が見えた。

真木だ。

無表情のまま、こちらをじっと見ている。

――いつ、戻る。

温室で聞いた声が、耳の奥でする。

西條は真木の幻に訊く。

なぜお前は戻ってこれた。お前は山でなにを見つけたんだ。すべてを失ったお前に、再び生きる意味を与えたのはなんだ。

西條はそれが知りたくて山にきた。真木と自分が、どこで道を違えたのか知りたかった。しかし、それは叶わないようだ。

身体の震えがなくなり、呼吸が浅くなってくる。やがて心臓も停止する。

西條は項垂れた。

ここまでか。

雪に埋もれ息絶える自分を想像する。

西條は生を諦めかけた。しかし、西條の身体は諦めていなかった。西條の意志とは関係なく、立ち上がり、歩きはじめる。

喉が震えた。

――なぜだ。

西條は自分に問うた。

もう生きる意志も、助かる術もないのに、どうして歩いているのか。

なにかを目指しているわけではない。希望があるわけでもない。それなのになぜ――。

息が乱れる。

吹雪に自分の白い息が溶けていく。

西條は、航の心臓を思い出した。

白い心臓。

鼓動は自分で止められない。心臓は人の意志に関係なく、脈を打ち続ける。西條の身体も、自分の意図とは関係なく、生きようとしているのか。

西條は自分の身体を抱きしめた。

体内に拍動を感じる。

全身を血が流れているのがわかる。

西條は腕に力を込めた。

自分は己であり、また、己ではない。

人の意志にかかわらず、命の源である細胞は生きようとする。

西條が求めていた平等な医療も、曾我部が追い求めている医療という名の信仰も、飛鳥井が抱いた金と名誉への欲望も、ひたすらに生を求める命の前では無だ。この世で尊いものは、崇高な理念や高尚な信条などではない。生きようとする姿こそが、気高いのだ。

西條は、自ら足に力を入れた。

前に出す。

自分はすべてを失った。微塵の価値もない人間だ。しかし、生きようとしている命を見殺しにすることはできない。それが、他人でも自分であってもだ。

ひとしきり強い突風が吹いた。

きつく目をつむる。

次に瞼を開けたとき、開けた視界に西條は目を見張った。

風が止み、立ち込めていた雲に切れ目ができていた。

空から差し込む光が、あたりを照らす。

両側に雪をまとった険しい岩肌が聳《そび》えたち、ふたつの崖に挟まれた底には真っ白い雪原が広がっていた。

崖の所々を覆う巨大な氷柱が、光を受けて薄青色に輝いている。

雪原の向こうに、黒い影が見えた。エゾシカだ。こちらをじっと見ている。

空を素早い影がよぎった。オオワシだ。頭上を、大きく旋回している。

山肌に群生しているハイマツが、風に揺れた。枝から雪が落ちる。

地面をエゾリスが駆けた。雪のうえに小さな足跡が残る。

眩い景色に、西條は目を細めた。

命をめぐる厳粛な世界を感じる。空も海も空気も獣も人間も、すべてがその世界を構築しているひとつの歯車だ。例外はない。

山の底から風が吹きあげ、あたりに雪が舞った。

心で真木に問う。

この景色を、お前も見たのか。

航のはじめての診察のとき、お前は神か、と西條は真木に問うた。そのときの真木の答えが耳の奥で蘇る。

――あんたはさっき、お前は神か、と言ったが、もちろん違う。あんたも違う。俺たちは下僕だ。

頬を温かいものが流れた。

西條は天に向かって両手を広げた。

咆哮《ほうこう》をあげる。

西條の叫びは、白い空間に吸い込まれていった。

謝辞

本作の執筆にあたり、German Heart Centre Munich（ドイツ心臓センターミュンヘン）小児心臓外科・小野正道先生、昭和大学横浜市北部病院循環器センター教授・南淵明宏先生、大阪大学医学部臨床教授・大阪警察病院副院長・正井崇史先生、大阪大学招聘准教授・大阪警察病院心臓血管外科部長・秦雅寿先生、松村医院院長・松村真司先生、いばらきレディースクリニック院長・茨木保先生、『大学病院の奈落』（講談社）著者の読売新聞・高梨ゆき子氏、ジャーナリスト・鳥集徹氏をはじめ、多くのみなさまからお力添えをいただきました。
この場を借りて、心より御礼を申し上げます。

（著者）

初出　「週刊文春」二〇二〇年一月二日・九日 六十周年記念新年特大号～
二〇二一年一月二八日号。単行本化にあたり、加筆修正しました。

柚月裕子（ゆづき・ゆうこ）

一九六八年、岩手県生まれ。二〇〇八年「臨床真理」で第七回「このミステリーがすごい！」大賞を受賞し、デビュー。一三年『検事の本懐』で第一五回大藪春彦賞、一六年『孤狼の血』で第六九回日本推理作家協会賞（長編及び連作短編集部門）を受賞。同年『慈雨』で〈本の雑誌が選ぶ二〇一六年度ベスト一〇〉第一位、一八年『盤上の向日葵』で〈二〇一八年本屋大賞〉二位となる。他の作品に『あしたの君へ』『検事の信義』『暴虎の牙』『月下のサクラ』など。

ミカエルの鼓動《こどう》

二〇二一年十月十日　第一刷発行

著　者　柚月裕子《ゆづきゆうこ》

発行者　大川繁樹

発行所　株式会社　文藝春秋

〒一〇二―八〇〇八
東京都千代田区紀尾井町三―二三
電話　〇三・三二六五・一二一一（代表）

印刷所　凸版印刷

製本所　大口製本

組　版　ＬＵＳＨ

万一、落丁・乱丁の場合は送料小社負担でお取替えいたします。小社製作部宛お送り下さい。定価はカバーに表示してあります。

ISBN978-4-16-391442-8